Ali Novak
ICH UND DIE HEARTBREAKERS
MAKE MY HEART SING

DIE AUTORIN

Ali Novak, geb. 1991, stammt aus Wisconsin und hat vor Kurzem ihr Creative-Writing-Studium an der University of Wisconsin-Madison abgeschlossen. Ihren ersten Roman, *Ich und die Walter Boys*, begann sie im Alter von 15 zu schreiben und stellte den Text 2010 als Selbstpublisher online. Inzwischen haben ihre Geschichten über 150 Millionen Leser. Wenn sie nicht gerade schreibt oder Fantasyromane liest, ist Ali gern auf Reisen oder veranstaltet Netflix-Marathons mit ihrem Mann Jared.

Von Ali Novak sind bei cbj erschienen:
Ich und die Walter Boys (31116)
Ich und die Heartbreakers (31117)

Mehr über cbj/cbt auf Instagram unter
@hey_reader

Aus dem Englischen
von Michaela Link

Sollte diese Publikation Links auf Webseiten Dritter
enthalten, so übernehmen wir für deren Inhalte keine
Haftung, da wir uns diese nicht zu eigen machen,
sondern lediglich auf deren Stand zum Zeitpunkt der
Erstveröffentlichung verweisen.

Dieses Buch ist auch als E-Book erhältlich.

Verlagsgruppe Random House FSC® N001967

1. Auflage 2018
Deutsche Erstausgabe Juli 2018
© 2017 by Ali Novak
Die Originalausgabe erschien unter dem Titel
»Paper Hearts« bei Sourcebooks, Inc.
© 2018 für die deutschsprachige Ausgabe
cbj Kinder- und Jugendbuch Verlag
in der Verlagsgruppe Random House GmbH,
Neumarkter Str. 28, 81673 München
Alle deutschsprachigen Rechte vorbehalten
Aus dem Englischen von Michaela Link
Umschlaggestaltung: Kathrin Schüler, Berlin
Umschlagmotive © shutterstock.com
(LADO, Africastudio, kiuikson)
ml · Herstellung: ER
Satz: KompetenzCenter Mönchengladbach
Druck: GGP Media GmbH, Pößneck
ISBN 978-3-570-31221-6
Printed in Germany

www.cbj-verlag.de

*Für Jared, den besten besten Freund aller besten Freunde,
seit es Freunde gibt, und – noch wichtiger –
die Liebe meines Lebens.
Danke, dass du bei jedem Schritt des Weges bei mir gewesen bist!*

KAPITEL 1

Heute war der Geburtstag meiner Schwester. Ich habe gebetet, dass meine Mutter dieses Jahr durch irgendein Wunder nicht daran denken würde. Heute Morgen hatte sie auch tatsächlich nichts gesagt, während ich mir mein Müsli zubereitete – kein Wort darüber, dass wir uns Rose' Lieblingsfilme anschauen oder bei Vine & Dine zu Abend essen sollten, worauf sie für gewöhnlich bestand –, und ich hatte das als ein Zeichen dafür gedeutet, dass meine Gebete erhört worden waren.

Das waren sie nicht.

Stattdessen stand, als ich von meiner gemeinnützigen Arbeit nach Hause kam, ein roter Cupcake auf dem Tisch und daneben eine Karte, die Rose nie lesen würde. Ich bin kein gläubiger Mensch, also war es nur logisch, dass meine Bitte von wem auch immer da oben ignoriert worden war. Trotzdem grummelte ich vor mich hin, als ich meinen Rucksack auf den nächstbesten Stuhl stellte.

Ich atmete tief durch. »MOM!«

Für einen Moment war es still, aber dann hörte ich in dem kleinen Schlafzimmer, das an die Küche angrenzt, eine Schublade zuknallen. Zwei Sekunden später ging die Tür auf.

»Hallo, Schätzchen!« Mom hatte sich ein Handtuch um ihr blondes Haar gewickelt, trug eine Gesichtsmaske und den Bademantel, den ich ihr vor zwei Jahren zu Weihnachten geschenkt hatte. Mit Zehentrennern aus Schaumstoff an den Füßen kam sie in die Küche gehumpelt. Meine Augenbrauen gingen in die Höhe. Mom lackierte sich die Zehennägel nur, wenn sie ein Date mit ihrem Freund Dave hatte.

Okay, vielleicht ist das mit dem Geburtstag doch nicht so schlimm, wie ich dachte.

»Wie war es im Diner? Hast du viel Trinkgeld bekommen?«

»Mom, ich hatte meine Schicht für dieses Wochenende doch abgesagt. Das habe ich dir gestern schon erzählt.« Samstags und sonntags bekam ich am meisten Trinkgeld – sie musste also viel an Rose gedacht haben, wenn sie bei unserem Gespräch so völlig abgeschaltet hatte. Oder sie war von der Vorfreude auf ihre Verabredung mit Dave abgelenkt gewesen. Hoffentlich Letzteres. »Die Kinderkrebshilfe veranstaltet heute Abend einen großen Wohltätigkeits-Ball, das weißt du doch. Heute Morgen habe ich beim Aufbau geholfen.«

»Ich weiß nicht, warum du deine Zeit mit unbezahlter Arbeit verschwendest«, sagte sie. »Du brauchst Geld, kein gutes Karma.« Sie zog die Unterlippe zwischen die Zähne, ein sicheres Zeichen dafür, dass ich ihrer Meinung nach einen schweren Fehler machte. Sie war immer sehr besorgt, wenn es um Geld ging. Ein entfernter Verwandter könnte ihr ein beträchtliches Vermögen vermachen, ja, sie könnte sogar *im Lotto gewinnen* und bliebe doch immer eine Pfennigfuchserin.

Aber dafür machte ich ihr keinen Vorwurf. Dad hatte sie schließlich ohne einen Cent sitzen lassen, da war das irgendwie verständlich.

»Um ein Stipendium zu bekommen, muss ich in meiner College-Bewerbung gemeinnützige Arbeitsstunden vorweisen können«, entgegnete ich mit gepresster Stimme. Ich musste gezielt meine Kiefermuskeln entspannen, um nicht mit den Zähnen zu knirschen und Mom anzufahren. Wir hatten das schon tausend Mal durchgekaut, aber sie begriff immer noch nicht, dass diese *jetzt* geopferten Stunden sich *später* bezahlt machen würden.

Seit vier Jahren war es mein größter Wunsch, nach Harvard zu gehen. Aber Mom konnte schon unseren Haushalt nur mit knapper Not über Wasser halten. Also war klar, dass ich das Geld fürs College allein aufbringen musste. Das bedeutete, ich war auf Stipendien angewiesen – und zwar auf viele. Und was macht sich besser in einer Bewerbung als freiwillige Arbeit bei einer Wohltätigkeitsorganisation? Mom dachte, ich könnte mein Studium mit der Arbeit im Diner bezahlen, aber egal wie viele Schichten ich auch schob, es würden dabei nie die happigen 45 Riesen herumkommen, die ich jährlich für die Studiengebühren aufbringen müsste. Und dazu kam ja noch die Miete.

Immer wenn wir über Studiengebühren diskutierten, sprach Mom die Treuhandfonds an, die sie und mein Dad vor ihrer Trennung für uns eingerichtet hatten. Einen für Rose, einen für mich. Sie tat so, als würde mein Fonds all meine Probleme lösen, aber das Geld darin würde nur für ein einziges Semester reichen, nicht für die acht, die bis zum Abschluss erforderlich waren. Ich war wirklich nicht undankbar, aber da ich selbst dafür verantwortlich war, mein Studium zu finanzieren, musste ich das große Ganze im Auge behalten. Denn ich wollte keinesfalls den Rest meines Lebens auf einem Berg Studienschulden sitzen.

Du hast sie nicht gerufen, um mit ihr über Geld zu streiten, rief ich mir ins Gedächtnis. Das Studium – genauer gesagt dessen Finanzierung – war ein ständiger Streitpunkt zwischen uns, also war es nicht überraschend, dass ich mich hatte ablenken lassen.

»Aber ich denke trotzdem ...«

»Was soll der Cupcake?«, fragte ich und wechselte damit das Thema.

»Felicity, nicht das schon wieder.« Mom verschränkte die Arme und sah mich mit zusammengekniffenen Augen an. Die grüne Crememaske auf ihrem Gesicht gab ihrem Versuch, eine grimmige Miene aufzusetzen, etwas Lächerliches. Sie war nie gut darin gewesen, mich und Rose zu maßregeln. Nicht, dass ich eine strenge Hand gebraucht hätte. Ich war das, was sie das perfekte Kind nannte, immer ein freundliches Lächeln auf den Lippen und immer gehorsam. Rose war das genaue Gegenteil, ein rebellisches Kind, das wie Taz von den Looney Tunes durch einen Raum fegen und ein Chaos aus Spielzeug und Saftflecken hinterlassen konnte.

Als wir älter wurden, hatte sich daran nichts geändert. Ich hatte die Hausregeln befolgt, Rose dagegen hatte Mom mit frechen Widerworten einfach niedergewalzt. Sie war nachts aus dem Haus geschlichen, um im Auto ihres gerade aktuellen Freundes rumzuknutschen – und das auch noch mitten in der Woche.

»Nur weil du dich weigerst, zu feiern, Felicity, bedeutet das nicht, dass ich es nicht tun sollte.«

»Eine Person muss *anwesend* sein, damit man ihren Geburtstag feiern kann.« Genau diese Unterhaltung hatte immer eine sehr ermüdende Wirkung auf mich, als würde mich jedes Wort Kraft kosten. Einen Moment lang ließ ich die Erinnerung an den letzten 23. Juli zu, auf den ich mich wirklich gefreut hatte. Wie ich am Vorabend Rose' Geschenk – ein über Monate von mir zusammengestelltes Erinnerungsalbum mit Bildern von uns – sorgfältig eingepackt und es mit stolzgeschwellter Brust neben Moms Geschenk auf den Küchentisch gestellt hatte. Dann kehrte das kalte, übelkeitserregende Gefühl zurück, wie damals, als ich ihr Bett am nächsten Morgen leer vorgefunden hatte. »Rose ist *weg*, Mom. Seit vier Jahren.«

Das Gesicht meiner Mutter wurde traurig.

Sie sah so todunglücklich aus. Als hätten wir die Rollen getauscht, fühlte mich in diesem Moment wie die Mutter, die ihr leidendes Kind trösten musste. Aber dann warf ich wieder einen Blick auf den Cupcake. Es war einer von denen, die teuer aussahen – mit geschwungener Glasur und roten Streuseln – und die es nur bei der schicken, vornehmen Konditorei gegenüber von Moms Büro gab. Das dumme Ding hatte wahrscheinlich über fünf Dollar gekostet und würde am nächsten Morgen ungegessen in den Müll wandern.

»Felicity«, begann sie und blinzelte aufsteigende Tränen weg.

Ich wandte mich ihr wieder zu; meine Nasenflügel bebten. »Bitte nicht«, entgegnete ich und hielt eine Hand hoch. Ich hätte wissen sollen, dass es eine schlechte Idee war, den verdammten Cupcake anzusprechen. Mom trauerte gern so, als wäre Rose gestorben, aber ich würde bestimmt nicht um jemanden trauern, der mich im Stich gelassen hat. »Vergiss, dass ich es angesprochen habe, okay?«

Moms Gesichtsausdruck veränderte sich. Sie sah mich an, als hätte *ich* unsere Familie betrogen. Dabei war ich nicht diejenige, die entschieden hatte, dass sie uns nicht mehr brauchte. Ich war nicht diejenige, die weggerannt und für immer verschwunden war.

»Asha holt mich um vier ab«, sagte ich schließlich und beendete damit das angespannte Schweigen zwischen uns. »Ich muss mich fertig machen. Bestell Dave schöne Grüße von mir.«

Als ich in Richtung meines Schlafzimmers ging, spürte ich, wie sie mich mit ihrem Blick verfolgte. Also richtete ich mich etwas gerader auf und tat, als wäre alles in Ordnung. In Wahrheit brannten meine Augenlider, und mir war schwer ums Herz, aber ich wartete, bis meine Tür geschlossen war, bevor ich mich aufs Bett warf und den Tränen freien Lauf ließ.

Später am Abend, nachdem ich meine gerötete Haut und die verheulten Augen mit einer Schicht Foundation abgedeckt hatte, war von meinem kleinen Zusammenbruch nichts mehr zu sehen. Außerdem tat es auch gut, aus dem Haus zu kommen. West Hollywood war farbenfroh und lebhaft; das half mir zu vergessen, wie sehr ich den Geburtstag meiner Schwester hasste. Ich nannte ihn auch den Tag des Verlassens.

»Es ist sinnlos«, sagte Asha. Sie lehnte an der Theke der Garderobe und stützte das Kinn in die Hand. Als sie einen missmutigen Seufzer ausstieß, wirbelten ihre Ponysträhnen wie Federn im Aufwärtswind. »Wir verschwenden unsere Zeit.«

Viele Jahre Freundschaft mit Asha hatten mich ihr konstantes Gejammer zu ignorieren gelehrt. Sich zu beschweren war für Asha so etwas wie ein Hobby, eine Art Zeitvertreib, wenn sie Langeweile hatte. Dennoch hob ich fragend eine Augenbraue.

Wie konnte sie *nicht* aufgeregt sein?

Selbst nach allem, was vorhin mit meiner Mom geschehen war, sprudelte ich vor Vorfreude geradezu über. Heute Abend fand das größte Fundraising-Event des Jahres statt – der Maskenball der Kinderkrebshilfe KKH. Die reichsten Menschen aus Kalifornien würden kommen, von Geschäftsführern bis hin zu Hollywoodstars. Gerüchten zufolge sollte sogar Beyoncé auftauchen. Das bezweifelte ich zwar, aber mit einigen Promis durften wir wohl tatsächlich rechnen.

Seit letztem Monat machten Asha und ich bei der KKH ein Praktikum. Die meiste Zeit verbrachten wir damit, potenzielle Spender anzurufen, Rundschreiben zu verfassen und alle möglichen Dinge zu besorgen, aber heute hatten wir Dienst an der Garderobe. Unsere Schicht endete bald, und nach so vielen Stunden der Vorbereitung für diese Veranstaltung konnte ich es kaum abwarten, eine Maske aufzusetzen und mich selbst ins Partytreiben zu stürzen.

»Niemand hat überhaupt eine Jacke dabei«, fuhr Asha fort. »Es ist elendig heiß draußen.«

Da konnte ich ihr nicht widersprechen. Los Angeles wurde gerade von einer Hitzewelle geplagt. Morgens, während ich mein Müsli verschlang, hatte ich auf Kanal 7 im Wetterbericht gehört, dass es in der Stadt seit den Neunzigern nicht mehr so heiß gewesen sei. Infolgedessen war unser Einsatz an der Garderobe, wie Asha erkannt hatte, absolut sinnlos. Nicht, dass mir das etwas ausgemacht hätte. Die Garderobe lag neben der Lobby, also konnte ich, wenn ich mich nach links lehnte und den Hals reckte, die Gäste auf dem roten Teppich hereinkommen sehen. Ich hatte vorgehabt, die freie Zeit zum Lernen zu nutzen, aber das zu diesem Zweck mitgebrachte Buch lag unbeachtet vor mir auf dem Tresen.

»Entspann dich doch mal«, ergriff ich das Wort. »Das hier soll Spaß machen.«

»*Spaß?*«, erwiderte Asha und deutete auf den leeren Raum. »Deine Vorstellung von Spaß ist ziemlich verdreht.«

Bevor ich antworten konnte, registrierte ich aus dem Augenwinkel eine Bewegung – ein weiterer Gast! Ich drehte mich so schnell um, dass ich mir fast den Nacken verknackste, dennoch konnte ich nur einen Smoking und etwas blondes Haar erhaschen. Nach dem wachsenden Getuschel in der Lobby zu urteilen, war der Neuankömmling eine wichtige

Person, aber zu viele Menschen versperrten mir die Sicht, als dass ich etwas erkennen konnte. Gerade als ich mich wieder Asha zuwenden wollte, erkannte ich eine hochgewachsene Frau mit Kurzhaarschnitt, die aus der Menge trat und auf uns zukam. Selbst durch die Maske vor ihrem Gesicht erkannte ich, dass es Sandra Hogan war, unsere Chefin.

»Sieh mal«, sagte ich. »Vielleicht lässt Sandra uns früher gehen. Wir könnten noch den Rest des Sektempfangs erwischen!« Ich spürte, dass sich unwillkürlich ein Lächeln auf meine Lippen stahl, aber ich zügelte es, bevor meine Aufregung die Überhand gewann. Es gab keine Garantie dafür, dass Sandra uns nach unserer Schicht am Ball teilnehmen lassen würde.

Mit einem Finger drehte Asha ihr Handy auf dem Tresen im Kreis. »Du sagst das so, als wolltest du hierbleiben.«

Ich sah sie überrascht an. »Du etwa nicht?«

»Definitiv nicht«, antwortete sie und rümpfte die Nase. »Sobald wir hier fertig sind, mache ich mich auf den Weg nach Hause.«

»Ach, komm schon«, nörgelte ich, den Blick noch immer auf unsere Chefin gerichtet. Sandra hielt in der Lobby inne, um mit einem der Gäste zu sprechen, und meine Schultern sackten herab. Vielleicht würde sie uns doch nicht früher gehen lassen. Trotzdem sagte ich: »Du kannst nicht einfach gehen. Du bist doch meine Mitfahrgelegenheit.«

»Sorry, Felicity.« Asha zuckte halbherzig die Schultern. »Ich habe ein Date mit meinem Computer. Wir werden einen langen, romantischen Abend auf Tumblr verbringen.«

Das war keine Überraschung. Asha war von Tumblr nahezu besessen, seit ihr Fan-Blog über die erfolgreiche Fernsehsendung *Immortal Nights* sich wie ein Virus verbreitet hatte. Nun verbrachte sie mehr Zeit damit, Memes zu erstellen und Enthüllungen über die Schauspieler zu publizieren, als mit echten Menschen zu sprechen. Tatsächlich war das auch der Grund, weshalb sie jetzt bei der KKH arbeitete. Ashas Mom hatte die Nase voll vom unsozialen Verhalten ihrer Tochter und hatte sie dazu gezwungen, sich einen Sommerjob zu suchen. Weil Asha nicht am Drive-in-Schalter unseres örtlichen Fast-Food-Restaurants arbeiten oder Bowlingschuhe sortieren wollte, entschloss sie sich, gemeinsam mit mir ehrenamtlich zu arbeiten. Und solange es sie aus dem Haus brachte, war es Mrs Van de Berg vollkommen egal, was Asha tat.

»Ernsthaft?«, wollte ich wissen. »Willst du gar nicht wissen, wie die Party ist?«

»Ich habe nicht die Absicht, meinen Abend mit einem Haufen spießiger Promis zu verbringen«, spottete Asha.

»Aber es ist ein Maskenball«, sagte ich stirnrunzelnd. Schöne Menschen, umwerfende Kleider, Musik und Tanz – wie konnte man das nicht gut finden?

»Und?«, entgegnete Asha und griff nach ihrem Handy. Sie tippte kurz darauf herum und legte es wieder hin. Drei Sekunden später ertönte eine leise Melodie. Die Musik war nicht laut – alles andere hätte uns Ärger eingebracht –, aber es reichte, dass ich den Beginn von »Astrophil« ausmachen konnte, dem jüngsten Hit der Heartbreakers, der weltberühmten Boygroup. Und wenn es etwas gab, wovon Asha noch besessener war als von *Immortal Nights* oder Tumblr, dann war es diese Band.

Nachdem ich mir die ersten paar Takte angehört hatte, seufzte ich und antwortete auf ihre Frage. »*Und* es wird natürlich alles wahnsinnig glamourös sein.«

Sie verdrehte die Augen. »Ja, und ich bin der Inbegriff von Glamour.«

Gut, vielleicht war meine beste Freundin nicht gerade ein Modemensch. Ihr gewöhnliches Schuloutfit bestand aus Schlabberleggings und T-Shirts. Und da alle Helfer der KKH sich an den Dresscode der Abendgarderobe zu halten hatten, hatte sie drei Tage lang panisch versucht, ein passendes Outfit zu finden. Bis sie sich schließlich für den seidenen Sari ihrer Mutter entschieden hatte, der viel besser aussah als das, was ich für sie zusammengeworfen hatte.

Ich trug zwar gern Kleider, hatte aber nur blumengemusterte Flatterdinger aus Secondhandläden im Kleiderschrank, keine Ballkleider. Ich besaß nichts für feierliche Anlässe. Selbst das Kleid für den Schulball hatte ich mir von meiner Nachbarin geliehen, um Geld zu sparen.

Also war ich gestern Morgen, da ich immer noch ohne Outfit für die Benefizveranstaltung dastand, mit dem Bus zum Einkaufszentrum gefahren und hatte mich bei Macy's durch das Regal mit den heruntergesetzten Sachen gekämpft. Bis ich schließlich ein pinkes, bodenlanges Kleid mit schmaler Taille und ausgestelltem Rock fand, dessen Farbe sich nicht mit dem Rot meines Haars biss und das zum Glück nur ein paar Rüschen hatte. Der Preis lag bei unter hundert Dollar, aber ich musste trotzdem an das Geld gehen, das ich fürs College gespart hatte, um es zu kaufen. Das bedeutete auch, dass keine neuen High Heels mehr drin waren und dass ich meine Füße in die Pumps zwängen musste, die ich schon zum Abschlussball der achten Klasse getragen hatte.

»Richtig angezogen sind wir ja schon«, sagte ich. »Willst du denn gar nicht wissen, ob vielleicht jemand Berühmtes kommt? Was, wenn Gabe Grant auftaucht?«

Damit erregte ich Ashas Aufmerksamkeit.

»Der kommt nicht«, antwortete sie, aber an ihrem Gesicht konnte ich ablesen, dass sie ihre Entscheidung noch einmal überdachte. Gabe Grant, Ashas größter Schwarm unter den Stars, spielte bei *Immortal Nights* den sexy Werwolfkrieger Luca. Sie hatte mindestens fünfzig Poster von ihm mit nacktem Oberkörper, mit denen sie ihr Schlafzimmer tapeziert hatte.

»Wer weiß«, trällerte ich leise und zog vielsagend die Augenbrauen hoch. »Stell dir nur vor, wie sehr du dich ärgern würdest, wenn du jetzt gehst, und er taucht doch noch auf.«

Asha schürzte nachdenklich die Lippen, also machte ich sofort meinen besten Schmollmund. »Bitte.«

»Okay, okay. Du hast gewonnen«, gab sie nach. »Aber wir bleiben nur kurz. Lang genug, um uns auf der Tanzfläche umzusehen und rauszufinden, wer da ist. Dann verschwinden wir.« Sie wandte sich ab. Und die Tatsache, dass sie meinen Blick mied, war der einzige Hinweis, den ich brauchte, um zu merken, dass sie nicht wegen Gabe blieb.

Asha wusste, dass heute der Tag des Verlassens war und, wichtiger noch, wie sehr ich ihn hasste. Dass sie bleiben wollte, damit ich nicht an Rose denken musste, brachte mich fast zum Weinen, aber auf gute Art und Weise, denn, mal ehrlich: die Chance, dass Gabe Grant sich auf dem Ball blicken ließ, standen gleich null. Sie tat es einzig und allein für mich. Mehr Mädchen brauchten allerbeste Freundinnen, die so toll waren wie Asha.

»Ja!« Ich gab ihr einen Wangenkuss. »Habe ich in letzter Zeit erwähnt, dass du die beste der besten Freundinnen in der gesamten Geschichte der Freundschaft bist?«

»Das kannst du laut sagen. Du schuldest mir was.«

»Wie läuft es hier, meine Damen?«, erkundigte sich Sandra. Ich schreckte beim Klang ihrer Stimme auf. Irgendwie war sie während unseres Gesprächs zu unserer Garderobe gekommen, ohne dass ich es bemerkt hatte.

»Wundervoll.« Ashas Stimme troff vor Sarkasmus. »Wir haben insgesamt eine Anzahl von null Mänteln zu verzeichnen, aber einigen Gästen haben wir den Weg zu den Toiletten gezeigt.«

Sandra lachte und zog ihre Maske hoch, sodass wir ihr Gesicht sehen konnten. »Nun, da die meisten unserer Gäste inzwischen da sind und nichts abgegeben wurde, dürft ihr nach Hause gehen.«

»Miss Hogan?«, begann ich, und Sandra richtete ihren einschüchternden Blick auf mich. »Ich habe mich gefragt, ob ... Ich meine, Sie hatten erwähnt, dass wir vielleicht bleiben könnten?«

»Ich freue mich über deine Hilfsbereitschaft, Felicity«, antwortete sie, »aber es gibt hier keine Aufgaben mehr für euch.«

Mein Lächeln verblasste. »Eigentlich meinte ich bleiben, um an dem Ball teilzunehmen.«

Bitte, bitte, bettelte ich gedanklich.

Sandra sah mich scharf an, während sie über meine Worte nachdachte. »Ja, wieso nicht«, lautete schließlich ihre Antwort. »Aber ihr müsst Masken tragen und ich kann die von der Kinderkrebshilfe nicht verschenken. Ihr werdet euch welche kaufen müssen.«

»Kein Problem. Das habe ich bedacht.« Ich zückte meinen Leinenbeutel, der unter der Theke der Garderobe verstaut war. »Die hier habe ich gestern Nacht gemacht«, fügte ich hinzu, brachte zwei selbst gemachte Masken zum Vorschein und zeigte sie ihr. »Sie wissen schon, für den Fall, dass Sie uns erlauben würden, zu bleiben.«

Nach meinem Besuch im Einkaufszentrum war ich tags zuvor noch im Heimwerkerladen gewesen. Weil ich noch Coupons gehabt und mich an die reduzierte Ware gehalten hatte, war es mir gelungen, ziemlich günstig alles zu bekommen, was ich brauchte. Die Masken, die die Kinderkrebshilfe für den Ball geordert hatte, stellten alle unterschiedliche Tiere dar; deshalb hatte ich ebenfalls zwei Tiermasken gebastelt. Für Asha einen Vogel mit weißen und kobaltblauen Federn, die perfekt zu ihren Augen passten, und für mich einen Schmetterling mit pinkem Glitter und Strasssteinen.

»Ich *sollte* Nein sagen, denn alle anderen tragen unsere

Masken«, warf Sandra ein und nahm eine meiner Kreationen in die Hand. »Aber die hier sind wirklich atemberaubend.«

Ich strahlte. »Also dürfen wir sie tragen?«

Sie nickte langsam. »Ja, meinetwegen.«

»Ja!«, sagte ich und konnte mein Glück kaum fassen. »Vielen Dank, Miss Hogan. Das bedeutet mir sehr viel.«

Sandra lief schon zurück zur Lobby und winkte mit einer Hand über dem Kopf, ohne sich umzusehen. »Amüsiert euch, meine Damen«, rief sie zum Abschied.

Genau das hatte ich vor.

KAPITEL 2

Der Ballsaal war prunkvoll. Fünf schwere, kristallene Kronleuchter spendeten warmes Licht, das von den deckenhohen Wandspiegeln ringsum zurückgeworfen wurde. Auf dem Balkon spielte ein Orchester, zu dessen Musik wunderschöne Paare über die Tanzfläche schwebten.

Es war unfassbar, wie viel Reichtum in diesem Saal versammelt war. Eine Frau trug eine Halskette mit einem faustgroßen Smaragd. Ohne Übertreibung. In meinem Kaufhauskleid und mit meinem unechten Schmuck fühlte ich mich fehl am Platz.

»Wo zur Hölle steckst du, Asha?«, murmelte ich, während ich auf mein Handgelenk schaute. Aber meine Armbanduhr, mein liebstes Accessoire, hatte ich vor dem Ball abgelegt, um sie durch ein pinkes Armband zu ersetzen, das zu meiner Maske passte. Gestern war ich noch stolz darauf gewesen – ich hatte es extra für diesen Anlass entworfen. Aber nachdem ich einige der Schmuckstücke gesehen hatte, die die Gäste trugen, schienen die falschen Kristalle an meinem Handgelenk nichts Besonderes mehr zu sein.

Mit einem Seufzer wandte ich mich wieder dem Gewimmel der Gäste zu. Asha war vor einer gefühlten Ewigkeit verschwunden, um an der Bar Limo für uns zu besorgen, weil wir nichts von dem Champagner haben durften, den die Kellner herumreichten. Allmählich wurde es mir peinlich, allein herumzustehen. Außer ihr kannte ich niemanden hier, mal abgesehen von den Mitgliedern der Kinderkrebshilfe, aber die waren alle so sehr damit beschäftigt, wichtige Gäste zu unterhalten, dass sie mir keine Gesellschaft leisten konnten.

Ich hatte inzwischen einen Stehtisch unter dem Balkon für mich ergattert. Dort war ich niemandem im Weg und hatte die beste Aussicht auf das ganze Geschehen. Ein süßes, älteres Paar bewegte sich langsam, im eigenen Takt, am Rand der Tanzfläche. Es fiel mir auch nicht schwer, Steven Gibbins zu entdecken, den Geschäftsführer der Kinderkrebshilfe. Er trug einen lächerlichen Zylinder. Ich ließ meinen Blick weiter über die Menge schweifen und hoffte, jemand Berühmtes zu erspähen, aber wegen der Masken war es natürlich schwer, überhaupt jemanden zu erkennen.

Doch dann bemerkte ich *ihn*.

Im Kontrast zu den meist farbenfrohen und verzierten Masken, die die Gäste zu Beginn der Veranstaltung aufgesetzt hatten, hatte er sich für die eines schlichten, aber eleganten schwarzen Wolfs entschieden, die seine grauen Augen betonte. Ich konnte dieses erstaunliche Grau so gut erkennen, obwohl er ein paar Meter entfernt von mir stand, weil er mich unverhohlen anstarrte.

Er wirkte jünger als die meisten anderen Gäste. Vielleicht war er der Sohn eines erfolgreichen Geschäftsmannes oder Filmregisseurs? Es war schwer einzuschätzen, wie alt er genau war, da die obere Hälfte seines Gesichts verdeckt war.

Achtzehn oder neunzehn, schätzte ich. Vielleicht Anfang zwanzig.

Dass er unglaublich gut aussah, war das Einzige, was ich mit absoluter Gewissheit sagen konnte. Nicht heiß auf die Art wie Eddie Marks, der Kapitän der Fußballmannschaft, auf den ich seit der Unterstufe stand. Eddie wusste, wie er auf die Mädels wirkte, und machte es sich zunutze. Dieser Junge, wer immer er sein mochte, tat dies nicht. Keine Ahnung, *woher* ich das wusste – vielleicht lag es an seiner Körperhaltung. Er war groß, stand sehr aufrecht, strahlte aber keine Überheblichkeit aus. Oder vielleicht an seinem Blick, einsam, aber hoffnungsvoll. Warum auch immer, ich wusste einfach, dass er anders tickte als alle Eddies dieser Welt.

Wir hatten uns noch nie zuvor gesehen, und doch ... hatte er etwas an sich, das ich mir nicht genau erklären konnte. Seinen Blick zu erwidern, löste in mir das Gefühl aus, als sei mein Innerstes nach außen gekehrt worden. Nach zwei weiteren Sekunden direkten Blickkontakts schaute ich zu Boden.

Ich wollte beschäftigt wirken und zog deshalb mein Handy hervor, um nachzusehen, ob Asha mir geschrieben hatte. Vielleicht *war* Gabe Grant hier und sie flirtete in einer dunklen Ecke des Saals mit ihm. Aber als ich nachsah, hatte ich keine neuen Nachrichten erhalten. Ich klickte Ashas Namen an und schrieb ihr eine kurze Nachricht.

Felicity: Bist du entführt worden oder so?

Dann steckte ich mein Handy wieder ein und blickte in der Hoffnung auf, Asha mit zwei Getränken in der Hand und einem Lächeln auf den Lippen auf mich zukommen zu sehen. Aber sie tauchte nicht auf; deswegen riskierte ich einen weiteren schnellen Blick zu dem Typ mit den durchdringenden Augen. Er hatte sich wieder den Leuten zugewandt, mit denen er zusammenstand: ein großer Mann mit einem Hauch Silber im dunklen Haar und denselben grauen Augen wie der Junge, eine Frau in einem grünen, hautengen Kleid, das mich an die Haut eines Alligators erinnerte, und Judy Perkins, ein Aufsichtsratsmitglied der Kinderkrebshilfe. Der Wolfsjunge hörte dem Gespräch höflich zu, aber während ich hinsah, öffnete er den Mund kein einziges Mal, um selbst etwas zu sagen.

Auch einige Minuten später, in denen ich mit den Fingern ungeduldig auf den Cocktailtisch trommelte, hatte ich noch immer kein Lebenszeichen von Asha bekommen. Selbst der Junge, zu dem ich immer wieder rübergesehen hatte, war verschwunden, verschluckt von den Wogen der Menschenmenge. Wenn ich jetzt nicht nach Asha suchte, würde ich vermutlich den Rest des Abends damit verbringen, hier bescheuert allein herumzustehen. Ich löste mich von dem Stehtisch und machte mich auf die Suche.

Am anderen Ende des Saals gab es eine große Bar – das wusste ich, weil ich beim Aufbau geholfen hatte –, und ich begab mich grob in deren Richtung. Auf dem Weg schlängelte ich mich durch verschiedene Gästegrüppchen. Ich bekam Bruchstücke von Gesprächen mit und immer wieder lachten die Gäste. So mitten im Getümmel der Party fühlte ich mich gleich viel wohler.

Es dauerte einige Minuten, bis ich den großen Ballsaal durchquert hatte, und als ich schließlich den hölzernen Tresen der Bar erblickte, glaubte ich, von einer mir vertrauten Stimme gerufen zu werden. Ich stellte mich auf die Zehenspitzen und ließ meinen Blick durch den Raum schweifen, in der Hoffnung, Ashas hellblauen Sari zu entdecken. Doch ich konnte sie nirgendwo sehen, schürzte die Lippen und drehte mich wieder um. Genau in diesem Augenblick rempelte mich jemand von der Seite an. Ich geriet auf meinen High Heels ins Wanken, und die halbe Sekunde, die verging, ehe ich endgültig das Gleichgewicht verlieren würde, schien eine Ewigkeit zu dauern. Aber bevor ich fallen konnte, griff eine starke Hand nach mir und hielt mich fest.

»Vielen, vielen Dank...«, begann ich, aber dann sah ich auf, erblickte meinen Retter und erstarrte. Vor mir stand der Typ mit der Wolfsmaske. Aus nächster Nähe war er noch atemberaubender. Er sagte etwas zu mir, aber ich war zu verblüfft, um seine Worte zu verstehen.

Als ich nicht antwortete, legte er den Kopf schräg. »Miss?«
Ich blinzelte. »Hm?«

»Soll ich ein feuchtes Tuch und ein Glas Wasser bringen lassen?«, erkundigte er sich leise, als wolle er von niemandem gehört werden. Seine Stimme war tief. Tief auf eine sanfte, sexy Art.

»Warum?«

Er deutete auf mein Kleid. Braune Flüssigkeit war vorne

über den Rock gelaufen und hatte einen großen Fleck auf dem pinken Stoff hinterlassen. Und da fiel mir auch das leere Glas in seiner anderen Hand auf.

»Mist!«, rief ich und wischte ein paar schmelzende Eisklumpen weg. Die braunen Flecken blieben. »Mist, Mist, Mist!«

»Ich komme gerne für die Reinigungskosten auf, wenn ...«

»Nein«, unterbrach ich ihn.

Bevor er die Chance hatte, zu reagieren, wirbelte ich herum und tauchte in die Menschenmenge ein. Die nächsten Toiletten waren unter dem Balkon. Ich eilte doppelt so schnell durch den Ballsaal wie auf dem Weg zur Theke. Es war mir egal, ob ich in meinem Wahn jemanden anrempelte. Ich lief so schnell in die Damentoilette, wie meine hochhackigen Schuhe es zuließen, und peilte den kürzesten Weg zu den Waschbecken an. Nachdem ich den Wasserhahn ruckartig aufgedreht hatte, riss ich ein Papierhandtuch nach dem anderen aus dem Spender.

»Bitte geh raus, bitte geh raus«, flehte ich verzweifelt, während ich mit den nassen Tüchern auf dem Fleck rumtupfte. Etwas von den dunklen Klecksen verschwand, aber der Stoff war nach wie vor verfärbt. »Verdammt!«

Ich warf die nutzlosen Tücher in den Mülleimer, beugte mich über das Waschbecken und atmete tief durch, um mich zu beruhigen. In meinem ganzen Leben war ich noch nie wegen etwas so Banalem wie einem ruinierten Outfit derart am Boden zerstört gewesen. Ich legte keinen großen Wert auf materielle Dinge. Das konnte ich mir gar nicht leisten. Meine Familie war nie wirklich reich gewesen, aber als Partner in einer Anwaltskanzlei hatte mein Vater genug Geld verdient, um uns ein sorgloses Leben zu ermöglichen. Nicht, dass ich mich daran erinnerte. Mein Vater hatte uns verlassen, bevor ich in die erste Klasse kam.

Mom hatte ihren Lebensstil als Orange-County-Hausfrau so lange wie möglich beibehalten, aber der Ehevertrag, den sie unterschrieben hatte, sprach ihr nicht sehr viel Geld zu. Als ich neun wurde, war das Geld weg, und sie begann, unser Hab und Gut zu verkaufen – das Speedboat, das Dad zurückgelassen hatte, einige ihrer wertvollen Schmuckstücke, den Kicker und den Flachbildfernseher aus dem Keller –, um nicht die wichtigen Statussymbole wie das Haus und den BMW zu verlieren. Aber irgendwann mussten auch die verkauft werden.

Als ich in die Mittelstufe kam, akzeptierte meine Mutter endlich die Tatsache, dass unser Lebensstil sich ändern musste. Sie, Rose und ich schauten eines späten Abends *Natürlich blond* (mein absoluter Lieblingsfilm). Gerade als die Hauptfigur Elle kurz davor stand, im Gerichtssaal einen Sieg davonzutragen, fiel der Strom aus. Aber es lag nicht an einem Sturm. Der Stromversorger hatte uns den Saft abgedreht, weil Mom die Rechnungen nicht bezahlt hatte. Ich musste ihr jedoch zugutehalten, dass sie damals gute Miene zum bösen Spiel gemacht hat. Nachdem der Schock der plötzlichen Dunkelheit verdaut war, kramte sie genügend Kerzen aus der Garage zusammen, um das ganze Wohnzimmer zu beleuchten.

Für mich war diese Nacht ein lustiges Abenteuer. Schließlich durfte ich mit meiner Familie in einem Schlafsack auf dem Wohnzimmerboden campen. Erst als ich davon wach wurde, wie meine Mom weinte, wurde mir der Ernst der Lage langsam bewusst. Sie schluchzte nur ganz leise, aber ich konnte ihre unregelmäßige Atmung und ab und zu auch einen Schluckauf hören. Als ich sie leise ansprach und sie fragte, was denn los sei, tat sie so, als schliefe sie. Am nächsten Tag stellte sie das Haus zum Verkauf und sah sich nach einem Job um.

Seufzend widmete ich mich wieder meinem Kleid. Leider ging es um mehr als nur einen dummen Fleck. Denn ich hatte es einfach nicht fertiggebracht, einen Haufen Geld für ein Kleidungsstück zum Fenster hinauszuwerfen, das ich nur einmal tragen würde. Ganz besonders in Anbetracht der Tatsache, dass ich jeden Cent fürs College brauchte ... Also hatte ich den unschönen Plan gefasst, das Preisschild des Kleides nicht zu entfernen und es einfach nach dem Ball wieder in den Laden zurückzubringen.

Aber mit diesem Fleck ging das natürlich nicht mehr. Und mit dem Versuch, die Limonade herauszuwaschen, war es nur noch schlimmer geworden. Ich spürte, wie Tränen in meine Augen stiegen.

Willst du jetzt wirklich wegen eines Kleides heulen?, tadelte ich mich selbst. *Reiß dich zusammen, Felicity!*

Ich schob meine Maske hoch und wischte mir die Tränen aus den Augen. Ich wusste, dass es schwer werden würde, das Geld fürs College zusammenzusparen. Und wenn ich ehrlich war, war der Fleck vielleicht sogar ganz gut. Ich hatte mich davon zu überzeugen versucht, dass es niemandem schaden würde, das Kleid zurückzugeben, aber ich konnte das Preisschild zwischen meinen Schultern hängen spüren. Es erinnerte mich permanent an meine Unehrlichkeit.

Ich schüttelte mein Haar aus und straffte die Schultern. Was ich jetzt dringend brauchte, war frische Luft, also rückte ich meine Maske wieder zurecht, verließ die Toilette und machte mich auf den Weg zu den Doppeltüren hinten im Ballsaal. Eine stand offen und das Licht aus dem Saal fiel hinaus auf die Terrasse und wirkte dort wie ein Swimmingpool aus goldenem Wasser. Sobald ich hinaustrat, atmete ich die warme Luft tief ein. Inzwischen war die Sonne untergegangen, aber die sengende Hitze des Tages hing immer noch beharrlich in der nächtlichen Luft.

Ich atmete ein weiteres Mal tief ein und ging hinüber zum steinernen Geländer. Hinter mir verschwammen das Treiben und die Musik der Party zu einem leisen Summen. Von der Terrasse aus schaute man auf einen weitläufigen Garten. Das einzig passende Wort, um diesen zu beschreiben, war ›magisch‹. Wie aus einem Märchen. Ich stellte mir vor, wie kleine Feen dort in der nächtlichen Dunkelheit funkelten.

Zwei weit geschwungene Treppen führten zu einem riesigen, runden Brunnen hinab, und der Weg aus Kopfsteinpflaster, der ihn umgab, verlor sich dahinter in einem Labyrinth aus hohem Grün. In zahlreichen Rosenbeeten hingen weiße Lichterketten, an den Ästen aller Bäume in der Umgebung pastellfarbene Lampions. Während ich die schöne Szenerie auf mich wirken ließ, wurde mir klar, wie viel Zeit und

Mühe die Dekoration in Anspruch genommen haben musste und wie schade es war, dass niemand außer mir hier draußen war und den Anblick genoss. Die Kinderkrebshilfe war davon ausgegangen, dass die Partygäste auch die Terrasse benutzen würden, aber angesichts der Hitze schien kaum jemand den klimatisierten Saal verlassen zu wollen.

Ich setzte mich auf die oberste Stufe einer der Treppen, stützte das Kinn in die Hände und seufzte aus tiefster Seele. *So* hatte ich mir den Abend ganz und gar nicht vorgestellt. Hatte ich etwa erwartet, dass es mir ergehen würde wie Aschenputtel? Nein, aber verdammt, die hatte doch echt alles gehabt: ein kostenloses, wunderschönes Kleid, einen Abend voller Lachen und Tanzen und einen gut aussehenden Prinzen, der sie aus ihrer traurigen Welt rettete. Wäre auch nur *eines* dieser Dinge zu viel verlangt gewesen? Ein Abend voller Spaß statt Stress? Ohne mir über Geld, Arbeit oder meine Zukunft Sorgen zu machen? Nach dem Vorfall mit der Limonade auf meinem Kleid und dem damit verbundenen Durchdrehen war stressfrei leider keine zutreffende Beschreibung mehr für meine Maskenballerfahrung.

Ich fuhr mir mit den Händen durchs Haar. Es hatte über eine Stunde gedauert, jede Strähne zu glätten, und nachdem ich nun nicht einmal fünf Minuten draußen gewesen war, spürte ich schon, wie meine Locken langsam zurückkehrten. Aber inzwischen war es mir egal. Das Einzige, das mein ganzes Pech wieder wettmachen würde, wäre, wenn zumindest Asha sich gut amüsierte, hoffentlich mit Gabe Grant.

Dieser Gedanke brachte mich zum Lächeln.

Ich weiß nicht, wie lange ich dort draußen war, aber irgendwann spazierte ich hinab zum Brunnen. Aus der Nähe war er noch viel schöner. Sein Boden war mit buntem Glas gekachelt und sah aus wie ein versunkenes Kaleidoskop. Ich stieg auf den glatten Betonrand des Beckens. Während ich einmal ganz darauf herumlief, summte ich den Song von den Heartbreakers, der mir dank Asha nicht mehr aus dem Kopf ging.

»Miss?«

Beim Klang seiner Stimme schreckte ich auf und musste mit den Armen rudern, um nicht ins Wasser zu fallen. Ich fand mein Gleichgewicht wieder, aber mein Herz pochte heftig. Ich legte mir eine Hand auf die Brust und setzte mich schnell, bevor ich am Ende tatsächlich noch im Wasser landete.

Ohne hinzusehen, wusste ich, dass es wieder dieser Junge war. Ich wandte mich ihm zu und musste den Kopf in den Nacken legen, um ihm ins Gesicht sehen zu können. *Heilige Mutter Gottes,* war der groß! Nicht so groß wie mein guter Freund Boomer, aber trotzdem … Das hatte ich gar nicht bemerkt, als wir auf der Tanzfläche zusammengestoßen waren, weil ich von meinem besudelten Kleid derart abgelenkt gewesen war. Als könne er meine Gedanken lesen, trat er ein paar Schritte zurück, um mich nicht mehr so weit zu überragen.

»Wolltest du mich erschrecken?«, fragte ich, während mir der Puls in den Ohren pochte. »Denn das ist dir gelungen.«

»Tut mir leid«, erwiderte er mit neutralem Gesichtsausdruck. »Ich wollte nur sehen, ob es dir gut geht.«

Ich seufzte. »Ja, mir geht es gut.«

Okay, mir ging es nicht gut. Auch nicht unbedingt schlecht, aber nachdem meine Emotionen unerwarteterweise so hochgekocht waren, fühlte ich mich nun etwas durcheinander und ausgebrannt. Wie ein völlig entladener Akku. Meine Freude über den Ball war zwar schon lange verflogen, dennoch war ich noch nicht bereit zu gehen. Nicht, wenn mich daheim nur ein dunkles Haus erwartete. Aber unter keinen Umständen würde ich das alles einem Fremden anvertrauen, selbst wenn er auf mysteriöse Art und Weise attraktiv war.

Er musste gemerkt haben, dass ich nicht ganz ehrlich war, denn als ich wieder aufschaute, musterte er mein Gesicht eingehend. Dabei hatte er die Augen konzentriert zusammengekniffen. Es fühlte sich an, als würde eine ganze Stunde vergehen, bis er endlich sprach.

»Ist dein Kleid in Ordnung?«

Ich lief rot an. »Das wird schon wieder. Ich muss es nur in die Reinigung bringen.«

»Tut mir leid, dass ich meinen Drink auf deinem Kleid verschüttet habe«, betonte er erneut. »Ich habe dir ein Mineralwasser und ein Handtuch geholt.« Er hielt mir beides als Friedensangebot hin.

»Das wäre nicht nötig gewesen«, antwortete ich und war kaum in der Lage, seinen Blick zu erwidern. Mein Gesicht brannte, und ich betete im Stillen, dass man in der Dunkelheit meine roten Wangen nicht erkennen konnte. Anders als Mom und Rose, die immer kalifornientypisch braun waren, hatte ich, was das anging, die irischen Gene meiner Großmutter geerbt. Und als wäre es nicht schon genug, dass ich mir mit meiner komplett blassen, bleichen Haut sogar an bewölkten Tagen einen Sonnenbrand einfing, lief ich auch noch rot an wie ein Stoppschild, wenn mir etwas peinlich war.

Der Junge hielt mir die Flasche und das Handtuch noch immer hin, aber ich war zu nervös, um danach zu greifen. Drei lange Sekunden vergingen, bevor er auf mich zukam und die Sachen neben mir abstellte. Dann stand er einfach da, mit den Händen in den Taschen. Ich wusste nicht, ob er wollte, dass ich ihn bat, sich zu mir zu setzen, oder ob er darauf hoffte, dass ich ihm einen Grund gab, zu verschwinden. Ich war zu abgelenkt, um irgendetwas davon zu tun. Meine Gedanken drehten sich immer noch um unseren Zusammenstoß und mit jeder detaillierten Wiederholung der Szene in meinem Kopf zog sich mein Magen weiter zusammen. Ich hatte mich total bescheuert aufgeführt. Richtig zickig.

»Ich komme mir so blöd vor«, gestand ich und vergrub das Gesicht in den Händen. »Tut mir leid, dass ich so ausgeflippt bin. Du musst mich für eine von diesen total verwöhnten, anstrengenden Barbies halten.«

Der Junge interpretierte meine Entschuldigung offensichtlich als Zeichen, sich zu mir zu setzen. Er nahm Platz und zog etwas aus seiner Tasche: ein Handy und Kopfhörer. »Deine Haare sind nicht blond«, sagte er. Ich sah ihn an und war von dem abrupten Themenwechsel verwirrt, also ergänzte er zur Erklärung: »Barbies haben blonde Haare.«

Oh. Er hat einen Scherz gemacht. Meine Güte ... bei seinem ernsten Tonfall und dem steinernen Gesichtsausdruck war es unmöglich, das zu merken. »Richtig«, antwortete ich. »Du aber auch.«

Sein Haar war flachsblond – ein so heller Ton, dass er beinahe wie Sonnenlicht auf frischem Schnee wirkte. Und es war perfekt gestylt, mit ein paar lässigen Strähnen in der Stirn. Ich musste beinahe lachen. Er war der Ken zu meiner Barbie. Statt zu antworten, strich er sich übers Haar, wie um sicherzugehen, dass jede nach hinten gekämmte Strähne noch an ihrem Platz lag. Dann richtete er den Blick wieder auf mich. Ich wartete darauf, dass er etwas sagte, *irgendetwas,* aber er schien zufrieden mit der Stille.

Ich war es jedoch nicht.

»Ich bin übrigens Felicity Lyon.« Li-ohn, wie die französische Stadt.

Ich hatte gehofft, das Gespräch so in Gang zu halten, aber aus irgendeinem Grund zuckte er zusammen und wandte den Blick ab. Er sah auf seine Hände und konzentrierte sich darauf, das weiße Kabel seiner Kopfhörer um einen seiner Finger zu wickeln.

Okay, komisch. War er zu schüchtern, um sich mit mir zu unterhalten, oder wollte er mir seinen Namen nicht verraten?

»Egal«, entschied ich. »Tu einfach so, als hätte ich nichts gesagt.«

Nach einigen Augenblicken legte er sich seine Kopfhörer um den Hals und räusperte sich. »Ich bin Aaron.« Er verriet seinen Nachnamen nicht, aber mit dem Vornamen konnte ich schon mal etwas anfangen.

»Also *Aaron*«, antwortete ich und versuchte, nicht die Nase zu rümpfen. Es fühlte sich irgendwie falsch an, ihn Aaron zu nennen, aber vielleicht lag das nur daran, dass ich mal Babysitterin für einen kleinen Jungen namens Aaron gewesen war. Er hatte das ganze Jahr über sein Halloween-Kostüm getragen und sich einen Spaß daraus gemacht, aus Schränken zu springen, um die Leute zu erschrecken.

»Warum bist du hier?« Sobald mir diese Worte über die Lippen kamen, wurde mir klar, dass es so klang, als wolle ich wissen, warum er hier bei mir saß, und fügte rasch hinzu: »Ich meine, warum du hier auf dem Ball bist.«

»Mein Dad war eingeladen«, antwortete er ohne weitere Erklärungen. Ich war mir ziemlich sicher, dass er finster dreinblickte, obwohl das durch seine Maske schwer zu erkennen war. Ich wollte am liebsten danach greifen und sie herunterziehen, um sein Gesicht zu sehen, aber stattdessen faltete ich die Hände auf dem Schoß.

Gott, Felicity. Kannst du dich noch peinlicher benehmen?
Anscheinend konnte ich das.

»Ist das der Mann mit dem dunklen Haar, mit dem du dich vorhin unterhalten hast?«, Die Frage stellte ich, ohne vorher darüber nachzudenken. Ich versuchte, ihn in ein Gespräch zu verwickeln, und Aaron, der eher der stille Typ zu sein schien, steuerte seinerseits nicht viel dazu bei. Sein Mund zuckte, und ich meinte, einen Anflug eines Lächelns über sein Gesicht huschen zu sehen.

»Also hast du mich doch gesehen.«

Oh. Mein. Gott.

Viel peinlicher konnte es ja wohl nicht mehr werden. Ich wäre am liebsten sofort zurück zur Damentoilette gerannt, um mich dort zu verstecken. Meine Frage klang total stalkermäßig und seltsam! Aber dann fiel mir auf, dass Aaron mit seiner Antwort zugegeben hatte, mich auch bemerkt zu haben.

»Na ja, schon«, gestand ich. Ich presste die Lippen aufeinander, um nicht zu lächeln. »Es war schwer, dich zu übersehen, so wie du mich angestarrt hast.«

Meine Antwort brachte ihn dazu, den Blick abzuwenden, als wäre er angesichts der Situation auch verlegen. Dabei berührte er seine Kopfhörer, als wolle er sichergehen, dass sie noch da waren.

»Als ich dich da drinnen gesehen habe«, begann er, »dachte ich zuerst, du wärst jemand anderes.«

Natürlich, dachte ich mir. *Jetzt geht das wieder los.* Ich wusste schon, was er sagen würde, aber fragte trotzdem: »Echt? Für wen hast du mich denn gehalten?«

»Lach jetzt nicht, aber ich dachte, du wärst Violet James. Sie ist die Schauspielerin aus …«

Obwohl er mich gebeten hatte, es nicht zu tun, musste ich lachen.

»Ja, ich weiß, wer sie ist.«

Violet James, auch bekannt als die Vampirprinzessin Lilliana LaCroix aus *Immortal Nights*. In der Serie war sie zum ersten Mal aufgetreten, und seitdem die erste Folge ausgestrahlt worden war, bestanden die Leute darauf, dass wir Zwillingsschwestern sein mussten. Ich fand nicht, dass wir uns ähnlich sahen. Violets Haar war blassblond und ihre Augen hellbraun, fast golden. Das bildete zu meiner roten Mähne und meinen grünen Augen doch einen starken Kontrast. Dennoch wurde ich jedes Mal, wenn ich mich in die Touri-Gebiete von Los Angeles begab, um Autogramme gebeten.

Nicht dass ich wirklich etwas dagegen hatte, mit Violet verglichen zu werden. Schließlich war sie mehr als umwerfend, aber es kam einfach immer zur Sprache, wenn ich neue Leute kennenlernte. Ich könnte vermutlich auch den Präsidenten der Vereinigten Staaten von Amerika oder die kleine Meerjungfrau treffen und früher oder später würden sie mich auf die Ähnlichkeit zu Violet James ansprechen. Tatsächlich habe ich es schon so oft gehört, dass ich genau wusste, wie dieses Gespräch ablaufen würde. Normalerweise wurde ich persönliche Sachen über Violet gefragt (als könnte man die Gedanken der Leute lesen, denen man ähnelt), oder wann die neue Staffel erscheinen würde (hatte ich etwa plötzlich Insider-Informationen?), und bat mich, dieses eine beliebte Zitat von Lilliana nachzusprechen. (Nein, ich spreche keine Sexszene nach!)

Aber heute Nacht geschah etwas vollkommen anderes. Aaron fiel komplett aus dem Schema.

»Sobald du in meine Richtung geschaut hast, wusste ich aber, dass du nicht Violet bist.« Er sagte das, als wäre es amüsant.

»Echt? Wie das denn?«

»Unter Violets Blick fühlt man sich, als wäre man klitzeklein, auch wenn man 1,83 groß ist.« So, wie Aaron über Violet sprach, fragte ich mich, ob sie sich kannten. Doch da wechselte er schon das Thema. »Aber du hast noch gar nicht gesagt, wieso du heute Abend hier bist.«

»Oh, ich arbeite ehrenamtlich für die Kinderkrebshilfe.«

Zum ersten Mal, seit ich ihn entdeckt hatte, lächelte Aaron. Es war ein langsames, halbseitiges Lächeln und veränderte sein maskiertes Gesicht auf eine Weise, die mir auch ein Lächeln entlockte. »Normalerweise muss mein Dad mich auf diese sozialen Veranstaltungen schleifen, aber ich habe einen Freund, der ...« Er zögerte und sein Lächeln verblasste. »Der eine enge Verbindung zum Hintergrund dieser Veranstaltung hat.«

Das bedeutete, sein Freund hatte Krebs. Oder jemand aus dessen Familie. In jedem Fall war es schrecklich. Mein erster Gedanke war es, ihm mein Beileid auszusprechen, aber ich wusste nichts über die Situation seines Freundes, und Aaron wollte ganz offensichtlich nicht über die Einzelheiten sprechen. Also war das Beste, was ich tun konnte, freundlich zu sein und zu versuchen, ihm noch ein Lächeln abzugewinnen.

»Nun, dann wirst du dich bestimmt freuen, zu hören, dass mein Job hier für den Zweck dieser Veranstaltung *elementar* ist«, sagte ich und breitete die Hände auf der Brust aus. »Meine Aufgabe war es, die Garderobe zu betreuen.«

Das brachte ihn zum Lachen. Es war kein lautes oder langes Lachen, aber es reichte, um meinen Bauch glücklich kribbeln zu lassen.

»Bei der Hitze?« Und als wolle er seine Worte damit untermauern, knöpfte er sein Jackett auf und zog es aus. Nachdem er es sorgfältig gefaltet und zwischen uns gelegt hatte, griff er nach seiner Fliege. »Würde es dich stören, wenn ich …?«

»Natürlich nicht.« Ich grinste und streifte meine High Heels ab. »Oh, Gott sei Dank. Diese blöden Dinger erinnern mich immer wieder daran, wieso ich mich nicht gerne so schick mache.« So schön es auch sein mochte, sich in ein Ballkleid zu werfen, der Schmerz in meinen Füßen war alles andere als begehrenswert.

»Abgesehen von deinem Kleid«, bemerkte er. Ich wusste nicht, ob er mich damit aufzog oder es als Frage meinte.

Verdammt, sind wir jetzt wieder bei dem Thema?

»Das Kleid ist mir ehrlich gesagt egal.« Ich sah auf den Fleck hinab. Jetzt, da er trocken war, bemerkte man ihn kaum noch. »Es ist nur so, dass …« Ich wusste nicht, wie ich mein Vorhaben, das Kleid zurückzugeben, erklären sollte, ohne es schrecklich klingen zu lassen. Aaron drängte mich nicht weiterzureden. Er saß einfach da und sah mich an. Er ließ mich stottern und stammeln, bis ich meine Worte schließlich wiederfand. »Okay. Ich werde dir verraten, weshalb ich ausgeflippt bin«, brachte ich endlich über die Lippen. »Aber wenn ich das tue, wirst du bestimmt enttäuscht von mir sein.«

Aaron sah mir jetzt direkt in die Augen. »Das bezweifele ich in höchstem Maße.«

»Ich habe das Preisschild drangelassen.«

Er war einen Moment lang still und ließ meine Worte auf

sich wirken. »Und das macht dich zu einem schlechten Menschen?«

»Ja, weil ich es tragen und dann zurückgeben wollte. Weißt du, so etwas habe ich noch nie getan, aber alle Helfer mussten sich für den Ball schick machen, und ich besitze kein Ballkleid. Das hier war das billigste, was ich finden konnte, aber die Studiengebühren in Harvard sind unglaublich hoch und ...«

Bevor ich zu Ende sprechen konnte, hob er die Hand, um mich davon abzuhalten, noch weiter abzuschweifen.

»Nein«, antwortete Aaron und schüttelte den Kopf. »Ich glaube nicht, dass du das wirklich getan hättest.«

»Woher willst du das wissen?«

»Ich habe eine gute Menschenkenntnis«, erwiderte er, als wäre es eine Tatsache und nicht seine Selbsteinschätzung.

»Und wie funktioniert das? Warte, sag's mir nicht ... Intuition? Superkräfte?«

Aaron schüttelte den Kopf.

»Was dann?«, beharrte ich und runzelte angesichts seiner Antwort die Stirn. Ich musste wissen, wie er etwas über mich wissen konnte, bevor ich es selbst wusste, insbesondere wenn man bedenkt, dass wir uns gerade erst kennengelernt hatten. Denn sobald Aaron gesagt hatte, dass ich das Kleid nicht zurückgeben würde, wusste ich, dass er recht hatte. Ich hatte nicht den nötigen Mumm, um es durchzuziehen.

»Weil«, sagte er sehr bestimmt, »ich noch nie jemanden gesehen habe, dem wegen etwas, das er noch nicht mal getan hat, das schlechte Gewissen so ins Gesicht geschrieben steht wie dir.«

Er stand auf und klopfte sich die Hose ab. Ich war mir sicher, dass er mich jetzt sitzen ließ – *was,* wie mir klar wurde, *etwas Gutes war,* denn diese ganze Sache war bislang ziemlich demütigend. Aber dann tat er etwas, das mich überraschte. Er atmete scharf ein und streckte die Hand aus.

»Hast du Lust auf einen Spaziergang?«, fragte er und deutete auf die Gärten.

Er schien gleichzeitig ungeduldig und vorsichtig zu sein. Das vertrieb jeden Gedanken an die Peinlichkeiten dieses Abends aus meinem Kopf. Ich warf einen Blick auf seine ausgestreckte Hand und ein langsames Lächeln schlich sich auf meine Lippen.

Na gut, Süßer. Warum nicht?

Ich legte meine Hand in seine und ließ mich von ihm in die Gärten führen.

KAPITEL 3

Die Gärten waren riesig, viel größer, als ich anfangs angenommen hatte, und es wäre ein Leichtes gewesen, sich auf den verschlungenen Wegen zu verlaufen. Wir hatten den lichtergeschmückten Bereich rings um den Brunnen bereits hinter uns gelassen, aber das Licht aus dem Ballsaal, das auf den gegenüberliegenden Hügel fiel, half mir, nicht die Orientierung zu verlieren.

Aaron hatte nichts mehr gesagt, seit er mir die Hand hingehalten hatte. Während der ersten Minuten des Spaziergangs versuchte ich, mir irgendetwas Intelligentes einfallen zu lassen, um ein Gespräch in Gang zu bringen, aber Aaron lief, als hätte er ein Ziel, als wäre er zutiefst konzentriert. Also hielt ich den Mund. Je tiefer wir uns in die Gärten vorwagten, desto weniger störte es mich, dass wir uns nicht unterhielten.

Zu Beginn hatte ich das Gefühl gehabt, dass ich sein Schweigen durch mein Reden ausgleichen müsste, aber je länger wir unterwegs waren, desto deutlicher wurde es, dass Aaron sich in dieser Stille wohlfühlte, sogar selbstsicher. Mir wurde klar, dass er von mir nicht erwartete, etwas zu sagen, und die Anspannung zwischen meinen Schultern löste sich endlich auf. Erst danach war ich imstande, die kleineren

Dinge zu bemerken. Zum Beispiel, dass wir so nah nebeneinanderliefen, dass sich unsere Ellbogen ab und zu berührten, und dass Aaron mir alle paar Sekunden von der Seite einen Blick zuwarf.

Bald weitete sich der Weg und die Rosenbeete endeten. Aaron machte am Rand eines kleinen Karrees halt, in dessen Mitte sich ein Koiteich befand. Seerosen schwammen auf dem Wasser und eine winzige Brücke führte über den Teich.

»Hübsch«, bemerkte ich und brach die Stille zwischen uns. Der Mond schien so hell, dass ich im Wasser erkennen konnte, wie sich etwas Weißes und Orangefarbenes bewegte.

Aaron nickte. »Vor langer Zeit war ich mal mit meiner Mutter hier. Wir haben die Fische mit Tortillachips gefüttert.«

Meine Augen weiteten sich. »Ihr habt den Fischen Chips gegeben?«

»Die fressen fast alles«, antwortete er und zuckte die Schultern.

»Nein, ich meine, warum habt ihr freiwillig etwas so Köstliches wie Tortillachips weggeworfen? Waren es etwa die mit Sour-Cream-Geschmack? Falls ja, weiß ich nicht, ob wir Freunde werden können.« Chips, egal ob Tortilla- oder Kartoffelchips, waren mein Lieblingsessen unter den Snacks. Und die Tortillachips mit Sour-Cream-Geschmack waren meine persönliche Droge. Ich war in der Lage, eine komplette Familienpackung auf einmal aufzufuttern. Aber solange sie schön knusprig waren, aß ich eigentlich alle Sorten.

»Es waren Sweet Chilis«, versicherte er mir.

»Dann ist es okay, denke ich«, entgegnete ich. »Aber du musst mir schwören, nie wieder Chips zu verschwenden.«

»Ich schwöre!«, gelobte er.

Wir verfielen wieder in Schweigen. Schließlich setzte ich mich auf eine Steinbank am Ufer des Teiches. Aaron folgte meinem Beispiel. Auch diesmal war er offensichtlich sehr darauf bedacht, sich nicht zu dicht neben mich zu setzen. Gemeinsam genossen wir den Anblick des Teiches und die friedliche, nächtliche Ruhe des Gartens. Nach ein paar Minuten wandte ich mich ihm zu. Er hielt immer noch sein Handy in der Hand und drehte es hin und her.

»Hast du gute Musik darauf?«, erkundigte ich mich.

Unsere Blicke trafen sich und Aaron schenkte mir das umwerfendste Lächeln überhaupt. Ich wusste nicht, welche Reaktion ich von ihm erwartet hatte, aber mit diesem Strahlen hatte ich nicht gerechnet. Zum zweiten Mal an diesem Abend war ich für einen Moment lang überwältigt von seiner Schönheit. Natürlich war es ungewöhnlich, einen Mann als schön zu beschreiben, aber ein treffenderes Wort fiel mir nicht ein.

Aaron schien nicht zu bemerken, welche Auswirkungen sein Lächeln auf mich hatte, denn er war schon dabei, durch seine Musiklisten zu scrollen. Nach einigen Augenblicken fand er den Song, den er suchte, und steckte sich einen der Ohrstöpsel seiner Kopfhörer ins Ohr. Den anderen bot er mir an, aber wir saßen zu weit auseinander, sodass ich ihm seinen aus Versehen herauszog, als ich mir meinen ins Ohr steckte.

»Sorry«, murmelte ich. Aus Gründen, die ich nicht erklären konnte, fühlte es sich irgendwie intim an, sich die Kopfhörer mit ihm zu teilen und seine Musik zu hören.

»Kein Problem.« Er fischte nach dem herunterbaumelnden Ohrstöpsel und betrachtete dann den Abstand zwischen uns. Nach kurzer Überlegung rutschte er zu mir herüber und steckte sich den Hörer wieder ins Ohr.

Ich zwang mich dazu, mich auf die Musik zu konzentrieren, die in meinem Ohr ertönte. Der Song war langsam, manchmal leise und manchmal laut. Er erinnerte mich an eine Kombination aus »These Beautiful Lies« und »Sunday's Calling«, meine beiden Lieblingsbands. Aaron ließ mich den ganzen Song hören, bevor er auf Pause drückte.

»Gefällt dir das?«, wollte er wissen. Mit leicht geöffneten Lippen und angehaltenem Atem wartete er auf meine Antwort.

»Es war wunderschön«, sagte ich. Es gab noch so vieles mehr, was ich sagen wollte. Beispielsweise, dass es genau die Art Song war, bei denen mir das Herz aufging. Obwohl ich den Text und die Melodie nicht kannte, hieß ein Teil von mir den Song unwillkürlich wie einen alten Freund willkommen, als habe der Künstler sich von meiner Seele inspirieren lassen, als er den Song geschrieben hat. »Wie heißt das Lied?«

»›Flying Free‹ von den Silver Souls«, antwortete er und ließ mich dabei nicht aus den Augen.

»Von denen habe ich noch nie gehört.« Aber den Song würde ich sofort herunterladen, sobald ich zu Hause war.

»Das liegt daran, dass sie bisher noch nichts herausgebracht haben.«

Ich hielt inne. *Wenn die Silver Souls noch kein Album veröffentlicht hatten, wie zum Kuckuck war er dann an ihre Musik gekommen?*

»Oh?«, hakte ich nach und wollte, dass er es erklärte, aber meine Neugierde führte nur dazu, dass Aaron die Lippen zusammenpresste. Ich konnte an der Versteifung seiner Schultern erkennen, dass ich ihn mit meiner Frage in eine unangenehme Lage gebracht hatte.

Schon wieder ziemlich merkwürdig.

Ich zupfte an einer Strähne meines Haares und versuchte, die Situation zu retten. »Also«, sagte ich zögerlich. »Hättest du etwas dagegen, wenn wir uns noch mehr anhören?«

Er atmete durch die Nase aus und nickte. »Hier.« Er gab mir sein Handy. »Such dir etwas aus.«

Ich nahm es vorsichtig entgegen. Einige Sekunden verstrichen, während ich darüber nachdachte, wie unerwartet sich der Abend entwickelte, bis Aaron sich räusperte.

»Ähm, Felicity?«

»Ja?«

Er deutete auf das Handy. »Du musst auf Play drücken, damit es funktioniert.«

»Stimmt.« Ich fummelte einen Augenblick an dem Gerät herum, dann leuchtete der Bildschirm auf. Ich drückte hastig auf Play und ein weiterer Song der Silver Souls wurde abgespielt. Aaron schloss die Augen und machte es sich auf der Bank gemütlich. Ich nahm mir einen Augenblick Zeit, ihn dabei zu beobachten, wie er die Musik genoss. Er trommelte mit den Fingern auf seinem Bein und begann dann lautlos, die Worte mit den Lippen zu formen. Er sah so zufrieden aus, dass es mir schwerfiel, den Blick von ihm abzuwenden, aber ich wollte auch nicht beim Gaffen erwischt werden. Ich lächelte still in mich hinein, folgte seinem Beispiel und schloss die Augen.

Das war für mich mit Abstand der schönste Teil des Abends. Deswegen überraschte es mich auch nicht, dass er nicht lange währte. Wir hatten erst drei weitere Songs gehört, als ich etwas in meiner Handtasche vibrieren fühlte. Ich holte mein Handy heraus und auf dem Display erschien Ashas Name. Schnell zog ich mir Aarons Kopfhörer aus dem Ohr und nahm den Anruf entgegen.

»Hey. Was liegt an?«

»Felicity«, begann sie in ihrem typischen Tonfall für ernste Gespräche. »Wo zur *Hölle* steckst du?«

»Tut mir leid, Asha. Ich wollte dich nicht sitzen lassen, aber ich habe mir etwas über mein Kleid geschüttet und dann ...«

Sie fiel mir ins Wort, bevor ich zu Ende erklären konnte. »Das ist jetzt egal. Ich muss gehen, und zwar sofort.«

Ich warf Aaron einen Blick zu, bevor ich aufstand und mich außerhalb seiner Hörweite begab. »Können wir nicht noch etwas länger bleiben?«, fragte ich im Flüsterton. »Ich habe da einen Typen kennengelernt. Er heißt ...«

»Tut mir leid, geht nicht«, unterbrach sie mich aufs Neue. »Riya hat angerufen. Als sie nach ihrer Schicht beim Supermarkt nach Hause fahren wollte, ist ihr Auto nicht angesprungen. Ich muss sie abholen.«

Ich stöhnte. Ashas große Schwester fuhr eine absolute Rostlaube. Es war ein zerbeulter Ford Festiva, mit dem ihr Dad in den Achtzigerjahren rumgefahren war und in dem er so einige Joints geraucht hatte. Riya hatte Michael James – wie Asha und ich den Wagen getauft hatten, da es sich ganz klar um einen Mann handelte und nicht um eine Mary Jane – zu ihrem sechzehnten Geburtstag geschenkt bekommen.

Weil ich in der Nähe wohnte, hatte Riya mir damals angeboten, mich mit zur Schule zu nehmen. Zunächst war ich ganz aus dem Häuschen gewesen. Denn da meine Mutter morgens arbeitete, war mir bis dato peinlicherweise nichts anderes übrig geblieben, als mit dem Bus zu fahren. Meine Freude hielt genau einen Tag an; dann kehrte ich wieder zu den öffentlichen Verkehrsmitteln zurück – eine Entscheidung, die ich im Interesse meiner eigenen Sicherheit traf. Als Riya mich zum ersten Mal abholte, musste ich durch das Fenster auf die Rückbank klettern, weil die hinteren Türen mit Spannseilen zugebunden waren.

Danach fuhr ich nur noch in diesem Auto mit, wenn Asha es sich geliehen hatte. Da durfte ich auf dem Beifahrersitz sitzen und kam in den Genuss eines tatsächlich funktionierenden Anschnallgurtes. Die seltenen Gelegenheiten, wenn Riya uns ihr Auto borgte, nutzten Asha und ich für gemeinsame Tagesausflüge. Wir fuhren zum Beispiel an den Strand, um in der Sonne zu liegen, oder hinaus zum Runyon Canyon, wo wir unseren geliebten drei Meilen langen Pfad entlangwanderten. Manchmal hatten wir das Auto nur für eine Stunde, also fuhren wir durch die Nachbarschaft und legten bei der Tankstelle einen Halt ein, um ein paar Snacks zu naschen: Tortillachips mit Sour-Cream-Geschmack für mich, einen Slushie und Knallbrause für Asha.

Vier Jahre später war es also das reine Wunder, dass der Wagen überhaupt noch existierte.

»Oh nein!«, rief ich lachend. »Nicht der Festiva! Wir werden eine Totenwache bei Kerzenschein abhalten müssen, um ihm unseren Respekt zu erweisen.«

Asha schnaubte. »Wir können dem Herrn für Michael James' Ableben später danken. Riya hat mich schon drei Mal angerufen und ich habe kaum noch Freiminuten für diesen Monat übrig.«

Ich seufzte und fuhr mir mit der Hand durchs Haar. »Fahr einfach ohne mich«, bat ich sie. »Ich nehme den Bus.«

»Bist du dir sicher? Es ist schon spät.«

Ich war mir sehr sicher. Obwohl ich mich nicht darauf freute, mehrmals umzusteigen, hatte ich noch viel weniger Lust darauf, mir für den Rest des Abends anzuhören, wie sich Riya über ihr verdammtes Auto aufregte. Das Nörgeln lag in der Familie und sie beherrschte diese Kunst noch besser als Asha.

»Definitiv«, lautete meine Antwort. »Sag Michael James Adieu von mir. Er war uns ein halbwegs treuer Weggefährte in den letzten Jahren.«

»Schreib mir, wenn du zu Hause bist«, entgegnete Asha. »Und dann möchte ich mehr über diesen Typen hören.«

Ich verkniff mir ein Lächeln, indem ich mir auf die Lippen biss. Also hatte sie gehört, dass ich Aaron erwähnt hatte. »Na klar. Wir hören uns später.«

»Mach's gut, Fel.« Und mit einem Klick war sie verschwunden.

Ich ging mit großen Schritten zurück zur Bank und griff nach meiner Clutch. Innerhalb von fünfzehn Minuten musste ich zurück zum Ballsaal finden, meine Tasche von der Garderobe holen und zur nächsten Bushaltestelle laufen. Wenn ich das nicht schaffte, würde ich mindestens noch eine Stunde warten müssen, bis der nächste Bus fuhr.

»Ist alles in Ordnung?«, erkundigte sich Aaron.

»Meine Freundin, mit der ich planmäßig nach Hause gefahren wäre, musste dringend weg«, erklärte ich. Ich wollte mich nicht auf diese Art und Weise verabschieden, aber wie Cinderella musste ich meine Kutsche nach Hause bekommen, bevor es zu spät war. »Wenn ich jetzt nicht gehe, verpasse ich meinen Bus. Es tut mir so leid. Es war wirklich schön, dich kennenzulernen, Aaron.«

Sein Gesicht kaschierte es zwar gut, aber ich entdeckte einen Hauch von Enttäuschung in seinen Augen. »Warte«, sagte er und stand rasch auf. »Ich hatte sowieso vor, früher zu gehen. Wie wäre es, wenn ich dich fahre?« Ich blinzelte, und er musste gemerkt haben, wie forsch sein Angebot klang, denn rasch fügte er hinzu: »Natürlich nur, wenn du willst.«

Ich *hätte* Nein sagen sollen. Aaron war ein Fremder und konnte genauso gut irgendein gefährlicher Gangsterboss oder Massenmörder sein. Aber gleichzeitig war ich noch nicht bereit, den Abend schon für beendet zu erklären. Sicher, da war die Sache mit dem Drink auf meinem Kleid. Aber abgesehen davon, war mein Ballbesuch *tatsächlich* so geworden, wie ich es mir erträumt hatte. Besser sogar.

Ich setzte einige Male zum Sprechen an, schloss den Mund aber immer wieder und versuchte, die richtigen Worte zu finden. Aaron hielt den Atem an, und als einige Sekunden verstrichen, ohne dass ich antwortete, atmete er enttäuscht aus. Sein Blick schweifte von meinem ab und er steckte die Hände in die Hosentaschen. Als ich seinen Gesichtsausdruck sah, stand meine Entscheidung fest.

»In Ordnung«, verkündete ich. »Aber ich muss dich warnen, ich wohne fast 45 Minuten von hier entfernt.«

Aarons Lächeln war voller Erleichterung. »Das ist kein Problem«, antwortete er. »Ich habe jede Menge Musik, die wir uns anhören können.«

Fünf Minuten später, nachdem wir bei einem kleinen Pavillon falsch abgebogen waren, fanden wir in den beleuchteten Teil des Gartens zurück. Ich blieb abrupt stehen. Nicht weit von da, wo ich meine High Heels ausgezogen hatte, saß ein Pärchen auf dem Rand des Brunnens und knutschte wild. Sie bemerkten uns nicht einmal. Aaron folgte meinem Blick, und wir grinsten uns an, bevor wir leise einen Bogen um sie machten und dann die große Treppe hinaufstiegen.

»Gut, dass wir uns nicht noch später auf den Weg gemacht haben«, bemerkte ich und schlüpfte wieder in meine hochhackigen Schuhe. So gern ich den Ballsaal barfuß durchquert hätte, wusste ich doch, dass Sandra sauer sein würde, wenn sie mich dabei erwischte, wie ich den Dresscode missachtete. »Sonst hätten wir sie vielleicht halb nackt erwischt.«

Das entlockte Aaron ein leises Lachen, während er sein Jackett wieder anzog. Nachdem er die Ärmel zurechtgezupft hatte, deutete er auf die Tür zum Saal, die einen Spaltbreit offen stand und hinter der das Fest noch im vollen Gange war. Wir liefen nebeneinander über die Terrasse, aber als wir den Eingang erreichten, trat Aaron einen Schritt zur Seite und ließ mir den Vortritt.

Der Temperaturunterschied zwischen draußen und drinnen – von schwüler Hitze zu kühler Frische – war wie ein kleiner Schock. Fast, als betrete man den Kühlraum des Diners, in dem ich arbeite. Aaron trat neben mich, während ich mich im Saal umsah. Der kürzeste Weg zur Lobby führte über die große Freitreppe. Und auch wenn wir dafür noch mal die komplette Tanzfläche überqueren mussten, wandte ich mich automatisch in diese Richtung.

»Felicity«, sagte Aaron. Er musste einen anderen Weg im Sinn haben, denn als ich mich zu ihm umdrehte, schüttelte er den Kopf und deutete in die entgegengesetzte Richtung. Ich folgte ihm am Rand des Saals entlang und um die Feiernden herum. Schließlich gelangten wir zu einem Seiteneingang, den wir auf direktem Weg durch die Menge viel schneller erreicht hätten, aber Aaron schien so vielen Menschen wie möglich aus dem Weg gehen zu wollen. Die Tür führte hinaus in einen Seitenflur, an dessen Ende das Foyer liegen musste.

»Solltest du deinem Dad nicht sagen, dass du gehst?«, fragte ich.

»Nein. Er hat heute Nacht schon genug mit mir angegeben.« Als er diese Worte aussprach, veränderte sich etwas in seinem Blick. »Er wird nicht einmal bemerken, dass ich verschwunden bin.« Ich wollte ihn fragen, was er damit meinte, aber Aarons Stimme war angespannt, und ich spürte, dass er über dieses Thema lieber nicht sprechen wollte.

Ich schwieg, bis wir die Lobby erreichten. Jemand war gerade dabei, die Garderobe abzuschließen.

»Könntest du einen Moment warten?«, bat ich Aaron. »Ich muss noch meine Sachen holen.« Ich flitzte über den glänzenden Marmorboden quer durch die Halle. »Hey, einen Moment!«

Der Aufseher warf mir einen Blick über die Schulter zu, bevor er seine Aufmerksamkeit wieder auf die Tür richtete. Er hatte einen Ring mit goldenen und silbernen Schlüsseln in der Hand und schien gerade nach dem richtigen zu suchen. »Kann ich Ihnen behilflich sein, Miss?«, begrüßte er mich in gelangweiltem Ton.

»Meine Tasche ist da drin. Hätten Sie etwas dagegen, wenn ich sie mir schnell schnappe?«

Er stellte das Suchen ein und drehte sich zu mir, um mich anzusehen. »Mir wurde gesagt, ich könne abschließen, weil keiner der Gäste heute etwas an der Garderobe abgegeben hätte.«

»Ich bin eine der Helferinnen«, erklärte ich. Ich zog meinen Ausweis der Kinderkrebshilfe aus der Handtasche und zeigte ihn dem Mann. »Sehen Sie? Ich habe meine Sachen in der Garderobe liegen lassen, als meine Schicht zu Ende war.«

Der Aufseher untersuchte die Plastikkarte einen Moment lang, als wäre er ein Türsteher, der Ausweise vor einer Diskothek kontrolliert, und seufzte dann. »Na gut, gehen Sie rein. Sie haben Glück, dass Sie gerade noch rechtzeitig gekommen sind.«

»Vielen Dank!« Ich huschte in den dunklen Raum und ertastete den Weg zum Tresen, wo ich meine Tasche abgelegt hatte.

Nach einigen Sekunden blinden Suchens fühlte ich den vertrauten, abgenutzten Stoff unter meinen Fingern. Als ich in der Mittelstufe war, gab es eine mit Juwelen besetzte Messenger Bag, auf die alle ganz versessen waren. Jedes Mädchen meines Jahrgangs hatte eine – statt des vorher obligatorischen Rucksacks –, aber Mom konnte es sich nicht leisten, mir ebenfalls eine zu kaufen. Stattdessen bekam ich eine aus schlichtem Leinen und verzierte sie, indem ich eine Sonne aus gelben, orangen und roten Perlen auf die Vorderklappe nähte. Die Mädchen in der Schule fragten mich, woher ich die Tasche hätte, und ich habe einfach gelächelt und ihnen gesagt, dass es sich um eine Sonderanfertigung handele.

Ich stopfte meine kleinere Handtasche hinein, bevor ich mir den Riemen über den Kopf zog. Dann zögerte ich und fragte mich, ob ich meine Maske abnehmen und sie auch einpacken sollte. Ich brauchte sie nicht mehr. Aber ohne sie wieder hinauszutreten, fühlte sich irgendwie komisch an. Aaron und ich, wir hatten uns ja noch nicht ohne Masken gesehen.

Ich war nicht nervös, weil er dann mein Gesicht sehen würde, aber es fühlte sich so an, als sei der Abend wirklich vorbei, sobald ich meinen Schmetterling ablegen würde. Das machte mich ein wenig traurig.

»Miss, haben Sie Ihre Tasche gefunden?«, rief der Aufseher von draußen. Er klang ungeduldig.

»Ja, ich komme.«

Bevor ich zu lange darüber nachdenken konnte, zog ich die Maske ab und steckte sie oben in meine Messenger Bag, wo sie unbeschädigt bleiben würde. Dann eilte ich hinaus und dankte dem Aufseher, bevor ich den Blick auf der Suche nach Aaron durch die Lobby schweifen ließ.

Er stand neben dem Pult des Parkservice und hatte seine Kopfhörer in den Ohren, während er auf mich wartete. Er bewegte den Kopf leicht im Takt des Liedes, das er gerade hörte. Als er mich auf sich zukommen sah, versteifte er sich.

»Was ist los?«, fragte ich ihn, als ich vor ihm stand.

»Nichts«, sagte er und zog sich die Kopfhörer heraus. Er stellte sich aufrechter hin und nickte mir zu, aber seine Antwort kam zu schnell, als dass ich ihm glaubte.

»Nein, im Ernst. Was ist los?« Verlegen strich ich mir eine Haarsträhne aus den Augen.

»Nun ja ... Du hast deine Maske abgelegt.«

Oh Mann, ist das etwa schlecht?

Meine Wangen liefen feuerrot an. Okay, meine untere Zahnreihe könnte etwas gerader sein, und ich fand, ich hatte zu viele Sommersprossen, aber abstoßend war mein Gesicht nun wirklich nicht. Zumindest, hatte ich das bisher gedacht.

Aaron ruderte sofort zurück und wedelte abwehrend mit den Händen: »Mist, so habe ich es nicht gemeint. Du hast ein bezauberndes Gesicht ... ähm, ich meine, du bist wirklich hübsch.«

»Ähm, danke?«

»Es tut mir leid.« Er rieb sich den Nacken. »Das kam ganz falsch rüber. Was ich sagen wollte, ist ... Jetzt, da du deine Maske abgesetzt hast, fühle ich mich verpflichtet, meine auch abzunehmen.«

»Und das willst du nicht?«

»Nein, das ist es nicht, aber ...« Seine Stimme verlor sich. Er schüttelte den Kopf und atmete tief durch. »Es gibt etwas, das ich dir nicht erzählt habe.« Er hielt inne. »Etwas über mich.«

»Okay?«, antwortete ich, und meine Stimme wurde etwas höher. Wollte er mich vielleicht nicht mehr nach Hause bringen? Wenn ja, war ich total geliefert. Ich hatte den Bus wahrscheinlich schon verpasst. Asha war garantiert noch auf dem Weg zu Riya und noch nicht zu Hause. Das bedeutete, ich müsste meine Mutter anrufen und ihr Date sprengen. Darüber würde sie *nicht* glücklich sein. »Bist du irgendein verrückter Serienkiller?«, scherzte ich und sprach meine Bedenken von vorhin laut aus. »Aaron, der Axtmörder?«

»Nein«, sagte er. »Aber ich heiße nicht Aaron.«

Ich verspannte mich ein wenig. »Was?«

Warum sollte er mir einen falschen Namen nennen?

»Tut mir leid«, fuhr er fort und begann langsam, das Band zu lösen, das seine Maske an Ort und Stelle hielt. »Ich wollte nur nicht, dass du mich anders behandelst.« Er zog die Wolfsmaske ab, und irgendwie gelang es mir, nicht die Kinnlade fallen zu lassen. Ich kannte sein Gesicht, aber mein Verstand konnte nicht akzeptieren, dass er es war, der mich jetzt ansah. »In Wirklichkeit heiße ich Alec.«

Heilige. Verdammte. Scheiße.

»Alec«, wiederholte ich. Ich versuchte, den Schock zu verdauen. »Wie Alec *Williams*.« Der Sohn von Jonathan Williams, dem Geschäftsführer von Mongo Records – einem der größten Labels der Musikindustrie – und Bassist der verdammten Heartbreakers.

Er stand da, die Hände hinterm Rücken, und lief rot an.

Mein Verstand konnte diese Unmöglichkeit immer noch nicht fassen. Vielleicht musste ich es laut aussprechen, um es glauben zu können. Denn ich hatte meine Zeit auf dem Ball nicht mit *irgendeinem* süßen Typen verbracht. Nein, Alec Williams und seine Bandkollegen gehörten zu den berühmtesten Menschen im gesamten Universum. Sie waren sogar noch berühmter als Gabe Grant und Violet James.

Nicht dass ich so besessen von den Heartbreakers gewesen wäre wie Asha. Natürlich, ich mochte ihre Musik. Ich hatte sogar eines ihrer Alben gekauft, aber ich war noch nie auf einem Konzert der Heartbreakers gewesen. Und ich gehörte auch nicht zu den verrückten Fan-Girls, die sie im Internet stalkten. Aber die Enthüllung, dass ich unwissentlich die letzte Stunde mit einem richtigen *Promi* verbracht hatte, war überwältigend. Plötzlich fielen mir all die peinlichen Momente wieder ein, und ich lief so dunkelrot an, dass mein Gesicht nun wohl die gleiche Farbe hatte wie mein Haar.

Alec sah mich skeptisch an, während ich versuchte, nicht durchzudrehen. Und ich erinnerte mich daran, was er nur einige Augenblicke zuvor gesagt hatte: Er hatte gelogen, weil er nicht wollte, dass ich ihn anders behandelte.

In diesem Moment tat ich genau das.

Er ist nur ein gewöhnlicher Typ, versuchte ich mir einzureden. *Tu so, als sei er immer noch Aaron.*

Ich löste meine angespannten Finger und setzte ein Lächeln auf, aber bevor ich etwas sagen konnte, trat eine Frau in dunkelblauem Ballkleid zwischen uns.

»Alec Williams?«, fragte sie mit einem unsicheren Lächeln im Gesicht. Als er nickte, ließ die Frau ihre angespannten Schultern sinken. »Ich dachte doch, ich hätte Sie erkannt. Meine Tochter ist ganz hin und weg von den Heartbreakers. Sie hört keine andere Musik mehr und wäre am Boden zerstört, wenn ich mir die Chance auf ein Autogramm entgehen lassen würde und mit leeren Händen nach Hause käme. Hätten Sie etwas dagegen?«

»Natürlich nicht.« Alec nahm sich Stift und Papier vom Tisch des Parkservice. »Wie heißt Ihre Tochter?«

»Zoey.«

Ich sah zu, wie Alec eine kurze Nachricht und seinen Namen schrieb, bevor er der Frau das Blatt reichte.

»Haben Sie vielen Dank!«, sagte die Frau und hielt das Autogramm in den Händen. »Das wird ihr sehr viel bedeuten.«

Alec nickte erneut und die Frau verabschiedete sich. Ich fragte mich, ob das für ihn immer so lief – Autogramme geben, für Bilder posieren und stets ein Lächeln im Gesicht, wenn er aus dem Haus ging. So altmodisch mir dieser Gedanke auch vorkam – aber so ein Leben war bestimmt sehr einsam. Nie hatte er Zeit für sich und war nie nur ein unauffälliges Gesicht in der Menge. Er tat mir beinahe etwas leid.

Als Alec mich wieder ansah, hatte er die Lippen aufeinandergepresst, als erwartete er, dass auch ich ihn um ein Autogramm bitten würde. Stattdessen grinste ich.

»Also, ich kann aufrichtig sagen, dass ich damit wirklich nicht gerechnet hätte.«

Nach einigen Sekunden erhellte ein breites Grinsen sein Gesicht. »Weil ich eher der Serienkiller-Typ bin?«

»Ja, absolut.« Wir sahen einander zögerlich lächelnd an, und plötzlich war es, als sei er wieder Aaron und nicht Alec Williams mit all dem Ruhm der Heartbreakers.

»Mr Williams?«, fragte der Bedienstete des Parkservice, der soeben neben Alec erschienen war. »Ihr Wagen steht bereit.«

Alec nahm die Schlüssel entgegen. »Danke«, sagte er, und meine Augen weiteten sich, als er dem Mann einen Fünfziger zusteckte. Er wandte sich mir zu. »Möchtest du immer noch, dass ich dich nach Hause fahre? Da draußen sind vermutlich Leute von der Presse, die Fotos von uns machen werden.«

Ich schluckte. Wollte ich wirklich ein Blitzlichtgewitter direkt vor der Nase haben? *Nein*, und mir wurde plötzlich klar, dass es viel einfacher gewesen wäre, wenn ich die Maske noch aufbehalten hätte. Aber gleichzeitig hatte ich das Gefühl, dass der Junge neben mir es wert war, ein paar unangenehme Momente im Licht der Öffentlichkeit durchzustehen.

»Ja«, sagte ich, und mein Mund verzog sich zu einem Lächeln. »Außerdem ist der Bus bestimmt schon weg.«

»Na dann bin ich wohl deine einzige Option.« Er legte mir eine Hand in den Rücken und führte mich in die Nacht hinaus.

Der Gang über den roten Teppich gestaltete sich anders als erwartet. Ich hatte die Grammys und Golden Globes oft genug im Fernsehen gesehen und dachte, ich wüsste, was auf mich zukam. Aber als wir hinausgingen, stand dort keine Menschenmenge, die Alecs Namen kreischte, und es bettelten keine Reporter oder Journalisten um Interviews. Und auch das Blitzlichtgewitter blieb aus.

Na klar, Dummi.

Das Fehlen des ganzen Trubels machte Sinn, jetzt wo ich darüber nachdachte. Die Gäste waren ja schon längst alle angekommen, der Presserummel auf dem roten Teppich war deswegen natürlich schon vorbei.

Also würde wohl niemand unseren gemeinsamen Aufbruch bemerken, dachte ich erfreut. Doch Alec wusste es besser.

»Zieh den Kopf ein«, flüsterte er, als wir fast auf dem Gehsteig angekommen waren. Dort lungerten einige rauchende Männer herum, die ich aber kaum wahrnahm, weil meine ganze Aufmerksamkeit dem Auto vor uns galt.

»Wow«, murmelte ich und schüttelte langsam den Kopf.

Ich hätte den Ferrari gern berührt und mit den Händen seine Linien nachgezeichnet, aber ich verkniff es mir. »Ist das ein F12?«

Alec zog die Augenbrauen hoch. »Du verstehst etwas von Autos?«, fragte er, aber bevor ich antworten konnte, rief jemand Alecs Namen und lenkte damit meine Aufmerksamkeit auf die Männer, die nun eilig auf uns zugerannt kamen. Einige Nachzügler drückten noch ihre Zigaretten an der steinernen Gebäudefassade aus, während mich schon die ersten Blitzlichter blendeten. Paparazzi.

»Alec, wer ist deine Freundin?«, fragte einer von ihnen. Er war ein großer, stämmiger Mann, und als er mir die Kamera vors Gesicht hielt, befolgte ich endlich Alecs Ratschlag und zog den Kopf ein. »Hast du dich von Violet getrennt?«

Alec zuckte angesichts des Ansturms nicht mal mit der Wimper. Er ignorierte die Fragen und öffnete mir die Beifahrertür, während die Männer um uns herum Fotos schossen. Er stellte sich, so gut er konnte, zwischen mich und die Fotografen, während er mir beim Einsteigen half.

Das Auto war nicht viel höher als die Straße selbst, also gab ich mir extra viel Mühe, nicht auf mein Kleid zu treten, als ich hineinkletterte. Bei meinem Glück würde ich sonst noch eine Bruchlandung hinlegen und nächste Woche damit im *People*-Magazin stehen. Als ich sicher im Auto saß und auch von meinem Kleid nichts mehr heraushing, schloss Alec die Tür. Eilig ging er vorn um das Auto herum – die Männer folgten ihm, ohne dass das Blitzlichtgewitter abriss – und nahm auf dem Fahrersitz Platz.

Der Ferrari erwachte röhrend zum Leben, und bevor ich ihm eine Wegbeschreibung geben konnte, fuhr Alec los. Das Auto schoss die verwaiste Straße entlang, über die nächsten vier Ampeln, die zum Glück alle Grün zeigten, und ich wurde in den Ledersitz gepresst.

Es ging in die falsche Richtung, und ich hätte jetzt eigentlich den Weg beschreiben sollen, aber ich war von unserem rasanten Flug völlig hingerissen. Denn so fühlte sich die Fahrt in Alecs Wagen an. Ich hätte gern das Fenster heruntergelassen und vor Freude in die Nacht hinausgeschrien, aber ich wollte nicht wie ein kleines Kind wirken. Also unterdrückte ich die Hochgefühle und versuchte, meinen Rausch etwas zu zähmen. Es war jedoch unmöglich, mein Grinsen zu verbergen. Es breitete sich über mein ganzes Gesicht aus, strahlend und wild.

Einige Blocks später, in sicherer Entfernung von den Paparazzi, verlangsamte Alec das Tempo. Er sah mich kurz an, bevor er den Blick wieder auf die Straße richtete.

»Geht es dir gut?«, erkundigte er sich.

»In Anbetracht der Tatsache, dass ich in einem megageilen Auto sitze«, antwortete ich, »könnte es mir *viel* schlechter gehen.«

Vielleicht würde es mich später, wenn ich im Bett lag und über die Ereignisse des Abends nachdachte, stören, dass die Paparazzi jetzt Fotos von mir hatten. Aber in diesem Moment wollte ich nur eins: Alec sollte wieder Vollgas geben und mir einen weiteren Adrenalinschub verpassen.

Seine Lippen verzogen sich beinahe zu einem Lächeln.

»Gut«, sagte er mehr zu sich selbst als zu mir. Damit hatte sich das Thema für ihn offensichtlich erledigt, ganz so als sei ein Abend mit Maskenball, Paparazzi und schnellen Autos völlig normal. Und vermutlich *war* es das für ihn ja auch.

Alec ließ wieder Musik von seinem Handy laufen, und ich gab ihm ab und zu Anweisungen, wie er fahren musste. Er schien sämtliche Musikrichtungen zu mögen und so hörten wir während der dreißigminütigen Fahrt von Soft Rock und Heavy Metal über Pop und Rap alles an. Ein elektronischer Clubsong ertönte aus den Lautsprechern, und Alec bewegte den Kopf im Takt, als wir schon fast bei mir zu Hause waren.

»Bieg am Stoppschild rechts ab«, bat ich ihn. »Ich wohne am Ende der Straße.«

Er setzte den Blinker, und als wir bei meinen Nachbarn vorbeifuhren, wurde mir plötzlich klar, dass ich eigentlich gar nicht wollte, dass Alec Williams sah, wo ich wohnte. Bisher war mir das kleine, einstöckige Haus mit zwei Schlafzimmern nie peinlich gewesen. War es ein Anwesen in Beverly Hills? Nein. Aber es hatte seinen ganz eigenen Charme. Rose und ich hatten vor dem Haus am Rand der winzigen Betonveranda ein Blumenbeet angelegt, um dem Vorgarten etwas Farbe zu geben. Vor der Haustür hing ein gläsernes Windspiel. Vor allem aber hatte Mom hart gearbeitet, um die Hypothek abzuzahlen. Und das erfüllte mich mit Stolz auf sie.

Als wir uns der Einfahrt näherten, wurde mir plötzlich bewusst, wie heruntergekommen das Haus wirken musste. Es brauchte dringend einen neuen Anstrich. Die alte beige

Farbe schälte sich von den Außenwänden wie trockene Haut und einige Dachziegel fehlten.

»Es ist das mit dem Marienkäfer«, sagte ich und deutete auf unseren rot-schwarzen Briefkasten, der sogar Fühler hatte, wie sein Käfer-Vorbild. Eine tiefe Röte kroch über mein Gesicht und meinen Hals – ich hatte den Marienkäfer in einem Sommercamp gemalt, als ich noch klein war. Und es hatte mich unglaublich stolz gemacht, als meine Mutter den Briefkasten zum »niedlichsten im ganzen Postkönigreich« gekürt hatte.

Definitiv nicht mehr ganz so niedlich inzwischen.

Ich warf Alec einen Blick zu, nervös, wie er reagieren würde. Aber sein Ausdruck war neutral, als wir in die Einfahrt fuhren. Er schaltete den Motor aus und die Musik verstummte mitten in einem Song. Dann ließ er die Hände vom Lenkrad auf seinen Schoß sinken.

Wir rührten uns beide nicht. Eine Katze kam aus dem Vorgarten des Nachbarn und schob ihren fetten Bauch durch die Lichtkegel der Autoscheinwerfer. Mit der Musik waren wir weniger verlegen gewesen. Das war mir auch im Park schon aufgefallen. Jetzt war die Stimmung im Auto voller Ungewissheit.

Was geschieht jetzt?

Wenn Alec immer noch Aaron ohne Nachname wäre, würde ich ihm vermutlich meine Nummer geben. Vielleicht würden wir auf ein paar Dates gehen, bevor einer von uns das Interesse verlor und sich nicht mehr meldete. Und dann würde von unserer Beziehung nur noch eine Facebook-

Freundschaft bleiben. Aber er war nicht Aaron ohne Nachname. Hunderte Mädchen steckten ihm Zettelchen mit ihren Telefonnummern, gemalten Herzchen und Lippenstiftabdrücken zu.

Wenn ich dasselbe tat – natürlich ohne die alberne Verzierung –, würde er dann denken, ich sei nur wegen seines Ruhms an ihm interessiert? War ich überhaupt an ihm interessiert? *Ja*, antwortete ich mir selbst sofort. Ich hatte meine Zeit mit Aaron-Alec genossen. Er war ruhig, in sich gekehrt und süß auf eine Weise, wie ich sie nie von Alec Williams von den Heartbreakers erwartet hätte – denn ein berühmtes Boyband-Mitglied hätte ich mir immer als einen kleinen Angeber mit viel Selbstbewusstsein und Charme vorgestellt. Das Alec so völlig anders als erwartet war, machte ihn umso faszinierender.

Tu so, als wäre er immer noch Aaron, sagte ich mir zum zweiten Mal an diesem Abend.

Also öffnete ich meine Tasche und zog einen Kugelschreiber hervor. Dann, bevor ich den Mut verlor, beugte ich mich vor und griff nach seiner Hand. Die Spitze des Stiftes zitterte, als ich sie auf seine Haut drückte. Ich hätte ihn auch nach seinem Handy fragen und meine Nummer einspeichern können, aber da bestand das Risiko, dass er ablehnen würde. Nun musste er sich dieses kleine Andenken an mich auf dem Heimweg ansehen. Alec sagte nichts, während ich mit blauer Tinte auf seine Haut schrieb. Seine Hand fühlte sich warm in meiner an. Als ich fertig war, stellte ich zu meiner Überraschung fest, dass er mich beobachtete. Seine Augen waren atemberaubend, und ich beschloss, dass Grau meine neue Lieblingsfarbe war.

»Danke«, murmelte er. Ein leichtes Lächeln umspielte seine Lippen, während er das Tattoo inspizierte, das ich auf seiner Haut hinterlassen hatte. Ich wartete darauf, dass er noch etwas sagte, aber das tat er nicht.

»Nun«, sagte ich und lehnte mich auf dem Beifahrersitz zurück. »Ich sollte wahrscheinlich aussteigen.«

Er nickte und starrte immer noch die Ziffern auf seiner Hand an. Ich griff nach meiner Tasche, war aber eigentlich noch nicht bereit zu gehen. Ich wollte, dass noch mehr passierte – vielleicht, dass er mir seine Nummer gab oder anbot, mich zur Tür zu begleiten. Aber so viel Glück hatte ich nicht. Seine Lippen blieben fest verschlossen.

»Okay, danke, dass du mich nach Hause gebracht hast.«

Unsere Blicke begegneten sich. »Gern geschehen.« In seinen Augen lag etwas Intensives und Elektrisierendes. Seine Lippen öffneten sich, als wolle er noch etwas sagen. Ich beugte mich vor, um ihn besser zu hören, aber dann schüttelte er ganz leicht den Kopf, als hätte er sich selbst bei etwas erwischt, das er nicht tun sollte. Er richtete seine Aufmerksamkeit wieder auf seine Hände. Das war eine ziemliche Enttäuschung. Wie bei einer Achterbahn, bei der nach dem steilen Anstieg keine rasante Abfahrt kam.

Es war Zeit für mich zu gehen.

Meine Finger umschlossen den Türgriff, und dann bemerkte ich, dass seine schwarze Wolfsmaske noch auf dem Armaturenbrett lag. Er musste sie dort hingeworfen haben, als wir eingestiegen waren. Nach einem kurzen Augenblick des Zögerns griff ich danach und legte stattdessen meine eigene Maske an ihre Stelle. Den Wolf steckte ich ein.

»Als Erinnerung an den Abend«, erklärte ich ihm, als er mir einen seltsamen Blick zuwarf. Nicht, dass ich den Abend vergessen würde, aber ich wollte etwas Handfesteres als nur meine Gedanken haben. Dann stieg ich schließlich mit einem Seufzer aus dem Auto.

Als ich in der Einfahrt stand, ließ Alec das Fenster hinunter. »Machs gut, Felicity Lyon«, ertönte seine Stimme. Ich blinzelte.

Er erinnert sich an meinen Nachnamen? Er hatte durcheinander gewirkt, als ich mich vorgestellt hatte, deshalb war ich beeindruckt, dass er sich trotzdem daran erinnerte.

»Mach's gut, Alec Williams«, antwortete ich, während er losfuhr. Und schon war er weg und die Rücklichter seines Wagens um die nächste Ecke verschwunden.

Ich öffnete die Haustür und ging hinein. Im Haus war es, wie ich es erwartet hatte, still und dunkel.

Mom würde erst spät heimkommen, wenn überhaupt. Das war immer so, wenn Dave nicht arbeitete. Der Freund meiner Mom war Lkw-Fahrer und manchmal wochenlang unterwegs, also verbrachte sie so viel Zeit wie möglich mit ihm, wenn er mal freihatte.

Mich störte das alles nicht; ich mochte Dave. Anders als bei Moms früheren Freunden merkte ich, dass sie mit ihm glücklich war. Er brachte sie zum Lachen, und immer, wenn er von einer Fahrt zurückkehrte, brachte er ihr eine Kleinigkeit aus einem der Staaten mit, die er durchquert hatte. Manchmal brachte er sogar mir etwas mit.

Ich schaltete das Licht an.

Meine Füße fühlten sich an, als wären sie durch den Fleischwolf gedreht worden. Also kickte ich meine High Heels weg und ließ sie an der Tür liegen. Mit einem Seufzer der Erleichterung ging ich weiter zu meinem Zimmer. Es war ein langer Tag gewesen. Mir taten Muskeln weh, von denen ich nicht einmal wusste, dass ich sie hatte, aber trotz aller Erschöpfung war mir klar, dass ich so schnell nicht einschlafen würde. Die Gedanken in meinem Kopf rasten, während ich versuchte, den Abend zu verdauen: *Süßen Jungen kennengelernt. Süßer Junge ist in Wirklichkeit Alec Williams.* Es war kaum zu glauben. Es waren keine fünf Minuten vergangen, seit er mich abgesetzt hatte, aber unsere gemeinsame Zeit fühlte sich jetzt schon an wie ein lebhafter Traum. Ich wollte seine Maske noch einmal berühren, nur um sicherzugehen, dass es den Abend nicht nur in meiner Fantasie gegeben hatte.

Auf meinem Schreibtisch schob ich einen Krug mit Bastelperlen beiseite, um Platz für meine Tasche zu schaffen. Zwischen all dem Zeug, dass ich für die Schmuckherstellung brauchte – Crimpzangen, Spulen mit Gold- und Silberdraht, Klemmen, was halt dazu gehörte. Außerdem mehrere randvolle Behälter mit Perlen in allen möglichen Farben. Schließlich machte ich meine Tasche auf und zog Alecs Wolfsmaske heraus.

Schwarze Edelsteine betonten die Augenbrauen und eine

winzige Reihe silberner Wirbel schlängelte sich um die Augenlöcher. Die Maske war atemberaubend und viel kunstvoller, als ich anfangs gedacht hatte. Mit einem Lächeln auf den Lippen legte ich sie zwischen meine anderen Andenken auf das Bücherregal. Dort fanden sich bereits ein Muschelhorn, das Asha von einer Reise nach Florida mitgebracht hatte, und ein winziger geschnitzter Löwe, den mein Freund Boomer im Werkunterricht für mich gemacht hatte, als er noch dachte, mein Nachname würde wie das englische Wort für Löwe ausgesprochen.

Nachdem ich mir schnell den Schlafanzug angezogen hatte, griff ich nach meinem Handy und ließ mich damit aufs Bett fallen. Ich schickte Asha zwei Nachrichten.

Felicity: Du errätst nie, was heute Abend passiert ist!!!

Felicity: PS: Du wirst umfallen vor Neid

Dann legte ich mein Handy auf das Nachttischschränkchen und wartete auf ihre Antwort. Ich grinste wie ein Honigkuchenpferd. Das war der beste Tag des Verlassens, den ich seit vier langen Jahren erlebt hatte.

KAPITEL 4

Am nächsten Morgen wurde ich von Hundegebell geweckt. Noch nicht ganz wach kuschelte ich mich tiefer in mein Kissen, ohne die Augen zu öffnen. Das Gebell hörte nicht auf, aber ich entschloss mich, es zu ignorieren. Bis es plötzlich an meiner Fensterscheibe klopfte.

Stand da etwa jemand vor meinem Fenster?

Auf keinen Fall, beschloss ich. Schließlich müsste man dafür durch einen riesigen Dornenbusch kriechen. Und wer würde so was schon freiwillig tun?

Erneut klopfte es energisch an die Fensterscheibe und ich stöhnte.

Geh weg, dachte ich, aber das Klopfen hörte nicht auf, also drehte ich mich im Bett um und rieb mir den Schlaf aus den Augen. Ich war erst in den frühen Morgenstunden eingeschlafen. Die Gedanken an Alec hatten mich wach gehalten und – *heilige Mutter Gottes!*

Schlagartig war ich hellwach und saß aufrecht im Bett, als mir alles wieder einfiel. Ich, Felicity Ann Lyon, hatte den Abend mit einem waschechten Mitglied der berühmtesten Boyband der Welt verbracht. Ich ließ den Blick zu meinem Bücherregal schweifen – der Beweis dafür, dass ich das Treffen nicht geträumt hatte, lag auf dem Buch *Origami ohne*

Grenzen: 1000 Schritt-für-Schritt-Anleitungen, das Rose mir geschenkt hatte.

Da klopfte es schon wieder. Derart stürmisch diesmal, dass ich mir Sorgen um die Fensterscheibe machte. Als ich mich zu dem Geräusch umwandte, entdeckte ich Asha. Sie kniete in den Büschen und bedeutete mir, das Fenster zu entriegeln.

»Gott, du schläfst ja wie eine Tote. Ich habe buchstäblich zehn Minuten Sturm geklingelt«, beschwerte sie sich, nachdem ich mich durch das Zimmer geschleppt und das Fenster geöffnet hatte. »Ich bin mir ziemlich sicher, dass dein Nachbar dachte, ich wollte hier einbrechen.«

Durch das geöffnete Fenster reichte sie mir nun ihren Hund an. Generell mochte ich Hunde, aber Lord Mopston war eine Ausnahme. Der faltige, neun Jahre alte Mops furzte so ausdauernd, dass ich mich fragte, ob Asha ihm nur Bohnenmus zu fressen gab. Einmal hatte er nachts in meinen Schuh gepinkelt, und wenn er mich ansah, dann immer nur mit einem verächtlichen Blick. Ich war mir sicher, wenn er könnte, würde er mir den Stinkefinger zeigen. Seine kleinen Glotzaugen waren jetzt wieder auf mich gerichtet, scharf und argwöhnisch, als ich ihn von Asha entgegennahm.

»Ich hab dich im Auge«, flüsterte ich ihm zu, während ich ihn auf den Boden setzte. Lord Mopston starrte einen Moment lang zurück, bevor er plötzlich wie von der Tarantel gestochen auf mein Bett zupreschte. Er verschwand darunter, wahrscheinlich um nach einem neuen Schuh zu suchen, den er im Zuge seiner Terrorherrschaft zerstören könnte.

Asha kletterte auf die Fensterbank und in mein Zimmer.

»Wow«, begann sie und wischte sich über die Stirn, während sie sich aufrichtete. »Hier ist es ja wie in Kanada. Ich ziehe ein, bis die Hitzewelle vorbei ist.«

Rasch schloss ich das Fenster hinter ihr, damit die Hitze nicht ins Zimmer drang. »Ist die Schlacht um die Klimaanlage noch nicht entschieden?«

Sie stöhnte. »Sie ist in vollem Gange. Mein Vater ist erbarmungslos.«

Ashas Eltern stritten sich seit dem Beginn der Hitzewelle wegen der Stromrechnung. Ihr Vater war ein so knauseriger Geizhals, dass er seine eigene Realityshow verdient hätte. Nahezu alles wurde bei ihm wiederverwendet, vom Kaffeesatz bis zur Zahnseide, und einmal, als wir zusammen im Kino waren, kramte Mr Van de Berg sogar im Mülleimer nach einer leeren Packung Popcorn, damit er sie sich umsonst wieder auffüllen lassen konnte. Sein größter Trick, um Geld zu sparen? Die Klimaanlage abschalten. Normalerweise fand Mrs Van de Berg sich mit den skurrilen Ticks ihres Mannes ab, aber sie weigerte sich, in ihrem eigenen Haus den Hitzetod zu sterben – bei ihnen sei es, beschwere sie sich, heißer als in Mumbai im Sommer.

»Du weißt, dass du hier immer willkommen bist, aber bevor du auch nur mit dem *Gedanken* spielst, dich auf mein Bett zu setzen«, begann ich und reichte ihr ein Handtuch, »musst du duschen. Pronto.«

Unter dem Bett grunzte Lord Mopston so, als stimme er mir zu.

Ashas Haut glitzerte nass von ihrer täglichen Jogging-Runde. Ich habe nie verstanden, wie man Spaß am Laufen haben kann. Es hatte diese schrecklichen Begleiterscheinungen wie brennende Lungen und Muskelkater in den Beinen, aber Asha hatte ihre Leidenschaft für Cross-Country während unseres ersten Jahres in der Oberstufe entdeckt und seitdem etliche Kilometer zurückgelegt.

Von ihrem Haus zu meinem waren es gut drei Kilometer. Während das für Asha ein Kinderspiel war, fragte ich mich oft, wie Lord Mopston diese Distanz wohl bewältigte. Die Hitze draußen war tödlich, und Asha war vollkommen wahnsinnig, dass sie trotzdem joggte.

»Danke.« Sie nahm das Handtuch und wischte sich den Schweiß von der Stirn. »Ich fühle mich, als wäre ich in einen Tümpel gesprungen. Einen dreckigen, widerwärtigen Tümpel. Meine Brüste schwitzen so sehr, dass man in meinem Ausschnitt Bahnen schwimmen könnte.«

»Asha«, begann ich, »auch ohne den Schweiß könnte man in deinem Ausschnitt schwimmen.«

Sogar darin *ertrinken*. Meine beste Freundin hatte ähnliche Kurven wie Marylin Monroe, großer Busen, großer Po und dazu eine so schmale Taille, dass man glauben könnte, sie sei mit einem Korsett auf die Welt gekommen.

Ich war deswegen immer etwas neidisch auf sie gewesen. Das hatte schon in der dritten Klasse begonnen, als sie den Kragen ihres T-Shirts beiseitezog und mir den Träger ihres ersten Sport-BHs zeigte. Als ich an dem Tag von der Schule nach Hause gekommen war, hatte ich meine Mom angefleht, weil ich auch einen haben wollte. Sie hatte nur gelacht und erwidert: »Alles zu seiner Zeit.« Aber diese Zeit war nie gekommen. Während Asha eine Körbchengröße nach der anderen zu klein wurde und sie BHs abwarf wie Bäume im Herbst ihre Blätter, war ich mit einer jungenhaften, flachen Brust gestraft geblieben. Heutzutage hatten die meisten Jungs im Wrestling-Team der Highschool größere Brüste als ich.

Asha grinste und wackelte mir mit allem, was sie hatte, vor der Nase herum, bevor sie in den Flur verschwand. Einen Moment später ächzten die Wasserleitungen, als sie die Dusche aufdrehte. Während ich auf sie wartete, zog ich meinen Schlafanzug aus, um mich umzuziehen. Mein Schlafanzug bestand aus Flanell-Shorts und einem Harry-Potter-T-Shirt, auf dem *Mein Patronus ist eine Pizza* stand – beide hatten ihre besten Tage schon hinter sich. Danach begann ich mein Bett zu machen. Während ich meine Kissen aufschüttelte, fiel Big Blue, mein Plüsch-Brachiosaurus, den ich schon seit Kindertagen hatte, auf den Boden. Lord Mopston schoss aus den Schatten unter dem Bett hervor und schnappte sich Big Blue mit seinem sabberigen Maul. Er entwischte mir, bevor ich mein Lieblingskuscheltier retten konnte.

»Komm zurück, du kleiner Scheißer!« Ich kniete mich hin und beugte mich vor, damit ich unters Bett schauen konnte. Zwei leuchtende Augen starrten mir aus der Dunkelheit entgegen. Selbst als ich mich auf den Bauch legte und den Arm ausstreckte, lag Ashas Hund knapp außerhalb meiner Reichweite. »Wenn du da nicht sofort herauskommst«, warnte ich ihn, »bringe ich dich um. Im Ernst, ich werde einen kleinen, hässlichen Hut aus deinem Fell machen, mit allem Drum und Dran.«

»Mit wem sprichst du da?«

Ich richtete mich rasch auf und stieß mir dabei den Kopf am Bettgestell. Asha stand in ein Handtuch gewickelt in der Tür. Das dunkle, lange Haar hing ihr tropfnass über den Rücken.

»Mit dem Dämon, den du einen Hund nennst«, grummelte ich und rieb mir die Beule, die sich schon auf meinem Kopf bildete. »Er hat Big Blue gestohlen.«

Sie lachte und lief hinüber zu meinem Kleiderschrank. Die untere Schublade war ihre; sie stöberte ein wenig darin herum, ehe sie Sportshorts und ein T-Shirt zum Vorschein brachte. »Dann tut er dir einen Gefallen«, sagte sie. Aber nachdem sie ihre frischen Klamotten angezogen hatte, rief sie Lord Mopston aus seinem Versteck und rettete Big Blue aus den Fängen des Bösen. Blues langer Hals war an der Stelle, auf der der Mops herumgekaut hatte, vollkommen durchnässt. Aber das ließ sich zum Glück mit einer Runde in der Waschmaschine wieder beheben.

»Also«, setzte Asha an und ließ sich am Fußende meines Bettes nieder. Sie flocht sich ihr dickes Haar zu einem Zopf. »Du hast mich letzte Nacht total hängen lassen.«

»Habe ich das?«

»Aber hallo! Du kannst mir nicht so eine vage Nachricht schicken, mich total neugierig machen und dann einfach nicht mehr antworten. Das ist grausam.«

»Du hast mir geantwortet? Ich glaube nicht, dass bei mir

etwas angekommen ist.« Tatsächlich erinnerte ich mich daran, wie ich nicht einschlafen konnte und die Decke angestarrt habe, während ich auf Ashas Antwort wartete. Ich musste mit jemandem sprechen, musste die Aufregung loswerden, die sich in meiner Brust gesammelt hatte, aber das typische Summen, das mir den Eingang einer neuen Nachricht verriet, habe ich die ganze Nacht nicht gehört.

Ich beugte mich übers Bett und nahm mein Handy vom Nachttischschränkchen. »Mist«, murmelte ich, als der Bildschirm kein Lebenszeichen von sich gab. »Der Akku ist leer. Ich muss vergessen haben, das Ladegerät anzuschließen. Sorry, Asha.«

»Macht nichts. Aber jetzt musst du mir endlich erzählen, was passiert ist. Sonst sterbe ich. Auf meinem Grabstein wird stehen: ›Sie ist *buchstäblich* vor Neugier gestorben!‹«

»Okay, okay! Also, nachdem du dich auf den Weg gemacht hast, um uns Drinks zu holen …«

Ich erzählte ihr alles. Von der Limo, mit der Alec mich bekleckert hatte, bis hin zur Musik im Garten. Alles, außer Alecs echtem Namen. Das hob ich mir für den Schluss auf.

»Er hat angeboten, dich nach Hause zu bringen?«, fragte sie, als sie dachte, ich hätte ihr alle Details verraten. Meine beste Freundin war eine hoffnungslose Romantikerin und seufzte verzückt. Genau so ein Seufzer entwich ihr auch jedes Mal, wenn wir uns den Film *Wie ein einziger Tag* angesehen hatten. »Gott, das ist so süß.«

»Und das ist noch nicht einmal das Beste.«

»Es kommt noch mehr?« Der verträumte Blick in ihren

Augen wurde klarer und sie setzte sich aufrechter hin. »Verrat es mir nicht! Aaron hat einen Zwillingsbruder, mit dem ich ausgehen kann, nicht wahr?«

»Nein«, sagte ich langsam und genoss es, wie Asha vor lauter Neugierde hin und her wackelte. »Besser.«

»Was ist denn besser als *zwei* süße Typen?«

Ich lehnte mich zurück und wartete. Asha passierten andauernd aufregende Dinge. Sie war so etwas wie ein Glücksmagnet. Einmal hatte sie aus Versehen die Nummer eines Radiosenders gewählt, der gerade ein Gewinnspiel veranstaltete, und prompt einen Wochenendausflug nach New York City gewonnen. Ein anderes Mal war ihr das Benzin ausgegangen und sie war mit dem Van liegen geblieben. Und wer war zufällig vorbeigekommen, um sie zur nächsten Tankstelle mitzunehmen? Eddie Marks, der unvergleichliche Kapitän der Fußballmannschaft und Mann meiner Träume. Aber das Erlebnis von gestern Abend gehörte allein mir und ich würde diesen Moment genießen.

»Komm schon, spuck es aus!«, bettelte Asha und hüpfte so heftig auf der Matratze herum, dass sie beinahe herunterrutschte.

Ich lachte. »Schon gut, schon gut!«, antwortete ich. Und dann erzählte ich ihr die Wahrheit. Sein Name sprudelte in einem aufgeregten Flüsterton über meine Lippen.

Ashas Augenbrauen verzogen sich zu einem V. »Aaron kennt Alec Williams? Den von den Heartbreakers?«

»Nein, nein«, sagte ich und schüttelte den Kopf. »Aaron *ist* Alec Williams.«

Zunächst glaubte Asha mir nicht. Es kostete mich über zwei Minuten, sie davon zu überzeugen, dass Aaron-ohne-Nachname ein waschechtes Mitglied der Heartbreakers war. Und als sie meine Geschichte endlich glaubte, war sie sauer, weil ich kein Foto von uns beiden gemacht hatte. Anscheinend brauchte ich einen Beweis. Als würde ich bei so etwas Monumentalem lügen.

»Ich verstehe nicht, warum du nicht nach einem Foto gefragt hast«, sagte Asha.

»Weil …«, antwortete ich und kaute auf meinen Fingernägeln. Es fiel mir schwer, eine Erklärung zu liefern. »… das alles ruiniert hätte.«

»Aber es war doch eine einmalige Gelegenheit!« Asha sah mich an, als wäre ich verrückt geworden, und vielleicht war ich das auch …

Andererseits war sie nicht dabei gewesen. Sie hatte die Anspannung in Alecs Stimme nicht gehört, als er seine Identität preisgegeben hatte. Und sie hatte auch nicht den Ausdruck auf seinem Gesicht gesehen, als die Frau ihn um ein Autogramm gebeten hatte. Für mich war der Ball die Gelegenheit gewesen, für einen Abend Cinderella zu spielen, ein paar magische Stunden lang eine Maske zu tragen und mich wie jemand anderes zu fühlen. Und ich hatte den Eindruck, dass Alec genau dasselbe wollte. Der Maskenball hatte ihm die Chance geboten, ein normaler Mensch zu sein statt eines Mädchenschwarms. Ihn um ein Autogramm zu bitten, hätte das für ihn zunichtegemacht.

»Das war es nicht wert«, erwiderte ich schulterzuckend.

Asha seufzte. »Aber – *Alec Williams*.«

Sie schüttelte immer noch fassungslos den Kopf, als meine Mutter an die Tür klopfte. »Felicity?«, fragte sie und trat in mein Zimmer. Dave musste sie abgesetzt haben, denn obwohl sie schon in ihren Bademantel geschlüpft war, hatte sie einen Starbucks-Pappbecher in der Hand. »Oh, guten Morgen, Asha. Wie geht's dir, Liebes?«

»Hi, Judy. Richtig gut. Ich genieße den Luxus eurer Klimaanlage.«

»Das ist schön«, entgegnete meine Mom, aber ich merkte, dass sie nicht wirklich bei der Sache war. »Würde es dir etwas ausmachen, mich und Felicity kurz allein zu lassen? Auf dem Küchentisch stehen Muffins.«

»Ooh, Muffins!« Schon war Asha ohne ein weiteres Wort zur Tür hinaus.

Ich sah meiner Mom dabei zu, wie sie auf dem Bett Platz nahm. Ihr Gesichtsausdruck war seltsam, und ich hatte das Gefühl, dass sie wegen unseres gestrigen Gesprächs noch immer aufgebracht war.

»Felicity, es gibt da etwas, worüber ich mit dir sprechen muss«, begann sie und bestätigte meinen Verdacht.

»Ich habe auch superaufregende Neuigkeiten, von denen ich dir erzählen möchte«, antwortete ich in der Hoffnung, dass mein Enthusiasmus einen Themenwechsel zur Folge haben würde. Ich wollte nicht schon wieder über Rose oder ihren Geburtstag sprechen. Damit sollte ich mich nur einmal im Jahr herumschlagen müssen.

»Hat es irgendetwas hiermit zu tun?« Mom brachte eine

Zeitung zum Vorschein, die sie hinter dem Rücken gehalten hatte, und warf sie zwischen uns aufs Bett. Nur war es keine Zeitung. Es war eins dieser Promi-Klatschblättchen voller Skandale und Tratsch.

»Heilige Scheiße.« Mit zittriger Hand nahm ich das Blatt vom Bett. Auf der Titelseite war ein Bild von Alec, wie er mir dabei half, in sein Auto einzusteigen. Ich blätterte rasch zu dem Artikel weiter.

Alec Williams mit Doppelgängerin seiner mutmaßlichen Freundin Violet James

Alec Williams, Bassist der Heartbreakers, ist am Samstagabend im Anschluss an den Benefiz-Ball der Kinderkrebshilfe mit einer unbekannten Frau gesichtet worden. Dieses mysteriöse Date hat Hollywood jedoch nicht so sehr erstaunt wie die Ähnlichkeit der Unbekannten mit Violet James, der *Immortal Nights*-Schauspielerin, die Gerüchten zufolge Williams Freundin sein soll. Williams, 18, und James, 20, wird ein Verhältnis nachgesagt, seit die Heartbreakers in der beliebten Fernsehserie aufgetreten sind und die beiden Anfang dieses Monats zusammen in einem Restaurant in Malibu fotografiert wurden. Die Pressesprecher

> von Williams und James haben auf Anfragen
> für einen Kommentar nicht reagiert.

Auf einmal ergab alles Sinn: Warum Alec unter all den Menschen ausgerechnet auf mich aufmerksam geworden war. Warum er Violet erwähnt hatte. Warum es den Anschein erweckt hatte, er würde sie kennen. Ich überflog den Rest des Artikels, der sich damit befasste, wie wir gemeinsam von dem Maskenball verschwunden waren. Es hieß darin, ich sei eine weniger hübsche Version von Violet James.

Autsch. Das saß.

»Hörst du mir zu, Felicity?«

»Hm?« Mein Blick schoss von dem Bild hoch zu meiner Mom. Sie wirkte besorgt.

»Erklär mir das«, sagte sie und tippte mit dem Finger auf die Boulevardzeitung.

Was genau sollte ich erklären? Das Bild sagte doch alles. Ich knetete die Daunendecke in meinen Händen. »Ich habe gestern Abend Alec Williams kennengelernt?«

»Also hast du dich von einem vollkommen fremden Mann nach Hause bringen lassen?«

Mist. Ihre Stimme war sanft, aber mir wurde ganz flau im Magen. Das war der Ton, den meine Mom benutzte, wenn sie enttäuscht von mir war. Ich hasste diesen Tonfall.

»Er ist kein Fremder. Er ist Alec Williams«, erwiderte ich, als würde das alles erklären.

»Und weil du seine Musik hörst und Artikel über ihn in Zeitschriften liest, glaubst du, ihn zu kennen?« Sie schüttelte den Kopf. »Felicity, dir hätte wer weiß was zustoßen können. Ich hatte dich für klüger gehalten.«

Okay, war das die beste Entscheidung gewesen, die ich jemals getroffen hatte? Nein, aber ich war ja auch nicht in einen dubiosen Van gestiegen, auf dem *Süßigkeiten umsonst* stand. Ich wäre nie mit Alec gefahren, wenn ich mich nicht sicher gefühlt hätte.

»Mom, er ist ein netter Kerl.«

Eine Vene pulsierte an ihrer Schläfe, und ich wusste, dass sie nun die Grenze zwischen Irritation und Verärgerung hinter sich gelassen hatte. »Ein netter Kerl hätte dich nicht so den Paparazzi vorgeführt oder mit seinem schicken Wagen angegeben«, keifte sie.

»Warte«, antwortete ich und verschränkte die Arme vor der Brust. »Bist du sauer, weil er mich nach Hause gebracht hat oder weil er reich und berühmt ist?«

»Solche Typen wollen nur das eine«, zischte sie mit geschürzten Lippen. »Ich will nicht, dass du verletzt wirst.«

»Gott, Mom!«, rief ich und sprang von dem Bett auf, um etwas Abstand zwischen uns zu bringen. »So war das doch überhaupt nicht.«

»Gut«, antwortete sie im selben Ton wie ich. »Ich will nicht, dass du in diesen Glamour, in diesen Lebensstil verwickelt wirst. Du darfst dich nicht von der Schule oder deinen Träumen ablenken lassen. Von Harvard.«

Okay, nun benahm meine Mom sich wirklich komisch. Was dachte sie, dass ich tun würde? Die Schule schmeißen und Groupie werden? Wie waren wir denn von der Diskussion über das Bild in einem Boulevardblatt plötzlich zum College gekommen?

»Ich bin nicht Rose, Mom«, sagte ich.

Wie ich es hasste. Immer, wenn wir über meine Zukunft sprachen, tat sie so, als würde ich irgendwann einen riesigen Fehler machen, der mein Leben ruinieren würde. Als würde ich mich in meine Schwester verwandeln. Und das war ein Schlag ins Gesicht. Ich war nicht die Tochter, die in der Schule immer Bestleistungen erbrachte und trotzdem keinen Abschluss bekam, weil sie zu sehr mit Partys beschäftigt war und ihr Potenzial vergeudete. Ich schuftete hart für meine Noten und ich würde meine Familie niemals verlassen.

»Schatz.« Das Bett quietschte, als meine Mutter aufstand, und zwei Sekunden später schlang sie ihre warmen Arme um mich. »Du weißt doch, dass ich unheimlich stolz auf dich bin, nicht wahr?«

Ich nickte und sie gab mir einen Kuss auf die Stirn.

»Du musst dir wegen Alec Williams keine Gedanken machen, Mom«, murmelte ich in ihre Schulter. »Ich bezweifle, dass ich ihn je wiedersehen werde.«

KAPITEL 5

Als ich auch fünf Tage später weder einen Anruf noch eine Nachricht von Alec erhalten hatte, wusste ich, dass ich meiner Mom die Wahrheit gesagt hatte. Ich würde ihn nie wiedersehen. Das war zwar eine Enttäuschung, aber nicht das Ende der Welt. Nicht, dass ich es nicht genossen hätte, mehr Zeit mit ihm zu verbringen, aber ich gab mich auch nicht irgendwelchen irrwitzigen Fantasien hin, dass wir Seelenverwandte wären und glücklich bis ans Ende unserer Tage zusammen leben würden.

Das Problem war allerdings – denn es gab ja immer irgendeine Art Problem, oder? –, dass Alec Williams mein Leben übernommen hatte. Er war überall, und egal, wie sehr ich mich auch bemühte, es gelang mir nicht, zu meiner Vor-Alec-Existenz zurückzukehren. Seit dem Ball hatte eine ganze Reihe von Klatschzeitschriften Bilder von uns veröffentlicht. Das wusste ich nur, weil Asha es sich zur Mission gemacht hatte, jedes einzelne Bild ausfindig zu machen. Ihr zufolge war dies ein Moment, den ich für immer in Erinnerung behalten sollte, und ihr Zeitschriftenstapel nahm bald schon den Großteil meines Schreibtischs ein.

Nerviger aber waren die Promi-News-Webseiten, die erfundene Geschichten darüber posteten, wer ich war und wie

Alec und ich uns kennengelernt hatten. Diese Artikel schienen immer einen mysteriösen »Insider« zu zitieren, der mich nicht nur kannte, sondern auch bereit war, alle Einzelheiten meines Lebens preiszugeben. Und jede neue Geschichte war noch lächerlicher als die letzte. Mädchen von meiner Schule, die nie ein Wort mit mir gewechselt hatten, schrieben mich plötzlich bei Facebook an. Sie wollten alles über Alec wissen. Und immer, wenn ich das Radio einschaltete, lief ein Song von den Heartbreakers.

Das war alles ziemlich kräftezehrend, aber am schlimmsten waren die Reporter. Sie kamen von den großen Tratsch-Blogs und Unterhaltungszeitschriften, um mich über Alec, über mich selbst und über *Alec und mich* auszufragen. Die erste Reporterin tauchte am Abend nach dem Ball auf. Ich hatte keinen blassen Schimmer, wie sie meinen Namen oder meine Adresse herausgefunden hatte, aber ich lehnte ein Interview sofort ab. Es hätte sich komisch angefühlt, mit ihr zu sprechen. Außerdem verstand ich nicht, was der ganze Aufruhr überhaupt sollte. Es war ja nicht so, als wäre ich Alecs Freundin. Man hatte uns *ein einziges Mal* zusammen gesehen.

»Wäre es nicht einfacher, mit einem der Reporter zu sprechen?«, fragte Asha, als ich zurück in mein Zimmer kam. Zwei Minuten zuvor hatte es an der Tür geklingelt und ich hatte einen weiteren Journalisten abwimmeln müssen.

»Ich weiß nicht«, erwiderte ich, ohne sie anzusehen. Sie hatte vermutlich recht, aber ich hatte kein Interesse daran, der ganzen Welt so etwas Persönliches zu erzählen. Unsere

Zeit auf dem Ball gehörte nur Alec und mir. Sobald ich einem Reporter genau erzählen würde, was geschehen war, würde diese Nacht nicht mehr nur uns gehören. 98 Prozent aller weiblichen Teenager würden die Story bis morgen Abend kennen.

Ich setzte mich wieder hin und widmete mich dem Projekt auf meinem Schreibtisch. Ich war dabei, ein Muster für ein Collier mit einem aus Perlen gebildeten Vogel zu entwerfen. Der größte Teil war schon fertig, aber es fehlte noch das Schwierigste, die Flügel.

»Ich glaube, du solltest es tun«, erklang Ashas Stimme hinter der Ausgabe von *Us weekly*, die sie mitgebracht hatte, um sie meiner Sammlung hinzuzufügen. »Sobald du ihnen die Geschichte erzählst, werden sie verschwinden. Richtig, Boomer?«

Wir blickten beide hinüber zu meinem besten Freund. Er saß auf meinem Sitzsack, wie immer mit seinem Gameboy in der Hand. Es war ein uraltes Teil – ein Geschenk von seinem älteren Bruder, der es seinerseits kurz nach der Jahrtausendwende bekommen hatte. Boomer war süchtig nach dem verdammten Ding, und obwohl er nur ein einziges Spiel besaß, Pokémon blablabla oder so, verließ er das Haus nicht ohne den Gameboy. Ich hatte Boomer im ersten Jahr der Oberstufe kennengelernt, als er im Metallverarbeitungskurs aufgetaucht war und sich auf den einzigen noch freien Platz gesetzt hatte, und der war der neben meinem gewesen.

»Hey, pssst.« Er hatte sich vorgebeugt, damit ich ihn hatte hören können. Nicht dass das nötig gewesen wäre; seine

Stimme war so laut, als hätte er ein eingebautes Megafon. »Warum bin ich hier in dem Kurs der einzige Kerl? Stört mich zwar nicht, ist eigentlich sogar ganz nett zur Abwechslung mal. Kommt mir aber trotzdem etwas seltsam vor.«

Ich hatte ihn einige Sekunden lang angesehen, bevor ich antwortete: »Wahrscheinlich, weil das hier ein Kurs für Schmuckherstellung ist.«

»Schmuck?« Er runzelte die Stirn und rieb sich das Kinn. »Ich dachte, Metallverarbeitung hieße schweißen. Du weißt schon, im Sinne von Kram zusammenschweißen?«

Ich lachte. »Vielleicht werden wir ein bisschen löten.«

»Braucht man dafür einen Schweißbrenner?«

»Nö. Kein Schweißbrenner nötig.«

»Na, das ist ja mal eine schöne *Schweiße*.« Er grinste mich bis über beide Ohren an. »Wortwitz beabsichtigt.«

Wir hatten den Rest des Halbjahrs damit verbracht, herumzualbern. Danach hatten wir uns entschlossen, jeden seltsamen Kunstkurs zu belegen, den unsere Schule zu bieten hatte. Unter anderem Fotografie – zum Gähnen langweilig – und Karikatur- und Comic-Zeichnen. Im Zeichenkurs hatte Boomer die meiste Zeit damit verbracht, mich mit unanständigen Bildern von Schwänzen zum Lachen zu bringen. Als Asha ihn kennengelernt hatte, hatte sie ihn kindisch gefunden, aber ich fragte mich sofort, ob ihre Ablehnung nicht daher rührte, dass sie ihn eigentlich *mochte*. Mit krausem, aschbraunem, dunklen Haar und schokobraunen Augen war er genau Ashas Typ. Schon nach einer Woche hatte sie sich für ihn erwärmt.

»*Richtig*, Boomer?«, wiederholte sie jetzt und seufzte übertrieben.

»Was, richtig?«, fragte er, ohne aufzublicken.

Sie verdrehte die Augen. »Du stimmst mir doch zu, dass Felicity ein Interview geben sollte, oder?«

Er runzelte die Stirn, während seine Daumen in einem irren Tempo über die Knöpfe des Gameboys huschten. »Nein, nein, nein!«, rief er und ließ dann die Schultern sacken. Er warf das Gerät beiseite. »Verdammt noch mal, Chansey zu fangen ist ein Ding der Unmöglichkeit. In den Spielforen heißt es immer, Tauros wäre so schwer. Aber den Mistkerl hatte ich im Handumdrehen im Sack. Chansey hingegen taucht am seltensten in dem Spiel auf und …«

»Hallo? Ich versuche hier gerade, ein Gespräch zu führen.«

»Richtig.« Boomer kratzte sich am Hinterkopf. »Sorry, Asha, aber ich stehe vollkommen hinter Fel, was diese Sache angeht.«

Er hievte sich aus dem Sitzsack und richtete sich zu seiner vollen Größe auf. Mit seinen gut zwei Metern hätte Boomer das Zeug zu einem Basketballstar, aber es mangelte ihm an der zum Spielen nötigen Koordination. Mehr noch als durch seine ungewöhnliche Größe fiel er durch die Lautstärke auf, die er bei allem entwickelte, was er tat – beim Reden, Essen und sogar beim Gehen. Er macht doppelt so viel Lärm wie jeder andere.

»Was? Warum?«

Boomer trottete zu meinem Bett und ließ sich neben Asha plumpsen, woraufhin mein Lattenrost quietschend protestierte. »Weil einigen Menschen ihre Privatsphäre etwas bedeutet. Außerdem hat sie ja auch gar keine grandiose Geschichte zu erzählen. Außer der Fahrt im F12 ist nichts Cooles passiert.«

Ich lachte. Diese Aussage war *so* typisch für Boomer. Er war besessen von Autos. Und träumte davon, Maschinenbauingenieur zu werden und für ein NASCAR-Team zu arbeiten, spezialisiert auf Motorenentwicklung. Wenn er gerade nicht Gameboy spielte, sprach er über Autos oder Autorennen, und im Laufe unserer Freundschaft hatte ich – ohne es zu wollen – alles Mögliche über Autos gelernt, nur indem ich ihm zuhörte. Deshalb hatte ich auch Alecs Ferrari erkannt.

»Ist das dein Ernst? Es geht hier darum, dass Felicity allen Heartbreakers-Fans da draußen einen Dienst erweisen könnte«, beharrte Asha.

Boomer zog eine Augenbraue hoch. »Ich dachte, es ginge darum, die Reporter loszuwerden.«

Aber Asha hörte nicht zu. »Sie hat im wahrsten Sinne des Wortes den Traum eines jeden Fans erlebt und an diesem Erlebnis soll sie den Rest der Welt nicht teilhaben lassen?«

»Du findest also, dass ich mich egoistisch verhalte?«, fragte ich lachend.

»Wenn das der Fall ist«, meinte Boomer und griff nach der Packung Keksen, die zwischen den beiden lag, »dann werde ich sie umgehend darauf aufmerksam machen, dass es wirklich egoistisch ist, alle Oreos zu bunkern.«

Ich wusste, dass Asha nur herumalberte, aber ich hatte dennoch das Gefühl, mich rechtfertigen zu müssen. »Selbst wenn ich ein Interview geben wollte, könnte ich es gar nicht.

Meine Mutter verhält sich seit Beginn dieser ganzen Sache echt merkwürdig.«

»Ja, stimmt. Was hat es damit eigentlich auf sich?«, hakte Asha nach. Ich konnte lediglich mit einem Schulterzucken darauf antworten.

»Apropos Mütter, ich sollte mich auf den Weg machen«, sagte Boomer und schnappte sich den letzten Oreo-Keks aus der Packung. »Ich habe meiner versprochen, dass ich Kevin vom Training abhole.«

»Buh, langweilig«, erwiderte Asha und warf ihm ein Kissen ins Gesicht. »Fel und ich wollten uns zusammen das Staffelfinale von *Immortal Nights* ansehen.«

»Ich nehme an, du brauchst eine Mitfahrgelegenheit?«, fragte er.

»Ja.« Sie blickte finster drein und klopfte sich die Kekskrümel vom T-Shirt. »Seit Riyas Auto den Geist aufgegeben hat, kriege ich den Van nicht mehr. Das ist so unfair.«

»Sehen wir uns morgen im Electric Waffle?«, fragte ich die zwei, als sie aufstanden und auf die Tür zugingen. Das Electric Waffle war das Diner, in dem ich als Kellnerin arbeitete. Wir servierten ausschließlich Frühstück und jeder Tisch war mit einem eigenen Waffeleisen ausgerüstet. So konnten die Gäste ihre eigenen Waffeln machen. Obwohl die Idee dahinter nett war, waren die Waffeleisen ein absoluter Albtraum – es war beinahe unmöglich, sie zu reinigen, und die Leute forderten immer ihr Geld zurück, wenn sie sich damit ihr eigenes Frühstück verbrannt hatten.

Ich arbeitete so oft dort, dass das Diner zu unserem Treffpunkt geworden war. Während meiner Schichten machten Asha und Boomer es sich an einem der hinteren Tische bequem. Normalerweise erledigten sie ihre Hausaufgaben oder lernten, aber weil Ferien waren, verschwendete Boomer seine Zeit mit Gameboy-Spielen, und Asha kümmerte sich um ihren Account bei Tumblr. In meinen Pausen oder wenn kaum Gäste da waren, gesellte ich mich zu ihnen.

»Ja. Ich habe um sechs Feierabend«, sagte Boomer.

»Vergiss nicht, mich anzurufen, wenn *Immortal Nights* vorbei ist!« Asha deutete eindringlich mit dem Finger auf mich. »Wir haben jede Menge zu analysieren.«

»Klar, mache ich. Bis dann, Leute.«

Nachdem Boomer und Asha gegangen waren, konzentrierte ich mich wieder auf die Ausarbeitung des Collier-Designs. Schon seit der Junior High machte ich meinen Schmuck selbst. Bei einem ihrer ersten Jobs hatte meine Mom als Verkäuferin in einer schicken Boutique gearbeitet. Ich war ganz hin und weg gewesen von dem funkelnden Schmuck im Schaufenster dort. Mom konnte sich die teuren Sachen natürlich nicht leisten, aber sie hatte mir ein Anfängerbastelset geschenkt, mit dem ich meinen eigenen Schmuck machen konnte. Am Anfang brachte ich nicht viel mehr zustande, als ein paar Perlen auf eine Kette zu ziehen, aber inzwischen waren meine Stücke so gut, dass ich oft auf der Straße gefragt wurde, wo ich meine Ohrringe oder das Armband oder was ich sonst gerade trug, gekauft hatte.

Ich hatte gerade in meinen Arbeitsrhythmus gefunden, als es wieder an der Tür klingelte.

»Ist das euer verdammter Ernst?«, murrte ich und stieß mich vom Schreibtisch ab. Ich hatte versucht, geduldig mit den Reportern zu sein, das hatte ich wirklich, aber diese fortwährende Belagerung trieb mich in den Wahnsinn. Ich stürmte so schnell durch den Flur, dass ein Bild von mir, Mom und Rose, das dort hing, gegen die Wand klapperte.

»Wenn Sie nicht sofort von unserem Grundstück verschwinden, rufe ich die Polizei! Ich gebe *kein* Interview!«, rief ich, als ich die Tür aufriss. »Welchen Teil davon verstehen Sie und Ihre Kollegen eigentlich nicht?«

»Felicity?«

Ich erstarrte.

Diese Stimme. Ich *kannte* diese Stimme. Sie war sexy und tief und ihren Klang würde ich so schnell nicht vergessen. Meine Hände fielen schlaff herab, und ich sah die Person an, die da auf meiner Veranda stand. Das Gesicht wurde von einer tief in die Stirn gezogenen Baseballkappe verdeckt und die Augen samt ihrer spektakulären Farbe von einer Sonnenbrille, aber ich wusste sofort, wer es war.

Kein Reporter.

»Alec?«, keuchte ich. »Was machst du hier?«

Er wich zurück und blickte hinter sich, als rechne er damit, dass einer der Reporter, die mich stalkten, gleich aus den Büschen springen würde.

»Hi«, sagte er langsam, als wäre er sich auch nicht ganz sicher, weswegen er hier war. »Tut mir leid, dass ich so ohne Vorwarnung hier aufkreuze.«

»Das macht nichts«, antwortete ich rasch, aber ich war froh, dass Mom bei der Arbeit war. Was wäre wohl passiert, wenn sie die Tür geöffnet hätte? Plötzlich hörte ich ihre Stimme in meinem Kopf flüstern – *solche Typen wollen nur das eine* –, und ich lief rot an.

Er sah auf seine Uhr. Es wirkte nicht so, als würde er ungeduldig die Zeit checken. Eher etwas verlegen. Er fummelte kurz an dem Verschluss herum, bevor er seinen Blick wieder auf mich richtete. »Können wir uns unterhalten?«

»Sicher.« Ich lehnte mich an den Türrahmen und versuchte, lässig zu wirken. Ich bekam schließlich dauernd Besuch von Rockstars. Das war ja wohl klar.

Alec verlagerte sein Gewicht vom einen auf den anderen Fuß. »Glaubst du ... Ich meine, dürfte ich reinkommen?«

Ich zögerte. Es gab die Entscheidung, von der ich wusste, dass ich sie treffen *sollte* ... und dann gab es die, die ich treffen *wollte*. Mom hatte bald Feierabend, und ich wollte nicht, dass sie ihn hier erwischte, wenn sie nach Hause kam. Es gab zwar keine offizielle Regel für mich, dass Jungsbesuch verboten war, solange sie weg war – bei Rose hingegen hatte es vollkommen anders ausgesehen –, und Boomer war sowieso der einzige Typ, der mich besuchte. Aber nach unserem Gespräch hatte ich den Eindruck, dass Mom nicht begeistert sein würde, wenn sie Alec hier fände. Und das Letzte, was ich wollte, war, ihr noch einen Grund zu der Annahme zu geben, ich würde anfangen, mich wie meine Schwester zu benehmen.

Aber Alec schien nervös zu sein, und als er noch einen

Blick über die Schulter warf, um sicherzugehen, dass dort auch keine Paparazzi lauerten, konnte ich ihn nicht länger draußen stehen lassen. »Ja, okay«, antwortete ich und sah, wie er die Schultern erleichtert sinken ließ.

Ich machte ihm Platz, damit er hereinkommen konnte. Er schob sich rasch an mir vorbei und bedankte sich leise. Ich schloss die Tür, bevor ich mich wieder zu ihm umdrehte. Als unsere Blicke sich trafen, wurde es mir schlagartig bewusst: *Alec Williams ist bei mir zu Hause!* Nach einigen Sekunden des gegenseitigen Anstarrens hatte er immer noch nichts gesagt. War er nicht derjenige, der mit mir sprechen wollte?

»Also ...«, begann ich, während er seine Kappe abnahm und sich das Haar zurechtstrich. »Wir könnten uns in meinem Zimmer unterhalten?«

Für eine halbe Sekunde hatte ich in Betracht gezogen, Alec stattdessen ins Wohnzimmer zu bringen. Wenn Mom nach Hause kam, wäre es besser, wenn sie uns im Wohnzimmer antraf. Aber ich hatte, bevor Asha und Boomer vorbeigekommen waren, vor dem Fernseher Wäsche gefaltet, und die lag immer noch auf dem Teppich. Ich wollte nicht, dass er meine BHs oder die pinke Spitzenunterwäsche sah, von der ich wusste, dass sie ganz oben auf dem Klamottenberg lagen.

Ich spürte Nervosität in mir aufsteigen, während ich ihn durch den Flur führte.

Als wir am Badezimmer vorbeikamen, erhaschte ich einen kurzen Blick auf mein Spiegelbild. Mein Haar war zu einem unordentlichen Dutt hochgebunden. Ich trug ein *Team Luca-*

Shirt mit einem Aufdruck von Gabe Grant, das Asha mir geliehen hatte. Sie hatte darauf bestanden, dass ich es für das Staffelfinale am Abend anzog. Ich hoffte, dass Alec es nicht bemerkte, aber als wir in meinem Zimmer angekommen waren, konnte er sein Grinsen nicht länger verstecken.

Ich verschränkte die Arme vor Luca/Gabe auf meiner Brust. »Was?«

»Fan von *Immortal Nights*?«

»Ob du's glaubst oder nicht, nein«, antwortete ich. »Meine beste Freundin ist so besessen davon, dass es für uns beide reicht.«

»Soso«, antwortete er und drehte sich im Kreis, während er sich in meinem Zimmer umsah.

Ich konnte an seiner Stimme erkennen, dass er mir nicht glaubte, was etwas peinlich war. Aber dann fiel sein Blick auf meine Schranktür, und ich wusste, wie es sich anfühlt, wenn etwas *wirklich* peinlich ist. Neben einer Bildercollage von Asha, Boomer und mir klebte ein Poster der Heartbreakers. Es war vom ersten Album der Band, *Dance till Dawn,* und alle vier Jungs sahen aus wie Babys. Oliver Perry, der Leadsänger, hatte langes, zerzaustes Haar, während Alec mindestens dreißig Zentimeter kleiner wirkte als jetzt.

Als hätte er das Poster nicht gesehen, wandte er rasch den Blick ab, und ich war froh, dass wir so taten, als sei es nicht da. Denn mal im Ernst, wie peinlich war es bitte, dass ich ein Bild von ihm in meinem Schlafzimmer hatte?

Er ging zu meinem Schreibtisch, der gegenüber vom Schrank stand, und nahm die Gläser mit den Perlen unter die

Lupe. Sie waren nach Farben und in der Reihenfolge eines Regenbogens sortiert. Das Sonnenlicht, das durch mein Fenster schien, ließ sie bunt leuchten. Als ihm die Kette auffiel, an der ich gerade arbeitete, beugte er sich vor, um sie besser begutachten zu können.

»Es wird ein Vogel, wenn es fertig ist.«

Er legte den Kopf schräg. »Warum ein Vogel?«

»Als Hommage an mein Lieblingsbuch.«

Ich deutete auf das Bücherregal. Auf der obersten Reihe stand eine Sammlung meiner Lieblingsromane: *Der scharlachrote Buchstabe*, *Fahrenheit 451*, *Der Fänger im Roggen* und so weiter. Die Bücher hatten einst meinem Vater gehört. Außer an die Tatsache, dass er Anwalt war, erinnerte ich mich nur noch daran, dass er die klassische amerikanische Literatur mochte. Ich hatte die Kiste mit den Büchern entdeckt, als wir aus unserem alten Haus ausgezogen waren, und sie unter meinen Klamotten im Koffer versteckt, damit Mom nichts davon mitbekam. Ich weiß nicht mehr, warum ich sie haben wollte. Vielleicht, um mich daran zu erinnern, dass es meinen Vater wirklich gegeben hatte. Was immer der Grund sein mochte, ich war froh, dass ich sie behalten hatte. Selbst wenn ich nie etwas anderes über meinen Dad erfahren würde, wusste ich wenigstens, dass wir eine Leidenschaft teilten; wir beide liebten das Lesen.

»Das ganz links«, sagte ich und zeigte darauf. »Kannst du es mal runterholen?«

Alec hob den Arm und zog meinen kostbarsten Besitz aus dem Regal. Dabei rutschte sein Shirt ein Stück nach oben und gab den Blick auf seine nackte Haut frei. Mir wurde ganz schwummrig und ich wandte schnell den Blick ab.

»Felicity?«

»Hm?« Ich dachte immer noch über das Stück nackten Bauch nach, das ich gesehen hatte, aber da merkte ich, dass er mir das Buch hinhielt. »Oh, nein«, sagte ich und hob beide Hände, um zu bedeuten, dass er es behalten sollte.

»*Wer die Nachtigall stört*«, las Alec vor. »Ich glaube, darüber sollte ich mal eine Hausarbeit schreiben, aber ich konnte mich nie dazu durchringen, es zu lesen.«

»Du hast die Hausarbeit einfach nicht abgegeben?«, fragte ich mit einer Mischung aus Bewunderung und Entsetzen. Ich hätte nie den Mumm gehabt, meine Hausaufgaben zu ignorieren. Ich wurde schon bei dem Gedanken immer ganz hibbelig.

Er zuckte die Schultern. »Ich war nie besonders an der Schule interessiert.«

»Man muss sich nicht für die Schule interessieren, um dieses Buch zu lesen und zu genießen«, entgegnete ich. »Wenn du jemals Zeit hast, solltest du es lesen. Es ist ein Klassiker.«

»Das habe ich gehört«, sagte er und inspizierte das Buch. Der Umschlag meiner Ausgabe hatte die bekannte Farbkombination aus Schwarz, Weiß, Grün und Braun mit einem Baum als Hauptbild. Ich hatte diese immer für die eleganteste aller Ausgaben gehalten, auch wenn sie eher schlicht gestaltet war.

Obwohl reichlich abgenutzt, war meine Ausgabe vermutlich ein paar Riesen wert. Die erste Auflage hatte nämlich nur 5000 Stück betragen. Wenn ich nicht genügend Geld für das College zusammensparen konnte, würde ich es wahrscheinlich verkaufen müssen. Bei dem Gedanken blutete mir das Herz.

Alec schlug das Buch auf, und seine Lippen öffneten sich leicht, als er durch die Seiten blätterte.

»Wie oft hast du das schon gelesen?« Alle paar Seiten war ein Eselsohr in die Ecke gefaltet. Es machte meine Mom verrückt, wenn ich das tat. Sie mochte es, wenn ihre Bücher so unberührt wie möglich aussahen, als wären sie nie aufgeschlagen worden, aber ich war der Meinung, dass Bücher dazu da waren, gelesen und geliebt zu werden.

Ich lächelte. »Ein oder zwei Mal.« In Wahrheit hatte ich das Buch so oft gelesen, dass ich ganze Seiten auswendig konnte.

»Und du liest es trotzdem immer wieder?« Seine hochgezogene Augenbraue verriet die nicht gestellte Frage: *Ist das nicht langweilig?*

»Na klar«, antwortete ich. »Hast du dir etwa noch nie einen Song auf Repeat angehört?«

Sein Lächeln wurde langsam, aber sicher immer breiter, und ich wusste, dass ihm mein Musikvergleich gefiel. »Doch«, antwortete er. »Das habe ich.«

Alec stellte *Wer die Nachtigall stört* sicher an seinen Platz in meinem Regal zurück, bevor er wieder in seine gewohnte Stille verfiel. Ich beobachtete, wie er sich weiter in meinem Zimmer umsah. An meiner Kommode hielt er inne. Auf ihr bewahrte ich meinen Schmuck auf: drei Schalen aus unechtem Kristall randvoll mit Ringen, eine riesige Muschel mit meinen Ohrringen und lose dazwischen jede Menge Ketten und Armbänder.

»Hast du das alles selbst gemacht?«

»Jepp.«

Er hob einen schweren, violetten Ohrring hoch und besah ihn sich von allen Seiten. »Du bist echt gut.«

»Vielen Dank.« Stolz erfüllte mich. Davon ermutigt fragte ich: »Soll ich dir auch etwas machen?«

Ich wartete nicht auf seine Antwort, sondern setzte mich an meinen Schreibtisch und griff zu einer Spule mit braunem Lederband. *Wo ist die Schere?* Meine Hand schwebte in der Luft, während mein Blick suchend über den Tisch wanderte. Schließlich entdeckte ich eine, die unter dem Stapel Zeitschriften hervorlugte. Nachdem ich ein paar Stücke von dem Band abgeschnitten hatte, knüpfte ich sie am Ende zusammen und begann mit der Arbeit. Als ich ein Prickeln im Nacken spürte, wusste ich, dass Alec mir über die Schulter sah.

»Was ist deine Lieblingsfarbe?«, fragte ich, ohne aufzusehen.

»Orange«, antwortete er.

Aus irgendeinem Grund war ich überrascht, aber ich griff nach einem Krug mit bernsteinfarbenen und rotbraunen Achatperlen im Facettenschliff. Wir schwiegen einige Minuten, bis Alec sich räusperte.

»Ist das deine Familie?«

Er deutete auf den Bilderrahmen, der über meinem Schreibtisch hing. Es war eines der wenigen Bilder, auf denen wir alle vier zu sehen waren – Mom, Dad, Rose und ich. Tatsächlich war es das einzige, das ich besaß. Das Bild war aufgenommen worden, als wir an meinem Geburtstag nach Disneyland gefahren waren. Ich erinnerte mich kein bisschen an den Ausflug, aber auf dem Foto schien ich mich mit meinen fünf Jahren auf den Schultern meines Dads pudelwohl zu fühlen.

Ich schüttelte den Kopf und senkte den Blick wieder auf das Lederband. »Jetzt sind nur noch meine Mom und ich übrig.«

Er hielt inne. »Das tut mir leid, Felicity.«

»Ist schon gut«, antwortete ich achselzuckend. »Ich erinnere mich ehrlich gesagt kaum an meinen Vater. Er ist mit einer Praktikantin durchgebrannt, als ich sechs war, und mit ihr in irgendein europäisches Land gezogen, wo ihn niemand dazu zwingen kann, mir und meiner Mom Unterhalt zu zahlen. Ziemlich klischeehaft, oder?«

Wow. Klassischer Fall von »Zu viel Information«.

Der Ausdruck auf Alecs Gesicht war unmöglich zu deuten, und als mehrere Sekunden verstrichen, ohne dass er etwas sagte, liefen meine Ohren knallrot an. Ich suchte nach den richtigen Worten, nach einem Weg, wie ich die Bombe, die ich auf ihn abgeworfen hatte, entschärfen konnte. Aber ich konnte das Gesagte nicht zurücknehmen. Stattdessen konzentrierte ich mich auf das Armband, das unter meinen Händen langsam Gestalt annahm.

Nach einer Weile räusperte er sich. »Das kann ich toppen«, sagte er, und mein Kopf schoss bei diesen Worten hoch.

»Meine Eltern haben sich vor drei Jahren scheiden lassen und mein Dad hat seitdem noch vier Mal geheiratet. Die aktuelle Frau Nummer fünf ist halb so alt wie er. Er kann also im Rennen um den größten Rabenvater ziemlich gut mithalten, oder?«

Wow. Ich hatte nicht damit gerechnet, dass er so etwas sagen würde.

»Tut mir leid«, sagte ich sanft. Ich versuchte deutlich zu machen, dass ich es aufrichtig meinte, denn ich wusste, wie es sich anfühlte, eine kaputte Familie zu haben. »Das muss wirklich hart sein.«

»Ist schon in Ordnung.«

Das war es ganz eindeutig nicht, aber ich merkte auch, dass er es nicht weiter thematisieren wollte. Dadurch erinnerte ich mich daran, dass Alec immer noch nicht gesagt hatte, weswegen er überhaupt hier war. Ich fragte ihn danach.

»Also«, begann er, doch bevor er mehr sagen konnte, wurde die Haustür geöffnet und lautstark wieder ins Schloss geworfen.

»Felicity!«, rief meine Mom aus dem Flur. »Ich bin zu Hause. Ich hoffe, du hast kein Abendessen gekocht. Ich habe Tacos von deinem Lieblingsmexikaner mitgebracht.«

»Mist!« Ich sprang von meinem Stuhl auf. »Mist, Mist, Mist!«

»Was ist denn?«, fragte Alec besorgt.

»Du darfst nicht hier sein. Wenn meine Mom dich hier sieht, bringt sie mich um.« Als ich mich im Zimmer umsah, stellte ich fest, dass es absolut kein Versteck für Alec bot. Mein Schrank war zu klein und unter meinem Bett war gerade so Platz für Lord Mopston.

»Okay?«, antwortete er sichtlich verwirrt.

»Hausregel«, fügte ich hinzu, obwohl es eine Lüge war. Es blieb keine Zeit für eine richtige Erklärung, und selbst wenn, würde ich es nicht übers Herz bringen, ihm die Wahrheit zu sagen: Ich wollte ihn nicht meiner Mom vorstellen. Denn dann müsste ich ihm ihre lächerlichen Meinungen und Vorurteile erklären, und das wäre nicht nur peinlich, sondern würde ihn vermutlich auch beleidigen.

»Oh.« Er verzog den Mund zu einer geraden Linie. »Und … was genau soll ich jetzt tun?«

Mein Blick schweifte zum Fenster. »Schnell«, sagte ich und riss es auf. »Verschwinde hier durch.«

Er schien einen Moment lang perplex zu sein, doch dann ging er mit zielstrebigen Schritten auf das Fenster zu. Ich warf einen Blick über die Schulter und schaute zur Tür. Ich hoffte inständig, dass sie geschlossen bleiben würde, bis Alec außer Sicht war. Er hob das Bein über die Fensterbank und zwängte sich dann nach draußen. Als er in den Büschen kniete, drehte er sich zu mir um.

»Ciao, Alec«, sagte ich. »Tut mir leid, wie es jetzt gelaufen ist.«

»Kann ich ein andermal, wenn es dir besser passt, wieder vorbeikommen?«, fragte er. »Vielleicht morgen, wenn deine Mutter nicht zu Hause ist.«

»Nein!«

Alec runzelte die Stirn.

»Da bin ich nicht zu Hause«, fügte ich rasch hinzu. »Ich arbeite morgen den ganzen Tag.« Sowie die Worte heraus waren, begriff ich, dass meine Arbeit der Schlüssel war. Mom kam nie ins Diner, also war es der perfekte Ort für ein Gespräch. Ich schnappte mir ein Stück Schmierpapier vom Schreibtisch und schrieb die Adresse vom Electric Waffle auf.

»Komm dort hin«, erklärte ich und drückte ihm den Zettel in die Hand. »Dann können wir uns unterhalten.«

Und dann knallte ich das Fenster zu.

Als ich sicher sein konnte, dass Alec verschwunden war und meine Mutter nichts mitbekommen hatte, ging ich zu ihr in die Küche. Sie begrüßte mich mit dem typischen Wangenküsschen und einer innigen Umarmung.

»Schätzchen, weißt du, wer da sein Auto vor dem Haus geparkt hat?«, fragte sie, als ich mich aus der Umarmung löste.

Ich erstarrte. Mir fiel keine bessere Lösung ein, also beschloss ich, mich dumm zu stellen. »Steht da ein Auto?«

»Ja, ein sehr schickes sogar.«

»Der Sohn von Mr Ramirez ist Arzt. Vielleicht gehört es ihm und er ist gerade zu Besuch?«

»Vielleicht.« Mom klang nicht überzeugt, aber sie ließ das Thema fallen, und wir setzten uns zum Abendessen an den Tisch.

Obwohl das Essen *wirklich* von meinem Lieblingsmexikaner war, schob ich die Bohnen und den Reis auf meinem Teller hin und her, ohne wirklich etwas zu essen. Mom bekam davon nichts mit und erzählte von ihrem Tag beim Zahnarzt, wo sie als Empfangsdame arbeitete. Warum jemand freiwillig am Eingang zur Hölle arbeiten wollte, erschloss sich mir nicht, aber sie mochte die Sicherheit und die regelmäßigen Arbeitszeiten in diesem Job. Ich war in Gedanken zu sehr mit Alec beschäftigt, um ihr richtig zuzuhören.

Ich wusste nicht, was ich davon halten sollte, dass er aus dem Nichts hier aufgetaucht war, insbesondere weil ich immer noch nicht ganz verarbeitet hatte, *wer* er war. Es fühlte sich komisch an, ihn zu sehen und mit ihm zu reden, als wäre er einfach ein normaler Typ und kein weltberühmter Musiker.

Was wollte er überhaupt von mir?

Zu meiner Verwirrung kamen jetzt auch noch wachsende Schuldgefühle. Seit ich in die Küche gekommen war und das Lächeln meiner Mutter gesehen hatte, nagte das schlechte Gewissen an mir. Ich hätte Alec nicht ins Haus lassen sollen. Nicht weil ich der Einschätzung meiner Mom zustimmte – ich hielt Alec immer noch für einen netten Menschen –, sondern weil sie es nicht verdient hatte, dass ich sie hinterging. Sie arbeitete hart für uns beide und liebte mich von ganzem Herzen. Ich war mit ihr in Bezug auf Alec nicht einer Meinung, aber deswegen hatte ich trotzdem kein Recht, mich ihren Wünschen direkt zu widersetzen.

»Felicity?«

»Hm?«

»Ich habe gerade gesagt, dass Dave am Freitag nach Hause

kommt, also werde ich das Wochenende bei ihm verbringen. Ist es in Ordnung, wenn du hier alleine die Stellung hältst?«

»Ja, kein Problem.«

»Gut.« Sie legte ihr Besteck ab und lehnte sich seufzend auf ihrem Stuhl zurück, als wäre sie gerade einen Marathon gelaufen. »Das war wirklich lecker. Was hältst du davon, wenn wir schnell abwaschen und uns dann ein paar alte Folgen *Gilmore Girls* reinziehen, bevor die Serie anfängt, die Asha so sehr liebt?«

KAPITEL 6

Am nächsten Morgen setzte ein Gewittersturm der Hitzewelle ein Ende. Das war mehr als merkwürdig. Es regnete kaum in Los Angeles, und wenn, dann normalerweise nur in den Wintermonaten. Ein Gewitter im Juli? Das hatte es noch nie zuvor gegeben.

Aber das trostlose Wetter passte gut zu meiner Stimmung.

Das Electric Waffle war menschenleer und ich hatte absolut nichts zu tun. Nachdem ich alle Theken und Tische geputzt, die Ketchup- und Sirupflaschen aufgefüllt und den Boden gewischt hatte, um mich zu beschäftigen, war mir die Arbeit ausgegangen. Miss Daisy, die Besitzerin und Managerin, hatte die übrigen Kellner nach Hause geschickt, und ohne das Geplauder mit ihnen hatte ich keine andere Gesellschaft als meine eigenen Gedanken.

Und die waren qualvoll.

Alec ging mir nicht aus dem Kopf. Gestern war ich so darauf fixiert gewesen, ihn möglichst schnell aus dem Zimmer zu schaffen, dass ich vergessen hatte, eine Uhrzeit für unser Treffen festzulegen. Nicht zu wissen, wann er auftauchen würde, machte mich nervös. Also klebte mein Blick an der Tür, wann immer ich nicht damit beschäftigt war, die Uhr anzustarren. Um nicht ständig auf und ab zu gehen, setzte ich mich auf einen der Barhocker. Das hielt mich jedoch nicht davon ab, mit den Beinen zu hibbeln oder mit den Fingern zu trommeln. Es war fast zwei Uhr, also blieben noch einige Stunden, bevor meine Schicht vorbei war, aber ich musste mich mit der Möglichkeit anfreunden, dass er vielleicht gar nicht auftauchen würde. In Anbetracht der Tatsache, dass ich ihn praktisch aus meinem Fenster geschmissen hatte, würde mich das nicht mal überraschen.

Ich brauchte dringend irgendeine Ablenkung.

Glücklicherweise kam gerade Miss Daisy aus ihrem Büro und sagte, ich solle Pause machen. Nachdem ich mich ausgestempelt und mir einen Kaffee eingeschenkt hatte, setzte ich mich an den Tisch in meiner Lieblingsnische. Sie war im hinteren Teil des Restaurants, bot aber dennoch einen guten Blick auf die Tür.

Mein Übungsbuch für die Prüfungen lag ganz oben in meiner Tasche. Einen Augenblick lang haderte ich mit mir – ich sollte wirklich lernen –, aber wahrscheinlich war ich ohnehin viel zu aufgeregt, um mich konzentrieren zu können. Stattdessen kramte ich weiter unten in der Tasche und zog die ersten drei Bücher heraus, die ich in die Finger bekam: eine zerlesene Ausgabe von *Die Abenteuer des Huckleberry Finn*, mein Exemplar für unterwegs von *Wer die Nachtigall stört* und *Der große Gatsby*. Ich entschied mich für das Letztere, legte die anderen beiden beiseite und tauchte ab in die 1920er-Jahre.

Wie jedes Buch in meiner Sammlung hatte ich Fitzgeralds Meisterwerk so oft gelesen, dass ich es fast auswendig kannte, aber ich war trotzdem schon nach wenigen Zeilen von der

Handlung gefesselt. Gerade als Nick die erste Einladung zu einer von Gatsbys glamourösen Feiern erhielt, bimmelte die Glocke über der Eingangstür. Ich schaute auf, und da stand Alec – und sah aus, als sei er geradewegs aus einer Burberry-Werbung getreten. Er trug einen modischen, grauen Trenchcoat, den Kragen aufgestellt, wohl gegen den Regen. Bisher fand ich immer, dass Männer mit aufgestelltem Kragen wichtigtuerisch wirkten, aber bei Alec sah es cool aus.

Ich beobachtete, wie er aus dem Mantel schlüpfte und sich die Regentropfen aus dem viel zu perfekten Haar schüttelte. Er muss es gespürt haben, denn er hob den Kopf, und unsere Blicke trafen sich.

Mist, voll erwischt.

Ich sprang auf und lief zu ihm.

Als ich vor ihm stand, strich ich mir eine lose Strähne hinters Ohr. »Hey.«

Alec sah mich mit seinen umwerfenden Augen an. »Hey«, begrüßte er mich.

Wir sprachen beide nicht weiter.

In unserem Schweigen schien sich eine fast magnetische Energie aufzubauen. Die Luft zwischen uns war geladen und knisterte vor Elektrizität und war unmöglich zu ignorieren. Als ich es nicht mehr aushielt, senkte ich den Blick, und als ich den Kopf wieder hob, war die Anspannung verflogen.

»Du bist gekommen«, sagte ich schließlich. Ich war immer noch überrascht.

Er kratzte sich an der Schläfe. »Das wolltest du doch, oder nicht?«

»Ja, absolut! Es ist nur ... Ich dachte, du würdest ... egal.«

Alec sah mich an, als würde ich Kauderwelsch reden. Das erinnerte mich daran, wie ich mich fühlte, wenn Boomer über Maschinentechnik sprach. Für gewöhnlich nickte ich einfach und steuerte gelegentlich ein zustimmendes *Mhm* bei, während er seine Vorträge über Wärmetausch und Energieumwandlung hielt. Nun wechselte ich rasch das Thema.

»Willst du etwas trinken? Kaffee? Limonade? Ich mache auch einen abgefahrenen Blaubeermilchshake.«

»Blaubeermilchshake?«

Ich nickte eifrig. »Ich verspreche, dass er lecker ist.« Tatsächlich war es mein absoluter Lieblingsgeschmack. Mom hatte mir anscheinend ihre Schwäche für Blaubeeren vererbt. Deshalb füllten wir unseren Einkaufswagen immer, wenn irgendwo Blaubeeren im Angebot waren, randvoll mit so vielen Packungen wie möglich und ernährten uns eine Woche lang von nichts anderem als den Shakes.

»Alles klar. Ich vertraue dir«, sagte er in seinem üblichen ernsten Tonfall. Als würden wir uns über eine Frage von Leben und Tod unterhalten, nicht über die Geschmacksrichtung eines Milchshakes. Ich wartete und rechnete damit, dass er mir noch seine richtige Bestellung sagen würde, aber er sah mich nur an. Als er eine Augenbraue hochzog, wurde mir klar, dass er das wohl schon getan hatte.

»Oh, ach so! Alles klar, cool.«

Aus mir unbekannten Gründen brachte es mich total durcheinander, Alec zu sehen, mehr noch als damals, als Eddie Marks sich im Geometrieunterricht neben mich gesetzt hatte. Ich wurde nicht schlau daraus, was sich hier abspielte, und das verwirrte mich vollkommen. Sogar so sehr, dass mir erst auffiel, dass ich Alec einfach bei der Tür stehen gelassen hatte, als ich schon durch das halbe Restaurant gelaufen war.

Ich drehte mich wieder um. »Ähm, du kannst dich da hinsetzen, wenn du willst«, sagte ich und deutete auf den Tisch, auf dem meine Bücher und meine Tasche lagen. »Ich bin in ein paar Minuten wieder da.«

In der Küche nahm ich alles, was ich brauchte, aus dem Industriekühlschrank – Eiscreme, Milch, Blaubeeren, Ahornsirup – und legte die Zutaten neben dem Mixer ab. Während ich eine riesige Portion Vanilleeis aus der gefrorenen Packung schaufelte, fragte ich mich, worüber Alec sich mit mir unterhalten wollte. Was immer es sein mochte, es musste wichtig sein, wenn er sich dafür gleich zwei Mal persönlich mit mir traf. Dachte er am Ende etwa, ich hätte den Boulevardzeitschriften all diese verrückten, erfundenen Geschichten über unsere Begegnung erzählt? Oh, Mist. Bedeutete das vielleicht, dass er sauer auf mich war?

Aber er wirkt nicht sauer, rief ich mir in Erinnerung. *Hör auf, dich selbst wahnsinnig zu machen.*

Obwohl ich einen Blaubeermilchshake mit verbundenen Augen zubereiten konnte, maß ich die einzelnen Zutaten genau ab, um mir einige Minuten zum Runterkommen zu verschaffen. Als ich mit den zwei blau-violetten Drinks zurückkam, hörte Alec Musik. Er zog seine Kopfhörer aus den Ohren und legte sie sich um den Hals, als ich beide Gläser auf den Tisch stellte.

»Danke«, sagte er und zog sich einen der Shakes heran. Die obenauf thronende Sahne schwankte gefährlich.

Ich rutschte auf die Sitzbank ihm gegenüber und strich mein Shirt glatt.

»Ziemlich gut, was?«, fragte ich, als er den ersten Schluck nahm. »Ich liebe alles, was nach Blaubeeren schmeckt, aber Milchshakes ganz besonders. Das Problem ist, dass Blaubeermilchshakes kaum irgendwo angeboten werden, deswegen habe ich Miss Daisy überredet, sie auf die Speisekarte zu setzen, als ich hier angefangen habe. In meinem Viertel gibt es eine Eisdiele, die sie anbietet, aber dort haben sie furchtbar geschmeckt. Das Mischverhältnis stimmte überhaupt nicht – zu viel Vanille, nicht genug Beeren. Also habe ich ihnen mein Rezept gegeben und sie benutzen es jetzt auch!«

Warum. Plappere. Ich. So. Viel?

Alec sah mich amüsiert an, als ich endlich innehielt. »Dein Rezept ist *abgefahren*«, sagte er und benutzte meine Beschreibung von vorhin.

Ich war zu durcheinander, um zu trinken, also rührte ich nur mit dem Strohhalm im Glas herum, wodurch ich die Sahnehaube zerstörte. »Danke.«

Ich wusste nicht, ob er mich aufzog oder nicht. Normalerweise fiel es mir leicht, Menschen zu durchschauen, aber bei Alec war es unmöglich. Ich könnte ihn einen ganzen Tag lang betrachten und wäre dennoch nicht in der Lage, hinter seine zurückhaltende Fassade zu blicken. Das Einzige, was ich ohne jeden Zweifel erkennen konnte, war die Intelligenz, die in seinen Augen leuchtete.

Mist. Ich hatte ihn zehn volle Sekunden lang angestarrt.

»Also, wegen gestern«, begann ich. *Am besten schnell die Verlegenheit runterschlucken und zur Sache kommen.* »Du sagtest, dass du etwas mit mir besprechen wolltest?«

»Richtig.« Er zögerte und die Spannung trieb mich fast in den Wahnsinn. »Ich wollte sagen, dass es mir leidtut. Sowohl der Ärger, den dir die Aufmerksamkeit der Medien bereitet hat, als auch das, was in dieser einen Zeitschrift über dich gesagt wurde. Dass du nicht so …«

»Dass ich nicht so hübsch bin wie Violet?«, beendete ich seinen Satz ungeniert. Ich nahm mir nichts von dem zu Herzen, was irgendein dahergelaufener Journalist schrieb, um für Drama zu sorgen. Dafür war mein Fell eindeutig zu dick.

Er hüstelte. »Ähm, ja.« Nach einer kurzen Pause fügte er hinzu. »Es stimmt nämlich nicht.«

Ich lief rot an. »Du bist extra hergekommen, um dich zu entschuldigen?«

»Ist daran etwas auszusetzen?«

»Nein, aber die meisten Leute hätten einfach angerufen.« Schließlich hatte ich ihm meine Nummer gegeben …

Jetzt lief Alec rot an. »Meine Mutter hat immer gesagt, dass es wichtig ist, sich persönlich zu entschuldigen.«

Oh mein Gott, ein Gentleman, dem es nicht peinlich ist, über seine Mutter zu sprechen?

»Außerdem«, fügte er hinzu und rieb sich den Nacken, »telefoniere ich nicht so gern, und du hattest mehr als eine SMS verdient.«

»Alec, dir muss nichts leidtun.« Ich wollte die Hand nach

ihm ausstrecken, um ihn spüren zu lassen, dass ich es ernst meinte, stattdessen schob ich die Hände unter meinen Po, um keine Dummheiten zu machen. »Fürs Protokoll, ich habe nichts davon geglaubt. Von dem, was sie in den Zeitschriften geschrieben haben, meine ich. Die Boulevardpresse ist mir ziemlich egal«, erklärte ich.

Das stimmte zu 99 Prozent. Die einzigen Passagen in diesen Artikeln, die auch nur ansatzweise mein Interesse geweckt hatten, waren die, in denen es darum ging, dass Violet Alecs Freundin sei. Einerseits wollte ich ihn darauf ansprechen, um zu erfahren, ob sie es nun war oder nicht, aber andererseits wollte ich seine Antwort gar nicht hören.

Alec machte sich keine Mühe, seine Erleichterung zu verbergen. »Gut.«

Ich lehnte mich wieder zurück in das Kunstlederpolster der Sitzbank und spürte, wie meine Anspannung sich ebenfalls legte. Irgendwie hatte ich es beim Zubereiten der Milchshakes geschafft, mir einzureden, dass Alec etwas Negatives mit mir besprechen wollte. In Wahrheit aber machte Alec sich Sorgen wegen dieser albernen Boulevardzeitschriften. Und seine Entschuldigung bewies eindeutig, dass meine Mom ihn falsch eingeschätzt hatte. Er war ein durch und durch guter Kerl. Aber jetzt, da er seine Entschuldigung losgeworden war, hatte er keinen Grund mehr zu bleiben, und ich fragte mich, ob er gehen würde. Bei dem Gedanken wurde mir schwer ums Herz. Ich wollte nicht, dass er ging.

Sag etwas, Felicity, dachte ich. *Irgendetwas.*

Nun ja, vielleicht nicht irgendetwas. Ich hatte mich schon

lächerlich genug gemacht, indem ich so viel über Blaubeermilchshakes geredet hatte. Das Problem war, dass sich eine lockige Strähne von Alecs tadellos mit Gel in Form gebrachtem Haar gelöst hatte – was zweifellos dem Regen geschuldet war. Sie fiel genau bis über seine Augen und berührte gerade so seine Wimpern. So konnte ich mich unmöglich konzentrieren.

Oder atmen.

Gerade als ich nicht mehr weiterwusste, hob er die Hand, strich sich durchs Haar und kämmte die entkommene Strähne wieder zurück.

Er räusperte sich. »Du hast es zwei Mal?«

»Hä?«, fragte ich. Ich musste offensichtlich mit Shakespeare oder einem anderen berühmten Schriftsteller verwandt sein, denn meine Wortgewandtheit war kaum zu überbieten.

Alec lächelte lediglich und deutete auf *Wer die Nachtigall stört*, das ich neben den Serviettenspender gelegt hatte.

»Oh, ach so! Eigentlich habe ich es sogar drei Mal. Das von gestern ist die Erstausgabe, die nehme ich nie mit. Das hier ist mein Exemplar für unterwegs, damit ich es überall lesen kann, und ich glaube, Asha hat das dritte. Sie hat die schlechte Angewohnheit, sich Dinge auszuleihen und dann zu vergessen, sie zurückzugeben.«

»Asha?«

»Meine beste Freundin«, erklärte ich. »Sie war diejenige, die mich von dem Wohltätigkeitsball hätte nach Hause bringen sollen.«

Alec nickte, als sei das eine interessante Information. Er

nippte erneut an seinem Milchshake und fragte: »Kann ich es mir ausleihen?«

»Was?«

»Dein Buch. Ich verspreche, dass ich es zurückgeben werde.«

Seine Frage schickte einen Schock durch meinen Körper. Ich wusste nicht, was ich aufregender fand: die Tatsache, dass Alec sich für *Wer die Nachtigall stört* interessierte, oder sein Versprechen. Vermutlich Letzteres, denn damit er sein Versprechen halten konnte, mussten wir uns wiedersehen.

»Willst du es wirklich lesen?«

»Du hast dir auch die Zeit genommen, meine Musik anzuhören«, antwortete er und klang dabei so, als wäre es *harte* Arbeit gewesen, mich bei einem mysteriösen, maskierten Fremden auf dem Ball einzuschmeicheln. »Ich würde gerne dein Lieblingsbuch lesen.«

Mein Magen schlug Purzelbäume. Ich wusste, dass er nur höflich war, aber trotzdem. Das war vermutlich das Romantischste, was jemals ein Mann zu mir gesagt hatte – dass er ein Buch lesen wollte, weil es *mein* Lieblingsbuch war.

Alec musste mein Erstaunen für Widerwillen halten, denn er begann nervös mit seinen Kopfhörern zu spielen. »Wenn du dich unwohl dabei fühlst, es zu verleihen ...«

»Nein!«, platzte es aus mir heraus. »Überhaupt nicht. Natürlich kannst du es lesen.« Bevor er es sich anders überlegen konnte, schob ich ihm das Taschenbuch über den Tisch zu.

Er sah mir kurz prüfend in die Augen und suchte wohl

nach Anzeichen von Zweifel, aber dann lächelte er und nahm das Buch entgegen. »Ich sollte dich warnen«, sagte er. »Ich lese ziemlich langsam. Du bekommst es vielleicht nicht so schnell zurück.«

»Das macht nichts«, antwortete ich. »Solange dich meine Notizen nicht stören. Ich bin eine notorische Randkritzlerin.«

»Randkritzlerin?«

»Ja, ich kritzle auf die Seitenränder der Bücher. Hauptsächlich Gedanken und Fragen, die mir beim Lesen in den Sinn kommen.«

Alec blätterte sofort durch die Seiten, um zu sehen, wovon ich sprach. Als er das Ende des Buches erreicht hatte, fiel etwas Loses heraus. Wir sahen beide hinunter. Auf dem Tisch lag ein Stück Papier von der Größe meiner Handfläche, das zu einem filigranen Herzen gefaltet war.

Beim Anblick des Origamis entwich alle Luft aus meinen Lungen. Ich blinzelte. Und blinzelte noch mal.

»Felicity?« Alec blickte mit zusammengezogenen Augenbrauen von mir zu dem Papierherz und wieder zurück. »Möchtest du dein Lesezeichen behalten?«

Außerstande zu antworten, schüttelte ich den Kopf. Ich konnte keinen Gedanken fassen außer *Rose, Rose, Rose.*

»Bist du sicher?«, hakte er mit hörbarem Zweifel in der Stimme nach.

Mir steckte ein Kloß im Hals, aber ich zwang mich, ihn herunterzuschlucken. »Ja, das macht nichts. Ich habe davon ungefähr eine Million Stück.«

»Ja, aber es ist dir wichtig.«

Seine Antwort war keine Frage, sondern eine Feststellung.

War es so offensichtlich? Und, wichtiger noch, was sollte ich sagen? Ich hatte kein Problem damit, über meinen Vater zu sprechen, bei Rose hingegen sah es ganz anders aus. Sie war noch eine offene Wunde – zu roh, zu persönlich –, selbst nach vier Jahren. Ich senkte für einen Moment den Kopf, weil ich etwas Zeit brauchte, um mich zu sammeln.

»Das Herz ist nicht das Wichtige«, sagte ich schließlich. »Sondern die Erinnerung, die damit verbunden ist.« Hoffentlich klang ich einigermaßen normal und nicht so, als sei ich den Tränen nahe.

Aber ich konnte Alec nichts vormachen. »An eine Person.«

»Was?«

»Eine Erinnerung an eine Person«, erklärte er. »An jemanden, der dir etwas bedeutet.«

Warum konnte er in mir lesen wie in einem offenen Buch? Wir kannten uns kaum, trotzdem öffnete sich mein Mund und ich setzte zu einer Erklärung an. »Meine Schwester Rose«, sagte ich.

»Das andere Mädchen auf dem Bild?«

Zunächst verwirrte mich seine Frage, aber dann erinnerte ich mich an gestern und daran, wie er mich nach meiner Familie gefragt hatte. »Ja«, antwortete ich mit einem Nicken. »Sie war von Origami besessen. Sie hat alles gefaltet, was sie in die Finger bekam – Servietten, Verpackungen, Quittungen –, und hat daraus etwas Schönes gemacht. Ich mochte ihre Papierherzen am liebsten. Einmal hat sie für meinen Geburtstag – oh, ich weiß es nicht genau, es waren bestimmt hundert Stück – gemacht und an die Decke unseres Schlafzimmers gehängt. Ihr Handgelenk war danach richtig entzündet und sie musste eine Woche lang eine Bandage tragen.«

Ich konnte Alec den Rest der Geschichte nicht erzählen und auch nicht, dass ich die Herzen nach Rose' Verschwinden stundenlang angestarrt und gebetet hatte, dass sie wieder nach Hause kam. Und als sie es nicht tat, hatte ich sie alle heruntergerissen. Ich wollte sie wegwerfen, sie sogar verbrennen, aber ein kleiner Teil von mir hatte immer noch *Hoffnung* gehabt. Deshalb hatte ich sie schließlich in eine Schachtel gestopft und sie in meinen Schrank verbannt.

Dann und wann entdeckte ich ein Herz im Staub hinter meinem Schreibtisch oder in der Spalte zwischen dem Kopfende meines Bettes und der Wand. Wenn ich eins fand, war das immer so, als würde ich mich an Papier schneiden. Eine halbe Sekunde lang brannte es, dann verebbte der Schmerz zu einem dumpfen Pochen. Aber eins von Rose' Papierherzen hier zu sehen? Jetzt? Der Anblick schnitt wie eine Klinge in meine Eingeweide.

»War?«, fragte Alec.

Ich schüttelte den Kopf, um den Schmerz und die Erinnerung loszuwerden. »Wie bitte?«

»Du hast die Vergangenheitsform benutzt«, erklärte er. »Und gestern hast du gesagt, es gäbe jetzt nur noch dich und deine Mutter. Ist deine Schwester …« Er zögerte, als würde ihm nicht gefallen, wohin der Satz führte. »Ist sie zu deinem Vater gezogen?«

Seine Frage überraschte mich sehr. Ich sah aus dem großen Vorderfenster vom Electric Waffle, während ich über die Antwort nachdachte. Es hatte aufgehört zu regnen, aber den Wolken nach zu urteilen, würde die Regenpause nicht lange anhalten.

»Nein«, sagte ich schließlich. Tatsächlich konnte ich Alec seine Frage nicht beantworten, denn ich hatte keine Ahnung, wo Rose steckte. Sie könnte *wirklich* bei Dad sein. Das war jedoch äußerst unwahrscheinlich, wenn man bedachte, wie wütend sie gewesen war, als er uns verlassen hat. Mit Sicherheit ausschließen konnte ich es allerdings nicht. »Eigentlich«, korrigierte ich mich deshalb, »weiß ich es nicht genau.«

Es folgte ein Augenblick der Stille. »Du ... Du weißt nicht, wo deine Schwester ist?«

»Sie ist vor vier Jahren abgehauen.«

Ich hatte das Bedürfnis, eine umfassendere Erklärung zu liefern, aber mehr wusste ich selbst nicht. Und es nagte an mir, dass ich die Gründe nicht verstand. Unzählige Stunden hatte ich damit verbracht, mich zu fragen, weswegen Rose so plötzlich und ohne Erklärung verschwunden war. Der einzige Grund, der mir einfiel, war ein Streit, den sie eine Woche vor ihrem Geburtstag mit Mom gehabt hatte. Daran konnte ich mich noch gut erinnern, denn die beiden waren an diesem Tag erst um zwei Uhr nachts heimgekommen, und ich hatte es merkwürdig gefunden, dass Mom so spät noch unterwegs war. Sobald sie durch die Tür getreten waren, hatte das Geschrei begonnen, und ich hatte sofort meine Kopfhörer aufgesetzt. Wenn ich jetzt an diese Nacht zurückdachte, wünschte ich mir, dass ich sie belauscht hätte, wenn auch nur für eine Minute. Vielleicht wüsste ich dann, weshalb Rose gegangen war.

»Was ist passiert?«, wollte Alec wissen.

Ich schürzte die Lippen. »Wir haben seitdem nichts mehr von ihr gehört.« Der Schmerz in meiner Stimme war unverkennbar, zumindest für jemanden mit Alecs feinem Gespür für solche Dinge. Glühender Zorn stieg in mir auf. »Ich erinnere mich kaum an meinen Dad, meine Schwester hingegen schon. Von dem wenigen, das meine Mom mir erzählt hat, glaube ich, dass die beiden sich sehr ähnlich sind. Beide sind eigensinnig und temperamentvoll. Meine Mom sagte immer, dass sie Wanderlust im Blut hätten. Rose hat damals versucht, so zu tun, als würde ihr das Verschwinden unseres Dads nichts ausmachen. Aber noch viele Monate nachdem er ausgezogen war, habe ich gehört, wie sie sich in den Schlaf geweint hat. Eines Abends war es besonders schlimm, also habe ich mich zu ihr ins Bett gekuschelt und sie gefragt, warum unser Vater uns so wehgetan hat.«

Ich hielt inne und durchlebte die Erinnerung noch einmal. Rose hatte leise gelacht und sich die Tränen aus den Augen gewischt, Big Blue war eng an meine Brust gekuschelt, und ihre Arme waren fest um mich geschlungen gewesen, damit ich nicht von der schmalen Matratze fiel. Ich atmete tief ein und schnaufte abfällig. »Statt mir zu antworten, hat sie *versprochen*, mir niemals dasselbe anzutun, aber ...«

»Genau das hat sie getan«, beendete er meinen Satz.

»Ja. Ich würde sie gerne dafür hassen, aber das kann ich nicht.«

Alec sah mich lange an, als würde er über all das nachdenken, was ich ihm anvertraut hatte. Dann sagte er: »Ich mache dir keine Vorwürfe.«

Mit welcher Antwort auch immer ich gerechnet hatte, diese war es jedenfalls nicht. Schließlich hatte ich gerade zugegeben, ziemlich düstere Gedanken bezüglich meiner Schwester zu hegen. »Tust du nicht?«

»Meine Schwester Vanessa und ich, wir stehen uns sehr nahe. Also kann ich mir vorstellen, wie schwer es für dich sein muss, von Rose getrennt zu sein«, erklärte er. »Und manchmal tun die Menschen, die uns am meisten bedeuten, etwas, das es uns schwer macht, sie zu lieben. Aber wir tun es trotzdem, denn so ist das nun einmal mit der Liebe.«

Ich erinnerte mich an die Geschichte über seinen Vater und hatte das Gefühl, dass er aus persönlicher Erfahrung sprach. »Empfindest du so für deinen Dad?«

Er rutschte unruhig auf seiner Bank hin und her, bevor er nickte. »Sagen wir einfach, dass die Beziehung, die ich zu ihm habe ... kompliziert ist.«

»Aber du liebst ihn trotzdem.«

»Er hat einige Male richtig Scheiße gebaut, aber ja. Das tue ich.«

Ich forschte nicht weiter nach Informationen über sein Privatleben, aber die Tatsache, dass Alec nicht die beste Beziehung zu seinem Vater hatte, linderte mein eigenes Selbstmitleid ein wenig.

»Wo wir gerade von meinem Vater sprechen ...« Alec zupfte am Kragen seines Hemdes. »Jedes Jahr veranstaltet er ein Grillfest für all seine Künstler. Ich hasse diese Partys, aber er besteht darauf, dass ich komme, also habe ich gedacht ... Hättest du Lust, mich zu begleiten?«

Moment mal. Hat er mich gerade ... um ein Date gebeten?

Alec sprach weiter und bekam von meinem plötzlichen Herzrasen nichts mit.

»Am Freitag, von zwölf bis sechs Uhr. Wir müssen aber nicht bis zum Schluss bleiben, wenn du nicht willst. Ich kann dich auch abholen, wenn du eine Mitfahrgelegenheit brauchst.«

Heilige Scheiße. Er lud mich *wirklich* zu einem Date ein.

Ich starrte ihn an, mein Mund stand offen und ich war vollkommen verwirrt. Als Alec mich nach dem Ball nach Hause gebracht hatte, war da dieser Augenblick voller Spannung und Aufregung gewesen, bevor ich schließlich ausgestiegen bin. Es war wie in einer Filmszene gewesen, in der der Junge das Mädchen zur Tür begleitet und sie sich fragt, ob er sie küssen wird. Ein Teil von mir hat gehofft, dass wir noch mehr Zeit miteinander verbringen würden, damit ich ihn besser kennenlernen konnte. Aber nun, da es wirklich passierte, schien es einfach nicht real zu sein. Ich wusste, dass ich ihm antworten sollte, aber ich fand keine Worte.

»Wenn du schon etwas vorhast ...«, sagte er mit leiser werdender Stimme.

»Habe ich nicht.« Außer zu arbeiten, aber das musste Alec nicht wissen. Ich konnte die Schicht ohne Probleme mit einer der anderen Kellnerinnen tauschen. »Du brauchst also jemanden, mit dem du dein Leid teilen kannst, ja?«, fragte ich und war sehr zufrieden mit mir, weil ich es geschafft hatte, witzig, ja fast ein wenig flirtend zu antworten.

Er verzog die Lippen zu einem Lächeln. »Genau. Es wird bestimmt schrecklich. Das verspreche ich.«

»Und was genau beinhaltet all das *Schreckliche*?«

Alec, der die Arme auf dem Tisch verschränkt hatte, beugte sich etwas vor. »Jede Menge Schmerzen. Jede Menge Qualen.«

»Tja, wenn das so ist«, sagte ich mit einem immer breiter werdenden Lächeln. »Welches Mädchen könnte da schon widerstehen?«

Zwei Stunden später räumte ich gerade den einzigen Tisch des Tages ab – ein Pärchen war gekommen, dem Akzent nach australische Touristen –, als die Tür des Electric Waffle mit einem lauten Rums geöffnet wurde. Es folgte das Stampfen schwerer Stiefel. Dieser unglaubliche Lärm konnte nur von Boomer stammen. Tatsächlich stand er jetzt mitten im Lokal und schüttelte sich den Regen aus den Haaren. Neben ihm kämpfte Asha mit ihrem Schirm, der sich offenbar weigerte, zuzugehen.

»Hey, Felicity!«, rief er auf seine typische Art, also laut und dröhnend.

»Setzt euch einfach an unseren Stammplatz«, antwortete ich. »Ich bin gleich da.«

Ein Trinkgeld in Höhe von fünf Dollar klemmte unter der Ketchupflasche. Ich steckte den Schein in die Tasche meiner Schürze und machte mich dann mit dem benutzten Geschirr auf den Weg in die Küche. Nachdem ich alles in die Spüle gestellt hatte, machte ich unsere üblichen Getränke fertig (Limonade für Boomer, Tee für Asha und noch mehr Kaffee für mich) und ging damit an unseren Tisch.

»Zwei Blaubeershakes?«, fragte Asha anstelle eines Grußes. »Muss ein schlimmer Tag gewesen sein.«

Ich setzte das Tablett ab und rutschte neben Boomer auf die Sitzbank. Er hatte schon wieder seinen Gameboy gezückt, doch Asha warf ihm einen mahnenden Blick zu. Mit einem Seufzen schob er das Spielzeug zurück in seine Hosentasche.

»Eigentlich«, sagte ich, während ich die Getränke verteilte, »war es, abgesehen vom Kundenmangel und dem schrecklichen Wetter, ein ziemlich guter Tag.«

Was allein Alec zu verdanken war. Ich versuchte, keine Miene zu verziehen, während ich an ihn dachte, aber ich musste einfach lächeln. Ein paar Minuten nachdem er mich zu der Party seines Vaters eingeladen hatte, waren die zwei australischen Touristen gekommen. Also hatte ich leider wieder zurück an die Arbeit gemusst. Aber Alec hatte meine Entschuldigung deswegen einfach abgewehrt, sich den Mantel wieder angezogen und versprochen, mich am Freitag abzuholen. Und diesmal hatte es mir nichts ausgemacht, mich zu verabschieden, weil ich wusste, dass ich ihn wiedersehen würde.

»Du hattest einen guten Tag?« Asha riss ein Zuckertütchen nach dem anderen auf und schüttete sich den Inhalt in den Tee. »Warum dann die Überdosis Sahne?«

»Ich hatte nur einen Shake«, antwortete ich und griff

selbst nach einem Tütchen Zucker. Wenn ich mir jetzt keins sicherte, würde Asha sie alle verbrauchen. »Der andere war für Alec.«

»Dieser berühmte Typ mit dem F12?«, erkundigte sich Boomer. »War er damit hier?«

»Ja und nein. Na ja, eigentlich weiß ich es nicht«, entgegnete ich.

Boomer runzelte die Stirn, kratzte sich am Kopf und zerzauste dadurch seine ohnehin chaotischen Locken noch weiter.

Ich setzte rasch zu einer Erklärung an. »Ja, er war hier, aber ich habe keinen Schimmer mit welchem Auto.«

»Oh, er war bestimmt mit dem F12 unterwegs«, antwortete Boomer, obwohl er es war, der gefragt hatte. »So ein Auto besitzt man nicht, um dann nicht damit zu fahren. Gott, ich hätte dafür bezahlt, es zu sehen.«

»Natürlich denkst du nur an das Auto«, kommentierte Asha und verdrehte die Augen. Dann erstarrte sie plötzlich. »Heilige Höllenhunde. Du meinst, *er* hat wirklich *hier* gesessen?« Sie besah sich die Bank, auf der sie saß. In ihrer Stimme lag Bewunderung. Dann wanderte ihr Blick zu dem leeren Milchshake. »Das war sein Milchshake? Und das der Strohhalm, aus dem er getrunken hat?«

Ich stöhnte und vergrub den Kopf in den Händen. »Bitte mach jetzt nicht einen auf verrücktes Fangirl.«

»Tut mir leid, aber das ist … Wow!« Sie schüttelte den Kopf, den Blick noch immer auf das leere Glas fixiert, als könne sie mit dieser Information nicht umgehen. Dann sagte sie: »Warte mal. Wann habt ihr verabredet, euch hier zu treffen?«

Ich zuckte zusammen. Insgeheim hatte ich gehofft, dass genau das nicht zur Sprache kommen würde, denn Asha würde ziemlich angefressen sein, weil ich es ihr nicht erzählt hatte. »Gestern, nachdem ihr gegangen seid«, gestand ich.

Und ich behielt recht. Sie war angepisst.

»Aber wir haben gestern Abend eine Stunde lang telefoniert! Warum hast du nichts davon gesagt? Ich hätte früher kommen können. Ich hätte ihn kennenlernen können!«

»Genau das«, ergriff Boomer das Wort und deutete mit dem Finger auf Asha, »ist wahrscheinlich der Grund, weswegen sie es dir nicht erzählt hat. Weißt du noch, als wir diesen einen Typen gesehen haben?«

Er brauchte das nicht weiter auszuführen. Letztes Jahr an Boomers Geburtstag hatte Asha Ryan Klan, einen der Schauspieler von *Immortal Nights*, entdeckt, als wir im Vine & Dine essen waren. Sie hatte nicht nur seinen Namen durchs ganze Restaurant gebrüllt, um Ryans Aufmerksamkeit zu erregen, sondern auch noch eine Kellnerin samt Tablett zu Boden gerissen, als sie wie eine Verrückte auf ihn zugestürmt ist.

»Na und? Da wollte ich eben ein Autogramm haben«, erwiderte Asha und blinzelte unschuldig. »Was ist so schlimm daran?«

»Deinetwegen sind wir aus meinem Lieblingsrestaurant geworfen worden – *an meinem Geburtstag*«, brummte Boomer, aber es klang gutmütig. Ich wusste, dass er Asha die Sache nicht wirklich übel nahm.

»Asha«, mischte ich mich ein, bevor die beiden sich in die Wolle bekommen konnten. »Ich wollte es dir gestern Abend erzählen, wirklich. Aber unsere Verabredung stand nicht mit absoluter Sicherheit fest. Ich wusste also nicht genau, ob er überhaupt auftauchen würde.«

»Aber ...«

»Willst du hören, wie es gelaufen ist?«, fragte ich und unterbrach sie, ehe sie anfangen konnte, sich *wirklich* zu beschweren.

Ashas gerunzelte Stirn glättete sich. Sie beugte sich mit großen, glänzenden Augen vor. »Es ist also etwas gelaufen?«

Ein unkontrollierbares Grinsen trat auf meine Lippen, und ich schaute hinunter auf die Kaffeetasse, um die ich die Hände gelegt hatte. Die Wärme tat gut. Ich biss mir auf die Lippe, bevor ich antwortete. »Ich glaube, Alec hat mich auf ein Date eingeladen.«

Etwas Tee schwappte aus Ashas Tasse auf den Tisch. »*Was?*«

»Okay, ich weiß nicht, ob es wirklich ein Date ist. Er hat das Wort *Date* nicht benutzt ...«

In den nächsten zehn Minuten löcherte Asha mich mit Fragen zu Alecs Einladung. Ein Verhör beim FBI konnte nicht viel schlimmer sein. Wie lauteten seine Worte genau? Wirkte er nervös oder entspannt? Um was für eine Party handelte es sich? Wer würde noch da sein? Wie sah es mit dem Rest der Heartbreakers aus?

Schließlich gelangten wir zur furchterregendsten Frage überhaupt: Was sollte ich zu der Party anziehen? Das machte mich unheimlich nervös, denn was zog man bitte zu einer Grillparty an, die möglicherweise ein Date mit einem Superstar war und bei der es von Celebritys nur so wimmeln würde?

»Wie wäre es mit dem violetten Kleid, das ich letztes Jahr für das Abschlussfoto anhatte? Das mit den Ärmeln aus Spitze?«, schlug ich vor.

Asha strich sich das Haar aus dem Gesicht, während sie darüber nachdachte. »Zu einer Grillparty? Ich weiß nicht, Felicity. Ich dachte an etwas Sommerlicheres. Ich wünschte, ich könnte Freitag früh vorbeikommen und dir helfen, dich fertig zu machen, aber ich – ich habe schon etwas vor.«

Ich runzelte die Stirn, als sie sich die Nase rieb und meinem Blick auswich. Sie verschwieg mir etwas, aber Boomer, der während des letzten Teils des Gesprächs schweigend dagesessen hatte, seufzte voller Ungeduld.

»Meine Damen«, begann er. »Sosehr ich es *guthieße*, alle Bekleidungsoptionen aus Felicitys Schrank durchzusprechen und ein Ensemble zu finden, das *très chick* ist, fürchte ich doch, dass mir bei diesem Thema langsam die Eier veröden würden.«

Ich blinzelte. Irgendwie hatte ich bei all dem Gerede über Alec vergessen, dass Boomer überhaupt da war. Ich öffnete den Mund, aber bevor ich auch nur ein Wort sagen konnte, prustete Asha laut los.

»Es heißt très chic«, sagte sie.

Boomer runzelte die Stirn. »Was?«

»Es wird *schiek* ausgesprochen, nicht *tschick*. Französisch für ›sehr stylisch‹. Ich kann nicht fassen, dass dieser Ausdruck überhaupt zu deinem Wortschatz gehört.«

Er verdrehte die Augen. »Du weißt eben nicht, dass ich unter der Hand als Pariser Modedesigner arbeite«, antwortete er. »Spaß beiseite, ich wollte eure Aufmerksamkeit, und das hat funktioniert. Können wir uns bitte über etwas anderes als Klamotten unterhalten?«

KAPITEL 7

Der Freitag fing gut an. *Wirklich gut*. Eine SMS von unbekannter Nummer weckte mich. Und ich wusste sofort, von wem sie war.

Unbekannt: Bist du immer noch für Schmerzen und Folter zu haben?

Lächelnd speicherte ich die Nummer unter Alecs Namen und antwortete ihm.

Felicity: Was, wenn ich Nein sage? ;-)

Alec: Pech gehabt. Bin um Viertel nach elf bei dir.

Aber von da an sah der Tag nicht mehr so rosig aus. Ich hatte nur noch eine Stunde, bis Alec kam, und verfiel langsam in Panik. Gestern hatte ich auf der Suche nach einem *Très-chic-Ensemble* meinen Schrank durchwühlt und die Hälfte meiner Klamotten anprobiert und war mir dabei vollkommen lächerlich vorgekommen. Schließlich hatte ich mich für meinen blauen Lieblingseinteiler entschieden – der kurze Jumpsuit war süß, bequem und passte total zu mir. Falls das für eine

Grillparty mit Promis nicht schick genug war, dann war das eben so und Punkt. Ich hatte mich noch nie für einen Typen besonders aufgebrezelt, nicht einmal für Eddie Marks. Und damit wollte ich jetzt nicht anfangen, nur weil Alec berühmt war. Auch wenn ich natürlich gut aussehen wollte.

Mein Problem aber war: Ich konnte die Keilabsatzsandalen nicht finden, die ich anziehen wollte. Sie waren süß und sommerlich, gleichzeitig war es aber nicht vollkommen unmöglich, darin zu laufen. Sie hätten ganz vorn in meinem Schrank stehen sollen, gleich neben meinen Sneakern, den Ballerinas und Flip-Flops. Aber sie waren weg – *puff*, verschwunden. Seltsamerweise, denn es waren die einzigen hochhackigen Schuhe, die ich regelmäßig trug. Wobei regelmäßig in meinem Fall auch nicht sehr häufig war. Mom sagte immer, dass ein gutes Paar Pumps die besten Freunde einer kleinen Frau seien, aber ich konnte das nicht nachvollziehen. Es war offensichtlich, dass ich klein war, da spielten ein paar Zentimeter mehr oder weniger doch auch keine Rolle mehr. Warum sollte ich mich also mit unbequemen Schuhen herumschlagen?

Nachdem ich meinen Schrank durchwühlt und so ziemlich alles wiedergefunden hatte, was seit Beginn der Highschool auf meiner Verlustliste stand (ein Skizzenbuch, das ich für Schmuckentwürfe genutzt hatte, mein pinkes T-Shirt mit dem Aufdruck von Delta Nu, den Badeanzug, für dessen Verschwinden ich Asha immer die Schuld gegeben hatte), fehlte von meinen Sandalen immer noch jede Spur. Also begann ich, mein gesamtes Zimmer auseinanderzunehmen.

Doch auch das blieb erfolglos. Und die Kombination aus tobenden Schmetterlingen im Bauch und dem hastigen Hin und Her, mit dem ich jede Nische und jede Ritze absuchte, brachte mich ins Schwitzen. Und zwar nicht nur mit einer leicht glänzenden Stirn, sondern mit dem vollen Programm: dicken Tropfen und schweißnasser Brust. Ich fragte mich in diesem Moment ernsthaft, ob ich an vorgezogenen Wechseljahrerscheinungen litt.

Mist, gibt es denn so etwas überhaupt?

Ich zog sogar in Erwägung, Alec anzurufen und ihm zu sagen, ich hätte mich mit heißem Chaosherzrasen oder mit Körperschweißsyndrom infiziert und würde mich für ungewisse Zeit einer Behandlung am Südpol unterziehen. Doch in diesem Augenblick rief meine Mom mir etwas aus der Küche zu.

»Felicity! Ich mache mich auf den Weg zur Arbeit.«

Ich öffnete die Tür und antwortete: »Tschüss, Mom. Hab einen schönen Tag.«

»Du auch, Schätzchen. Ich hab dich lieb. Vergiss nicht, dass ich dieses Wochenende bei Dave bin! Im Kühlschrank sind noch Reste.«

Die Vordertür knallte laut zu und Mom war aus dem Haus. Und da traf es mich wie ein Schlag. Ich wusste, wo meine Sandalen sein könnten. Meine Mom und ich hatten beinahe gleich große Füße und manchmal zwängte sie sich in meine Schuhe. Vielleicht hatte sie meine Sandalen für ein Date mit Dave ausgeliehen und vergessen, sie wieder zurückzustellen.

»Hoffentlich hat sie sie nicht ausgeleiert …«, murmelte ich auf dem Weg zu ihrem Schlafzimmer vor mich hin.

Nachdem ich die Tür geöffnet und das Licht eingeschaltet hatte, nahm ich mir einen Moment Zeit, um die Zehen in dem Flauschteppich zu vergraben, der den Boden bedeckte. Währenddessen bewunderte ich den Raum. Ich liebte Moms Zimmer abgöttisch. Es war glamourös auf eine Art und Weise, die mich an Hollywood erinnerte. Die besten Stücke darin waren ein gläserner Kronleuchter, den sie aus unserem alten Haus gerettet hatte, und ein beleuchteter Schminkspiegel.

Ich senkte den Blick auf meine Armbanduhr: fünfzig Minuten, bis Alec hier sein würde. Die Nervosität ließ mein Herz rasen und ich eilte zum Schrank. Als ich die Tür öffnete und mir ein Stapel Kartons entgegenfiel, stöhnte ich. Während ich nur einige Paar Schuhe besaß, war meine Mutter regelrecht süchtig nach Schuhen. Es dauerte fünfzehn Minuten, bis ich in allen Kartons nachgesehen hatte, aber von meinen Sandalen keine Spur. Gerade als ich mich mit einer Niederlage abfinden wollte, fiel mir ein, dass unter dem Bett auch noch ein paar Kartons stehen könnten.

Das war jedoch nicht der Fall.

Was ich stattdessen dort fand, war sowohl verwirrend als auch rätselhaft.

Ganz hinten, gegen die Fußleiste gepresst, lag ein Gitarrenkoffer.

Das war seltsam. Mom war total unmusikalisch, und mein Dad hatte nie ein Instrument gespielt – jedenfalls nicht, soweit ich wusste. Was nicht viel zu bedeuten hatte, da ich den Kerl ja kaum kannte, aber trotzdem. Wenn die Gitarre ihm gehörte, warum hatte Mom sie dann so lange behalten? Sie hatte all seine anderen Sachen verkauft, als wir umgezogen waren.

Mir war klar, dass es mich nichts anging, aber ich konnte nicht anders, als mich hinzuknien und den Koffer hervorzuholen. Ich wusste nicht, was ich zu finden hoffte, als ich ihn öffnete – vermutlich tatsächlich eine Gitarre und anderes Musikzubehör wie Stimmer und Plektren. Aber jedenfalls kein Bündel mit Briefen und Postkarten, das von einer Schleife zusammengehalten wurde.

Vielleicht sind es alte Liebesbriefe aus der Zeit, als sich meine Eltern kennengelernt haben.

Ich löste die Schleife, um die Briefe genauer unter die Lupe zu nehmen ...

Und *mein* Name stand auf der Vorderseite, geschrieben in einer Handschrift, die ich sofort erkannte. Unmöglich ... Mein Blick schoss nach links, wo der Absender stand:

Rose Lyon
27 Seawall Street
Galveston, TX 77551

Rose. *Rose.* Er war von ROSE!

Ich starrte den Brief fassungslos an. Weder ich noch Mom hatten in den letzten vier Jahren etwas von ihr gehört. Und dennoch hatte ich hier den Beweis des Gegenteils in der

Hand. Verstaut und versteckt, als gäbe es ihn nicht. Die Briefmarke war letztes Jahr abgestempelt worden – an meinem *Geburtstag*. Ich drehte den Umschlag um und zog ein Blatt Briefpapier heraus. Dann faltete ich es mit zittrigen Händen auseinander und las:

3. April

Liebe Felicity,

heute ist dein Geburtstag. ALLES GUTE zum Sechzehnten! Nur noch zwei Jahre, bis du ganz legal skandalöse Schlafzimmeraktivitäten betreiben und anderen aufregenden Erwachsenenkram tun kannst, wie wählen gehen und Kreditkarten beantragen! Ich muss unterbewusst an dich gedacht haben, denn du wirst nie erraten, was geschehen ist. Letzte Nacht habe ich von DIR geträumt! Wir waren in dem Park, in den Mom immer mit uns gegangen ist, als wir noch klein waren. Wir lagen mit Elle Woods und ihrem Hund Brutus auf einer Decke, tranken Margaritas und spielten Candy Land. LOL, ist das nicht saukomisch? Ich erinnere mich noch daran, wie du von dem Film ganz begeistert warst.

Jedenfalls war es der beste Traum, den ich seit einer Ewigkeit hatte, nur weil ich Zeit mit dir verbringen konnte. Ich wünschte, wir könnten uns treffen. Selbst wenn es nur für einen Tag oder eine Stunde oder eine Minute wäre, damit wir wieder Schwesternsachen machen können, zum Beispiel uns die Nägel lackieren oder darüber streiten, wer morgens zuerst ins Badezimmer darf. Ich weiß, dass es unmöglich ist, jedenfalls bis du deinen Abschluss hast, aber der Gedanke erfüllt mich trotzdem mit Glück. Gott. Ich klinge vermutlich wie eine schwafelnde Idiotin. Ich will nur sagen, dass ich dich vermisse.

Was gibt es sonst noch Neues ... Nicoli hat zum ersten Mal ein Sandwich mit Erdnussbutter und Marmelade probiert. Es hat ihm überhaupt nicht geschmeckt und das ist noch untertrieben. Er findet amerikanisches Essen ekelhaft, was mich aber nicht stört, weil es bedeutet, dass er immer das Kochen übernimmt! Außerdem habe ich eine neue Rolle für meine letzte Sommersaison. Statt Cinderella werde ich Rapunzel sein, was viel cooler ist, weil ihr Kostüm diese schöne mit Blumen besetzte Perücke hat.

Ich konnte den Blick nicht von dem Absatz lösen. *Nicoli hat zum ersten Mal ein Sandwich mit Erdnussbutter und Marmelade probiert. Werde ich Rapunzel sein. Nicoli und Rapunzel. Sandwiches und die Blumenperücke.* Rose sprach (nun ja, sie schrieb), als gäbe es keine vier Jahre große Lücke. Als würden wir uns regelmäßig austauschen und als wüsste ich, was in ihrem Leben vorging. Aber wer zum Geier war Nicoli und was meinte sie mit der neuen Rolle? Meine Brust schien sich zusammenzuziehen.

Nach einigen Augenblicken hatte ich mich wieder so weit unter Kontrolle, dass ich den Brief zu Ende lesen konnte.

Noch mal, alles Gute zum Geburtstag, Fel. Ich wünschte, ich könnte dir etwas Besseres als diese Worte schenken, aber ich begnüge mich mit dem Wissen, dass Mom dich bis aufs Äußerste verwöhnen wird. Ich herze dich mehr als Karamellbonbons und Salsa.

xoxo
Rose

»Herze dich mehr als Sour-Cream-Nachos und Blaubeermilchshakes«, flüsterte ich aus Gewohnheit.

Eine einzelne Träne kullerte mir über die Nasenspitze, ehe ich merkte, dass ich weinte. Nicht mit heftigem, den Körper erschütterndem Schluchzen, sondern nur mit stumm fließenden Tränen. Als eine weitere Träne hinunterfiel, das Papier traf und die blaue Tinte verlaufen ließ, wischte ich mir über die Augen, bevor noch mehr von Rose' Worten ruiniert wurden. Sie hatte es vielleicht anders empfunden, aber ihr Brief war mehr als ein Geschenk. Er war Hoffnung. Die Art Hoffnung, nach der ich gesucht hatte, während ich die Papierherzen an meiner Decke angestarrt und um Rose' Rückkehr gebetet hatte.

Aber zusammen mit der Hoffnung auf ein Wiedersehen mit Rose loderte in mir ein glühendes Feuer auf. Warum hatte ich diese Briefe nicht schon längst zu Gesicht bekommen? Wenn Rose mich wirklich vermisste, wenn sie immer noch ein Teil meines Lebens sein wollte, warum war sie dann nicht zurückgekommen? Und warum hatte sie nicht versucht, mich auf anderen Wegen zu erreichen?

Ich zog das Bündel aus dem Gitarrenkasten und überflog die Briefe. Jeder einzelne kam von ihr; der älteste war einen Monat nach ihrem Verschwinden gekommen. Es mussten über fünfzig Briefe und Postkarten sein. Dicke und dünne Umschläge und bunte Karten, aber alle waren an mich adressiert. Es dauerte nicht lange, bis ich merkte, dass sie alle von unterschiedlichen Orten abgeschickt worden waren: Mexiko, Jamaika, England und einer sogar aus Italien! Als sei Rose ständig unterwegs und nicht in der Lage, sesshaft zu werden.

Plötzlich fühlte ich mich, als wäre ich wochenlang wach gewesen. Das Finden dieser Briefe hatte mir alle Kraft geraubt und mich unglaublich traurig gemacht. Es fühlte sich an, als würde das Universum mit Absicht in die Wunden meines Herzens stechen. Ich ließ das Bündel Briefe und den Gitarrenkasten auf dem Boden liegen, kehrte in mein Zimmer zurück und rief Asha an. Ich erreichte nur die Mailbox, also hinterließ ich ihr eine Nachricht.

»Hey, ich bin's. Ich weiß, dass du schon verplant bist, aber du musst herkommen. Es ist ein Notfall. Bring Boomer mit.«

Bis Asha und Boomer kamen, hatte ich noch sechs weitere Briefe von Rose gelesen. Jeder war schon geöffnet worden, und sie waren alle wie der erste: gesprächig und voller Wärme, aber keiner enthielt die Antworten, nach denen ich suchte. Je mehr ich las, umso weniger Sinn ergab das alles. Denn während sich mir erschloss, wer Nicoli war (Rose' fester Freund aus Italien) und warum sie von Rapunzel erzählte (sie arbeitete als Schauspielerin auf Disneykreuzfahrten), wusste ich nach wie vor nichts über die wirklich wichtigen Details, beispielsweise warum sie fortgegangen war oder warum sie nicht wieder nach Hause zurückkam.

»Felicity, wo steckst du?«, rief Boomer aus dem vorderen Teil des Flurs. »Asha und ich sind da!«

Meine Stimme brach, als ich zurückrief: »I-Ich bin hier!«

Ich schaute auf meine Armbanduhr. Es war verblüffenderweise erst eine halbe Stunde vergangen, seit ich mein SOS gesendet hatte. Boomer wohnte am anderen Ende der Stadt. Es war unmöglich für ihn, in dreißig Minuten Asha abzuholen und hierherzufahren, selbst wenn sie ihn unmittelbar, nachdem ich ihr auf die Mailbox gesprochen hatte, angerufen hätte.

Knarzend öffnete sich die Tür und das Licht aus dem Flur fiel in das Zimmer.

»Wie seid ihr so schnell hergekommen?«, fragte ich, ohne mir die Mühe zu machen, den Kopf zu heben. Es war schwer, den Blick von Rose' Briefen zu lösen. Ein Teil von mir fürchtete, dass sie genauso verschwinden würden wie Rose selbst, wenn ich das tat.

»Ich war bei Asha«, antwortete Boomer lediglich.

Das reichte aus, um mich zu verwirren. Asha und Boomer waren gut befreundet, aber ihre Freundschaft basierte auf ihrer Verbindung zu mir. Es verletzte mich zwar nicht, dass ich zu dem heutigen Treffen, was immer sie geplant hatten, nicht eingeladen war, besonders, da ich ja selbst Pläne hatte. Aber es verwirrte mich. Die zwei verbrachten niemals Zeit allein und allein die Vorstellung war ... seltsam. Ich wandte mich an Asha für eine Erklärung, aber sie hängte nur die Daumen in die Gürtellaschen ihrer Shorts und schaute zu Boden, an die Wände, überallhin, nur nicht zu mir.

Bevor ich fragen konnte, was genau vor sich ging, legte Boomer den Kopf schräg und sah mich durch zusammengekniffene Augen an. »Warum ist dein Gesicht so fleckig?«

Asha richtete blitzartig ihren Blick auf mich. »Felicity, hast du geweint? Was ist los?« Der Anblick meiner tränenbefleckten Wangen musste alarmierend gewesen sein. Sie wusste, wie sehr ich es hasste zu weinen. Meine Mom weinte genug für uns beide, also dachte ich, dass wenigstens eine von uns stark sein sollte.

Die Antwort auf ihre erste Frage war offensichtlich, also ging ich nur auf die zweite ein. »Sieh dir an, was ich gefunden habe«, sagte ich und deutete auf die Briefe, die um mich herum auf dem Boden verstreut lagen.

»Lass mich raten«, sagte Boomer, der sich über Ashas Schulter hinweg die Unordnung besah, die ich geschaffen hatte. »Deine Mom schreibt einen Sexroman, und nachdem du das Manuskript gelesen hast, bist du traumatisiert ... Au! Was zum ...«

»Könntest du das jetzt bitte *sein lassen*?«, zischte Asha.

Er murmelte etwas vor sich hin und rieb sich den Bauch an der Stelle, an der sie ihm den Ellbogen hineingerammt hatte. Aber Asha ignorierte ihn und kniete sich neben mich. Ich sagte nichts, als sie den Brief, der am nächsten bei ihr lag, in die Hand nahm und ihn sich anschaute. Ihr Blick huschte über die ersten Worte, sprang dann aber ans Ende des Texts, um zu sehen, von wem der Brief kam.

»Heiliges Kanonenrohr!«, keuchte sie. »Der ist von Rose.«

»Was? Gib mal her.« Boomer riss ihr das Papier aus den Händen.

»Die sind alle von ihr«, sagte ich. »Anscheinend hat sie mir geschrieben, seit sie abgehauen ist.«

Asha runzelte die Stirn. »Und du hast die Briefe noch nie vorher gesehen?«

Ich schüttelte den Kopf, und der Kloß in meinem Hals machte es schwer, den noch immer andauernden Schock runterzuschlucken.

»Und wo zur Hölle kommen die jetzt her?«, wollte Asha wissen.

»Die Briefe waren hier drin.« Ich zeigte auf den Gitarrenkoffer. »Unter Moms Bett.«

Meine Freunde wechselten einen Blick und dann sagte Boomer langsam: »Also ... hat sie die Briefe vor dir versteckt?«

»Nein«, platzte es aus mir heraus. Mir gefiel selbst nicht, wie laut ich dabei wurde. »Das ist *nicht* möglich. Wenn Rose Kontakt zu uns aufgenommen hat, hätte meine Mom es mir erzählt.«

Eine Weile lang sagte niemand etwas. Asha strich sich mit dem Daumen übers Ohr, und nach einigen weiteren Sekunden fragte sie: »Bist du dir sicher?« Ihr Ton verriet, dass sie skeptisch war und vermutete, dass meine Mom hinter der Sache steckte.

Aber Asha irrte sich. Oder?

Sie musste sich irren.

Ich schüttelte erneut den Kopf und versuchte, die Zweifel zu vertreiben, die sich in meine Gedanken schlichen. »Meine Mom würde so etwas *niemals* vor mir geheim halten. Ihr versteht nicht, was sie durchgemacht hat, als Rose gegangen ist. Erst ihr Ehemann, dann ihre Tochter. Es war, als würden die Mitglieder ihrer Familie sie einer nach dem anderen verlassen.«

»Okay«, erwiderte Asha und hob die Hände. »Aber wie sind die Briefe dann hier gelandet?«

»Ich weiß es nicht. Es muss eine Erklärung dafür geben.«

»Zum Beispiel? Magische Postwichtel?«, fragte Boomer, woraufhin Asha ihm zum zweiten Mal den Ellbogen in die Seite rammte.

Ich zupfte mir nachdenklich an der Unterlippe: *Er hat nicht unrecht.*

Es schien keine plausible Erklärung dafür zu geben, wie die Briefe in Moms Zimmer gelandet waren. Abgesehen von der offensichtlichen, aber ich weigerte mich zu glauben, dass meine Mom irgendetwas damit zu tun hatte. Dass sie diese Briefe meiner Schwester vor mir verheimlicht hatte.

»Warum fragst du sie nicht?«, schlug Asha vor, während ich noch damit beschäftigt war, über die rätselhafte Situation nachzugrübeln.

Oh Mann, Felicity.

Ich kam mir wirklich dumm vor, weil ich nicht selbst daran gedacht hatte. Um Gewissheit zu haben, musste ich meine Mutter wegen der Briefe zur Rede stellen; eine andere Möglichkeit gab es nicht. Also hämmerte ich ihre Telefonnummer, die ich auswendig kannte, in die Tasten meines Handys und wartete. Meine Mom war telefonisch immer bestens zu erreichen, selbst wenn sie bei der Arbeit war, aber heute landete mein Anruf ohne Umwege in der Mailbox. Meine Frage in eine kurze Nachricht zu verpacken, schien mir nicht richtig, also seufzte ich und legte auf.

»Hast du sie nicht erreicht?«, fragte Asha.

Ich schüttelte den Kopf. »Es ergibt einfach keinen Sinn. Selbst wenn Mom mich *wirklich* angelogen hat, wie hätte sie jeden Brief von Rose abfangen können? Ich bin diejenige, die die Post ins Haus holt.«

»Wirf mal einen Blick auf die Anschrift.« Boomer zeigte auf den Umschlag. »Das ist ein Postfach.«

Er hatte recht. Alle Umschläge waren in Rose' verschnörkelter Handschrift mit derselben Adresse versehen, einem Postfach bei der Postfiliale um die Ecke. Warum schickte sie die Briefe an einen Ort, an dem ich sie nie empfangen würde? Ich war kurz davor, angesichts dieser so absurden Situation die Hände über dem Kopf zusammenzuschlagen, aber als ich auf das Papierchaos auf dem Fußboden schaute, fiel mir noch eine andere Möglichkeit ein, um an meine Antworten heranzukommen.

»Die Briefe«, sagte ich und begann, den Haufen zu durchwühlen. »Helft mir, den letzten zu finden.«

Wir verbrachten eine Weile damit, die Briefe zu durchsuchen.

»Hier«, rief Asha und hielt einen der dickeren Umschläge hoch. »Vor einer Woche abgeschickt.«

»Von wo?«, wollte ich wissen. Es gab so viele Absenderadressen, dass ich nicht sicher sein konnte, aber ich hätte schwören können, eine aus Kalifornien gesehen zu haben. Die Chance, dass diese Adresse auf ihrem letzten Brief stand, lag zwar fast bei null, aber ...

»San Francisco«, sagte Asha.

»Ja!« Nachdem ich die restlichen Briefe aufgesammelt und den Gitarrenkasten wieder unters Bett geschoben hatte, sprang ich auf. »Das ist perfekt. Rose könnte hier in Kalifornien sein. Ich werde sie suchen gehen.«

»Aber wie willst du nach San Francisco kommen?«, fragte Asha, als wir bereits auf dem Weg zurück in mein Zimmer waren.

Ich wandte mich an Boomer. Er hatte als Einziger von uns ein Auto, einen uralten Pick-up mit einem Auspuff, der genauso laut war wie er selbst.

»Sorry, Fel«, antwortete er und senkte den Kopf, als er verstand, worauf ich hinauswollte. »Ich wünschte, ich könnte dich fahren, aber ich glaube nicht, dass mein Truck so einem Trip gewachsen ist. Innerhalb von drei Stunden würden wir wahrscheinlich am Straßenrand stehen und auf den Abschleppdienst warten.«

Verdammt, das hatte ich nicht bedacht. Boomers Auto, das noch älter als Michael James war, machte dauernd Probleme.

Immer wenn der Wagen nicht anspringen wollte, öffnete Boomer die Motorhaube und murmelte ein paar aufmunternde Worte, während er am Motor herumfummelte.

»Du kannst mit dem Bus fahren«, schlug Asha vor.

»Das stimmt«, sagte ich und schaltete das Licht ein. »Aber was glaubst du, wie viel das kosten wird?«

»Zwanzig oder vielleicht dreißig Mäuse?«

Mehr, als ich mir leisten konnte, aber es war unumgänglich. Ich musste Rose finden.

»Okay. Kannst du dich an meinen Computer setzen, einen Fahrplan suchen und herausfinden, wann der nächste Bus fährt, während ich meine Tasche packe?«

Boomer schaute skeptisch drein, während er mit verschränkten Armen am Türrahmen lehnte. »Meinst du wirklich, deine Mom wird dich einfach so wegfahren lassen?«

Ich zog eine kleine Reisetasche unter dem Bett hervor und wischte die Staubschicht darauf ab. Ich hatte sie seit dem Umzug nicht mehr benutzt. »Natürlich nicht, deswegen werde ich es ihr auch nicht erzählen.«

»Felicity, das ist mehr als dumm«, sagte Asha und stemmte eine Hand in die Hüfte. »Noch dümmer, als ohne uns zu fahren.«

Boomer nickte. »Sie hat recht, und das will was heißen, denn ich bin eigentlich nie ihrer Meinung.«

Ich seufzte, während ich meinen Kulturbeutel in die Reisetasche stopfte und den Reißverschluss zuzog. »Wir haben das doch schon besprochen. Es ist wirklich süß, dass ihr zwei euch Sorgen um mich macht, aber ich kann nicht zulassen, dass ihr so viel Geld zum Fenster hinauswerft.«

Es hatte sich herausgestellt, dass das Busticket mehr als dreißig Dollar kostete – nämlich doppelt so viel. Ich musste mir fast ein paar Tränen verkneifen, als ich meine nur für Notfälle gedachte Kreditkarte zückte, um eine Fahrkarte zu kaufen. Was den Kauf noch schmerzhafter machte, war die Tatsache, dass es auch Busfahrten nach San Francisco gab, die nur zehn Dollar kosteten, aber anscheinend waren die Plätze freitags schnell ausverkauft, sodass für heute nur noch ein luxuriöser Reisebus zur Auswahl stand. Für den morgigen Samstag gab es zwar günstigere Angebote, aber ich musste mich heute noch auf den Weg machen. Und ich musste für meine Sonntagsschicht im Electric Waffle wieder zurück sein. Und bevor meiner Mom klar wurde, dass ich verschwunden war.

Ich konnte Asha und Boomer nicht mitkommen lassen, obwohl ich sie nur zu gern dabeigehabt hätte. Finanziell standen sie nicht besser da als ich. Der Gedanke, dass sie für eine vielleicht sinnlose Unternehmung sechzig Dollar opferten, verursachte mir Magenkrämpfe.

»Dir zu helfen ist keine Geldverschwendung«, warf Asha ein.

Und Boomer fügte rasch hinzu: »Außerdem mache ich mir keine Sorgen um ein paar Kröten. Ich mache mir Sorgen um *dich*.« Er stellte sich direkt vor mich, hoch wie ein Berg, und legte mir beide Hände auf die Schultern. »Was machst du, wenn Rose nicht mehr in San Francisco ist? Es wird schon dunkel sein, wenn du ankommst. Wo willst du schlafen? Du bist nicht alt genug, um ein Hotelzimmer zu buchen, und du kennst niemanden in der Stadt. Du solltest wirklich nicht alleine fahren. Du hast die Sache nicht gut durchdacht.«

Ich schenkte Boomer das überzeugendste Lächeln, das ich zustande bringen konnte. »Ich werde schon klarkommen. Ich fahre nur nach San Francisco, nicht zum Mond. Wenn Rose nicht dort ist, gehe ich zurück zum Busbahnhof und warte auf den nächsten Bus nach Hause. Ernsthaft, ihr macht daraus eine größere Sache als nötig. Ich komme gut allein zurecht.«

»Du weißt, dass ich das nicht bezweifle«, erwiderte er. »Ich finde trotzdem, dass du nicht allein fahren solltest.«

Ich legte ihm beruhigend eine Hand auf den Arm. »Ich werde mein Handy die ganze Zeit bei mir haben. Wenn etwas passiert, rufe ich euch sofort an.«

Seine Lippen verzogen sich zu einer schmalen weißen Linie und er ließ mich los. »Na, das wird dir ja viel nützen«, murmelte er. »Mir gefällt das alles überhaupt nicht.«

»Komm schon«, sagte ich mit einem Seufzer. Meine Stimme war leise, klang fast entschuldigend. Auch wenn ich ein schlechtes Gewissen hatte, weil sie sich meinetwegen Sorgen machten, war das nicht genug, um meine Entscheidung zu ändern. »Wenn wir nicht bald aufbrechen, verpasse ich den Bus.«

So sanft wie möglich löste ich mich von Boomer, nahm meine Reisetasche und ging zügig aus dem Zimmer, bevor meine Freunde weiter auf mich einreden konnten. Asha seufzte, hievte sich jedoch aus meinem Sitzsack und folgte mir. Als die Zimmertür mit einem lauten Knall zufiel, wusste ich, dass Boomer unmittelbar hinter ihr war.

Nach einem Kontrollgang durchs Haus, um sicherzustellen, dass alle Lichter aus und alle Fenster und Türen verschlossen waren, war ich bereit zum Aufbruch. Auch wenn sein Pick-up die mindestens sechsstündige Fahrt in den Norden nicht mitmachte, konnte Boomer mich zumindest zum Busbahnhof fahren, der nur ein paar Meilen entfernt lag.

»Danke noch mal für eure Hilfe, Leute«, sagte ich und riss die Haustür auf. »Ich weiß es zu schätzen, dass …«

Ich beendete den Satz nicht. Was immer ich sagen wollte, war bei Alecs Anblick wie weggewischt aus meinen Gedanken. Er stand auf der Veranda und war mit erhobener Hand drauf und dran gewesen anzuklopfen. Seine Lippen waren zu einem schüchternen, kleinen Lächeln verzogen, als er den Arm wieder senkte.

»Hey, Felicity«, begrüßte er mich. Mehr brauchte es nicht, um mir den Atem zu rauben.

Ich wusste nicht genau was, aber etwas an ihm war heute anders. Es dauerte einen Moment, in dem ich ihn mal wieder ungeniert anstarrte, bis ich realisierte, dass es sein Outfit war. Ich hatte ihn nie zuvor so leger gekleidet gesehen und trotzdem sah er einfach umwerfend gut aus. *Er könnte einen Müllsack tragen*, dachte ich im Stillen, *und die Mädels würden trotzdem reihenweise in Ohnmacht fallen.* Heute trug er eine schlichte, kakifarbene kurze Hose, Bootsschuhe und ein blaues T-Shirt mit V-Ausschnitt. Es passte ihm so perfekt, als hätte man es speziell für ihn geschneidert, und die Farbe ließ seine Augen meergrün schimmern.

»Oh«, keuchte ich, und das bisschen Luft, das noch in meinen Lungen verblieben war, entwich durch meine Lippen. »Alec, hi.« Wie war es möglich, dass ich vergessen hatte, dass Alec mich abholen wollte? Dass wir auf ein Vielleicht-Date gehen wollten?

Sein Lächeln verblasste, als er die Überraschung bemerkte, die mir unverkennbar ins Gesicht geschrieben stehen musste. »Stimmt etwas nicht?«, fragte er, während sein Blick zu der Reisetasche wanderte, die über meiner Schulter hing.

Ich kam nicht mehr dazu zu antworten, denn Asha prallte mir in den Rücken. Sie machte ein würgendes, krächzendes Geräusch und tippte mir vehement auf die Schulter. »Felicity, Felicity, Felicity«, flüsterte sie – aber natürlich konnte Alec sie trotzdem hören. »*Er* ist es.«

Das Fremdschämen war kaum auszuhalten. Ich schloss die Augen und strich mir langsam mit der Hand übers Gesicht, während ich darauf wartete, dass das Gefühl verflog. Nachdem ich zur Beruhigung ein Mal tief durchgeatmet hatte, öffnete ich die Augen, um die beiden einander vorzustellen.

»Alec, das ist meine Freundin Asha.« Ich trat beiseite, um die Tür nicht zu versperren, und warf ihr einen Blick zu. Sie drückte sich eine Hand auf die Brust; ihr Gesicht war rot angelaufen. Ich flehte sie mit den Augen an, sich zu benehmen. »Asha, ich bin mir zu hundert Prozent sicher, dass du keine Vorstellung brauchst, um zu wissen, wer das ist.«

»Nein, nein. Definitiv nicht. Hi, ich bin Asha ... und das weißt du schon, weil Felicity mich gerade vorgestellt hat. Mist. Ich rede wirres Zeug, nicht wahr?«

Boomer, der mit verschränkten Armen hinter ihr stand, schnaubte. »War das eine rhetorische Frage? Denn ich antworte gern. Ja, du klingst total bescheuert.«

Asha wandte ihre Aufmerksamkeit kurzzeitig von Alec ab, wirbelte herum und warf Boomer einen giftigen Blick zu.

Ich mischte mich schnell ein, bevor sie anfangen konnten, sich zu zanken. »Und das ist mein guter Freund Boomer«, sagte ich. »Boomer, Alec.«

Boomer nickte knapp, um Alec zu begrüßen, bevor er sich mir zuwandte. »Wir müssen uns auf den Weg machen. Ich lasse das Auto schon mal an.« Dann schoss er an uns vorbei, als stünde das Haus in Flammen, und zog Asha hinter sich her.

»Aber ich konnte mich gar nicht mit ihm unterhalten«, beschwerte Asha sich, als sie die Verandastufen hinunterliefen.

Alec, der die ganze Zeit still gewesen war, meldete sich endlich zu Wort. »Du fährst weg.« In seinem Ton lag keine Frage, nur Enttäuschung.

»Ja«, antwortete ich mit einem Kloß im Hals. »Es hat sich etwas mit meiner Schwester ergeben, und ich hatte offen gestanden ganz vergessen, dass du kommen wolltest.« Diese Worte laut auszusprechen, fiel mir schwer, aber er verdiente es, die Wahrheit zu erfahren.

Für jemanden, der vergessen worden war, nahm Alec mein Geständnis erstaunlich gut auf.

»Meinst du Rose? Hast du sie gefunden?«

Sein Interesse war gleichermaßen überraschend wie tröstlich und ein kleines Lächeln umspielte meine Mundwinkel. »Nicht direkt«, antwortete ich. »Als ich mich heute Morgen fertig gemacht habe, habe ich im Zimmer meiner Mutter eine versteckte Sammlung von Briefen gefunden. Sie stammen alle von Rose. Sie hat mir geschrieben, seit sie verschwunden ist.«

»Und diese Briefe ...«, begann Alec und legte dabei die Stirn in Falten, »deine Mom hat sie vor dir geheim gehalten?« Er schüttelte den Kopf, als wäre das das Abscheulichste, das er jemals gehört hatte.

»Ich weiß es nicht.«

»Also fährst du jetzt zu deiner Mutter? Um mit ihr zu sprechen?«

»Nein, ich werde Rose finden. Jedenfalls hoffe ich das. Ihr letzter Brief kam aus San Francisco, deswegen nehme ich jetzt einen Bus dorthin und suche nach ihr.«

Alecs Gesicht blieb neutral wie eh und je, aber er schluckte hörbar. »Ich verstehe.«

»Es tut mir so leid, Alec.« Ich schlang mir die Arme um den Leib und schaute auf meine Füße. »Ich hatte mich echt darauf gefreut, mit dir auf diese Party zu gehen, aber das hier ist wirklich wichtig ...«

»Felicity«, unterbrach er mich und hob die Hand. »Es ist in Ordnung. Wenn es um meine Schwester ginge, würde ich genau das Gleiche tun.«

»Also ... bist du nicht sauer?«

»Nein«, antwortete er. »Ich verstehe, dass das etwas ist, das du tun musst.«

Meine innere Anspannung löste sich etwas. Ich war froh, dass er so dachte. Tatsache war, dass ich nicht aufhören würde, an Rose zu denken, bis ich endlich Antworten hatte, aber gleichzeitig ... wurde mir schwer ums Herz. Ein Teil von mir wusste, dass ich etwas womöglich Atemberaubendes verpasste, wenn ich mich auf die Suche nach meiner Schwester begab. Etwas wie ihn.

»Ähm, Felicity?«, meldete sich Asha und kam zur Veranda gelaufen. Sie warf einen flüchtigen Blick in Alecs Richtung, bevor sie sagte: »Ich störe ja nur ungern, aber wir haben ein Problem.« Sie zeigte auf Boomer.

Die Motorhaube seines Pick-ups war hochgeklappt, und der Werkzeugkasten, den er immer im Kofferraum hatte, stand offen neben ihm in der Einfahrt. Er kramte darin herum, vermutlich auf der Suche nach etwas, mit dem er den dichten Rauch eindämpfen konnte, der aus dem Motor aufstieg. Was auch immer kaputt war, es sah nicht gut aus.

Mist, Mist, Mist! Das kann doch nicht wahr sein.

Ich lief die Treppe runter und eilte hinüber zu Boomer. »Was ist los?«

Er schaute auf. Seine Stirn war schon ölverschmiert. »Der Pick-up ist steinalt. Das ist los.«

»Kannst du ihn reparieren?« Ich biss mir auf die Unterlippe und hoffte, dass die Antwort Ja lauten würde.

»Nur, weil ich ein Händchen für Mechanik habe, kann ich noch lange nicht zaubern, Fel.«

»Aber ich darf den Bus nicht verpassen.«

Seufzend wischte Boomer sich mit seinem T-Shirt das Öl von den Händen.

»Und ich sollte Kevin heute Abend zum Baseballtraining bringen«, erwiderte er. »Sieht so aus, als würde das beides nicht klappen.«

»Moment mal«, sagte Alec und trat einen Schritt vor. »Ihr begleitet Felicity nicht?«

Beim Klang seiner Stimme drehte ich mich überrascht zu ihm um. Vor lauter Sorge wegen Boomers Pick-up hatte ich ihn ganz vergessen. *Schon wieder.* Was war denn nur los mit mir?

»Ich will ja mitkommen«, sagte Boomer mit verschränkten Armen. »Aber sie lässt uns nicht.«

Alec richtete seinen durchdringenden Blick auf mich. »Warum willst du allein fahren? Das ist gefährlich.«

»Vielen Dank«, sagte Boomer und seufzte übertrieben. Und zum ersten Mal sah er Alec mit so etwas wie Akzeptanz an, als würde er endlich anerkennen, dass sie auf derselben Seite standen. »Noch ein Punkt für Team Gesunder Menschenverstand.«

»Nicht du auch noch«, stöhnte ich und ignorierte Boomer. »Wir reden hier von San Francisco, nicht von der Welthauptstadt des Verbrechens. Außerdem sieht es ja so aus, als würde ich sowieso hierbleiben, wenn der Pick-up nicht anspringt.«

Niemand sagte etwas, ein stilles Zeugnis der Hoffnungslosigkeit der Situation, und Asha umarmte mich von der

Seite. Ich blickte auf meine Armbanduhr und schluckte unglücklich. Ich konnte den Bus nicht mehr erwischen, was bedeutete, dass ich meine Schwester nicht finden würde.

Alec musterte mich eindringlich. Ich musste wirklich erbärmlich aussehen, denn sein Blick wurde weicher, als er sich räusperte. »Natürlich fährst du«, verkündete er und trat einen Schritt näher. »Ich kann dich hinbringen.«

Ich hatte überhaupt nicht daran gedacht, dass er ja mit dem Auto gekommen war. Ich warf einen Blick auf den Wagen, der vor unserem Haus stand. Es war ein Cadillac ATS und hatte den für neue Autos üblichen Glanz. Eindeutig viel zu teuer, um irgendjemandem zu gehören, der in meinem Viertel wohnte.

»Wirklich?«

Er nickte.

»Vielen, vielen Dank, Alec. Ehrlich, du bist ein Lebensretter.« Ich wandte mich zu Asha um. »Hast du die Adresse vom Busbahnhof aufgeschrieben?«

»Nein, du hast mich falsch verstanden«, warf Alec kopfschüttelnd ein. Er bedeutete Asha aufzuhören, die schon angefangen hatte, ihre Handtasche zu durchsuchen. »Ich bringe dich nicht zum Bus. Ich fahre dich nach San Francisco, damit du deine Schwester suchen kannst.« Er straffte sich bei diesen Worten, als rechnete er mit meinem Widerspruch und sei bereit, sich darüber hinwegzusetzen.

»Oh. Ähm, das ist wirklich sehr nett von dir, aber ich habe schon eine Busfahrkarte und ...«

»Du wirst nicht allein fahren«, sagte er bestimmt. Ich öffnete den Mund, um zu antworten, aber Alec verschränkte die Arme vor der Brust, und ich kam nicht umhin zu bemerken, dass die Ärmel seines T-Shirts hochrutschten und den Blick auf seinen Bizeps freigaben. »Ich habe ein Auto und eine Party, die ich gerne verpassen würde, jetzt da du nicht mehr mit mir hingehst.«

»Aber wird dein Dad nicht sauer sein, wenn du nicht auftauchst?«, hakte ich nach. Ich wollte Mr Williams keinen Grund geben, mich nicht zu mögen.

Wow. Immer langsam, Felicity.

Da waren meine Tagträume wohl mit mir durchgegangen. Ich musste wirklich aufhören, Alec immer wieder abzuweisen, wenn ich es jemals so weit schaffen wollte, seine Eltern kennenzulernen. Nicht dass ich gerade über so etwas nachdachte. Meine Gedanken kreisten um Rose, und zwar zu hundert Prozent.

Alec zögerte einen Moment, sagte dann jedoch: »Noch ein Grund mehr, nicht hinzugehen.«

Bevor mir ein weiterer Einwand einfiel, packte Asha mich am Arm und sagte zu den Jungs: »Entschuldigt ihr uns kurz?« Dann zog sie mich außer Hörweite und zischte mich an. »Hat dir jemand einen Schlag auf den Kopf verpasst? Da will dich ein umwerfender Typ auf einen Roadtrip mitnehmen und du kannst gar nicht schnell genug Nein sagen. Mensch, was ist los mit dir?«

»Ich will ja mit ihm fahren«, sagte ich und warf Alec einen Blick zu. Er hatte die Arme immer noch verschränkt. *Gott, warum sieht er nur so gut aus, wenn er finster dreinblickt?* »Glaub mir, das will ich wirklich. Aber ich habe meine Fahrkarte schon bezahlt, Asha. Ich will das Geld nicht verschwenden.«

»Wen juckt's? Es sind doch nur sechzig Mäuse, Felicity. Kannst du nicht einmal aufhören, ans Geld zu denken, und dich amüsieren?«

Ihre Worte trafen mich hart. Dachte Asha wirklich, dass ich mich nur darum scherte, wie viel Geld ich auf dem Konto hatte? So wie sie redete, könnte man denken, ich wäre wie meine Mom.

»Na gut«, murrte ich. »Ich werde mich von ihm fahren lassen. Aber du irrst dich, ich denke nicht nur ans Geld.« Ich lief zurück zu den Jungs und verkündete: »Alec, ich hoffe, du bist ein guter Fahrer, denn mir wird im Auto schnell übel.« Obwohl ich Alecs Fahrkünste schon kannte, erinnerte ich mich nicht wirklich daran. Ich war zu abgelenkt von ihm und seinem Auto gewesen, als dass mir hätte schlecht werden können.

Alec grinste verschmitzt und zog den Autoschlüssel aus der Tasche. »Ich bin ein ausgezeichneter Fahrer.« Er ließ den Schlüssel um den Finger kreisen. »Ich bin startklar, wenn du es bist.«

»In Ordnung, ich will mich nur noch schnell verabschieden.« Ich wandte mich zu meinen Freunden um und stellte fest, dass sie sich einige Schritte entfernt hatten, dicht beieinanderstanden und tuschelten. Ich zog eine Augenbraue hoch. »Was ist los?«

Boomer schaute auf, und ich merkte an seinem Gesichtsausdruck, dass die beiden etwas im Schilde führten. Asha drehte sich mit entschlossener, grimmiger Miene zu mir.

»Wir haben eine Entscheidung getroffen.« Da war er wieder, der Tonfall, den sie anschlug, wenn sie sich durchsetzen wollte.

»Was für eine Entscheidung?«

»Du hast uns davon abgehalten mitzukommen, weil du nicht wolltest, dass wir Geld für die Fahrkarten ausgeben«, setzte sie an. »Aber da Alec fährt, ist das kein Problem mehr, nicht wahr? Wir kommen also mit, ob es dir gefällt oder nicht.«

»Zumindest«, meldete Boomer sich zu Wort, »wenn Alec damit einverstanden ist.« Er schaute zu Asha hinunter. »Schließlich ist es sein Auto.«

Aber Asha gab nicht klein bei. Sosehr sie Alec und die Heartbreakers auch anhimmelte, ihre Entschlossenheit wurde dadurch offensichtlich nicht beeinflusst. Sie sah Alec an und hob das Kinn, als fordere sie ihn heraus, Nein zu sagen. Ihre ganze Haltung schrie förmlich: »Sie ist *unsere* beste Freundin, nicht deine.«

Alec schien das zu verstehen, denn er nickte zustimmend. Es war ihm nicht anzumerken, ob er enttäuscht darüber war, dass die beiden uns begleiten würden.

Ashas strenge Miene wich binnen eines Wimpernschlags ihrem normalen warmherzigen Lächeln. »Gut. Ich bin froh, dass das geklärt ist. Wollen wir uns dann auf den Weg machen? Das wird schließlich eine lange Fahrt.« Sie ging Richtung Auto, bevor irgendjemand darauf reagieren konnte. Es wirkte fast, als hätte sie Angst, dass Alec es sich anders überlegen würde und sie sich beeilen wollte, um ihm keine

Gelegenheit dazu zu bieten. Wir sahen ihr alle einen Moment regungslos nach, bis Alec amüsiert den Kopf schüttelte und ihr folgte.

»Hey«, flüsterte ich, als wir das Auto erreichten. »Ist das wirklich in Ordnung für dich?«

Alec öffnete den Kofferraum und bedeutete mir, ihm meine Reisetasche zu geben. Als ich sie ihm reichte, warf ich einen Blick in den Kofferraum. Ganz hinten lag ein Gitarrenkasten und daneben ein großer Wanderrucksack. Beides keine ungewöhnlichen Gegenstände in einem Kofferraum, aber beim Anblick zweier metallener Gebilde, die wie Sandalen mit Spikes aussahen, runzelte ich die Stirn. Daneben lag außerdem noch eine Spitzhacke.

Er schlug den Kofferraum zu, bevor ich mir auf die Gegenstände einen Reim machen konnte.

»Vollkommen.« Er verkniff sich ein Lächeln, als würde er etwas komisch finden. »Würdest du jetzt aufhören, mich das zu fragen, und einfach einsteigen?«

KAPITEL 8

Asha rannte durch den Vorgarten ihres Elternhauses zum Auto und warf nur einen flüchtigen Blick über die Schulter zurück zu ihrer Schwester. Riya stand mit verschränkten Armen vor der Tür und sah ihr missbilligend nach.

»Hey, Alec«, sagte Asha, als sie sich wieder ins Auto setzte und die Tür zuknallte. »Ich habe es dir noch gar nicht erzählt, aber ich stehe voll auf eure Musik. ›Astrophil‹ ist mein absolutes Lieblingslied auf dem neuen Album!«

Alec schaute in den Rückspiegel, während er rückwärts aus der Einfahrt fuhr. »Danke«, sagte er und nickte.

Ein zufriedenes Grinsen machte sich auf Ashas Gesicht breit, während sie sich anschnallte und die Reisetasche zwischen ihren Füßen verstaute. Alec hatte angeboten, kurz bei ihr und Boomer zu Hause vorbeizufahren, bevor wir LA verließen, damit sie schnell die nötigsten Sachen für unseren Ausflug einpacken konnten.

»Aaaalso …«, setzte Asha an. Daran, wie sie nervös mit dem Knie wackelte, erkannte ich, dass sie ihren Mut zusammennahm, um Alec eine Frage zu stellen. »Ist es wahr? Werdet ihr wirklich in einer Folge von *Immortal Nights* mitspielen?«

»Ähm, ja«, antwortete er. Seine Stimme klang seltsam, zu

tonlos und zu leise. Sein neutraler Gesichtsausdruck gab nichts preis, aber die sichtbare Anspannung seiner Nackenmuskeln verriet genug. »In drei Folgen, um genau zu sein.«

»WAS?«, rief Asha, und ich zuckte angesichts ihrer Lautstärke zusammen. »Oh mein Gott. *Ohmeingott!*« Sie sank theatralisch gegen die Lehne ihres Sitzes und wedelte sich mit einer Hand vor dem Gesicht herum.

Boomer hob den Kopf und musterte Asha von Kopf bis Fuß, bevor er sich wieder seinem Spiel widmete. »Ich glaube, du hast sie umgebracht«, bemerkte er.

»Tut mir leid«, erwiderte Alec und verzog besorgt die Augenbrauen. »Hätte ich es ihr lieber nicht sagen sollen?«

Ich verdrehte die Augen. »Gib ihr einen Moment. Sie wird sich schon wieder fangen. Wahrscheinlich eine Überdosis Fangirl-Glück. *Immortal Nights* und die Heartbreakers zusammen – das ist, als wäre ein Traum für sie wahr geworden.«

»Sie ist ein wenig besessen, aber wir haben sie trotzdem lieb«, fügte Boomer hinzu.

»Oh, bitte«, sagte ich zu ihm. »Wenn Alec mit dem F12 vorgefahren wäre, hättest du vor Freude einen Orgasmus bekommen.«

Boomer sah mich ernst an und sagte: »Ohne jeden Zweifel.«

Alec musste lachen. »Du stehst also auf Autos, nehme ich an?«

»Ich korrigiere – er lebt und stirbt für Autos. Tatsächlich kannte ich in meiner Vor-Boomer-Zeit nicht einmal den Unterschied zwischen einem Coupé und einer Limousine«, erklärte ich. »Er war von der Mangelhaftigkeit meines Fachwissens so schockiert, dass er mich unterrichten musste, bevor wir überhaupt Freunde werden konnten.«

»Na ja, natürlich. Ich konnte doch nicht mit jemandem rumhängen, dessen Traumauto, ich zitiere, ›ein blaues‹ war. Das war einfach nur peinlich.« Boomer zögerte, stellte Alec aber dann eine Frage: »Besitzt du wirklich einen F12?«

Auf diese Frage hin rieb Alec sich den Nacken. »Das ist der Wagen meines Vaters. Das wird jetzt total uncool klingen, aber er hat darauf bestanden, dass wir damit zum Ball fahren. Er ... zieht gern Aufmerksamkeit auf sich.«

Aber Boomer fand nicht, dass es uncool klang, und die Jungs unterhielten sich über Autos, bis wir bei Boomer zu Hause ankamen. Er verschwand im Haus und kam mit einem Rucksack über der Schulter zurück, noch bevor das Lied, das gerade im Radio lief, zu Ende war. Fünf Minuten später fuhren wir auf der Interstate 5 Richtung Norden. Mein Puls raste vor Aufregung. Ich war auf dem Weg zu Rose! Nach vier Jahren, in denen ich gedacht hatte, dass ich nie wieder mit ihr sprechen würde, bekam ich hoffentlich heute Abend die Gelegenheit dazu.

Ich fragte Alec nicht, ob er wusste, wo es langging, und er schien auch keine Wegbeschreibung zu brauchen. Selbstsicher bahnte er sich einen Weg durch den Verkehr und das war eine Wohltat. Da Boomer als Einziger von uns ein Auto besaß, fuhr immer er. Aber er hatte einen furchtbar schlechten Orientierungssinn – er fand nicht von A nach B, selbst wenn zwischen den zwei Punkten nur eine gerade Straße lag. Deswegen musste ich immer das Navi spielen.

Nach zwanzig Minuten fuhr Alec vom Highway ab. Das kam mir merkwürdig vor.

Wohin fahren wir?, hätte ich beinahe gefragt, aber noch bevor ich den Satz überhaupt zu Ende denken konnte, realisierte ich, dass wir in Los Feliz waren, einem für seine prominenten Einwohner bekannten Viertel.

»Ich hoffe, ihr habt nichts dagegen, wenn ich auch kurz ein paar Sachen einpacke.« Alec ließ das Fenster herunter, als er auf eine geschlossene Tiefgarage zufuhr. Er tippte einen Code in das Tastenfeld an der Wand und das Tor fuhr hoch. »Ihr könnt hier warten oder mit hochkommen«, sagte er, während er sein Auto auf einem freien Parkplatz abstellte. »Spielt keine Rolle. Ich werde nicht lange brauchen.«

»Oh, wir kommen definitiv mit«, sagte Asha und stieß ihre Tür auf, kaum dass das Auto stand. Ihre Augen glänzten. Für sie musste das alles in etwa so sein wie hundertmal Weihnachten an einem einzigen Tag.

Ich löste den Anschnallgurt und stieg aus, wenn auch mit weniger Begeisterung. Ich fühlte mich... War *komisch* das richtige Wort? Es ging hier um Alecs Wohnung. Nicht die seiner Mom und nicht die seines Dads. Er hatte wirklich seine eigene Wohnung. Was Sinn ergab, nahm ich an, zumal er volljährig war und jede Menge Geld hatte. Aber für mich war das eine völlig fremde Welt. Er war nur ein Jahr älter als ich, doch plötzlich fühlten sich diese gut 360 Tage an wie Jahrzehnte.

Asha hakte sich bei mir unter, als wir durch die Tiefgarage zum Treppenhaus gingen. »Das ist so unfassbar«, flüsterte sie. »Alec Williams hat uns gerade in seine Wohnung eingeladen.«

»Du musst wirklich an deinem Flüsterton arbeiten«, sagte Boomer, der hinter uns herging. »Alle können dich hören. Auch der Typ, der uns gerade *in seine Wohnung eingeladen hat.*«

Ich warf Alec, der ein paar Schritte vor uns lief und die Schlüssel in der Hand kreisen ließ, einen Blick zu. Falls er es gehört hatte, ließ er es sich nicht anmerken.

Asha kicherte. »Das musst ausgerechnet du sagen.«

Boomer grinste und versetzte ihr einen liebevollen Stoß. »Da mag was dran sein, aber das macht dich nicht weniger seltsam.«

Während wir im Aufzug zu Alecs Wohnung hinauffuhren, schwiegen wir – mit einer Ausnahme. Asha summte vor sich hin. Ich schaute sie an und warf ihr einen Blick zu, der sagen sollte: »Kannst du dich bitte *normal benehmen?*«

Aber sie lächelte mich nur verschmitzt an und summte weiter. Erst als wir auf Alecs Etage ankamen, erkannte ich die Melodie – ein Song der Heartbreakers.

Ich lief hochrot an, aber das peinliche Gefühl wich schnell der Überraschung, als Alec seine Wohnungstür aufschloss und wir hineinmarschierten.

Er schaltete das Licht ein. Wir standen in der Küche, und mein erster Gedanke war: *Das ist aber eine kleine Wohnung.* Klein, aber fein.

Hinter einer Kücheninsel mit Barhockern lag der Wohnbereich. Ein Ecksofa und ein Sessel standen mittig vor einem elektrischen Kamin. Über dem Kaminsims hing ein Flachbildfernseher. Die hintere Wand wurde von einem scheinbar deckenhohen Fenster eingenommen. Allerdings waren die Vorhänge zugezogen, sodass man nicht sehen konnte, was für einen Ausblick Alec über die Stadt hatte. Die letzte Wand bot Platz für ein riesiges Bücherregal, das aus verschieden großen Würfeln zusammengesetzt war. In manchen Fächern standen Bücher, aber unserem Gespräch über *Wer die Nachtigall stört* nach zu urteilen, dienten sie nur zur Dekoration. Die übrigen Fächer waren mit Vasen, Glasschüsseln und anderen dekorativen Dingen bestückt.

Ich weiß nicht, was ich erwartet hatte, vielleicht die Penthouse-Bude eines Junggesellen, aber das hier jedenfalls nicht. Die Wohnung wirkte gemütlich und warm und sie gefiel mir.

»Bitte«, sagte Alec. Er deutete vage in die Richtung des Wohnzimmers und vergrub dann die Hände in den Hosentaschen. »Macht es euch bequem. Ich bin gleich wieder da.«

Boomer hatte keine Hemmungen, genau das zu tun. Er ließ sich auf das Sofa fallen und zückte seinen Gameboy, als Alec im Flur verschwand. »Er ist gar nicht so übel«, sagte er und warf mir vom Sofa aus einen Blick zu.

Ich verdrehte die Augen. »Na, ein Glück, dass du ihn okay findest.«

»Ich muss mal pinkeln«, verkündete Asha und begab sich auf der Suche nach dem Bad in den Flur. Ich hegte den Verdacht, dass sie einfach den Rest von Alecs Wohnung sehen wollte und neugierig war, aber ich sagte nichts.

Sobald sie außer Sichtweite war, ging ich zum Kamin und inspizierte die Fotos, die auf dem Sims standen. Ich brauchte keine Erklärung, um zu wissen, dass das erste Alec und seine Schwester zeigte. Vanessa hatte die gleichen grauen Augen und das gleiche fast weiße Haar wie Alec und ihre Nasen sahen ebenfalls ähnlich aus. Die Geschwister standen am Rande eines Bergkamms in der Wüste, trugen Wanderausrüstung und lächelten angesichts ihres erfolgreichen Aufstiegs.

Im nächsten Rahmen steckten zwei Fotos von Alec mit den anderen Mitgliedern seiner Band: Oliver Perry, JJ Morris und Xander Jones. Das erste zeigte sie lachend vor einem Lagerfeuer und auf dem zweiten waren sie anscheinend in einem Hotelpool und kämpften paarweise huckepack gegeneinander. Etwas an diesen Schnappschüssen war sehr ungewöhnlich. Ich hatte die Heartbreakers bisher nur in Zeitschriften oder auf Postern gesehen, deshalb war es seltsam, sie in so gewöhnlichen Situationen zu sehen, als wären sie ganz normale Teenager, keine Promis.

Das vierte Foto zeigte ebenfalls die Band, aber in ihrer Mitte stand ein brünettes Mädchen mit einer blauen Strähne im Haar und einem Nasenpiercing. Mir wurde ganz flau im Magen, als ich sah, dass Alec ihr den Arm um die Schultern gelegt hatte, jedoch hielt sie mit Oliver Händchen. Ich erinnerte mich daran, dass Asha mir erzählt hatte, Oliver sei mit einer Fotografin zusammen, die Stacy oder Sara oder so ähnlich hieß.

Mein Blick wanderte zum letzten Bild, auf dem Alec und eine schöne Blondine zu sehen waren. Das konnte nur seine

Mutter sein. Sie lachte und hatte den Kopf in den Nacken geworfen, und Alec, der zwei oder drei Jahre alt sein musste, saß auf ihrer Hüfte. Das Lachen auf seinen Lippen strahlte die gleiche Freude aus wie das seiner Mutter und ich lächelte in mich hinein. Alec war ein verdammt niedliches Kind gewesen.

Plötzlich erfüllte ein komischer Klingelton den Raum. Zunächst dachte ich, er käme von Boomers Spiel, aber er spielte immer ohne Ton, denn sonst trieb er Asha zur Weißglut. Ich drehte mich im Kreis und versuchte, den Ursprung des Geräusches ausfindig zu machen, bis ich bemerkte, dass der Computer auf Alecs Schreibtisch angegangen war. Jemand rief ihn an.

»Hey, Alec?«, rief ich in den Flur. »Jemand ruft dich auf Skype an!«

»Das ist wahrscheinlich Vanessa«, rief er zurück. »Kannst du für mich rangehen? Ich bin gleich da.«

»Na klar!« Ich eilte hinüber zum Computer.

Der eingehende Anruf kam von jemandem, der sich DoubleJMan nannte. Mein Bauchgefühl sagte mir, dass es nicht Vanessa war, aber ich ließ mich auf den Stuhl sinken und nahm den Videoanruf trotzdem entgegen. Es dauerte einige Sekunden, bis die Verbindung aufgebaut war, und als die Kamera endlich anging und sich scharf stellte, erschien tatsächlich nicht Alecs Schwester auf dem Bildschirm. Sondern ein Typ mit dunkelbraunem, fast schwarzem Haar. Und nacktem Oberkörper, durchtrainiert und muskulös. Er sah *unverschämt gut* aus und um seinen Bizeps schlängelte sich ein tätowiertes Band. Sein Gesicht war ebenso bekannt wie Alecs, und ich wusste sofort, wer er war – JJ Morris, der Schlagzeuger der Heartbreakers.

Ich war vor Ehrfurcht genauso erstarrt wie in dem Augenblick, als Alec mir verraten hatte, wer er war. Dennoch gelang es mir irgendwie, zögerlich zu winken und ein schwaches »Ähm, hi« von mir zu geben

»Alec«, sagte JJ. »Du bist viel hübscher, als ich dich in Erinnerung habe. Und deine Haare sind rot. Hast du sie dir gefärbt?«

Auf seine Begrüßung hin sog ich den Atem ein. »Ich bin nicht Alec«, sagte ich, obwohl es offensichtlich war, dass er mich auf die Schippe nahm.

Das entlockte ihm ein Lächeln und er beugte sich weiter vor. »Hi, Person, die ganz klar nicht Alec ist. Nimmst du oft die Anrufe anderer Leute entgegen, wenn sie nicht da sind?«

»Rufst du oft Leute an, wenn du nackt bist?«, erwiderte ich wie aus der Pistole geschossen.

»Halb nackt«, korrigierte JJ mich und stand auf, um mir zu zeigen, dass er eine Jogginghose trug. »Aber wenn du willst, dass ich die Hose ausziehe, dann bin ich dazu gerne ...«

Ein schrilles Quieken übertönte die vermutlich unangemessene und versaute Bemerkung, die JJ gerade machen wollte. Ich brauchte mich nicht umzudrehen, um zu wissen, dass Asha aus dem Bad zurück war.

»Heilige Scheiße, dass ist JJ!« Sie zeigte auf den Bildschirm, als könne er nicht sehen, wie sie ihn angaffte. Ich war versucht, einfach aufzulegen, um mir alle weiteren Peinlichkeiten zu ersparen, aber JJ schien die ganze Sache amüsant zu finden.

»Hey, Leute!« Er winkte jemandem zu, der für uns nicht zu sehen war, während er versuchte, sein Lachen zu unterdrücken. »Kommt mal her. Sieht aus, als wären wieder ein paar verrückte Fangirls in Alecs Wohnung eingebrochen.« Drei Sekunden später erschien eine junge Frau mit einer aquamarinfarbenen Strähne im Video und setzte sich auf den freien Platz neben JJ. Ein Typ mit braunen Locken und hellblauen Augen tauchte hinter ihr auf und legte die Hände auf die Rückenlehne ihres Stuhls – Oliver Perry. Asha entwich ein weiterer ohrenbetäubender Aufschrei beim Anblick des Leadsängers der Heartbreakers.

»Oh. Mein. Gott!«, rief sie und hörte nicht auf, mir auf die Schulter zu schlagen. Bevor ich Asha sagen konnte, dass sie das lassen sollte und dass sie mir einen blauen Fleck so groß wie Texas verschaffen würde, oder bevor ich JJ erklären konnte, dass wir *keinesfalls* eingebrochen waren, meldete sich das Mädchen zu Wort.

»Sie ist kein verrücktes Fangirl«, stellte sie fest. »Du bist Felicity, nicht wahr?«

Was. Zur. Hölle. »Ähm, ja.«

Sie lächelte, als wäre es überhaupt nichts Ungewöhnliches, dass sie meinen Namen kannte. »Hi, ich bin Stella.«

Mit zusammengekniffenen Augen sah JJ abwechselnd Stella und mich an. Er versuchte offensichtlich zu verstehen, was vor sich ging. »Warte mal, ihr zwei kennt euch?«

»Natürlich nicht«, antwortete sie. Hinter ihr spielte Oliver mit ihrem Haar und sie lehnte sich an ihn. »Wir haben uns noch nie gesehen. Deshalb habe ich mich ihr ja auch vorgestellt, Einstein.«

JJs Augenbrauen zogen sich noch dichter zusammen. »Woher weißt du dann, wie sie heißt?«, wollte er wissen und sprach damit die Frage aus, die ich mir auch schon gestellt hatte.

»Sie ist das Mädchen vom Maskenball, du Dummi.«

Alec hatte Stella von dem Ball erzählt. Er hatte ihr von mir erzählt. Ich war interessant genug, um jemandem von mir zu erzählen! Ich zwang mich, einmal zur Beruhigung tief durchzuatmen.

JJ kratzte sich am Kopf und warf Oliver einen Blick zu. »Weißt du, wovon sie spricht? Welcher Ball? Mir erzählt ja mal wieder keiner was.«

Oliver schnipste JJ an den Hinterkopf. »Das liegt daran, dass du ein Großmaul bist«, antwortete er, aber ich erkannte an seinem Gesichtsausdruck, dass auch er keinen blassen Dunst hatte, wovon seine Freundin sprach. JJs Miene verdüsterte sich, und er versuchte, seinem Freund einen Hieb zu versetzen, doch Oliver wich grinsend aus.

»Sie spricht von dem Maskenball der Kinderkrebshilfe«, platzte es aus Asha heraus. Sie war offenkundig ganz aus dem Häuschen, etwas zum Gespräch beitragen zu können. »Es war eine Wohltätigkeitsveranstaltung, und hi, ich bin Asha. Ich möchte nur sagen, dass ich euch super finde. Euer neues Album ist der Wahnsinn.«

Oliver schmunzelte zufrieden. »Danke, Asha«, erwiderte

er. Sie packte mich beim Klang ihres Namens aus Olivers Mund am Arm, und ich zuckte zusammen, als ihre Nägel sich in meine Haut gruben. »Wie schön, dass es dir gefällt.«

Asha brachte keine Antwort zustande. Sie sah aus als stünde sie unter Schock – ihre Lippen standen offen und ihre Augen waren glasig. Genauso sahen auch die Mädchen in der Schule aus, wenn Eddie Marks ihnen mal seine Aufmerksamkeit schenkte, aber das hier war zehnmal schlimmer. Die Kunst, Mädchen zum Dahinschmelzen zu bringen, beherrschte Oliver offensichtlich perfekt.

Ein Herzschlag verging, ohne dass jemand etwas sagte, daher machte JJ sich die Stille zunutze und nahm das Gespräch mit mir wieder auf. »Also, Felicity, du und Alec, ihr habt euch auf einem Ball kennengelernt?« Seine Frage klang beiläufig, aber weil er seinen Stuhl näher an den Computer rückte, merkte ich, dass er tatsächlich mehr wissen wollte.

Ich nickte. »Ähm, ja. Er hat seinen Drink auf mein Kleid verschüttet.«

»Echt?« JJ brach in schallendes Gelächter aus.

Olivers Lippen zuckten. »Beeindruckend.«

Mist, vielleicht hätte ich ihnen das nicht erzählen sollen.

»Es war nicht allein seine Schuld«, fügte ich hastig hinzu. »Ich habe nicht aufgepasst und …«

»Hey, da bin ich wieder«, sagte Alec, der aus dem Flur kam. Er klang etwas atemlos, als wäre er in seinem Zimmer hin und her geeilt, um schnellstmöglich zu packen. »Ist das Vanessa?«, fragte er, als er auf den Bildschirm hinunterblickte. Dann: »Oh, hey Leute. Was gibt's?«

Ein schelmisches Grinsen glitt über JJs Züge. »Du hast eine heimliche Freundin.«

»Nicht heimlich«, warf Stella ein. »Mir hat er von ihr erzählt.«

»Wir sind nicht zusammen«, bemerkte ich unverzüglich. Ich wollte nicht, dass Alec dachte, ich hätte seinen Freunden irgendwelche Halbwahrheiten erzählt. »Wir kennen uns kaum.«

»Aber er hat dich zu sich nach Hause eingeladen«, konterte JJ. »Alec lädt *nie* Mädels zu sich nach Hause ein.«

»So ist das nicht«, versuchte ich zu sagen, aber JJ hörte nicht hin und übertönte mich. »Kein Wunder, dass du mir nichts von ihr erzählt hast. Die ist ja wie dafür geschaffen, vernascht zu werden.«

Sofort lief ich rot an. Ich warf Alec einen kurzen Blick zu und zu meiner Erleichterung war er mindestens genauso rot wie ich.

»*Jeremiah!*«, rief Stella. »Warum musst du immer so vulgär sein?«

»Man, wie oft habe ich dir schon gesagt, dass du mich nicht so nennen sollst? Nur weil du meinen Vornamen kennst, heißt es nicht, dass du ihn benutzen darfst«, beschwerte sich JJ. »Und außerdem war ich nicht vulgär. Ich habe ihr ein Kompliment gemacht.«

Die zwei zankten sich immer weiter, und ich beschloss, das auszunutzen, um mich aus dem Staub zu machen. »Ich lasse dich mit deinen Freunden sprechen«, flüsterte ich Alec zu.

Alec antwortete nur mit einem steifen Nicken und mied

meinen Blick. Bei diesem kühlen Verhalten zog sich meine Kehle zusammen, aber ich gab mein Bestes, seinen plötzlichen Stimmungswandel zu ignorieren. Ich machte den Bürostuhl frei, damit er sich hinsetzen konnte.

»Komm mit, Asha.« Ich packte sie am Handgelenk und zog sie weg vom Schreibtisch. *Wären wir doch nur im Auto geblieben.*

»Hey. Hast du zufällig irgendwo beim Computer das WLAN-Passwort gesehen?«, erkundigte sich Asha. Sie hatte sich neben Boomer auf dem Sofa niedergelassen und scrollte über ihr Handydisplay.

»Nein, warum?«, antwortete ich und warf einen flüchtigen Blick in ihre Richtung. Meine Aufmerksamkeit galt Alec, der seinen Freunden im Flüsterton irgendetwas erklärte. Ich konnte nicht hören, worum es ging, aber seiner Gestik nach zu urteilen war er nicht glücklich.

»Ich muss etwas auf meinem Blog posten«, sagte Asha.

Damit hatte sie meine volle Aufmerksamkeit.

»Aber du postest doch nur donnerstags.« Ich kniff die Augen zusammen und musterte sie misstrauisch. Sie war zu sehr in ihr Handy vertieft, um zu antworten, also stieß ich mich von der Armlehne ab, auf der ich saß, um selber nachzusehen, was so wichtig war. »Was schaust du dir da an?«

»Findest du diesen Filter besser«, sie hielt inne, als sie den Effekt änderte, »oder diesen?«

Ich runzelte die Stirn und wusste nichts mit dem Bild anzufangen, das sie mir hinhielt. Es zeigte eine einsame Zahnbürste in einem Zahnbürstenhalter, oder wie auch immer die Dinger hießen, und sonst nichts. Es war nicht mal eine von diesen lustigen, bunten Zahnbürsten, die wie Spongebob oder eine Disneyprinzessin aussahen, um Kinder zum Zähneputzen zu animieren.

»Was ist so interessant an einer langweiligen, alten ...« Ich beendete den Satz nicht – es fiel mir wie Schuppen von den Augen, und mir drehte sich der Magen um. Ich wollte nur noch unter das Sofa kriechen und mich dort bis in alle Ewigkeit verstecken. »Bitte, sag mir, dass das nicht das ist, was ich denke, dass es ist«, murmelte ich. »Denn das wäre vollkommen durchgeknallt.«

»Alecs Zahnbürste?« Asha grinste. »Das ist sie. Hab sie gesehen, als ich im Badezimmer war. Ich habe auch einen Schnappschuss von dem Shampoo gemacht, das er benutzt. *Head & Shoulders* für Männer, falls du es wissen willst.«

Nein. Nein, das wollte ich nicht.

»Ich bin mir gerade wirklich nicht sicher, ob du das ernst meinst oder nicht. Das ist doch wohl hoffentlich ein Scherz, oder?«

Ashas Augen funkelten und sie schüttelte den Kopf. »Nein, und ich habe auch heimlich ein Foto von JJ, Oliver und Stella gemacht, als wir geskypt haben. Der nächste Post wird unglaublich viele Klicks bekommen. Meine Fans erwarten zwar etwas, das mit *Immortal Nights* zu tun hat, aber da die Heartbreakers in der Serie auftreten werden, passt das einfach perfekt.«

»Nein!« Mein plötzlicher Aufschrei ließ Boomer zusammenzucken. Er blickte von seinem Spiel auf, um uns anzustarren, und ich senkte meine Stimme sofort zu einem Flüstern. »Du kannst nichts davon posten, Asha.«

Zum ersten Mal seit dem Beginn unseres Gesprächs sah sie von ihrem Handy auf. »Warum nicht?«

»Weil es eine grobe Verletzung seiner Privatsphäre wäre!«

Sie runzelte die Stirn. »Es ist eine Zahnbürste, Felicity. Nicht sein Tagebuch.«

Ich warf Alec einen Blick zu. Zum Glück saß er noch am Computer. Nicht auszudenken, wie er reagieren würde, wenn er herausfand, dass Asha in seinen Sachen herumgestöbert und Fotos gemacht hatte. *Was, wenn ihn das so sauer machen würde, dass er uns nicht mehr nach San Francisco fahren wollte?* Das konnte ich nicht zulassen.

»Gib mir dein Handy«, forderte ich sie auf.

Sie schnaubte. »Damit du alles löschst? Kannst du vergessen.«

Ohne Vorwarnung beugte Boomer sich vor und schnappte sich ihr Handy. Noch bevor sie reagieren konnte, tippte er drauflos und hielt es ihr dann wieder hin. »So«, sagte er. »Problem gelöst.«

»Boomer!«, wimmerte Asha, als sie sah, dass die Bilder verschwunden waren. »Dafür werde ich dich mein Leben lang hassen.«

Er grinste, offenkundig unbeeindruckt von ihren neuen Gefühlen für ihn, und stupste ihr auf die Nase. »Ich versuche nur, deinen Wahnsinn im Zaum zu halten.«

»Ich bin nicht wahnsinnig«, blaffte sie. »Nur, weil ich mich für etwas begeistere, das du langweilig findest, heißt das nicht, dass du dich über mich lustig machen darfst.«

Seine Gesichtszüge wurden weicher. »Du hast recht. Das war nicht nett von mir, tut mir leid«, erwiderte er. Es sah aus, als würde er den Arm um sie legen wollen, doch in letzter Sekunde änderte seine Hand den Kurs und griff stattdessen nach dem Gameboy. »Aber Felicity hat auch recht, Asha. Es ist echt nicht cool, solche Bilder zu posten. Es spricht nichts dagegen, sich für etwas zu begeistern, aber vielleicht solltest du ein paar Gänge runterschalten. Sonst vergraulst du Alec garantiert. Okay?«

Asha atmete lautstark aus. »Ja, okay.«

»Tut mir leid, dass es so lange gedauert hat, aber ich ... ähm ... Ist alles in Ordnung?«

Wir wandten uns alle gleichzeitig um, als Alecs Stimme erklang. Er stand am Ende des Sofas und hatte einen kleinen Koffer in der Hand. Statt die Frage zu beantworten, hustete Boomer und widmete sich wieder seinem Spiel. Asha rieb sich die Nase.

Ich sprang auf. »Jepp«, antwortete ich etwas zu enthusiastisch. »Alles in bester Ordnung.«

Alec musterte meine Freunde und sagte nichts. Ich hoffte auf irgendeine Geste von ihm, die die seltsame Stimmung nach dem Skype-Zwischenfall wieder aufhob.

Doch ich hoffte vergebens.

»Sollen wir aufbrechen?«, fragte Boomer. »Es wird ja eine lange Fahrt.«

Auf dem Weg zurück zum Auto war es noch stiller als auf

dem Weg nach oben, denn Asha summte diesmal nicht fröhlich vor sich hin. Anspannung lag in der Luft. Ich spürte sie wie einen Strang aus Energie zwischen mir und Alec, straff gespannt und scharfkantig wie Stacheldraht. Am liebsten hätte ich ausgeholt und der Anspannung mit einem Karatehieb den Garaus gemacht. Ich hätte nur den Mund aufmachen und etwas sagen müssen, aber die richtigen Worte wollten mir einfach nicht einfallen. Also hallten nur unsere Schritte in der menschenleeren Tiefgarage wider.

Als der Cadillac in Sichtweite war, entriegelte Alec die Türen mit dem Funkschlüssel. Ich fragte mich, ob die gesamte Fahrt so unangenehm werden würde, denn ich wusste nicht, wie lange ich das noch aushielt.

Gott sei Dank gab es Asha und ihre Liebe zu den Heartbreakers.

»Also, Alec«, begann sie, nachdem sie ihre Tür zugezogen hatte. »Eine Sache wollte ich unbedingt noch wissen...« Dann stellte sie ihm eine Frage nach der anderen über die Band und ihre Musik. Alec schien dankbar für die Ablenkung zu sein, was mich etwas beruhigte. Ich machte es mir auf meinem Sitz gemütlich, während Alec den Motor anließ und ausparkte. Für ein paar Minuten lauschte ich einfach dem Gespräch der beiden und entspannte mich langsam.

Doch dann fiel mir auf, dass wir in die falsche Richtung fuhren.

»Ähm, Alec?«, sagte ich und setzte mich aufrecht hin. »Ich will deinen Orientierungssinn nicht infrage stellen oder so, aber geht es zum Highway nicht in die andere Richtung?«

»Ich wollte lieber über die US 101 durch Malibu fahren.«

»Ist die Interstate 5 nicht schneller?«

»Ja«, gab er zu, »aber diese Strecke ist viel entspannter. Schönere Landschaft. Nicht so viele große Pick-ups und Lkws. Macht es dir etwas aus? Ich verspreche, dass ich weiß, wo ich langmuss. Ich bin diese Route schon oft gefahren.«

Zum ersten Mal seit dem Skype-Fiasko lächelte Alec. Es war nur ein kurzes Zucken der Lippen, aber *Gott*, wie schnell ließ es meine Sorgen dahinschmelzen. Plötzlich war es mir egal, wie wir nach San Francisco kamen. Hauptsache, wir kamen an. Denn ich war mit meinen beiden besten Freunden unterwegs. Und mit Alec.

Und ich war auf dem Weg zu Rose.

KAPITEL 9

Eine halbe Stunde später schauten sich Asha und Boomer auf der Rückbank einen Film auf dem Tablet an, das Boomer sich von seinem Vater geliehen hatte. Alec und ich redeten nicht viel, hauptsächlich, weil er nicht der Typ war, der von sich aus ein Gespräch begann. Aber für den Augenblick war ich vollkommen zufrieden damit, einfach aus dem Fenster zu sehen. Erst als wir einen weißen Lkw der Post überholten, dachte ich wieder an Rose' Briefe.

»Oh!« Ich beugte mich vor, um in meine Tasche zu greifen. Ich hatte das Bündel eingepackt, um während der Fahrt die restlichen Briefe zu lesen. Der Stapel war nicht sortiert, also fing ich mit dem obersten Brief an.

26. Dezember

Liebe Felicity,

gestern war mein erstes Weihnachtsfest ohne dich und Mom. Ich habe all die Sachen gemacht, die wir sonst immer zusammen gemacht haben: Schokoplätzchen gebacken, »Buddy – Der Weihnachtself« angeschaut und »Jingle Bell Rock« in Dauerschleife gehört.

Ich habe meine Wohnung mit Girlanden geschmückt, die ich in einem Discounter gefunden habe, und sogar einen Miniweihnachtsbaum aufgestellt. Aber es ist nicht dasselbe. Ohne jemanden, mit dem ich zusammen feiern kann, bin ich nicht in Weihnachtsstimmung gekommen. Aber immerhin hat mich mein Nachbar zu einer Silvesterparty eingeladen, also werde ich nicht die ganzen Feiertage allein verbringen.

Ich weiß, das hier kann man kaum als Brief bezeichnen, weil es so kurz ist, aber mir fehlt momentan die Kraft, um noch mehr zu schreiben. Ich herze dich mehr als Karamellbonbons und Salsa.

xoxo
Rose.

PS: Anbei findest du dein Geschenk. Ich weiß, dass es nichts Großartiges ist, aber ich hatte Spaß dabei, es zu basteln.

Vorsichtig zog ich einen Origami-Weihnachtsmann aus dem Briefumschlag. Er war wie ein Stern geformt, bestand aus rotem und weißem Papier und passte in meine Handfläche. Als ich ihn ansah, wurden meine Augen feucht.

Vor ihrem Verschwinden waren Rose und meine Mom richtig gut darin geworden, sich zu streiten. Sie übten täglich, und meistens musste ich meine Musik voll aufdrehen, um ihre zornigen Worte zu übertönen. Es war immer derselbe

Streit. Mom wollte, dass Rose aufs College ging, aber meine Schwester wollte die Welt sehen und sonst nichts. Bildung war ihr egal. Irgendwann hatte ich es so oft gehört, dass ich ihre Streitgespräche zitieren konnte wie eine Schauspielerin, die ihren Text vorträgt. Nur wenn eine von beiden nicht zu Hause war, war Ruhe eingekehrt, und diese friedlichen Stunden hatte ich sehr geschätzt.

Aber nicht an diesem Weihnachtsfest.

Ich werde nie vergessen, wie leer und trostlos sich das Haus ohne Rose angefühlt hat und wie *einsam* es war. Mom hatte mir in dem Jahr meine erste Drahtschere gekauft, um die ich sie angebettelt hatte, aber ich hätte alle Geschenke der Welt dafür hergegeben, die beiden wieder streiten zu hören. Denn das hätte bedeutet, dass Rose noch da gewesen wäre.

Ich wollte nicht, dass der Weihnachtsmann zerknittert wurde, also legte ich ihn auf das Armaturenbrett, wo er nicht in Gefahr war. Dann widmete ich mich wieder dem Briefstapel. Ich wollte Antworten, und es erschien mir sinnvoll, ganz am Anfang mit meiner Suche zu beginnen, wenn ich herausfinden wollte, was damals vor vier Jahren geschehen war. Ich durchkämmte den Stapel, bis ich den allerersten Brief fand, den meine Schwester geschickt hatte.

15. August

Liebe Felicity,

wenn du das hier liest, bedeutet es, dass du meine

Nachricht gefunden hast. Ich hoffe es bedeutet auch, dass du mir verziehen hast oder wenigstens auf dem Weg dahin bist, mir eines Tages zu verzeihen. Du sollst wissen, dass ich nie gehen wollte, aber ich musste es tun, um nicht den Verstand zu verlieren.

Mom hat all diese Regeln und Erwartungen, aber ich kann nicht so sein, wie sie mich gern hätte. Ich will die nächsten vier Jahre meines Lebens nicht mit einem sinnlosen Abschluss verschwenden, damit ich bis ans Ende meiner Tage von morgens bis abends in einem Büro sitzen kann. Ich will Abenteuer erleben, von denen ich meinen Enkelkindern erzählen kann, wenn ich alt bin. Ich will etwas von der Welt sehen. Ich will lernen, indem ich mein Leben lebe, und das versteht Mom einfach nicht.

Falls du dir Sorgen um mich machst, tu das bitte nicht. Es läuft super. Ich habe eine Busfahrkarte nach Phoenix gekauft. Ich habe einen Freund, der hier wohnt und bei dem ich fürs Erste bleiben kann. Die Luft hier ist so heiß und trocken, dass man meint, man säße in einer Sauna. Die Landschaft ist auch ganz anders als in Kalifornien. Alles ist braun in den verschiedensten Schattierungen ... alles, bis auf den Sonnenuntergang. Dann sind die McDowell Mountains in das Rot und Violett des schwindenden Tageslichts getaucht. Es ist atemberaubend, und ich bin mir sicher, dass es dir gefallen würde!

Ich habe einen Job in einem Café in der Stadt

gefunden, aber es ist nichts Dauerhaftes. Ich werde vermutlich nur so lange bleiben, bis ich genug Geld für ein Flugticket über den Atlantik zusammenhabe, und dann mit dem Rucksack durch Europa reisen. Oder vielleicht finde ich einen Job auf einem Kreuzfahrtschiff und fahre über die Meere!

Abgesehen davon gibt es nicht viel zu erzählen, also werde ich dir wieder schreiben, sobald es etwas Neues gibt. Ich herze dich mehr als Karamellbonbons und Salsa.

xoxo
Rose

Irgendetwas stimmte da nicht. Ganz offensichtlich fehlte mir ein Stück des Puzzles. Von was für einer Nachricht sprach Rose? Hatte sie mir vor diesem hier noch einen anderen Brief geschrieben? Einen, der nicht in dem Gitarrenkasten unter Moms Bett versteckt gewesen war? Noch immer konnte ich mir Rose' Verschwinden nicht erklären, also widmete ich mich dem nächsten Brief. Danach las ich den übernächsten. Und so weiter, bis ich alle gelesen hatte. Sie waren alle gleich – Rose schwafelte über ihren Alltag und sonst nichts. Ich stieß aus tiefster Seele einen langen, genervten Seufzer aus.

Alec räusperte sich und stellte das Radio leiser. »Sind das die Briefe von deiner Schwester?«

Ich rieb mir die Schläfen. »Ja.«

»Hast du etwas herausgefunden, das du gar nicht wissen wolltest?«

»Das ist es ja«, antwortete ich. »Ich *will* wissen, warum Rose weggelaufen und nie mehr zurückgekommen ist. Aber in den Briefen ist keine Erklärung zu finden, keine Antwort. Versteh mich nicht falsch. Es ist toll, etwas über ihr Leben zu erfahren und zu wissen, dass es ihr gut geht, aber es ist auch frustrierend. Da steht nichts als belangloses Gerede drin, einfach ... liebe, aber bedeutungslose Beschreibungen.« Ich schüttelte den Kopf und versuchte, die richtigen Worte zu finden. »Ich brauche mehr.«

»Nun«, sagte Alec nach kurzer Überlegung. »Zum Glück wirst du ja bald alle Antworten persönlich einfordern können.«

»Danke, Alec. Dafür, dass du mich fährst und ...«

»Warte damit lieber noch, bis wir deine Schwester auch wirklich gefunden haben.«

Damit konnte ich leben. Ich nickte zustimmend.

»Gut. Bis dahin ...« Er hielt inne und zog sein Handy aus der Hosentasche. »Ich habe gestern Abend eine Playlist zusammengestellt. Sie ist nicht lang, da ich nicht damit gerechnet hatte, dass wir so viel Zeit im Auto verbringen würden, aber ... Willst du sie hören?«

»Du hast für heute eine Playlist gemacht?«

»Ja, mit Songs von Musikern, die dir vielleicht gefallen könnten.«

»Ich würde sie liebend gern hören.«

Mit einem unsicheren Lächeln drückte Alec auf Play. Er

wirkte nervös, aber gleichzeitig auch voller Vorfreude darauf, seine Musik mit mir zu teilen. Dabei brauchte er sich überhaupt keine Sorgen zu machen. Allein die Tatsache, dass er sich die Zeit genommen hatte, Musik extra für mich zusammenzustellen, ließ mich jeden Augenblick davon genießen. Eine lebhafte Melodie erfüllte das Auto und ich erkannte den Song sofort wieder.

Ein Lächeln umspielte meine Lippen. »Du hörst Vinyl Theatre?«

Das war natürlich eine dumme Frage. Sie waren zwar eine nicht sonderlich bekannte Indie-Band, aber nachdem ich seine Musiksammlung durchstöbert hatte, wusste ich, dass Alec alle möglichen Songs von den unterschiedlichsten Interpreten hörte. Es würde mich nicht überraschen, wenn er auch eine Playlist mit Indianergesängen hätte.

Er nickte. »Du kennst sie also?« Seine Schultern sackten ein wenig herab, als hätte ich ihm damit ein bisschen den Spaß verdorben.

»Sie teilen sich zusammen mit Hedley den begehrten dritten Platz auf der Liste meiner Lieblingsbands.«

Meine Antwort brachte ihn zum Lachen. Er schüttelte den Kopf, als hätte er gerade erkannt, dass ihn jemand auf den Arm nehmen wollte. »Natürlich.«

»Was?«, hakte ich nach. *Machte er sich über mich lustig?* Meine Frage wurde beantwortet, als der nächste Song abgespielt wurde. Es war »Crazy For You«, einer von Hedleys erfolgreicheren Songs.

»Und da dachte ich, ich wäre cool«, sagte Alec.

»Das *ist* cool«, verbesserte ich ihn.

Es war mehr als cool. Dass Alec, obwohl er mich erst seit Kurzem kannte, treffsicher genau die Interpreten fand, deren Musik ich gern hörte, war unglaublich. Es sagte auch viel über ihn aus. Erstens war er noch aufmerksamer, als ich anfangs angenommen hatte. Und zweitens wusste er wahnsinnig viel über die Welt der Musik.

»Oh ja«, sagte er und verdrehte die Augen. »Eine Playlist mit einem Haufen Songs, die du schon eine Million Mal gehört hast.«

Ich machte eine wegwerfende Handbewegung. Er sah das völlig falsch. »Das bedeutet, dass es sich lohnt, sie sich anzuhören.«

Alec hielt inne und dachte darüber nach. »Ja, da hast du wohl recht«, erwiderte er schließlich, dann beugte er sich vor, um die Lautstärke hochzudrehen.

Auf dem Weg die Küste entlang setzte Alec unerwarteterweise den Blinker und fuhr von der Autobahn ab.

Wir fuhren durch eine kleine Stadt, und in der Ferne konnte man immer wieder das funkelnde Blau des Ozeans zwischen den Gebäuden erkennen, an denen wir vorbeifuhren. Ich fragte mich, ob wir uns verfahren hatten, aber Alec hatte lässig eine Hand am Lenkrad, während er sich mit der anderen im Takt der Musik aufs Bein tippte. Er sah richtig zufrieden aus, und als wüsste er genau, wohin er fuhr, also behielt ich meine Fragen für mich.

Asha hatte kein solches Vertrauen. »Ist alles in Ordnung?«,

fragte sie und richtete sich auf, um besser aus dem Fenster schauen zu können.

»Es ist schon weit nach Mittag«, lautete Alecs einzige Erklärung.

Bei der Erwähnung von etwas, das mit Essen zu tun hatte, knurrte mein Magen so laut, dass es trotz der Musik alle hörten. Ich legte mir eine Hand auf den Bauch und senkte überrascht den Blick. *Sei leise, sei leise, sei leise!,* befahl ich. Rebellisch knurrte mein Magen erneut.

»Zum Glück bin ich hier abgefahren, was?«

Ich hörte an Alecs Stimme, dass er lächelte, und von der Rückbank ertönte schallendes Gelächter. »Felicitys Magen ist definitiv deiner Meinung!«, sagte Asha.

Ich ignorierte sie und wandte mich wieder Alec zu. »Wo genau sind wir denn *hier* eigentlich?«

»Pismo Beach«, antwortete er. »Eine kalifornische Küstenstadt, wie sie im Buche steht.«

Er bog auf eine Straße ab, die die Hauptstraße sein musste, und wir fuhren an kleinen Cafés, Restaurants und Palmen vorbei. So wie Alecs Augen beim Anblick der Stadt leuchteten, wusste ich, dass sie für ihn eine besondere Bedeutung haben musste.

»Warst du schon mal hier?«, fragte ich und ließ mein Fenster herunter, um die Meeresbrise einzuatmen. Ein warmer Windzug fegte durchs Auto und ließ meine Locken wie tanzende Flammen durcheinanderwirbeln.

»Meine Mom ist hier aufgewachsen«, erklärte er. »Vanessa und ich waren als Kinder im Sommer immer hier bei unserer

Oma. Es gibt hier so ein Café, es heißt Splash Café, und dort bekommt man die beste Muschelsuppe. Wir haben immer auf dem Weg zum Strand dort haltgemacht und uns eine Portion geholt. Es ist zwar etwas touristenüberlaufen, und Vanessa meinte immer, ich würde nur so gern dort hingehen, weil das Café so cool aussieht, aber es ist trotzdem bis heute mein Lieblingslokal in Pismo.«

Das Splash Café wurde seinem Ruf absolut gerecht. Zumindest die Fassade – das Essen mussten wir erst noch probieren. Es war leicht nachvollziehbar, weshalb Alec das Lokal als Kind so sehr gemocht hatte. Das Dach und die Markise waren hellblau, und eine Surferfigur war auf der Vorderseite des Gebäudes angebracht, umrahmt von zwei riesigen Surfbrettern in Gelb und Orange. Die Seitenwand war mit einer aufgemalten Strandszene verziert. Der Länge der Schlange nach zu urteilen, die bis vor die Tür reichte, war der Laden sehr beliebt.

»Mist«, sagte Alec, als er auf der gegenüberliegenden Straßenseite parkte. »Ich hätte wissen müssen, dass es brechend voll sein würde.«

Ich zuckte mit den Schultern. Die Aussicht auf eine leckere Mahlzeit überwog meine Abneigung gegen Schlange stehen. »Mir macht es nichts aus. Was denkst du, wie lange es dauern wird?«

»Ähm ... deswegen mache ich mir keine Sorgen.«

»Weshalb denn dann?«, wollte ich wissen, aber Alec antwortete nicht. Er sah mich still an und wartete darauf, dass ich von allein auf die Antwort kam.

»Er will nicht erkannt werden«, sagte Asha, als wäre das glasklar.

Ohhhh!

»Willst du im Auto bleiben, während wir was zum Mitnehmen bestellen?«, bot ich an.

»Ich komme mir blöd vor, euch alleine in der Schlange stehen zu lassen ...«, erwiderte er, und seine Wangen liefen rosa an. »Aber würde es euch etwas ausmachen?«

»Natürlich nicht. Wir haben volles Verständnis.« Sobald ich das ausgesprochen hatte, merkte ich, wie albern es klang. Als hätte ich auch nur den Hauch einer Ahnung, wie es war, berühmt zu sein. »Was hättest du denn gern?«

»Die Muschelsuppe mit Brot, bitte«, antwortete er. Dann fügte er hinzu: »Seid ihr auch wirklich damit einverstanden? Wir können uns auch irgendwo an einem Drive-in etwas holen.«

»Alec, du fährst uns die ganze Strecke bis nach San Francisco. Da ist es das Mindeste, was ich tun kann, mich für dich in die Schlange zu stellen.« Ich schenkte ihm ein beruhigendes Lächeln, bevor ich meine Tasche nahm und mir den Leinenriemen um den Hals legte.

»Okay, aber bevor du gehst ...« Alec griff nach seiner Gesäßtasche. Nachdem er einige Sekunden lang erfolglos an seiner kurzen Hose rumgenestelt hatte, lehnte er sich zurück, hob sich etwas aus dem Sitz und zog schließlich sein Portemonnaie hervor. Er holte einen frischen Fünfziger heraus und hielt ihn mir hin.

Es juckte mir in den Fingern, ihn anzunehmen, aber dann

erinnerte ich mich daran, dass Asha gesagt hatte, ich würde immer nur an Geld denken. Also lehnte ich den Schein ab.

»Felicity, bitte nimm es«, sagte er, aber ich schüttelte den Kopf und stieg aus dem Wagen, bevor ich es mir anders überlegen konnte.

Alec drehte sich zu Asha um und hielt ihr das Geld hin, aber sie schnaubte nur. »Auf keinen Fall.«

»Boomer, kommst du mit oder soll ich dir etwas mitbringen?«, erkundigte ich mich, aber Boomer war zu sehr in sein Spiel vertieft, um zu antworten. Asha schnipste dicht vor seinem Gesicht mit den Fingern.

Überrascht blinzelte er einige Male und hob dann den Kopf. »Hm?«

»Mal im Ernst«, begann Asha und seufzte. »Was ist nur los mit dir?«

»Mit wem? Mit mir?«

»Ja, mit dir. Welcher Siebzehnjährige spielt denn noch Pokémon?«

Er runzelte die Stirn. »Ich.«

»*Ganz genau.*« Sie beugte sich zum ihm hinüber und öffnete seinen Anschnallgurt.

»Los.«

Boomer sah verwirrt aus dem Fenster, als hätte er gerade erst gemerkt, dass wir angehalten hatten. »Moment mal, sind wir schon da?«

»Nicht mal ansatzweise«, antwortete Asha und verdrehte die Augen. »Wir holen uns nur etwas zu essen. Beeil dich, sonst isst Felicitys Magen sich noch selber auf.«

»Ha, ha, ha«, sagte ich.

»Klingt schmerzhaft.« Boomer legte seinen Gameboy beiseite. Nachdem er aus dem Auto geklettert war, streckte er die Arme in die Luft und gähnte. So sah er noch größer aus, als er in Wirklichkeit war, und ich fragte mich, wie er hinten im Auto überhaupt sitzen konnte. »Alles klar. Dann füttern wir dich mal, Zwerg«, scherzte er. Er wuschelte mir durchs Haar und ich schlug seine Hand weg. »Vielleicht wächst du dann ein bisschen.«

Das Café war innen genauso farbenfroh wie außen und überraschenderweise bewegte sich die Schlange ziemlich schnell vorwärts. Nachdem wir uns zehn Minuten geduldet hatten, waren wir mit einer Tüte heißem, dampfendem Essen wieder zur Tür hinaus – Suppe und Brot für Alec und mich, zwei Fischsandwiches für Boomer und Hähnchennuggets mit Pommes für Asha. Als wir die Straße überquerten, stieg Alec aus. Er hatte sich eine Sonnenbrille aufgesetzt und war, obwohl es heiß war, in ein Sweatshirt geschlüpft, dessen Kapuze er sich über den Kopf gezogen hatte.

»Danke für das Essen, Leute. Das weiß ich echt zu schätzen.«

»Keine Ursache«, sagte ich und trug die Tüte mal mit der einen, mal mit der anderen Hand. Sie war schwerer, als ich angenommen hatte, und weil sie keinen Griff hatte, musste ich sie auf der Hüfte abstützen.

»Moment, ich nehm dir das ab.« Alec streckte die Hand aus und nahm mir die Tüte aus der Hand. »Wie viel schulde ich dir?«

Boomer, der alles bezahlt hatte, machte eine wegwerfende Handbewegung. »Gar nichts, Alter. Die Benzinkosten sind garantiert höher.«

»Wegen des Benzins braucht ihr euch keine Gedanken zu machen«, erwiderte Alec. »Ich habe schließlich angeboten, zu fahren, oder? Das geht auf mich.«

Asha verschränkte die Arme. »Und wir bezahlen deine Suppe.«

Die beiden starrten einander mit entschlossenen Mienen an, und keiner wollte nachgeben, aber als Asha sich vorbeugte und die Augen zusammenkniff, seufzte Alec. »Na schön«, sagte er. »Aber danach bezahle ich mein Essen selbst, in Ordnung?«

Asha tat kurz so, als würde sie seine Worte abwägen, dann nickte sie knapp. »Deal.«

Mein Magen knurrte erneut und alle sahen mich an. Ich lächelte verlegen. »Können wir dann jetzt essen …?«

»Ja«, antwortete Alec lachend. »Wie wäre es, wenn wir mit dem Essen an den Strand gehen? Ich kenne da ein Fleckchen, wo man prima sitzen kann.«

Wir mussten nicht lange laufen, höchstens zwei Minuten. Dann gelangten wir an einen überraschend großen Anlegesteg. Nicht annähernd so groß wie der Santa Cruz Municipal Wharf, den ich einmal auf einem Schulausflug besichtigt hatte, aber gemessen daran, wie klein Pismo war, war er riesig. Ungefähr in der Mitte stand eine Snackbar, die auch Souvenirs verkaufte, und am Stegende sah ich jede Menge Fischer sitzen. Ihre Angeln ragten wie Radioantennen empor; Möwen schwebten auf der Meeresbrise über ihnen und lauerten auf leichte Beute.

Ich dachte, Alec würde uns auf den Steg führen, aber stattdessen stiegen wir eine Holztreppe hinab, die im Sand endete. Über den ganzen Strand verteilt standen wettergegerbte Picknicktische. Alec entschied sich für den abgelegensten. Wir nahmen Platz, und ich machte mich über meine Suppe her, noch bevor die anderen ihr Essen ausgepackt hatten. Die Suppe dampfte, aber ich hatte nicht die Geduld zu warten, bis sie abkühlte. Ich schaufelte mir einen gut gefüllten Löffel in den Mund, und es lohnte sich, dass ich mir dafür die Zunge verbrannte. Ich hatte noch nie eine cremigere Muschelsuppe gegessen und ich löffelte sofort weiter.

Als ich aufblickte, beobachtete Alec mich. »Schmeckt es dir?«

Oh nein. Ich hatte gegessen wie ein Schwein. Ich schluckte, und die Hitze auf meinen Wangen war beinahe so schmerzhaft wie die Suppe, die mir heiß die Speiseröhre hinablief.

»Sehr lecker.«

Er grinste mich wissend an. »Das freut mich.«

Danach aß ich deutlich langsamer und lautlos weiter. Die Jungs unterhielten sich eine Weile über Autos, aber Alec war nicht einmal ansatzweise so versiert und begeistert von der Materie wie Boomer. Er warf mir einen Blick zu, als Boomer gerade einen besonders detaillierten Vortrag über den Porsche 918 Spyder hielt, den ersten Plug-in-Hybrid-Supersportwagen, und ich erkannte diesen Gesichtsausdruck sofort wieder. Ich hatte ihn bei Asha schon unzählige Male gesehen, immer wenn Boomer sich in seine Autobegeisterung hineinsteigerte – die Augenwinkel zusammengekniffen, die Lippen fest geschlossen, um ein Grinsen zu unterdrücken. Ich hatte denselben Gesichtsausdruck vermutlich selbst schon einige Male aufgesetzt. Während die Themen, für die Boomer sich begeisterte, oft langweilig waren, fiel es schwer, seinen Enthusiasmus nicht unterhaltsam zu finden.

Als alle aufgegessen hatten, beschloss Asha, mit den Füßen ins Wasser zu gehen. Sie nahm Boomer mit, sodass Alec und ich alleine zurückblieben.

Die Sonne brannte vom Himmel. Ich verstand nicht, wie Alec es in seinem Kapuzensweatshirt aushielt. Ich spürte schon, wie meine Haut anfing zu brutzeln.

Für den unwahrscheinlichen Fall, dass sich irgendwo in den Tiefen meiner Handtasche Sonnencreme befand, stellte ich sie auf den Tisch und begann, sie auszuleeren. Ich hatte jede Menge Kram dabei. Da waren die üblichen Verdächtigen wie mein Portemonnaie, das Handy, einige Bücher, aber auch ein paar andere, merkwürdige Dinge: AA-Batterien für Boomers Gameboy, ein kompaktes Erste-Hilfe-Paket, genügend Schreibutensilien für eine ganze Schule, ein Ersatzladegerät … Asha nannte meine Handtasche die Marry-Poppins-Tasche, denn obwohl sie klein aussah, passte fast ein ganzer Haushalt hinein.

Alec sah mich mit hochgezogenen Augenbrauen an, als ich eine Flasche Handdesinfektionsmittel zutage förderte, begleitet von einem zerquetschten Müsliriegel, der schon seit

Beginn der Ferien in der Tasche gelegen haben musste. »Und wofür genau brauchst du das hier?« Er hielt eine kleine Zange hoch.

»Um Schmuck zu machen. Damit biegt man Drähte und hält Perlen fest und so weiter«, erklärte ich. Und da fiel es mir wieder ein. »Oh, das hätte ich ja fast vergessen. Ich hab etwas für dich«.«

Ich öffnete einen Seitenreißverschluss in meiner Handtasche und zog einen kleinen Beutel heraus, der mit einer Kordel zugebunden war. Darin war das Lederarmband, das ich an dem Abend fertig gemacht hatte, als Alec mich im Electric Waffle besucht hatte. Heute Morgen beim Fertigmachen hatte ich es mit der Absicht eingepackt, es ihm auf der Party zu geben.

»Bitte schön.«

Ich öffnete den Verschluss des Armbands und reichte es ihm, aber statt es entgegenzunehmen, krempelte er sich einen Ärmel hoch und hielt mir seinen Arm hin. Ich verkniff mir ein Lächeln, beugte mich über den Tisch und legte ihm das Band ums Handgelenk. Meine Finger bebten leicht, als ich versuchte, den hölzernen Knopf durch die Lasche am Ende zu ziehen. Ich spürte, dass Alec mich ansah, während ich mit dem Verschluss kämpfte, wodurch das Anlegen des Armbandes noch viel schwieriger wurde. Aber schließlich klappte es und ich ließ mich wieder auf meinen Platz fallen.

Er hielt die Hand hoch, um sich das Armband genauer anzusehen, und die bernsteinfarbenen Perlen funkelten im Sonnenlicht. »Danke, Felicity. Es ist perfekt.«

»Wirklich?« Ich wusste nicht, ob er es ernst meinte oder nur höflich war.

»Wirklich«, antwortete er. Er erhob sich von der Bank, als wolle er gehen.

Scheiße, war das Armband zu viel des Guten? Hatte ich ihn überrumpelt?

Ich machte mir völlig grundlos Gedanken. Alec setzte sich auf den Tisch und grinste mich dann über die Schulter an. »Komm her«, sagte er und klopfte mit der Hand auf den leeren Platz neben sich.

Seine unverblümte Aufforderung brachte mich aus dem Gleichgewicht, aber nach einem kurzen Moment erwiderte ich sein Lächeln, legte meinen Kram beiseite und kletterte zu ihm auf den Tisch. Als ich mich neben ihn setzte, berührten unsere Knie sich, und blitzartig überzog eine Gänsehaut mein Bein. Ich warf Alec aus dem Augenwinkel einen Blick zu, aber er war zu sehr damit beschäftigt, hinaus aufs Meer zu schauen, um meine Reaktion auf unseren Körperkontakt zu bemerken. Die Wellen waren überraschend stark; mehrere Surfer tobten sich auf dem Wasser aus.

»Deine Freunde sind nett«, sagte er.

Mein Blick wanderte am Strand entlang, bis ich Boomer und Asha entdeckte. Sie rannten durch das flache Wasser und spritzten sich gegenseitig nass wie kleine Kinder. Wenn sie noch lange so weitermachten, war mindestens einer von beiden am Ende vollkommen durchweicht.

Ich lächelte. »Du meinst wohl verrückt?«

»Manchmal ist verrückt gut«, antwortete er. »Und ich

wollte damit sagen, dass sie Freunde zu sein scheinen, auf die man sich immer verlassen kann.«

»Das sind sie«, sagte ich. »Nach Rose' Verschwinden ist Asha quasi meine Ersatzschwester geworden. Boomers Familie kommt nicht von hier; sie sind nach Kalifornien gezogen, als wir im ersten Jahr der Highschool waren. Ich glaube, er hat sich in LA deplatziert gefühlt, und ich bin die erste Person gewesen, mit der er hier Freundschaft geschlossen hat. Deswegen stehen wir uns auch so nahe. Sie sind beide durchgeknallt, aber unglaublich toll. Ich kann mich glücklich schätzen, sie zu haben.«

Alec schwieg für einen Moment. »Mir ist aufgefallen«, sagte er schließlich, »dass die Menschen, die wirklich gute Freunde haben, sich diese auch verdient haben.«

Ich senkte den Kopf und lief tiefrot an. »Vielen Dank, Alec. Deine Freunde wirken …« Meine Stimme verlor sich, denn ich war nicht in der Lage, eine treffende Beschreibung zu finden. Ich hatte mir vorgenommen, etwas Nettes zu sagen, aber ich konnte mich nur an JJs anzügliche Sprüche erinnern und daran, wie Stella mich aus der Fassung gebracht hat. Und an das peinliche Gefühl nach dem Gespräch.

»Sie sind ein wenig zu verrückt?«, schlug Alec vor. Ich presste die Lippen zusammen und versuchte, nicht zu lächeln. Die Beschreibung war perfekt, aber das würde ich ihm gegenüber nie zugeben. Anscheinend war es offensichtlich, was ich von seinen Freunden hielt, denn Alec lachte leise. »Sie sind eigentlich mehr Familie als Freunde, also glaube ich, gehört das einfach dazu.«

Wir lächelten einander an, aber dann änderte sich Alecs Miene und wurde plötzlich angespannt. Eine kaum wahrnehmbare Röte überzog seine Wangen und seufzend senkte er den Kopf.

»Alec«?, fragte ich, verwirrt darüber, was gerade schiefgelaufen war.

Eine Sekunde lang herrschte Schweigen. Er strich sich übers Haar, und stellte sicher, dass jede Strähne richtig lag, bevor er mich wieder ansah.

»Ich wollte mich für das entschuldigen, was vorhin passiert ist«, sagte er. »JJ ist einer meiner engsten Freunde, aber das ist keine Rechtfertigung für seine Äußerungen dir gegenüber.«

»Mach dir deswegen keine Sorgen«, murmelte ich, weil ich nicht an das Skype-Gespräch denken wollte.

»Er ist ein toller Kerl, wirklich«, fuhr Alec fort. »Aber er ist auch ...«

»Extrem notgeil?«, schlug ich vor, als er gleichzeitig sagte: »Unreif.«

Wir brachen in Gelächter aus.

»Also«, wechselte ich schnell das Thema, solange die Stimmung noch so entspannt war. »Wie habt ihr euch alle kennengelernt?« Ich hätte die Antwort im Internet nachlesen oder Asha danach fragen können, aber ich wollte es von ihm erfahren.

Bevor er antworten konnte, wurden wir gestört. »Entschuldigung?«

Zwei Mädchen standen ein paar Meter von unserem Tisch

entfernt. Eine hochgewachsene Blondine im Strandkleid und eine Brünette mit Sonnenbrille à la Audrey Hepburn. Als Alec sie ansah, schnappten sie nach Luft und klammerten sich an den Arm der jeweils anderen.

»Oh mein Gott«, flüsterte die Blondine. »Ich habe dir doch *gesagt*, dass er es ist.«

Die Brünette löste sich von ihrer Freundin und trat einen Schritt näher. »Hi, Alec«, sagte sie und umklammerte ihr Handy. »Ich weiß, dass du das wahrscheinlich dauernd hörst, aber könnten wir ein Foto mit dir machen?«

Alec zögerte, und für einen kurzen Moment dachte ich, er würde ablehnen, aber dann stand er auf und klopfte sich den Sand von der Hose. »Natürlich.«

Als er sich zwischen die beiden Mädchen stellte und die Arme um ihre Taillen legte, fing die Blondine an, zu zittern. »Ich kann es nicht fassen«, schluchzte sie und fächerte sich mit der Hand Luft zu.

Zu meiner Überraschung stahl sich ein sanftmütiges Lächeln auf Alecs Lippen. »Komm schon«, zog er sie auf. »Weinen ist nicht erlaubt.« Ihre Tränen flossen ungehemmt weiter, aber sie lachte und nickte. »In Ordnung, sind wir bereit?«, fragte Alec die beiden Mädchen.

Audrey Hepburn streckte den Arm aus, um das Foto zu machen, aber sie konnte das Handy nicht richtig halten. Ich hüpfte vom Tisch, ehe es ihr noch in den Sand fiel.

»Soll ich helfen?«, fragte ich und streckte die Hand aus.

»Ahh! Danke.« Sie gab mir das Handy und ihr Blick blieb überrascht an mir hängen. Ihre Augenbrauen verschwanden hinter der Oberkante der Sonnenbrille, als sie die Stirn runzelte. Mir war klar, dass sie versuchte herauszufinden, wieso ich ihr bekannt vorkam. Einen Moment später war der Groschen gefallen. »Wow, du siehst Violet James ja verdammt ähnlich.«

»Findest du?«, scherzte ich. Sie nickte und ich lächelte unwillkürlich. »Okay«, sagte ich und trat einige Schritte zurück. »Auf drei.«

Ich war keine Fotografin, also machte ich mehrere Aufnahmen, damit die Damen auf jeden Fall eine bekamen, die ihnen gefiel. Im Anschluss plauderten wir noch ein paar Minuten miteinander. Anscheinend wohnte die Blondine in derselben Straße, in der Alecs Großmutter früher gewohnt hatte. Außerdem gefiel den beiden meine Tasche, was sie in überschwänglichen Komplimenten mehrfach betonten. Schließlich tauchten Boomer und Asha wieder auf, und Alec erklärte den Mädels, dass wir uns auf den Weg machen mussten. Zehn Umarmungen und unzählige Dankeschöns später zogen sie sich endlich zum Pier zurück.

»Sollen wir aufbrechen?«, fragte Alec. Er beobachtete den Strand, wahrscheinlich auf der Hut vor weiteren Fans. Ich nickte. Wenn wir noch länger hierblieben, würde es längst dunkel sein, bis wir in San Francisco ankamen.

»Vermutlich eine gute Idee«, meldete Asha sich zu Wort. »Wenn Felicity noch mehr Zeit in der Sonne verbringt, sieht sie bald aus wie ein Hummer.« Sie klopfte mir auf die Schulter, was sich jetzt schon anfühlte, als hätte jemand ein Brandeisen auf meine Haut gedrückt.

Ich zuckte zusammen und Alec sah mich besorgt an. »Ist es so schlimm?«

»Mir geht es gut«, brummte ich, als wir zurück zur Straße liefen. »Nur ein weiterer Tag im Leben von Casper, dem Bleichen Mädchen.«

KAPITEL 10

»Du fährst schon den ganzen Tag«, sagte Boomer zu Alec, als wir wieder beim Auto waren. »Soll ich dich mal ablösen?«

Ich wusste, dass er eigentlich nur heiß darauf war, das Auto zu fahren, und dem Lächeln auf Alecs Lippen nach zu urteilen wusste er es auch. Er zog die Schlüssel hervor und sagte: »Kennst du den Weg?«

Boomer zögerte. »Müssen wir nicht einfach auf der 101 bleiben?«

Alec nickte. »Du wirst aber nicht *während* der Fahrt mit deinem Gameboy spielen, oder?«

»Ich bin mir nicht sicher, ob du das ernst meinst oder mich aufziehen willst«, entgegnete Boomer. »Aber falls es dich beruhigt, ich werde ihn in der Tasche lassen.«

Alec lachte. »Das war ein Scherz.«

»An deiner Witze-Technik musst du echt noch arbeiten«, sagte Boomer. »Vielleicht kannst du nächstes Mal lächeln oder so.«

»Wie wäre es damit«, erwiderte Alec. »Ich gebe dir den Schlüssel und du mir den Gameboy. Es ist Jahre her, dass ich das letzte Mal mit einem gespielt habe.«

Boomer strahlte so sehr, als hätte Alec ihm verkündet, dass er in der Lotterie gewonnen hätte.

»Abgemacht!« Er überreichte Alec den lilafarbenen Gameboy. Im Gegenzug warf Alec ihm den Autoschlüssel zu.

Asha beugte sich vor. »Bilde ich mir das nur ein«, flüsterte sie. »Oder denkt Boomer, dass er das Auto behalten darf?«

Wir prusteten beide los.

Als wir wieder unterwegs waren, holte ich mein Vorbereitungsbuch für den Collegetest hervor, um zu lernen, aber es fiel mir schwer, mich zu konzentrieren. Alec saß neben mir auf der Rückbank und spielte Boomers Spiel. Ich war mir mit jeder Faser meines Körpers seiner Nähe bewusst. Immer wenn meine Gedanken zu ihm abschweiften, musste ich den Absatz, den ich gerade studierte, noch mal von vorne lesen. Nachdem zwanzig Minuten vergangen waren, hatte ich kaum ein Kapitel durchgearbeitet. Ich warf das Buch auf den Sitz zwischen uns. Alec hob den Blick von dem Gameboy.

»Sorry«, sagte ich, aber er gab mir mit einer Handbewegung zu verstehen, dass es in Ordnung war.

»Schon gut. Ich bin ohnehin fertig mit Boomers Pokédex.«

»*Was?*« Boomer drehte sich um und starrte Alec an. »Du hast Chansey gefangen? Ich glaub's einfach nicht. Drei Wochen lang versuche ich jetzt schon, dieses Vieh zu kriegen!«

»*Boomer!*«, rief Asha, als das Auto auf die Gegenspur zudriftete. »Augen auf die Straße.«

Alec lächelte und legte den Gameboy beiseite. Dann zog er wortlos sein Handy aus der Tasche und hielt mir einen Kopfhörer hin. Ich nahm ihn, ohne darüber nachzudenken. Genau wie damals in den Gärten zog ich ihm dabei seinen

Hörer aus dem Ohr und wir mussten beide lachen. Diesmal aber zögerte Alec nicht, sondern rückte sofort näher. Er löste seinen Anschnallgurt und rutschte zu mir herüber. Dann schnallte er sich auf dem mittleren Sitz wieder an.

»Ich möchte deine ehrliche Meinung zu dieser Band hören«, sagte er, während er durch seine Musikliste scrollte. »Sie heißen Raining Bullets. Das hier ist ihr Demo-Tape.«

Als er auf Play drückte, hielt ich mir mein freies Ohr zu, um den Song besser zu hören und mich konzentrieren zu können. Er war schnell und peppig, mit lauten Gitarren und jeder Menge Rock. Die Band erinnerte mich an die Heartbreakers ... nur als Mädchenversion. Als das Demo-Tape vorbei war, sagte Alec nichts. Er sah mich nur erwartungsvoll an.

»Ich hatte mit etwas anderem gerechnet«, sagte ich und zog den Kopfhörer heraus, damit wir uns unterhalten konnten. »Aber die Musik hat mir wirklich gut gefallen.«

»Ja?«

Ich nickte. »Die Welt braucht mehr coole Mädchenbands.«

»Mein Dad kann sich nicht entscheiden, ob er sie unter Vertrag nehmen soll. Er hält sie für nicht radiotauglich genug, deshalb tendiert er dazu, es nicht zu tun. Ich versuche, ihn vom Gegenteil zu überzeugen.«

»Bist du mit der Band befreundet?«

»Nein, wir haben uns nie kennengelernt«, antwortete er. »Aber ich versuche gerade, in der Produktionssparte des Musikgeschäfts Fuß zu fassen. Irgendwie liebe ich es, neue Talente zu entdecken und mit anderen Musikern zu arbeiten.«

»Du versuchst es?« Alec war Teil einer erfolgreichen Band

und sein Vater war der Besitzer einer Plattenfirma. Wie schwer konnte es da sein, in der Produktionssparte der Musikwelt Fuß zu fassen?

»Sagen wir einfach, dass mein Dad und ich uns oft uneinig sind, wenn es um kreative Entscheidungen geht.«

»Also vertraut er dir nicht.«

»Es liegt eher daran, dass er nicht gern von seinem Geschäftsplan abweicht«, erwiderte Alec. »Aber letzten Monat habe ich es geschafft, ihn zu überzeugen, mich ein Album mit einem neuen Künstler produzieren zu lassen, den er gerade unter Vertrag genommen hat.«

»Das ist ja der Wahnsinn!«

»Danke, ich freue mich auch echt darauf.« Er gab mir zu verstehen, dass ich den Kopfhörer wieder ins Ohr stecken sollte. »Hier ... Wie wäre es, wenn ich dir noch ein paar Kostproben vorspiele?«

Während wir San Francisco, Rose und den Antworten, die ich so dringend brauchte, immer näher kamen, überschüttete Alec mich mit Musik. Anders als vorhin kam mir nun keine Melodie mehr bekannt vor, von keinem Song kannte ich den Text, aber das machte mir rein gar nichts aus. Jedes Mal, wenn ich einen neuen Song hörte, war das für mich wie ein weiteres Teil des großen Alec-Williams-Puzzles.

Irgendwann machten wir an einer Tankstelle Pause. Alec hielt sein Wort und ließ nicht zu, dass wir das Benzin bezahlten. Während er tankte, kümmerten sich Asha und Boomer darum, unseren Vorrat an Snacks aufzustocken, damit wir für das Abendessen keinen Zwischenstopp einlegen mussten. Sie hatten den Parkplatz schon zur Hälfte überquert, als Asha sich umdrehte.

»Das Übliche?«, rief sie mir zu. Sie lief Boomer immer noch hinterher, rückwärts, während sie auf meine Antwort wartete.

»Ja, und irgendwas mit Koffein.« Ich nahm den Fensterabzieher, der neben der Tanksäule hing, und fragte Alec: »Willst du wirklich nichts?«

Er hatte den Tankdeckel schon geöffnet und griff nach einer Zapfpistole. »Nein, ich brauche nichts.«

»In Ordnung, aber wenn du Hunger bekommst, dann versuch es gar nicht erst bei mir«, neckte ich ihn. »Dieses Mädchen teilt ihre Sour-Cream-Nachos nicht.«

Bevor er darauf antworten konnte, klingelte sein Handy.

»Sorry«, entschuldigte er sich und zog es aus der Hosentasche. Er macht sich nicht die Mühe nachzusehen, wer ihn anrief, bevor er dranging. »Hallo?« Die Person am anderen Ende antwortete, und wer auch immer es war, er sorgte dafür, dass Alecs Miene sich verfinsterte. Er hörte einen Moment lang zu. »Mir ist etwas dazwischengekommen.« Alecs Stimme war tonlos, als hätte ihm sein Gegenüber alle Lebenslust ausgesaugt.

Ich konzentrierte mich weiter auf die Windschutzscheibe und schrubbte eine Stelle, die schon längst sauber war. Ich gab mir größte Mühe, Desinteresse an seinem Gespräch vorzutäuschen. In Wahrheit wünschte ich mir, dass er das Gespräch auf Lautsprecher stellen würde.

»Was hat das denn damit zu tun? Und überhaupt ist es nicht mein Job, dafür zu sorgen, dass *du* Verträge abschließt. Ich habe die Vorarbeit geleistet.«

Die Person am anderen Ende der Leitung fing an zu brüllen. Alec nahm das Handy ein Stück vom Ohr weg und ich hörte gedämpftes Schimpfen am anderen Ende. Er ließ der Person eine ganze Weile Zeit, sich auszutoben, bevor er ihr endlich ins Wort fiel.

»King – *King!*« Alec wirkte lustlos, als hätte es ihn all seiner Kräfte beraubt, die Person zu unterbrechen, und als sei er jetzt zu erschöpft, um weiter zu streiten. »Es tut mir leid, okay? Ich verspreche dir, dass ich es wieder gut machen werde ... Na ja, nein. Nicht sofort. Ich bin, ähm, nicht mehr in der Stadt.«

Hatte Alec mit diesem King-Menschen Probleme, weil er mir angeboten hatte, mich nach San Francisco zu fahren? Bei dem Gedanken versteifte ich mich. Ich brachte den Abzieher samt dem Eimer voll gräulichem Wasser wieder zurück zur Säule und ging außer Hörweite. Alecs Gespräch dauerte nur noch ungefähr dreißig Sekunden, aber ich kehrte erst wieder zum Auto zurück, nachdem er das Handy zurück in die Tasche gesteckt hatte. Ich wartete darauf, dass er etwas sagte, doch er starrte nur zu den Autos hinüber, die über die Schnellstraße sausten, und beachtete mich gar nicht.

Steck deine Nase nicht in Dinge, die dich nichts angehen, Felicity. Wenn er dich einweihen wollte, würde er das tun ...

Ich versuchte, meine Fragen für mich zu behalten, aber die Spannung, die zwischen uns in der Luft lag, war wie eine unsichtbare Mauer. Ich musste sie niederreißen, bevor Alec sich komplett abschottete. »Also ...«, begann ich vage. »Wer ist King? Ein Geschäftspartner oder so etwas in der Art?«

Er schnaubte. »King ist mein Dad.«

Ich riss die Augen auf. »Du nennst deinen Vater *King*?« Alec hatte erwähnt, dass sein Vater ein Kontrollfreak sei ... aber seinen eigenen Sohn dazu zu bringen, ihn mit King, also König, anzusprechen? Das war einfach nur lächerlich.

»So heißt er«, erklärte er. »Jonathan King Williams. Keine Ahnung, was meine Großmutter sich dabei gedacht hat. Wahrscheinlich wusste sie genau, was sie tat. Der Name passt perfekt zu ihm.«

»Er ist sauer auf dich, weil du nicht auf der Party bist, nicht wahr?«

Alec atmete durch die Nase aus und nickte kurz.

Ich senkte den Blick. »Alec, es tut mir leid. Ich wollte dich nicht von der Arbeit abhalten.«

»Du brauchst dich nicht zu entschuldigen«, sagte er. »Es ist nicht deine Schuld, dass mein Dad ein Arsch ist.«

Ich suchte nach Worten, aber meine Gedanken waren von Schuldgefühlen durchzogen. Alec musste auch einiges im Kopf herumschwirren, denn wir verfielen beide in Schweigen. Die Zapfsäule hörte auf zu brummen, als die Tür der Tankstelle aufging.

»Seht mal, wer abgesahnt hat!«, rief Boomer mit seiner Megafon-Stimme. Er hielt eine riesige Tüte Gummibärchen hoch, als wäre er Lloyd Dobler in *Teen Lover*. Er grinste begeistert. Asha lief hinter ihm. In einer Hand hielt sie einen

Getränkehalter aus Pappe mit einem Slushie, einer Limo und einem Kaffee. In der anderen Hand trug sie eine Plastiktüte, in der wahrscheinlich meine Chips waren, ihre Brausebonbons und alle möglichen Snacks, die die zwei gekauft hatten.

»Können wir weiterfahren?«, fragte sie.

Alec hängte die Zapfpistole wieder in die Säule und nickte. An Boomer gerichtet fragte er: »Willst du immer noch fahren?«

Ich beobachtete meine Freunde, weil ich sehen wollte, ob ihnen auffiel, dass Alec anders gelaunt war als zuvor. Sie merkten es beide nicht.

Boomer grinste noch breiter. »Natürlich. Auf geht's.«

Der Rest des Nachmittags verging wie im Flug. Als wir an Salinas vorbeikamen, erzählte Alec mir, dass diese Stadt der Geburtsort von John Steinbeck sei und dass viele seiner Romane dort spielten, beispielsweise *Von Mäusen und Menschen* und *Jenseits von Eden*. Steinbeck gehörte nicht zu meinen Lieblingsschriftstellern, aber die Tatsache, dass Alec sich an meine Liebe zur amerikanischen Literatur erinnerte, ließ mich für den Rest der Fahrt lächeln.

Irgendwann musste ich eingeschlafen sein, denn ich wachte erst wieder auf, als jemand leise meinen Namen flüsterte. »Felicity, wach auf. Wir sind gleich da.«

Meine Augenlider öffneten sich flatternd und ich blinzelte verwirrt. Das Letzte, woran ich mich erinnerte, war die Musik, die ich mit Alec gehört hatte, als die Sonne noch hoch am Himmel stand. Nun hatten dunkelblaue und violette Farben das helle Tageslicht abgelöst. Ich hob den Kopf. Mein Nacken tat weh, weil ich mit angewinkeltem Kopf geschlafen hatte, und mein Haar klebte seitlich platt an meinem Gesicht. Ich streckte die Arme aus und ...

Oh Gott.

Ich war an Alecs Schulter eingeschlafen.

Was, wenn ich geschnarcht habe? Oder schlimmer noch, auf sein Hemd gesabbert!

»Tut mir leid«, murmelte ich, richtete mich rasch auf und wischte mir mit der Hand über den Mund.

Ich spürte, wie Alec neben mir die Schultern zuckte. »Es hat mir nichts ausgemacht.« Er war gerade dabei, seine Kopfhörer um sein Handy zu wickeln, und als er fertig war, erwiderte er meinen Blick mit einem Lächeln. »Hast du gut geschlafen?«

Wärme schoss in meine Wangen und ich nickte. »Wo sind wir?«

»Kurz vorm Ziel«, antwortete Boomer. Und das stimmte, denn als ich aus dem Fenster schaute, lag San Francisco unmittelbar vor uns und funkelte unter dem dunklen Abendhimmel. »Aber ich habe keine Ahnung, wo ich überhaupt hinfahren soll«, fügte er hinzu. »Kannst du mir die genaue Adresse geben? Asha tippt sie dann ins Navi ein.«

»Ähm ...« Es gab einen guten Grund, weswegen ich immer die navigierende Beifahrerin war. Wenn Asha das Sagen hatte, zankten sie und Boomer sich ständig wie ein altes Ehepaar. »Bist du dir sicher?«, fragte ich und nahm Rose' letzten Brief aus meiner Handtasche.

»Oh, gib ihn einfach her«, sagte Asha und schnappte sich den Umschlag.

Zwanzig Minuten später erreichten wir das Stadtviertel Haight-Ashbury. Und nachdem Boomer einige Male falsch abgebogen war, fand er auch endlich die richtige Straße. Selbst bei Nacht wirkte die Gegend farbenfroh. Die Häuser waren alle im viktorianischen Stil gebaut und in wilden Farbkombinationen gestrichen. Lindgrün, Blaugrün, Magenta, Ocker, Lavendel, Gelb, Türkis. Boomer hielt vor einem hellrosafarbenen Haus, das mit verschiedenen Rottönen akzentuiert war, und schaltete den Motor aus.

»Da wären wir«, verkündete er.

Schweigend betrachteten wir einen Moment lang das Haus. Der Rasen im winzigen Vorgarten war lange nicht mehr gemäht worden, die Topfpflanze auf der Veranda schien nicht mehr zu retten. Es sah aus, als wäre schon seit geraumer Zeit niemand mehr hier gewesen. Aber das Licht auf der Veranda brannte.

Bitte, mach, dass jemand da ist. Mach, dass Rose *da ist.*

»Wollen wir den ganzen Abend im Auto hocken, oder was?«, fragte Asha. Sie schnallte sich ab und stieß die Tür auf. »Los. Ich muss schon seit einer Stunde pinkeln.«

Ich streckte meine Finger nach dem Türgriff aus, in der Absicht, Asha zu folgen, aber aus irgendeinem Grund konnte ich die Tür nicht öffnen, geschweige denn den Blick von dem Haus abwenden. Die Tatsache, dass Rose hier irgendwann mal gewohnt haben musste, war überwältigend. Im Laufe der letzten vier Jahre hatte ich mir unzählige Male vorgestellt, wo sie wohl war. In einer winzigen Einzimmerwohnung in New York oder in einer Strandhütte in der Karibik. Aber die Bilder waren nie greifbar gewesen, immer abstrakt geblieben wie Szenen aus einem Traum. Dies hier war ein echter Ort, an dem sie gegessen, geschlafen und ihr Leben gelebt hatte.

Jemand strich mir mit der Hand über die Schulter, und obwohl die Berührung sanft war, tat mein Sonnenbrand weh. »Felicity?«, fragte Alec. »Alles in Ordnung?«

Ich nickte und starrte weiter aus dem Fenster.

»Bist du sicher? Ich weiß, dass das nervenaufreibend für dich sein muss. Wenn du nicht bereit bist...« Er hielt inne, um seine Worte sehr sorgfältig zu wählen. »Ich bin mir sicher, dass Asha oder Boomer gern für dich an der Tür klopfen.«

»Ich weiß«, sagte ich und wachte endlich aus meiner Trance auf. Ich schüttelte den Kopf, um wieder klar denken zu können, und schenkte Alec ein kurzes Lächeln. »Danke, aber das sollte ich selbst tun.«

Alec nickte.

Nachdem ich tief durchgeatmet hatte, zwang ich meinen Körper dazu, sich endlich zu bewegen. Ich stieg aus dem Auto und ging die Vordertreppe hinauf. Asha, Boomer und Alec waren dicht hinter mir. Bevor ich mein Selbstvertrauen oder den Antrieb oder was auch immer verlor, das mich aus dem Auto getrieben hatte, klingelte ich. Nichts geschah, und mit jeder langen, stillen Sekunde, die verstrich, schlug mein Herz etwas heftiger. Gerade als ich die Hoffnung aufgeben wollte, ging im Flur das Licht an. Jemand fummelte am Schloss herum und die Tür öffnete sich.

»Duncan, wenn du wieder besoffen bist, werde ich ...« Das Mädchen hielt inne, als ihr klar wurde, dass wir nicht Duncan waren. »Oh, hi.« Ihr lockiges Haar war zu einem Pferdeschwanz zusammengebunden, und ihr Gesicht war rot und glänzte, als hätte sie es gerade erst sauber geschrubbt. Sie trug eine Brille, eine kurze Schlafanzughose aus Flanell, ein lockeres Top und einen seidenen Bademantel im Kimonostil.

Sie zog ihren Bademantel zu. »Kann ich euch helfen?«

Ich kannte sie, das Problem war nur, dass ich keine Ahnung hatte, woher. Ich dachte angestrengt nach, um eine Verbindung herzustellen, bis mir die Fußballspielerin einfiel, mit der Rose befreundet gewesen war, bevor sie selbst das Team verlassen hatte. »Kelsey?«, fragte ich und trat einen Schritt näher. »Bist du das?«

Kelsey rückte ihre Brille zurecht und kniff die Augen konzentriert zusammen, während sie mich musterte. Als sie mich schließlich erkannte, stand ihr die Überraschung deutlich ins Gesicht geschrieben. »Felicity Lyon? Oh mein Gott! Ich fasse es nicht. Du bist so erwachsen geworden.«

Die Tatsache, dass ich eine Freundin meiner Schwester vor mir hatte, gab mir neue Hoffnung. »Danke, Kelsey. Es ist schön, dich zu sehen. Sag mal ... Ist Rose hier?«

»Deine Schwester?« Sie runzelte die Stirn. »Nein. Die habe ich nicht mehr gesehen, seit sie weggegangen ist.«

Mir sackte das Herz in die Hose.

Ich komme zu spät. Sie ist schon weg.

»Aber sie war hier, oder?«, hakte Asha nach und trat einen Schritt vor. »Bis wann denn?«

»Bis vor einer Woche. Warum? Stimmt irgendetwas nicht?«

Ich biss mir auf die Lippe, und wusste nicht, ob ich lachen oder weinen sollte. Ich hatte sie nur um ein paar Tage verpasst. Ein Zeitraum, der sich lächerlich klein anfühlte im Vergleich zu den vier Jahren, die sie verschwunden gewesen war ... aber sie ist hier gewesen. Kelsey hatte sie gesehen. Sie war am Leben. Ich blinzelte einige Male, um die Tränen zu vertreiben. Dann ergriff ich das Wort: »Kelsey, ich habe nichts mehr von Rose gehört seit dem Tag, an dem sie achtzehn geworden ist.«

»Was?«, keuchte sie und hielt sich die Hand vor den Mund. »Das kann doch gar nicht sein. Davon hat sie gar nichts gesagt. Im Gegenteil, sie hat mich sogar gebeten, dir einen Brief zu schicken, bevor sie gegangen ist. Moment.« Sie öffnete die Fliegengittertür, die uns trennte. »Warum kommt ihr nicht rein, dann unterhalten wir uns.«

Wir traten alle vier ein, und Kelsey führte uns durch den Flur in ein gemütliches Wohnzimmer, dessen Möbel wild zusammengewürfelt waren. Asha fragte, ob sie die Toilette benutzen dürfe, und nachdem sie ihr erklärt hatte, wo das Bad war, sagte Kelsey: »Wie wäre es, wenn ich uns einen Kaffee koche?«, als wüsste sie, dass die Nacht noch lang werden würde.

Ausgelaugt von der langen Fahrt ließ ich mich auf die übergroße Couch fallen. Boomer nahm neben mir Platz, legte den Arm um mich und drückte mich einmal kurz, um mir zu zeigen, dass er für mich da war. Alec setzte sich auf einen Schaukelstuhl, über dessen Rückenlehne eine Häkeldecke hing.

Wir warteten schweigend. Asha kam als Erste zurück und schließlich tauchte auch Kelsey wieder auf. Sie trug ein Tablett mit dampfenden Kaffeetassen, Milch und Zucker, das sie auf dem Couchtisch abstellte, bevor sie sich auf einem Sitzsack niederließ.

Dann sagte sie schließlich: »Erzähl mir alles.«

Das tat ich. Zunächst einmal machte ich alle miteinander bekannt – Kelsey zog eine Augenbraue hoch, als ich Alecs Namen erwähnte, ging aber nicht weiter darauf ein –, und dann erklärte ich ihr, dass Rose an ihrem Geburtstag verschwunden war und dass ich gerade erst herausgefunden hatte, dass ihre Briefe die ganze Zeit unter dem Bett meiner Mutter versteckt gewesen waren.

»Wow«, sagte Kelsey kopfschüttelnd, als ich fertig war. »Ich wusste, dass Rose in der Highschool einiges durchgemacht hat, aber mir war nicht klar, dass sie von zu Hause weggelaufen ist. Wir haben den Kontakt zueinander verloren, nachdem sie die Fußballmannschaft verlassen hatte.«

»Wie kam es denn dazu, dass sie bei dir gewohnt hat?« Ich wollte unbedingt erfahren, wie die zwei wieder zueinander gefunden hatten, da meine eigenen Versuche, Rose zu finden, ja vergeblich gewesen waren. Sie hatte weder Facebook noch Twitter und auch eine gute alte Google-Suche war erfolglos geblieben.

»Rose hat nie hier gewohnt«, stellte Kelsey klar. »Ich weiß

nicht mehr genau, ob es wegen der Arbeit war oder ob sie nur zu Besuch in San Francisco war, aber sie ist nur ein paar Tage in der Stadt geblieben. Es war ein totaler Zufall, dass wir uns über den Weg gelaufen sind. Ich habe sie in der Stadt getroffen, und wir haben den Rest des Tages miteinander verbracht, um über alte Zeiten zu quatschen. Ich wünschte, ich könnte dir mehr erzählen, aber das ist alles, was ich weiß.«

Etwas Kaltes und Scharfkantiges schnürte meinen Magen zusammen – wie mit Stacheldraht. *Das ist alles?* Dafür waren wir bis nach San Francisco gefahren? Um herauszufinden, dass meine Schwester hier Urlaub gemacht hat? Wie war ich nur auf die Idee gekommen, dass dieser Roadtrip eine gute Idee sei? Es war eine übereilte, undurchdachte Entscheidung gewesen. Eigentlich typisch für Rose, nicht für mich.

Boomer beugte sich vor und stützte beide Ellbogen auf die Knie. Er faltete die Hände. »Also hast du keine Ahnung, wo sie jetzt ist?«

»Ich glaube, sie wohnt in Seattle«, antwortete Kelsey. »Ich habe sie nach einer Nachsendeadresse gefragt, falls der Brief nicht ankommen sollte. Einen Moment. Ich hole sie.« Sie verschwand in die Küche, und als sie zurückkam, hielt sie ein Stück Papier in der Hand. Sie gab mir eine alte Quittung, die ringsum ganz zerknittert war. Auf der Rückseite stand in heller, pinker Schrift eine Adresse.

Alle schwiegen, während ich sie mir ansah.

Nachdem eine ganze Minute verstrichen war, ohne dass ich etwas gesagt hatte, ergriff Alec das Wort. »Wir sollten hinfahren.«

Verwirrt sah ich ihn an. »Wohin? Nach Seattle?«

Er nickte.

»Oh ja, unbedingt!«, rief Asha, bevor ich antworten konnte. »Ich liebe Seattle. Mein Cousin wohnt dort. Letztes Jahr haben Riya und ich ihn besucht, und er hat uns diese Ausstellungshalle im Zentrum gezeigt, in der die Glaskunstwerke von so einem berühmten Künstler ausgestellt waren. Ich kann mich nicht mehr an den Namen erinnern. Irgendetwas mit ... Cholula oder so ähnlich.«

»So wie die Chilisoße?«, fragte Boomer, und Alec hustete, um sein Lachen zu verbergen.

Asha kratzte sich am Kopf und lief rot an. »Ich wusste, dass das nicht richtig klingt.«

»Meinst du Dale Chihuly?«, fragte Kelsey.

»Ja, *genau den*«, sagte Asha und schnippte mit den Fingern. »Da gab es eine Gartenanlage und mehrere Galerien voll mit bunten Glasskulpturen. Ich kann sie nicht einmal richtig beschreiben, aber es war, als wäre man auf einem fremden Planeten oder in einem Buch von Dr. Seuss. Mein Cousin hat uns echt einige coole Ecken gezeigt, aber dort hat es mir mit Abstand am besten gefallen und ...« Sie hielt plötzlich inne und sah Boomer mit einem verblassenden Lächeln an. »Du musst morgen doch nicht auf Kevin aufpassen, oder?«

»Nein. Mein Dad geht mit ihm angeln. Ich komme mit nach Seattle, wenn alle dabei sind.«

»Super.« Asha klatschte in die Hände und richtete den Blick auf mich. »Felicity? Was sagst du dazu? Du bist so still.«

»Ich weiß nicht, Asha ...« Ich wollte nicht sehen, wie ihr

Lächeln wieder verschwand, also schaute ich auf die Quittung in meiner Hand.

Als Kelsey Seattle erwähnt hatte, war zuerst ein Funken Hoffnung in mir aufgelodert, aber nun, da ich Rose' Handschrift vor mir sah, erinnerte sie mich nur noch daran, dass Rose nicht mehr Teil meines Lebens sein wollte. Sie war offensichtlich auf der Flucht vor irgendetwas. Ob es ihre schlechte Beziehung zu Mom war, ihr Herzschmerz wegen Dad oder etwas Tiefergehendes, in das ich nicht eingeweiht war, es spielte keine Rolle. Ich war nicht wichtig genug, um Teil ihres Lebens zu sein. Na schön, sie hatte mir Briefe geschrieben, aber je mehr ich darüber nachdachte, umso klarer wurde mir, dass das nicht genug war. Warum hatte sie sich nie Zeit genommen, um anzurufen oder an Feiertagen zu Besuch zu kommen?

»Was bedeutet das?«, hakte Asha nach. Ihr Tonfall lag irgendwo zwischen Anschuldigung und Beunruhigung. Ich presste die Lippen zusammen. »Fel?«, sagte sie etwas lauter.

Ich vergrub das Gesicht in den Händen und seufzte. »Das bedeutet, dass ich es nicht für sinnvoll halte.«

Niemand sagte etwas, deshalb blinzelte ich durch meine Finger. Asha starrte mich an, als hätte ich ein Baby geschlagen oder ihre Großmutter überfahren, und Boomer legte stirnrunzelnd den Kopf schief.

Und dann war da noch Alec. Normalerweise konnte man nicht erkennen, was in ihm vorging. Seine Gedanken und Gefühle waren immer sorgfältig hinter einem neutralen Gesichtsausdruck verborgen. Aber meine Antwort musste ihn überrumpelt haben. Er sah mich mit großen Augen an, seine Stirn in Falten gelegt und sein Mund leicht geöffnet.

Er war beunruhigt. *Meinetwegen.*

Als ich ihn so sah, verspürte ich das Bedürfnis, mich zu rechtfertigen. »Ich muss am Sonntag arbeiten. Wir können unmöglich rechtzeitig wieder in LA sein, wenn wir davor noch bis nach Seattle fahren.«

»Melde dich krank«, schlug Boomer vor. Er fuhr sich mit der Hand durch seine dichten Locken, als würde er meinen abrupten Sinneswandel immer noch verarbeiten. »Das mache ich andauernd. Sag, dass du eine Magen-Darm-Grippe hast oder Mandelentzündung. Es muss so abschreckend sein, dass sie auf keinen Fall wollen, dass du in die Arbeit kommst.«

»Das kann ich nicht«, erwiderte ich und schüttelte den Kopf. »Daisy wird merken, dass ich lüge. Ich will nicht gefeuert werden.«

»Dann such dir einen neuen Job.« Er zog eine Schulter hoch. »Was soll's.«

Er hatte leicht reden. Boomer hatte die schlechte Angewohnheit, seine Jobs zu wechseln wie seine Unterhosen. Allein im letzten Monat hatte er drei verschiedene Jobs gehabt.

»Genau«, mischte sich Asha wieder in das Gespräch ein, nachdem sie den Schock verdaut hatte. »Ist es nicht viel wichtiger, Rose zu finden?«

»Na ja, schon. Aber meine Mom weiß doch gar nicht, dass ich weg bin. Sie wird durchdrehen, wenn sie es herausfindet.«

»Aber du wärst gar nicht in dieser Situation, wenn sie die

Briefe nicht vor dir versteckt hätte.« Asha drückte die Zunge gegen die Innenseite ihrer Wange und atmete scharf und lange ein. Ich konnte beinahe sehen, wie sie ihren Kopf nach den richtigen Worten durchforstete, um zivilisiert und ruhig zu bleiben. »Ich verstehe das nicht, Felicity. Du wolltest unbedingt wissen, was mit deiner Schwester los ist, und jetzt, da sich dir die Chance bietet, es herauszufinden, willst du einfach aufgeben?«

»So ist es nicht.« Ich wusste, dass sie frustriert war. Und ich verstand, dass sie sich Sorgen machte, aber ich wusste auch, dass nur jemand, der dasselbe durchgemacht hatte – den Schmerz und die Trauer und den Betrug –, verstehen konnte, wie ich mich gerade fühlte.

»Wirklich? Es sieht nämlich ziemlich danach aus.«

Ich dachte angestrengt darüber nach, wie ich es ihnen verständlich machen konnte. »Du hast recht«, sagte ich an Asha gerichtet. Ihre Augen leuchteten bei meinen Worten auf. »Ich *wollte* wissen, was mit Rose passiert ist.« Ich hielt inne und beobachtete, wie sie die Schultern sacken ließ, als ihr klar wurde, dass ich die Vergangenheitsform benutzt hatte. »Aber dieser Roadtrip und die Tatsache, dass sie nicht hier ist, hat mir gezeigt, dass ich das vielleicht gar nicht herausfinden soll. Ich hatte schreckliche Angst, dass ihr etwas zugestoßen sein könnte. Dass sie aus irgendeinem Grund nicht nach Hause kommen *konnte*. Aber nun, da ich weiß, dass es ihr gut geht, ist es offensichtlich, dass sie nichts mit mir zu tun haben will. Ich gebe nicht auf. Vielmehr akzeptiere ich die Realität.«

Asha stieß einen tiefen Seufzer aus, der ganz eindeutig bedeutete: Du bist echt unmöglich. Aber sie sagte nichts, hatte kein neues, gut konstruiertes Argument parat, und ich dachte schon, ich hätte gewonnen.

»Aber ist es das wirklich?«, fragte Alec, dessen leise Stimme die Stille durchschnitt.

»Ist es *was* wirklich?«

»Ist es wirklich offensichtlich, dass sie nichts mit dir zu tun haben will?« Ich hatte schon eine Antwort parat, aber Alec sprach weiter. »Vielleicht scheinen ihre Briefe angesichts der langen Zeit, die du im Dunkeln getappt bist, nicht von großer Bedeutung zu sein. Aber ich glaube, du würdest anders darüber denken, hättest du sie von Anfang an bekommen. Ich weiß nicht, was sie dir geschrieben hat, und ich werde nicht so tun, als könne ich verstehen, was du durchmachst. Aber ich habe den Stapel Briefe gesehen. Das ist genug, um ein Buch zu füllen. Wenn du ihr egal wärst, hätte sie nicht so viel Zeit und Mühe in diese Briefe gesteckt.«

Ich schloss die Augen. »*Vier Jahre,* Alec. Ich habe sie nicht mehr gesehen, seit ich dreizehn Jahre alt war. Wie fändest du es, wenn Vanessa einfach verschwinden würde?«

»Ich bin mir sicher, ich wäre genauso verletzt und wütend wie du. Aber dafür, dass du heute Morgen alles in Bewegung setzen wolltest, um endlich Antworten zu bekommen, ziehst du jetzt ziemlich vorschnell Schlüsse, obwohl du noch gar nichts Konkretes weißt.«

Darauf konnte ich nichts erwidern, ich hatte keine weiteren Ausreden zu bieten. Denn er hatte natürlich recht. Verdammt sollte er sein mit seinen schönen Augen, mit denen er mich so einfach durchschauen konnte.

»Wenn es hilft«, sagte Kelsey zögernd, »könnt ihr gern heute Nacht hierbleiben.« Sie deutete mit dem Kopf zur Treppe. »Oben sind zwei Schlafzimmer und ein Büro mit einer Schlafcouch. Genug Platz für alle.«

»Komm schon, Felicity«, drängte Asha. »Sag einfach Ja. Wir können die Nacht hier verbringen und uns morgen früh auf den Weg machen.«

Mein Blick wanderte beinahe instinktiv zu Alec, der mir zur Ermutigung kurz zunickte. Er war nach wie vor bereit, mir zu helfen. Wir würden meine Schwester finden, wir würden Antworten bekommen.

»Okay«, sagte ich und hob zum Zeichen meiner Kapitulation die Hände. »Wir fahren nach Seattle.«

Asha brauchte keine weitere Bestätigung von mir. Sie stand auf und streckte sich. »Einer von euch zwei Jungs kann mir helfen, die Sachen aus dem Auto zu holen. Ich muss ins Bett, und zwar pronto.«

Nachdem das Auto ausgeladen war, zeigte Kelsey uns das Obergeschoss. Obwohl ich zwischendurch ein wenig geschlafen hatte, waren meine Augenlider schwer, als wir die knarzende Holztreppe hinaufstiegen. Asha und ich wählten das Gästezimmer mit Doppelbett, also konnten Alec und Boomer sich darum streiten, wer das andere Bett bekam und wer das Schlafsofa. Ich vermutete, dass Alec höflich, wie er war, nicht auf die bessere Schlafgelegenheit bestehen würde.

»Danke, dass du mitgekommen bist«, flüsterte ich Asha

zu, als wir unsere Schlafanzüge angezogen und uns ins Bett gelegt hatten. »Und du weißt schon, auch dafür, dass du so nervtötend beharrlich bist und mich zur Vernunft gebracht hast.«

Sie griff nach meiner Hand und drückte sie.

»Wofür hat man denn Schwestern?«

KAPITEL 11

Ich wurde von warmen Sonnenstrahlen auf meinem Gesicht geweckt und merkte sofort, dass das Bett neben mir leer war.

Unzählbare Übernachtungspartys hatten mich gelehrt, dass Asha keine ruhige Schläferin war. Gewalttätig traf es schon eher. Oft wurde ich von einem Ellbogen oder einem Tritt mit dem Knie unsanft geweckt. Und morgens lagen die Kissen auf dem Boden verstreut wie verwundete Soldaten auf einem Schlachtfeld, die Bettdecke war komplett verdreht und das Laken von den Ecken der Matratze gerutscht.

Aber an diesem Morgen sah Ashas Seite des Bettes keineswegs aus wie das gewohnte Schlachtfeld. Ihre Hälfte der Decke war nur leicht zerknittert und all ihre Kissen waren noch an Ort und Stelle. Auch das Laken war noch da, wo es hingehörte. Vielleicht war sie von der Reise so erschöpft gewesen, dass für ihr übliches Herumgewälze keine Kraft mehr übrig gewesen war? Oder hatte sie in dem fremden Bett nicht einschlafen können?

Was immer es sein mochte, sie war vermutlich gerade auf ihrer morgendlichen Joggingrunde, und ich wollte schnell unter die Dusche springen, bevor sie zurückkehrte. Denn Asha hatte ein Talent dafür, das ganze heiße Wasser zu verbrauchen.

Ich hockte mich neben meine Reisetasche und durchwühlte meine begrenzte Kleiderauswahl nach einem Outfit. Meine beste Option war ein schlichtes, weißes Sommerkleid mit Gürtel, das hoffentlich mit meinen Keds nicht allzu lächerlich aussehen würde. Ich faltete das Kleid über einem Arm, nahm meine Kulturtasche und trat hinaus in den Flur. Als ich mich dem Badezimmer näherte, hörte ich eine Stimme.

»Ich weiß nicht, warum du deswegen so sauer bist. Ich habe gesagt, dass es mir leidtut.«

Es war Alec. Er klang aufgebracht. Die Tür zum Büro war nur angelehnt, aber mir war klar, dass dieses Gespräch nicht für fremde Ohren bestimmt war. Ich legte einen Zahn zu, um schneller an seinem Zimmer vorbeizukommen, aber als ich hörte, was er als Nächstes sagte, blieb ich stehen.

»Violet und ich stehen uns nahe, deshalb dachte ich nicht, dass es eine Rolle spielt.«

Sprach er über Violet James? Ich beugte mich vor und lauschte.

»*Was?*«, rief Alec bissig. »Meine eigenen Interessen? Ist das dein Ernst?« Eine lange Pause folgte. Dann sagte er: »Aber wir hatten eine Abmachung. Ich habe alles getan, was du von mir verlangt hast!« Eine weitere Pause. »Nein, ich will es gar nicht hören. Es ist doch alles nur gelogen ... Ja, was auch immer. Fahr zur Hölle.«

Die nächsten Sekunden herrschte Stille, und als mir klar wurde, dass das Gespräch vorbei war, richtete ich mich ruckartig wieder auf. *Belauschst du gerade ernsthaft Alec Williams?* Ich schämte mich und schlich leise weiter. Denn im Ernst, wie demütigend wäre es bitte, wenn er mich dabei erwischen würde, wie ich vor seiner Tür stand und ihn belauschte?

»Hey, Vi. Ich bin's«, sagte er plötzlich, und ich erstarrte erneut. »Ich weiß, dass du gerade auf dem Weg nach Paris bist, aber kannst du mich zurückrufen, sobald du diese Nachricht bekommst? Wir müssen reden. Ich vermisse dich. Bye.«

Ich atmete tief durch. *Vi?* Mir war nicht klar, dass die beiden sich so nahestanden, dass sie Kosenamen für einander hatten. Wie *nahe* standen sie sich?

Bewegung war aus Alecs Zimmer zu hören, und bevor ich über alles, was ich gehört hatte, auch nur ansatzweise nachdenken konnte, zog er die Tür auf. Einen Augenblick lang standen wir beide einfach da und starrten uns an.

Alec wirkte immer so, als wäre er gerade einer Hochglanzzeitschrift entsprungen: perfekt liegendes Haar, perfektes Outfit, perfektes Lächeln. Zumindest hatte ich ihn noch nie anders gesehen, aber jetzt sah er menschlicher aus denn je. Er trug eine kurze Sporthose und ein weißes, abgenutztes T-Shirt. Aber noch erstaunlicher als der Anblick von Alec Williams im Schlafanzug war der Zustand seiner Haare. Sie lagen immer perfekt wie die Plastikhaare einer Ken-Puppe. Die Strähnchen waren nach hinten gekämmt und alles war gestylt. Heute jedoch nicht. Platinblonde Spitzen standen in alle Richtungen ab, als hätte er letzte Nacht mit seinem Kissen gekämpft und den Kampf verloren. Es ließ ihn jünger wirken und sah so süß aus, dass ich völlig überrumpelt war.

»Felicity?« Er musterte mich stirnrunzelnd. »Was machst du hier?«

Ich verzog das Gesicht, während sich das kribbelnde Gefühl von Peinlichkeit darauf ausbreitete. »Ah, hey. Tut mir leid, dass ich hier so reinplatze. Ich habe gehört, dass du wach bist und ich, ähm …« Ich suchte verzweifelt nach einer guten Ausrede, aber es war noch so früh am Morgen, dass schnelles Denken nicht möglich war. Ich brauchte meine tägliche Dosis Koffein. Oh, Kaffee! »Den Block runter ist ein Café. Ich habe es gestern Abend auf dem Weg hierher gesehen. Ich wollte für alle Kaffee holen. Willst du mitkommen?«

»Sehr gern.«

»Prima. Ich dusche schnell noch, bevor Asha sich im Bad breitmacht. Gibst du mir eine halbe Stunde Zeit?«

»Okay. Wir sehen uns unten.«

Zwanzig Minuten später war ich sauber und abmarschbereit, aber Asha war noch nicht zurückgekehrt. Vielleicht war sie die Stadt besichtigen gegangen, statt zu joggen? Ihr Handy hing am Ladekabel auf dem Nachttischschränkchen, also konnte ich ihr nicht schreiben. Nicht dass sie antworten würde, selbst wenn sie es dabeigehabt hätte. Das tat sie nie, wenn sie joggen war.

Vielleicht hat sie Boomer gesagt, wohin sie wollte?

Das war zwar nicht sehr wahrscheinlich, denn vor zwölf Uhr war Boomer ein echter Miesepeter, aber es konnte nicht schaden, ihn zu fragen.

Im zweiten Gästezimmer war es noch dunkel, als ich die Tür einen Spalt weit öffnete. Die zugezogenen Vorhänge hielten das Tageslicht draußen. Als ich den Kopf ins Zimmer steckte, fiel ein warmer Lichtstrahl aus dem Flur über den

Teppichboden. Noch bevor sich meine Augen ganz an die Dunkelheit gewöhnt hatten, wusste ich, dass etwas nicht stimmte. Ich trat in das Zimmer und näherte mich dem Bett. Doch was ich da sah, brachte mich kurz ins Straucheln: ein Haufen Klamotten auf dem Boden, verschlungene Arme und nackte Haut, ein Wirrwarr schwarzen Haares auf Boomers Brust wie ein Tropfen Tinte in Wasser.

Ich musste jedes Bild einzeln verarbeiten, ehe ich verstand, was ich sah. Meine beste Freundin lag mit meinem besten Freund *im Bett*.

Asha und Boomer.

Boomer und Asha.

Ich war vollkommen fassungslos.

Das Licht musste Asha geweckt haben, denn sie hob den Kopf von Boomers Brust und blinzelte in meine Richtung. Wir starrten einander an. Zum Glück waren alle Körperteile der beiden, die ich nicht sehen wollte, unter der Bettdecke verborgen. Aber Asha zog sich trotzdem die Decke bis unters Kinn und weckte Boomer dann mit einem Ellbogenhieb auf.

»Was'n …?«, murmelte er, ohne die Augen zu öffnen. Sie versuchte es erneut und hörte nicht auf, bis er sich schließlich aufrecht hinsetzte. »Was zur Hölle, Asha? Es ist noch viel zu früh.«

Sie war immer noch sprachlos und deutete stumm auf mich. Boomers Blick folgte ihrem Finger. Auf seinem Gesicht wechselten die Emotionen so schnell wie bei einem Daumenkino. Von Schock über Panik bis zu »schuldig im Sinne der Anklage«.

Ein unangenehmes Schweigen breitete sich zwischen uns aus. Ich hatte nicht vor, diejenige zu sein, die es brach.

Nach einem weiteren extrem unbehaglichen Moment hob Boomer den Arm und rieb sich den Nacken. »Tja, Scheiße.«

Ich öffnete den Mund, aber angesichts des hysterischen Zorns, der in meiner Brust tobte, brachte ich schließlich nicht mehr hervor als ein gepresstes »Mehr hast du nicht zu sagen?«.

Boomer zuckte die Achseln. »Was erwartest du? Wir haben schließlich nicht geplant, dass du es so herausfindest.«

»Nein.« Ich schüttelte den Kopf und hob die Hand, um von weiteren Erklärungen verschont zu bleiben. »Das ist gerade echt zu viel für mich.«

Ich hatte mit Rose und den Briefen und Harvard schon genug um die Ohren. Es war unmöglich, das Liebesleben meiner Freunde noch irgendwo dazwischenzuquetschen. Meine Füße bewegten sich, bevor ich es überhaupt bemerkte. Ich musste weg von hier, um nachdenken zu können.

»Warte, Felicity!«, rief Asha, als ich fluchtartig den Raum verließ, aber ich blieb nicht stehen.

Alec stand schon an der Haustür, als ich fünf Minuten zu früh die Treppe hinuntereilte.

»Was ist los?«, fragte er und zog sich die Kopfhörer aus den Ohren.

»Können wir einfach verschwinden?« Ich warf einen Blick über die Schulter, um zu sehen, ob einer meiner Freunde mir gefolgt war, aber die Treppe und der einsehbare Bereich des Flurs waren leer. »Ich erzähle es dir unterwegs.«

Im Gegensatz zu meiner Laune war das Wetter draußen herrlich – die Sonne war angenehm warm auf meiner Haut, aber nicht zu heiß. Während wir den Bürgersteig entlangliefen, setzte ich meine Sonnenbrille auf (eine stahlblaue Katzenaugen-Brille aus dem Ein-Dollar-Laden, deren Rahmen ich mit ein paar Farbspritzern aufgepeppt hatte), und erzählte, wie ich Asha und Boomer zusammen im Bett erwischt hatte.

»Moment. Du wusstest nicht, dass sie ein Paar sind?«, fragte Alec, ohne sich die Mühe zu machen, seine Überraschung zu verbergen.

Ich blieb wie angewurzelt stehen. »Willst du damit sagen, dass du es wusstest?«

Er nickte.

Gott, war ich dumm. Die Dümmste von allen. Wie war es möglich, dass Alec, der Asha und Boomer noch keine zwei Tage lang kannte, gemerkt hatte, dass sie ein Paar waren? Ich war doch die Person, die sie eigentlich am besten kannte. Wie hatte ich das Knistern zwischen den beiden nur übersehen können?

»Warum hast du mir nichts gesagt?«, verlangte ich zu wissen.

»Es tut mir leid, Felicity. Ich dachte, du wüsstest es.«

»Du bist nicht derjenige, der sich entschuldigen muss.«

»Bist du sauer auf die beiden?«

»Ja!«, sagte ich. Dann fuhr ich fort: »Nein. Ach, ich weiß nicht.« Ich vergrub die Finger in meinem noch feuchten Haar.

Du bist nicht sauer auf sie, versuchte ich, mich selbst zu überzeugen. *Sei nicht so eine spießige, engstirnige Person, die sich nicht für ihre Freunde freuen kann.*

Aber ich bekam das Bild der beiden zusammen im Bett einfach nicht aus meinem Kopf. Und dann erinnerte ich mich daran, wie seltsam sie sich verhalten hatten, als sie gestern zu mir gekommen waren. An Boomers vage Antwort auf die Frage, wie sie es so schnell geschafft hatten, und dass Asha meinen Blick gemieden hatte. Sie waren zusammen unterwegs gewesen – als Pärchen.

»Hey«, sagte Alec und umfasste meine beiden Handgelenke. Er zog mir die Finger sanft aus dem Haar, ehe ich mir vor lauter Frust noch ein paar Büschel ausreißen konnte. »Lass uns einen Kaffee trinken gehen und dann können wir in Ruhe alles klären, in Ordnung?«

Statt einer Antwort seufzte ich nur, aber wir gingen weiter.

Alec schwieg für den Rest unseres morgendlichen Spaziergangs und ich war ihm dankbar dafür. Ich wusste, dass er darüber nachdachte, was er sagen konnte, um mich aufzuheitern. Aber seine Nähe allein war schon genug, um mich zu beruhigen. Als wir das Ende der Straße erreichten, hatten sich die Wut und Verwirrung, die in mir tobten, etwas beruhigt. Erst da bemerkte ich, dass Alec immer noch meine Hand in seiner hielt.

Ich sah hinab auf unsere verschlungenen Finger, und mir wurde plötzlich klar, dass wir wie ein Pärchen wirken mussten. Das ließ mich darüber nachdenken, wie genau wir eigentlich zueinander standen. Dass wir mehr als Freunde waren, war inzwischen offensichtlich. Ich konnte die Verbindung, die ich zwischen uns spürte, nicht leugnen. Aber andererseits kannten wir uns noch nicht sehr lange. Und dann war da natürlich noch die Tatsache, *wer* er war, denn selbst wenn dieser Funke zwischen uns sich zu etwas Größerem entwickeln sollte, schien es unwahrscheinlich, dass eine Beziehung lange halten würde. Nicht bei seiner Karriere. Und außerdem musste ich ans College und an meine Zukunft denken. War eine Beziehung für mich im Moment überhaupt sinnvoll?

Ist es lächerlich, dass ich über all das überhaupt nachdenke?

Ich war tief in Gedanken versunken, aber die Klingel über der Eingangstür des Coffeeshops weckte mich wieder auf. Es war ziemlich leer für einen Samstagmorgen. Die einzigen Kunden waren ein Pärchen, das sich einen Blaubeer-Scone teilte, und ein älterer Mann, der Zeitung las. Ein gelangweilt dreinblickender Angestellter sah kaum von seinem Handy auf, als wir uns dem Tresen näherten.

»Weißt du schon, was du willst?«, fragte Alec, während er die Glasvitrine mit den Backwaren begutachtete.

Ich schaute auf die Speisekarte, die über uns hing. »Ich nehme einen Eiskaffee und ein Früchtemüsli«, antwortete ich und entschied mich für die ersten zwei Dinge, die ich sah.

»Auch etwas für die Verräter?«, scherzte er.

Ich schürzte die Lippen. Ich war versucht, Nein zu sagen, aber die Vorenthaltung des morgendlichen Kaffees war eine Strafe, die niemand verdiente. »Bestell für die beiden einfach Kaffee.«

»Okay.« Er studierte das Angebot der Backwaren noch

einen weiteren Augenblick, bevor er zur Kasse ging. Der Typ dahinter war immer noch mit seinem Handy beschäftigt, deswegen räusperte Alec sich. »Ähm, hi. Ich hätte gern einen großen Eiskaffee, zwei große Kaffees, einen Espresso, eins von diesen Früchtedingern, einen Schokoladen-Bagel und eine Box gemischte Muffins. Oh, und Frischkäse.«

Der Junge zog eine Augenbraue hoch, als überrasche ihn die Länge von Alecs Bestellung. Doch er machte sich kommentarlos an die Arbeit. Als er fertig war, setzten wir uns draußen an einen der Tische des Restaurants und frühstückten in der Sonne.

»Also«, sagte Alec und schnitt seinen Bagel in der Mitte durch. »Gibt es etwas Bestimmtes, das dich daran stört, dass Asha und Boomer ein Paar sind?«

Ich dachte über seine Frage nach, und bis ich eine Antwort gefunden hatte, hatte ich schon die Hälfte meines Müslis aufgegessen. »Mich stört nicht, dass sie zusammen sind. Mich stört, dass sie es mir verheimlicht haben. Es fühlt sich an wie ... Ich weiß nicht, als hätten sie mich hintergangen?«

Alec nickte, sagte allerdings: »Du bist ihnen wichtig, Felicity. Und zwar sehr. Ich glaube nicht, dass sie dich verletzen wollten.«

»Das weiß ich.« Es stimmte – Asha und Boomer würden mir nie mit Absicht wehtun. »Aber ich verstehe einfach nicht, warum sie es geheim gehalten haben. Ich will doch nicht, dass sie unglücklich sind. Dachten sie etwa, ich wäre sauer deswegen?«

»Das *bist* du doch.« Er öffnete sein Frischkäsepäckchen.

»Nicht, weil sie zusammen sind. Sondern weil sie es mir nicht zugetraut haben, dass ich mich für sie freue.«

»Ich glaube nicht, dass es um Vertrauen ging, Fel.«

Weitere bitterböse Worte waren kurz davor, meinen Mund zu verlassen, aber ich hielt inne. Er hatte meinen Spitznamen benutzt. Nicht Felicity, einfach Fel, und das ließ mich dahinschmelzen.

Seufzend schüttelte ich meine Verbitterung ab. »Aber worum ging es dann, Alec?«

»Sie haben vermutlich Angst. Sowohl davor, dich zu verletzen, als auch davor, eure Freundschaft zu gefährden.«

»Und was soll ich jetzt machen?«

»Sprich mit ihnen.«

»Nun, das war mir klar«, erwiderte ich. »Es ist ja nicht so, als könnte ich ihnen für immer aus dem Weg gehen. Wir werden den ganzen Tag zusammen im Auto sitzen.«

»Wir können sie auch einfach in San Francisco lassen«, bemerkte er trocken. Er wirkte so ernst, dass ich ihm wider besseres Wissen fast geglaubt hätte. »Oder sie fesseln und in den Kofferraum werfen. Was immer dir lieber ist.«

Auf dem Rückweg schwiegen wir, und als wir Kelseys rotpinkes Haus erreichten, fühlte ich mich, als würde jemand in meiner Brust Flipper spielen. Die zwei Turteltauben saßen auf der Verandastufen vor dem Haus. Asha hatte das Kinn in die Hände gestützt und sah restlos unglücklich aus.

Alecs Finger strichen sanft über meinen Handrücken. »Mach dir keinen Kopf«, flüsterte er. »Das wird schon wieder.«

Das hoffte ich wirklich. Andernfalls würde es eine sehr lange Fahrt werden. Ich nickte ihm zu, bevor ich zu meinen Freunden ging.

Niemand sagte etwas, als ich bei den Treppenstufen ankam. Boomer schaffte es sogar irgendwie, klein zu wirken. Er saß hinter Asha, umschloss ihre Hand mit seiner. Sie seufzte rau, als sie ihre Finger zwischen seine fädelte. Ihre Augen waren glasig, und bei diesem Anblick meiner besten Freundin, die den Tränen nah war, bildete sich ein Kloß in meinem Hals.

Was konnte ich nur sagen, um die Situation zu entspannen? Das war alles so peinlich, und ich wusste nicht, wie ich mit dem Gespräch beginnen sollte.

Boomer räusperte sich. »Es tut uns so leid, Felicity.«

Ich seufzte lange. »Ja, mir auch.«

»Bitte entschuldige dich nicht«, meldet sich Asha zu Wort. »Dann fühle ich mich nur noch mieser.«

»Aber es tut mir leid«, sagte ich. »Ich habe euch angeschnauzt, bevor ihr überhaupt die Chance hattet …«

»Nein.« sagte Asha mit Nachdruck. »Wir sind es, die sich entschuldigen sollten. Wir hätten das niemals vor dir geheim halten sollen.«

»Wir wollten es dir wirklich sagen«, fügte Boomer hinzu. »Aber es ist so … Wir wussten nicht …« Seine Stimme verlor sich und er strich sich das Haar aus dem Gesicht. »Es hat sich irgendwie nie ergeben. Eigentlich wollten wir gestern etwas sagen, als wir zu dir gekommen sind, aber dann hast du uns die Briefe gezeigt, und es schien irgendwie nicht mehr der richtige Zeitpunkt zu sein.«

Ich ließ den Blick zu der kunstvollen roten Hausfassade wandern, während ich die Erklärung verarbeitete. »Das verstehe ich. Aber ich wünschte, ihr hättet nicht solche Angst davor gehabt, mich einzuweihen, denn ich freue mich wirklich für euch.«

»Heute Morgen sah das aber nicht so aus«, bemerkte Boomer.

»Tja, na ja – das war eben ein Schock.«

»Für uns auch. Sowohl unsere Beziehung als auch ... von dir erwischt zu werden.«

Unsere Beziehung. So wie bei echten Paaren. »Also ...«, begann ich langsam. »Wie ist es passiert?«

Boomer zuckte träge die Achseln. »Weiß nicht. Es ist einfach passiert.«

Asha runzelte daraufhin die Stirn. »Felicity, versteh es bitte nicht falsch, aber neben all der Lernerei, der Arbeit im Diner und der Freiwilligenarbeit ... hattest du nicht viel Zeit für uns. Weißt du noch, wann wir das letzte Mal zu dritt unseren Montag-Filmeabend hatten?«

Mir schwante Böses. »Anfang des Monats?«

»Nein, das letzte Mal war im Mai.«

Oh Gott. War es wirklich so lange her?

»Ich bin eine beschissene Freundin«, sagte ich und ließ den Kopf hängen.

»Nein, nein!«, rief Asha. »Wir haben Verständnis dafür, Fel. Wirklich, das haben wir. In Harvard angenommen zu werden, hat für dich zurzeit oberste Priorität. Aber da du leider immer beschäftigt warst, haben Boomer und ich begonnen, uns allein zu treffen, und ... ich weiß nicht, dann ist es einfach passiert.«

»Also ... seit wann seid ihr denn zusammen?« Eine böse Vorahnung ließ mich leise sprechen. Ich war nicht ganz sicher, ob ich die Antwort hören wollte.

Jetzt war es an Asha, kleinlaut zu werden. »Seit Juni.«

Ich blinzelte. »Ihr seid seit *zwei Monaten* zusammen?«

»Offiziell eigentlich erst seit ein paar Wochen. Seit exakt vierzehn Tagen«, fügte sie hastig hinzu. »Davor haben wir nur gelegentlich rumgemacht und so.«

Ich hob die Hand. »Okay, das reicht.« Ich wollte nichts darüber hören, wie die beiden rummachten *und so.* »So genau wollte ich es gar nicht wissen.«

Wir sahen uns an, bis Boomer schelmisch grinste. Er begann zu lachen, und dann, ohne dass ich es wollte, fing auch ich an zu lachen. Wie ein See, der auftaute, bekam die Anspannung zwischen uns Risse und verschwand. Asha stand auf und zog mich in eine feste Umarmung.

»Bist du sicher, dass alles okay ist zwischen uns?«, fragte sie. »Ich will nicht, dass da ein schlechter Nachgeschmack bleibt.«

Ich drückte sie fest, bevor ich mich von ihr löste. »Natürlich, Asha. Ich könnte euch Idioten nie lange böse sein.« Sie grinste und ich fügte rasch hinzu: »Aber vielleicht hältst du dich mit den Details über eure Knutschereien *und so* besser noch zurück, bis ich mich daran gewöhnt habe.«

Normalerweise erzählte mir Asha immer sehr ausführlich von ihrem Liebesleben, aber ich war mir nicht sicher, ob ich solche Details über Boomer verkraften konnte.

»Aber ich wollte dir doch so gern alles erzählen!« Sie senkte die Stimme, damit Boomer uns nicht hörte. »Er kennt da diesen Trick mit der Zunge, der ...«

»*La-la-la-la-la!*«, sang ich und hielt mir die Ohren zu, damit ich den Rest nicht hörte. »Ich korrigiere: Ich will *niemals* etwas über euer Rumgeknutsche erfahren.«

KAPITEL 12

Zwanzig Minuten später, nachdem wir uns bei Kelsey für ihre Gastfreundschaft und Hilfe bedankt hatten, waren wir wieder unterwegs. Laut der Navigations-App meines Handys würden wir bis zu der Adresse, die Rose Kelsey gegeben hatte, zwölfeinhalb Stunden brauchen. Die Jungs hatten beschlossen, sich mit dem Fahren abzuwechseln, und Alec übernahm für die erste Etappe das Steuer. Obwohl die Landschaft schön war, war die lange Fahrt ereignislos. Asha und Boomer schauten wieder Filme und ich vertrieb mir die Zeit mit meinem Lehrbuch.

Die Meilen zogen sich schier endlos dahin.

Die Jungs tauschten die Plätze. Und tauschten sie wieder.

Noch mehr Meilen.

»Okay, ich habe drei«, verkündete Alec und trommelte aufgeregt mit den Fingern auf das Lenkrad.

Wir hatten gerade die Grenze zwischen Kalifornien und Oregon passiert. Der schwache Geruch unseres McDonald's-Essens hing noch in der Luft, und Boomer, der auf dem Rücksitz schnarchte, versinnbildlichte die schläfrige Nachmittagsstimmung. Mir rauchte der Kopf vom Lernen, also hatte ich vorgeschlagen, ein Spiel zu spielen. Alec lehnte das Nummernschild-Spiel sofort ab. Er behauptete, er habe es schon viel zu oft gespielt, während er mit der Band auf Tour war. Also entschied ich, dass wir das Spiel spielen würden, bei dem man drei Aussagen über sich selbst macht, von denen eine gelogen ist.

»Bist du bereit?«, fragte Alec mich.

»Schieß los.«

»Okay. Erstens, ich habe den Denali bestiegen. Zweitens, am meisten Angst habe ich vor Spinnen. Drittens, meine Lieblingsgeschmacksrichtung bei Fertig-Nudelsoßen ist Käse-Enchilada.«

»Was ist ein Denali?« Wenn ich raten sollte, welche der drei Behauptungen eine Lüge war, musste ich die Fakten kennen. Und ich hatte keine Ahnung, wovon er sprach.

»Das ist der höchste Berg Nordamerikas. Auch bekannt als Mount McKinley.«

Ich schwieg eine Weile. Mount McKinley klang nach einem schwer zu besteigenden Berg – nicht dass ich auch nur den Hauch einer Ahnung vom Bergsteigen hätte. Aber diese Besteigung war eine Leistung, die kaum glaubhaft erschien. *Genauso wie die Tatsache, Mitglied einer weltberühmten Band zu sein.* Aber die Unwahrscheinlichkeit von Alecs erster Behauptung brachte mich erst recht dazu, sie als Wahrheit zu akzeptieren. Er hatte sie bestimmt ins Spiel gebracht, weil er dachte, ich würde es ihm nie glauben. Außerdem waren da ja die Kletterausrüstung in seinem Kofferraum und das Bild von ihm und Vanessa auf irgendeinem Felsvorsprung.

Ich widmete mich der zweiten Vielleicht-Wahrheit, Alecs angeblicher Arachnophobie. Es fiel mir schwer zu glauben, dass der immer so besonnene Alec vor einem Lebewesen Angst haben sollte, dass eine Million mal kleiner war als er. Andererseits versuchte er vielleicht auch, mich mit dieser unverblümten Ehrlichkeit zu täuschen.

Also blieb noch eine Möglichkeit.

»Nummer drei«, sagte ich entschieden. »Niemand mag Fertig-Nudelsoßen. Die sind ekelhaft.«

Alec warf mir einen Blick zu und lächelte verlegen. »Niemand?«

»Igitt«, sagte ich und rümpfte die Nase. »Du isst das wirklich?«

Er zuckte mit den Schultern. »Ich bin nicht gerade der geborene Koch.«

»Verdammt! Ich hätte wissen müssen, dass die Behauptung mit dem Berg die Lüge war.«

»Ist sie nicht.« Sein Lächeln wurde breiter. »Ich habe es im Mai geschafft. Schon seitdem ich mit dem Klettern angefangen habe, wollte ich den Denali besteigen. Die gesamte Expedition hat 21 Tage gedauert.«

»Wow. Das ist wirklich beeindruckend.« Meine Stimme klang unnatürlich hoch. Nachdem ich jetzt von einer weiteren seiner unfassbaren Leistungen gehört hatte, fühlte ich mich neben ihm noch unbedeutender. Mir wurde plötzlich klar, dass ich in meinem Leben noch nichts wirklich Erwähnenswertes erreicht hatte. Alec schien aufzufallen, dass sich meine Stimme veränderte, denn ein merkwürdiger Ausdruck trat auf sein Gesicht, deshalb fügte ich rasch hinzu: »Wie kommt man denn dazu zu klettern?«

»Meine ganze Familie geht gern wandern. Als ich zwölf war, sind wir in den Mount Rainier National Park gefahren, um den Wonderland Trail zu wandern. Schon mal davon gehört?«

Ich schüttelte den Kopf.

»Es ist ein 93 Meilen langer Wanderweg, der um den Mount Rainier herumführt. Man braucht zwei Wochen dafür. Nachts zeltet man einfach am Wegrand.«

»Zwei ganze Wochen? Das ist aber eine echt lange Wanderung…«

»Ja, aber es lohnt sich auf alle Fälle. Man sieht Gletscher, Schluchten und traumhafte Wasserfälle mitten im Wald«, erklärte er. »Die ganze Wanderung über ist man im Schatten dieses beeindruckenden Berges. Ich wurde die ganze Zeit den Gedanken nicht los: Wenn es schon hier unten so schön ist, wie atemberaubend muss der Ausblick dann vom Gipfel aus sein? Noch bevor wir den Trail zu Ende gelaufen waren, hatte ich beschlossen, den Berg zu besteigen, um es selbst herauszufinden.«

»Und, hast du es geschafft?«

Alec lächelte verträumt, als würde er die Erinnerung noch einmal durchleben. »An meinem vierzehnten Geburtstag. Ein Jahr später habe ich den Aconcagua bestiegen, den höchsten Berg der Welt außerhalb Asiens.«

»Wow, ich hätte dich niemals für einen passionierten Wanderer gehalten.« Er sah überhaupt nicht aus wie die Menschen, die gern draußen waren…

»Hey, pass auf, was du sagst«, erwiderte er und tat so, als

wäre er entrüstet. »Bergsteigen und Wandern sind zwei völlig unterschiedliche Dinge.«

Ich verdrehte die Augen. »Du weißt, was ich meine.«

Die nächste Gesprächspause war so lang, dass ich mich fragte, ob es ihn *wirklich* gestört hatte, doch dann brummte er: »Ich fasse es nicht, dass du tatsächlich dachtest, ich hätte Angst vor Spinnen.«

»Das wäre doch gar nicht so abwegig«, antwortete ich und verkniff mir ein Lächeln. »Vielen Menschen geht es so.«

Alec schnaubte. »Ich glaube, das ist eine dieser Phobien, die von den Medien zu sehr thematisiert werden, durch Filme und Bücher und so weiter. Du weißt schon, eine Diva oder ein Muskelprotz drehen beim Anblick einer Spinne total durch, nur damit man eine lustige Szene hat.«

Ich nahm mein Handy hervor und startete eine kurze Google-Recherche. »Tatsächlich leiden vier Prozent der Menschheit an Arachnophobie, was bei einer Bevölkerung von ungefähr sieben Milliarden also«, ich hielt inne und rechnete im Kopf, »280 Millionen Menschen ergibt, die Angst vor Spinnen haben.«

»Okay, Frau Mathegenie«, sagte er. »Der Punkt geht an dich.«

»Sieg!« Meine Neugierde war nicht im Zaum zu halten, deswegen fragte ich ihn: »Und wovor hast du *wirklich* Angst?«

Ich verschränkte die Arme, darauf vorbereitet, dass er spotten und die Frage einfach abtun würde. Stattdessen antwortete er zögerlich: »Clowns.«

Ich war mir sicher, dass ich ihn falsch verstanden hatte.

Denn es war unmöglich, dass Alec Williams, Bezwinger der Gipfel und Boyband-Gott, vor *Clowns* Angst hatte.

»Wirklich?«, ich versuchte, diese neue Information in meinen gedanklichen Ordner der Dinge einzusortieren, die ich über Alec wusste. Aber sie wollte einfach nicht hineinpassen.

Er nickte heftig. »Kennst du den Film *Space Invaders*? Das ist ein Kultfilm aus den Achtzigern, in dem es um Aliens geht, die als Clowns getarnt sind und eine Kleinstadt in Angst und Schrecken versetzen.« Er schauderte, während er sprach. »Als wir noch klein waren und Vanessa mal auf mich aufpassen musste, hat sie mich gezwungen, mir den Film anzuschauen. Sie sagte, dass die Clowns kommen und mich töten würden, wenn ich nicht auf sie hörte.«

Meine Mundwinkel verzogen sich zu einem Lächeln. Das klang *exakt* nach etwas, das Rose auch getan hätte. »Wie alt warst du da?«

»So sechs oder sieben. Ich hatte monatelang Albträume.«

»Oh, der arme kleine Alec.«

»Schon gut«, sagte er, während ich kicherte. »Genug über mich. Du bist dran.«

»Okay, lass mich nachdenken.«

Ich wollte mit zwei zweifelhaften wahren Behauptungen und einer sehr überzeugenden Lüge dagegenhalten, um ihn genauso hereinzulegen wie er mich. Denn wirklich: Bergsteigen und Nudelsoße? Wer hätte das geahnt?

»Ich bin bereit«, verkündete ich eine kurze Weile später.

»Na dann los.«

»Okay. Nummer eins, ich habe mit elf den Buchstabierwettbewerb meines Viertels gewonnen. Zwei, als Kind wollte ich Spionin werden. Drei, ich laufe fünf Meilen in unter 45 Minuten.«

Die letzte Behauptung war meine Lüge, und ich hoffte, dass Alec annahm, dass ich damit prahlen wollte. Es war nicht vollkommen unmöglich. Zumindest sagte man mir immer, ich hätte den Körperbau einer Läuferin. Aber sobald ich zu Ende gesprochen hatte, ertönte ein lautes Prusten vom Rücksitz.

Alec grinste. »Ich schätze, Asha hat dich gerade entlarvt.«

Mein Blick schoss in den Rückspiegel. Meine Freunde hatten beide die Augen geschlossen, aber Ashas Lippen waren zu einem kleinen Grinsen verzogen, und ich wusste, dass sie unser Gespräch belauscht hatte.

»Schönen Dank auch«, brummte ich.

»'tschuldigung.« Sie lachte. Offensichtlich fand sie es sehr amüsant, dass ich *ihre* Leistung als meine Lüge verkleidet hatte. »Du und fünf Meilen *laufen*? Felicity, du schaffst es kaum um den Block ohne Wiederbelebungsmaßnahmen.«

Ich schaute finster drein und versuchte, Empörung vorzutäuschen. »Deshalb heißt das Spiel ja auch ›Zwei Wahrheiten, eine Lüge‹. Weil man *lügt*. Man, du nervst.«

Asha antwortete nicht. Stattdessen tat sie so, als wäre sie wieder eingeschlafen und als hätte sie unser Spiel nie unterbrochen. Sie schmunzelte noch immer. Ich nahm einen fischförmigen Gummibär aus der Tüte, die in der Mittelkonsole lag, und wollte ihn ihr in den Ausschnitt werfen, aber Alec lenkte mich ab.

»Also, warum eine Spionin?«, wollte er wissen. »Träumen die meisten Kinder nicht davon, Astronaut oder Präsident oder so was zu werden?«

»Weil meine Mom in Tom Cruise verknallt war. *Lockere Geschäfte* und *Mission: Impossible* liefen bei uns jeden Samstagabend.« Ich warf mir das Gummibärchen in den Mund und zerkaute es schnell. »Ich wollte nicht Präsident werden, weil ich Angst davor hatte, Opfer eines Mordanschlags zu werden.«

Seine Stirn legte sich in Falten. »Aber du wolltest Spionin werden…«

»Genau, so wie Ethan Hunt. Den kann man nicht umbringen.«

»Bist du dir sicher, dass du den Film ganz gesehen hast? Sein ganzes Team stirbt innerhalb der ersten zehn Minuten.«

»Nun ja, ja. Das dient ja lediglich der Story. Außerdem«, fügte ich hinzu, »wollte ich das hauptsächlich wegen der coolen Gadgets machen.«

Alec öffnete den Mund, als hätte er dazu noch etwas zu sagen, schüttelte dann jedoch den Kopf, als sei ihm klar geworden, dass er gegen die Logik eines kleinen Kindes mit Argumenten nicht ankommen würde. »Warum versuchst du es nicht noch mal?«, schlug er vor.

Es war schon beim ersten Mal schwer, gute Behauptungen zu finden, also würde es eine Herausforderung werden, mir drei weitere aus dem Ärmel zu ziehen. Aber ich wollte ihn nicht gewinnen lassen. Während ich grübelte, trommelte Alec im Takt eines Songs, der aus den Lautsprechern ertönte, auf das Lenkrad. Plötzlich vibrierte sein Handy im Getränkehalter. Er senkte den Blick kurz auf das Handy, bevor er sich wieder auf die Straße konzentrierte.

»Würdest du bitte für mich nachsehen?«

»Klar.« Ich beugte mich vor und nahm sein Handy in die Hand. Er hatte eine neue Nachricht.

007: Lord Voldemort hat angerufen.

»Ähm, die SMS ist von null null sieben?«, sagte ich, verwirrt vom Inhalt der Nachricht. »Anscheinend hat Lord Voldemort angerufen.«

Alecs Lippen verzogen sich zu einem Grinsen. »Kannst du ihn fragen, weshalb?«

Alec: Was wollte er denn?

»Wer ist Lord Voldemort?«, fragte ich, nachdem ich auf Senden geklickt hatte.

Alec riss in gespieltem Entsetzen die Augen auf. »Nur der böseste schwarze Magier aller Zeiten. Er hat eine Schlange als Haustier und eine Vorliebe dafür, Muggel zu töten. Hast du etwa *Harry Potter* nicht gelesen?«

Ich warf Alec einen Blick zu. »Das meinte ich nicht.«

Er lachte laut. »Mein Dad.«

Oh. »Verstehe«, sagte ich und gab mich damit zufrieden.

Im Laufe der nächsten Minuten führte ich das Gespräch für ihn.

007: Wollte wissen, wo du bist.

Alec: Was hast du ihm gesagt?

007: Dass ich nicht dein Babysitter bin.

Alec: Fand er bestimmt klasse. Danke, dass du mich nicht verraten hast.

007: Also, wo bist du?

Alec: Auf einem Roadtrip.

Keine Minute verstrich, ehe das Handy in meiner Hand wieder vibrierte. Diesmal war es jedoch ein eingehender Anruf.

»James Bond ruft an«, sagte ich an Alec gerichtet. Es war eine so absurde Aussage, dass ich mir auf die Lippen beißen musste, um nicht zu lachen. »Soll ich rangehen? Vielleicht will er zugeben, dass Ethan Hunt rundherum der bessere Spion ist?«

Alec lachte und streckte die Hand aus, also nahm ich das Gespräch entgegen und legte ihm das Handy dann in die Hand.

»Was gibt's?«, meldete sich Alec. Er hielt einen Augenblick inne, dann sagte er: »Nach Seattle.«

Das schien seinen Gesprächspartner in Aufruhr zu versetzen, denn ich hörte eine gedämpfte Antwort. Unbewusst beugte ich mich etwas über die Mittelkonsole, um die andere

Hälfte des Gesprächs besser hören zu können, aber als ich merkte, was ich da tat, beeilte ich mich, mich wieder gerade hinzusetzen. Ich nahm mein Vorbereitungsbuch wieder auf den Schoß und versuchte, Alec etwas Privatsphäre zu gewähren, obwohl meine Ohren nach wie vor gespitzt waren.

»Safe House? Was macht ihr da?« Eine weitere Pause folgte. Er nickte ein weiteres Mal. »Danke für das Angebot, Mann. Ich bin mir nicht ganz sicher, was geplant ist, aber ich werde es im Hinterkopf behalten ... Okay, das klingt gut. Bis dann.«

Er beendete das Gespräch und legte das Handy zurück in den Getränkehalter. Ich sah ihn erwartungsvoll an und hoffte auf eine Erklärung. Wer dieser null null sieben war, zum Beispiel, und was zur Hölle Alec mit *Safe House* gemeint hatte.

Ich bekam keine Antwort.

Alec sah mich an und in seinen Augen spiegelte sich fast kindisches Vergnügen. Es schien ihm deutlich mehr Spaß zu machen, mich im Dunkeln tappen zu lassen, als mich einzuweihen.

»Also«, sagte er. »Sind dir schon zwei Wahrheiten und eine Lüge eingefallen?«

»Mann, du lernst ja wirklich fleißig«, sagte Alec ein paar Stunden später und beäugte meine Karteikarten abschätzig. Sie gehörten zu meinem Vorbereitungsbuch für die Collegetests. Pro Testkategorie ein Packen. Gerade schaute ich mir die zum Thema Naturwissenschaften an, weil die mir schon immer die meisten Schwierigkeiten gemacht hatten.

Eine elektromagnetische Welle mit einer Wellenlänge, die länger ist als die von Röntgenstrahlen, aber kürzer als die des sichtbaren Lichtes, liegt im _____ Bereich des Spektrums.

»Das muss ich«, antwortete ich. »Harvard hat die niedrigste Annahmequote in ganz Amerika.«

Ich hatte die Füße auf das Armaturenbrett gelegt, und das Sonnenlicht, das durch die Windschutzscheibe hereinfiel, fühlte sich an wie eine elektrische Heizdecke. Ich fragte mich, wie lange es dauern würde, bis meine Beine Sonnenbrand bekamen. Meine Schultern waren noch empfindlich von gestern, und jede noch so kleine Bewegung führte dazu, dass die Träger meines Kleides sich wie Rasierklingen auf meiner Haut anfühlten.

»Warum willst du denn dort hin?«

»Mein Dad hat dort studiert«, erwiderte ich und drehte die Karteikarte um.

Die korrekte Antwort lautet:
ultravioletten

Alec legte den Kopf schräg, als versuche er, die Logik nachzuvollziehen. »Nur damit das klar ist ... Wir sprechen von dem Vater, an den du dich nicht erinnerst, weil er nach Europa verschwunden ist, richtig?«

»Jepp.« Ich sah mir die nächste Karte an.

»Okay, Erklärung bitte.«

»Na ja, als meine Eltern sich kennengelernt haben, war mein Vater ein bekannter Anwalt, der meine Mom davor bewahrte, für den Rest ihres Lebens als Kellnerin zu arbeiten. Er hat sie aus einer Einzimmerwohnung in einem schlechten Viertel in ein schönes Haus in Orange County geholt. Und da ist sie ziemlich schnell abhängig von ihm geworden. Als er sie dann verlassen hat, war sie noch schlechter dran als vorher. Plötzlich hatte sie überhaupt kein Geld mehr und musste zwei Kinder großziehen«, sagte ich. »Sie hat jetzt einen Job, der ganz okay ist. Aber ich erinnere mich an Zeiten, in denen meine Mom 80 Stunden pro Woche geschuftet hat, nur damit wir Strom und Essen hatten.«

»Das tut mir leid, aber ... ich verstehe es immer noch nicht.«

»Meine Mom wünscht sich für mich und Rose einfach ein besseres Leben, als sie es hatte. Aber meine Schwester hat so viel gefeiert, dass sie ihren Abschluss nicht geschafft hat. Es hat meine Mom fertiggemacht zu sehen, wie Rose ihr Potenzial verschwendet. Ich werde nicht denselben Fehler machen. Nach allem, was Mom für uns getan hat, bin ich ihr das schuldig. Und ich finde, der einzig richtige Weg dafür ist, eine erfolgreiche Anwältin zu werden. Ich muss in seine Fußstapfen treten: zur selben Universität gehen, bei derselben Kanzlei ein Praktikum machen. So etwas in dieser Richtung. Ich weiß, es klingt irrational, aber seit Rose verschwunden ist, ist das mein Plan.«

Es war still im Auto, abgesehen von einem melodischen elektronischen Song, der aus den Lautsprechern klang, und

Boomers sonorem Schnarchen. Alec warf mir einen skeptischen Blick zu, als wäre er sich nicht sicher, ob ich das ernst meinte. Er öffnete den Mund, schloss ihn jedoch wieder.

»Das ist doch verrückt«, sagte er nach einer Weile.

Ich schaute durch die Windschutzscheibe. »Vielleicht, aber es wird meine Mom glücklich machen und sie war in ihrem Leben nicht oft glücklich.«

In der Ferne sah ich blaue Polizeilichter leuchten. Vor uns musste irgendwo ein Unfall passiert sein, denn der Verkehr geriet ins Stocken.

»Aber was ist mit dir? Wird es *dich* glücklich machen?«, fragte Alec, als ein schwarzer Sedan knapp vor uns ausscherte, um sich einen Platz auf der schnelleren Spur zu sichern.

»Ich habe nichts dagegen, Anwältin zu werden, falls du das meinst.«

Alec runzelte die Stirn. Ich wusste nicht, ob das am Verkehr lag oder an unserem Gespräch. »Ich kann mir das nicht vorstellen.«

»Warum?«, zog ich ihn auf. »Meinst du etwa, ein Hosenanzug würde mir nicht stehen?«

»Weil eine Entscheidung, die den Rest deines Lebens beeinflusst, nichts mit irgendjemand anderem zu tun haben sollte«, erklärte er. »Du solltest dein eigenes Ding machen.«

»Aber das ist mein eigenes Ding«, erwiderte ich. »Das wird lächerlich klingen, aber schon seit ich ein kleines Kind war und *Natürlich Blond* gesehen habe, wollte ich Anwältin werden.«

»Du wolltest auch Spionin werden«, stellte er fest. »Träume ändern sich.«

»Nicht alle Träume.«

Er sah zu mir herüber, sein Blick war scharf und vielsagend. »Warum glaube ich dir dann nicht?«

Ich sah mir die Karteikarte an, die ich in der Hand hielt, und versuchte, die richtigen Worte zu finden, um es ihm zu erklären.

Die Energie eines unbewegten Objekts nennt man seine

_____.

»Also gut«, begann ich. »Vielleicht bin ich nicht so begeistert von dem Plan, wie ich es mit dreizehn Jahren war, aber ich habe die letzten vier Jahre meines Lebens darauf hingearbeitet.«

Alec zuckte die Achseln. »Na und? Pläne ändern sich. Du musst lernen, dich anzupassen.«

War das sein Ernst? »Alec, ich kann nicht *nicht* nach Harvard gehen.«

»Natürlich kannst du das«, erwiderte er. »Dein Problem ist nicht, dass du gehen *musst*. Es ist viel mehr die Tatsache, dass du nicht weißt, was du machen sollst, wenn du nicht gehst.«

»Das ist nicht wahr. Und selbst wenn es das wäre, wäre das ja wohl eine begründete Sorge. Boomer weiß schon sein ganzes Leben, dass er mal als Ingenieur arbeiten wird, und seit Ashas Blog so eine große Fangemeinde hat, will sie ihren Abschluss in Digitalen Medien machen. Was soll ich denn machen? Ich habe keine solchen Interessen oder Hobbys.«

»Natürlich hast du die«, sagte Alec. »Du bist eine Künstlerin. Was ist denn mit deinem Schmuck?«

»Aber wie lässt sich daraus denn eine Karriere machen? Ich muss nach dem Abschluss selbst für mich sorgen können.«

Obwohl ich nicht länger konzentriert lernte, drehte ich die Karteikarte um.

Die richtige Antwort lautet:
Potenzielle Energie.

Alec schürzte die Lippen. »Ich verstehe nicht, was es bringen soll, eine Karriere anzustreben, die dich nicht inspiriert. Wenn du noch nicht weißt, was du langfristig machen willst ... ist doch egal. Ist das nicht der Sinn der Collegezeit – genau diese Frage zu beantworten? Felicity, du wirst nie erfolgreich sein, wenn du der Traumvorstellung von jemand anderem hinterherjagst.«

Ich wandte mich von Alec ab.

Ich wusste, dass er es gut meinte, dass er nur versuchte, mir zu helfen. Aber er verstand es einfach nicht. Und würde es auch nie verstehen. Er war nicht in einer Familie aufgewachsen, die jeden Monat nur mit Mühe über die Runden kam. Schon bevor Alec Williams ein mehrfach mit Platin ausgezeichneter Musiker geworden ist, war seine Familie dank der Firma seines Vaters steinreich. Er konnte es sich leisten, seinen Träumen nachzujagen. Ich hatte kein solches Glück.

»Vielleicht hast du recht«, sagte ich schließlich. »Aber nicht jeder kann sich diesen Luxus leisten.«

Theoretisch hätten wir die Fahrt von San Francisco nach Seattle an einem Tag schaffen sollen, aber ein nicht enden wollender Stau hatte uns einen Strich durch die Rechnung gemacht. Ich merkte, dass Alec sich anstrengen musste, um nicht einzuschlafen. Um sieben Uhr fuhr er schließlich auf einen Rastplatz an der Autobahn, damit wir unsere Optionen besprechen konnten.

»Was glaubst du, wie lange es noch dauert, bis wir da sind?«, fragte ich, während Alec einen Parkplatz ansteuerte.

Der Rastplatz war abgesehen von einer Familie und ihrem Minivan leer. Der Vater war dabei, den Dachgepäckträger neu zu beladen, während die Mutter versuchte, alle fünf Kinder wieder ins Auto zu bekommen. Das bloße Zusehen war schon anstrengend.

Alec ließ die Hände vom Lenkrad sinken und streckte sich. »Wir haben noch vier Stunden vor uns.«

Gähnend beugte Boomer sich zwischen die Vordersitze. »Da hinten ist ein Getränkeautomat. Wenn ich mir eine Limo hole, kann ich wahrscheinlich noch einmal fahren.«

»Ich habe auch einen Führerschein, wisst ihr?«, bemerkte Asha. »Warum lasst ihr mich nicht ans Steuer? Ich kann die restliche Zeit fahren.« Sie klang genauso begeistert, wie ich es bei dem Gedanken war, noch 250 weitere Meilen in diesem Auto zu stecken.

»Vielleicht sollten wir uns für die Nacht ein Quartier suchen«, schlug ich vor.

»Wo denn?«, fragte Asha, aber was sie eigentlich meinte war: *Wie?* Wir hatten Glück gehabt, dass wir bei Kelsey übernachten durften, denn keiner von uns konnte sich ein Hotel leisten. Na ja, keiner außer Alec. Aber ich erwartete nicht von ihm, dass er für all unsere Zimmer zahlen würde. Er tat schon genug, indem er mich bei dieser sinnlosen Suchaktion nach Rose unterstützte.

»Ich glaube«, sagte Alec und richtete sich in seinem Sitz auf, »ich weiß, wo wir unterkommen können. Einen Moment.« Er nahm sein Handy aus dem Getränkehalter, tippte eine Kurzwahlnummer und stieg aus dem Auto. Die Person, die er anrief, musste das Gespräch sofort entgegengenommen haben, denn er sagte *Hey*, noch bevor er außer Hörweite war.

»Was glaubst du, mit wem er spricht?«, fragte Asha.

Ich zuckte nur mit den Schultern, obwohl ich selbst auch neugierig war. Es war seltsam, dass Alec sich für dieses Telefonat zurückgezogen hatte. Besonders wenn man bedachte, dass er sein hitziges Gespräch mit King in meiner Anwesenheit geführt hatte. Andererseits hatte ich immer noch nichts über die mysteriöse 007-Person erfahren, die ihm vorher geschrieben hatte, und auch nicht, was es mit dem Safe House auf sich hatte.

Warum machte Alec so ein Geheimnis aus der Sache?

Das Telefonat dauerte nur eine Minute. »Alles klar«, sagte Alec, als er sich wieder ins Auto fallen ließ. »Wir können los.«

»Und wohin genau?«

Sein vergnügtes Lächeln wurde breiter. »Das werdet ihr schon sehen.«

Fünfzehn Minuten später fuhren wir vom Highway ab.

Ich sah mich verwirrt um. Außer einer Tankstelle mit nur einer Zapfsäule gab es neben endlosen Wäldern nichts zu sehen. Ich wusste, dass die Heartbreakers aus der Nähe von Portland kamen, und fragte mich, ob er mit uns zu einem seiner Bandkollegen fuhr, aber wir waren immer noch eine Stunde von der Stadt entfernt. Alec bog nach links ab, weg von den letzten Anzeichen von Zivilisation. Vor uns lag nichts außer Asphalt und Natur, die verschwommen an meinem Fenster vorbeirauschte. Die Sonne war schon vor einer Weile untergegangen. Obwohl die Landschaft bei Tageslicht vermutlich grün und atemberaubend war, hatte ihr Anblick im Zwielicht der Dämmerung etwas Düsteres und Unheilvolles.

Irgendwann gelangten wir an eine Abzweigung, von der aus eine schmale Straße die dichten Baumreihen durchbrach. Sie war so schmal, dass man sie nicht bemerkt hätte, wenn man nicht wusste, dass sie existierte. Alec ging rechtzeitig vom Gas, um abbiegen zu können. Schnell wurde mir klar, dass es gar keine Straße war, sondern eine lange Auffahrt, die sich zwischen den Bäumen hindurch einen Berg hinaufschlängelte. Als wir unserem Ziel näher kamen, war ein flackernder Lichtschein zwischen den Stämmen zu erkennen. Oben angelangt, öffnete sich der Wald plötzlich zu einer großen Lichtung, in deren Mitte ein Haus stand.

Allerdings war es kein gewöhnliches Haus, sondern eine beeindruckende Villa im Tudor-Stil, aus grauem Stein und von Efeu überwuchert. Jedes einzelne Fenster war hell erleuchtet. Das war nach der Fahrt durch den finsteren Nachtwald ein willkommener Anblick.

»Boah.« Das Wort entglitt mir. »Wo *sind* wir?«

»Bei Olivers Onkel. Wir nennen es das Safe House. Hier treffen wir uns, wenn wir mal Abstand von dem ganzen Stress brauchen«, antwortete Alec. Ich brauchte nicht zu fragen: »Welcher Oliver?«, um zu wissen, dass er vom Leadsänger der Heartbreakers sprach. »Professor Perry ist gerade wegen einer Geschichtskonferenz verreist. Poseidon versteht sich nicht gut mit Fremden, also hat Oliver angeboten, auf ihn aufzupassen. Es sind alle da.«

Bitte was?

Wer zum Kuckuck war Poseidon? Offensichtlich sprach Alec nicht von dem griechischen Gott. Deshalb fragte ich mich, ob Olivers Onkel vielleicht irgendein wählerisches Seeungeheuer im Gartenteich hielt. Aber viel wichtiger war die Frage, was Alec damit meinte, dass *alle* da wären. Meinte er den Rest der Band?

Ich hatte keine Gelegenheit, irgendwelche Fragen zu stellen, denn Asha plapperte sofort drauflos. »Oliver ist da? Wir werden ihn kennenlernen? Das ist ja unglaublich!« Und dann deutete sie mit dem Finger auf das beeindruckende Haus: »Und das Haus gehört seinem Onkel? Welcher Professor verdient denn genug Kohle, um sich so was leisten zu können?«

Alec lachte. »Keiner, den ich kenne. Oliver hat es ihm vor einem Jahr gekauft. Ich weiß nicht, warum, denn sie standen sich noch nie besonders nahe, aber Professor Perry hat Oliver bei sich aufgenommen, nachdem seine Großmutter ...« Alec verstummte, als er merkte, dass er gerade Details aus dem Leben eines anderen ausplauderte.

Die Stille währte nicht lange, denn in dem Moment parkte Alec neben einem schicken roten Sportwagen ein.

»*Heiliges Kanonenrohr*«, keuchte Boomer und presste Hände und Gesicht ans Autofenster. »Das ist ein Lotus Evora!« Er schnallte sich ab und war ausgestiegen, noch bevor Alec den Motor abgeschaltet hatte.

Asha sah mich durch den Rückspiegel an und verdrehte die Augen. »Jetzt geht das schon wieder los…«, murmelte sie, und ich gestattete mir ein kleines Lächeln. Obwohl die Dinge zwischen uns dreien sich geändert hatten, beruhigte mich Boomers kindische Freude und Ashas mehr als offenkundige Verärgerung. Wenigstens hatte sich nicht alles geändert.

Wir stiegen aus, und während Boomer den Sportwagen umkreiste, holten wir unsere Sachen aus dem Kofferraum.

»Als der neu rausgekommen ist, dachte ich, das Facelift beim 400 wäre die richtige Entscheidung gewesen. Moderner, aggressiver. Aber wow. Das hier«, Boomer schüttelte den Kopf. »Das hier ist *in natura* so viel schöner.« Er strich zärtlich mit den Fingern über die Motorhaube. »400 PS. Von null auf hundert in vier Komma eins Sekunden. Gott, und ihr solltet dieses Mädchen mal hören… Sie ist so sexy.«

»Ich weiß nicht, was mich mehr stört: die Tatsache, dass du über ein Auto wie über einen Menschen sprichst oder dass du es sexy findest.« Asha klang wütend, aber ich wusste, dass sie ihn nur aufzog. »Können wir bitte reingehen? Ich finde diesen Wald wirklich unheimlich. Es könnte genauso gut ein Schauplatz aus *Immortal Nights* sein.«

Boomer sah aus, als müsse man ihn unter Protestschreien und wilden Tritten von dem Wagen fortzerren. Ich war überzeugt, dass er in der Einfahrt schlafen würde, um in der Nähe des Autos bleiben zu können. Aber Alec wusste zum Glück, was er sagen musste, um Boomer loszueisen. »Ich bin sicher, wenn wir reingehen, lässt JJ dich früher oder später mal damit fahren.«

Boomer starrte Alec mit offenem Mund an. »Meinst du das ernst?«

Alec zuckte die Achseln. Mehr war nicht nötig. Boomer nahm Asha an der Hand und zerrte sie so schnell zur Haustür, dass man meinen könnte, im Wald gäbe es tatsächlich Vampire und Werwölfe. Ich zögerte und betrachtete das riesige Anwesen. Es war auf eine Art und Weise romantisch und uralt, die perfekt zu einem Historiker passte.

»Felicity? Ist alles in Ordnung?«

»Ähm, ja«, sagte ich und fasste mir an den Hals. »Es ist nur ... Ich wusste nicht, dass deine Freunde hier sein würden.« Und mit Freunden meinte ich JJ. Solche Jungs waren einschüchternd.

Alec verstand und sein Gesichtsausdruck wurde sanft. »Er wird sich benehmen. Ich verspreche es.«

»Bist du dir sicher?«

Seine Lippen verzogen sich zu einem schiefen Grinsen. »Ja. Und wenn nicht, bin ich mir sicher, dass Asha das für dich regeln wird.«

KAPITEL 13

Alec klingelte. Geschlagene zwei Minuten standen wir vor der Tür, aber niemand machte uns auf.

»Bist du dir sicher, dass überhaupt jemand zu Hause ist?«, fragte Asha, obwohl aus einer entfernten Ecke des Hauses der kräftige Bass eines Rocksongs zu hören war.

»Vielleicht hören sie uns nicht?«, überlegte ich laut.

Alec runzelte die Stirn. »Das glaube ich nicht.«

Er drückte die Türklinke hinunter, um zu sehen, ob die Tür abgeschlossen war. Sie öffnete sich einen Spalt weit. Alec runzelte die Stirn. Er drückte die massive, hölzerne Tür langsam auf und schob sich dann vorsichtig hindurch.

»Stimmt etwas nicht?«, wollte ich wissen. Ich verstand nicht, warum er so übertrieben vorsichtig war. Es gab keine Anzeichen dafür, dass eingebrochen worden war oder dass etwas nicht stimmte. Der Letzte, der reingekommen war, hatte vermutlich einfach nur vergessen abzuschließen. Was hatte das schon groß zu bedeuten?

»Pssst.« Er legte den Kopf schräg, als würde er lauschen.

Ich biss mir auf die Unterlippe. *Was geht hier vor?*, fragte ich meine Freunde stumm, nur mit Lippenbewegungen. Ashas Gesichtsausdruck spiegelte meine Verwirrung wider. Sie schüttelte den Kopf und Boomer zuckte mit einer Schulter.

Ich wusste nicht, was ich sonst tun sollte, also folgte ich Alec in einen unbeleuchteten, kleinen Flur und stellte dort meine Reisetasche auf den Boden. Hinter dem winzigen Raum lag eine überwältigende Empfangshalle. Sie war mit allem Pomp und Prunk der 1920er-Jahre eingerichtet. Es fühlte sich an, als seien wir in die Vergangenheit gereist. Mehrere Porträts grauhaariger Männer in Uniform und Frauen in der Mode einer vergangenen Epoche hingen ringsum an den Wänden, die mit altsilbernem Damast bespannt waren. Eine große Treppe aus Mahagoni oder einem ähnlichen warm wirkenden Holz, mit rotem Teppich auf den Stufen und einem handgearbeiteten Geländer zog im Zentrum des Raums alle Blicke auf sich.

Alec, der nicht sonderlich beeindruckt schien, sah sich immer noch vorsichtig um. Dann zerschnitt ein lautes, schabendes Geräusch die Stille, als etwas Hartes über den Boden gerutscht kam und mit meinem Fuß kollidierte.

»Was zum …?« Es war eine neonfarbene Wasserpistole. Eine zweite lag neben einem Wäschekorb, der bis zum Rand mit Wasserbomben gefüllt war.

Beim Anblick der Spielzeuge veränderte sich Alecs Verhalten. Er entspannte sich zwar nicht vollkommen, aber der skeptische Blick verschwand, als wisse er genau, was hier vor sich ging. Er hob die Wasserpistolen auf, gab mir die größere und probierte dann seine eigene aus. Ein Wasserstrahl spritzte über den gefliesten Boden.

»Was soll ich damit?«, fragte ich und blickte perplex auf das Spielzeug in meiner Hand.

»Benutzen.« Seine Miene war todernst. »Wir ziehen in die Schlacht.« Er schlich weiter durch die Empfangshalle.

Zwei bange Sekunden verstrichen.

»Null null sieben, Ziel ist in Sicht! Ich wiederhole, Sichtkontakt zum Ziel!«

Die nächste Minute war wie eine Filmszene.

Hinter einer Rüstung sprang plötzlich ein bekanntes Gesicht hervor. Anders als beim letzten Mal war JJ Morris jetzt vollständig bekleidet. Er trug eine Hose im Tarnmuster und ein schwarzes Muskelshirt, hatte sich als Kriegsbemalung schwarze Striche unter die Augen gepinselt und war ebenfalls mit einer Wasserpistole bewaffnet. Seine war deutlich größer als unsere und damit verpasste er Alec nun eine Ladung Wasser.

Alec sprang aus der Schusslinie und erwiderte das Feuer. Ohne den Blick von JJ abzuwenden, rief er: »Ich hab ihn im Griff. Kümmre du dich um Oliver!«

Oliver? Außer JJ ist hier doch niemand ...

Aber da kam Oliver schon vom anderen Ende der Empfangshalle auf uns zugestürmt. Er trug keine alberne Tarnkleidung wie sein Mitstreiter, aber er hatte sich wie Rambo ein Bandanatuch um den Kopf gewickelt. Sein nur allzu bekannter Schopf dunkler Locken ragte wirr aus dem Tuch hervor. Bevor ich selbst wirklich begriff, was ich da tat, hob ich meine Super-Soaker-Wasserpistole und zielte damit auf den Leadsänger der Heartbreakers.

Oliver zögerte kurz, als er mich entdeckte, als habe er Alec allein erwartet. Aber er fing sich schnell und rannte mit einem Kriegsschrei auf mich zu. Es war total surreal – ein Promi verfolgte mich mit einer Wasserpistole –, aber es ging alles so schnell, dass ich gar nicht darüber nachdenken konnte. Ich pumpte am Griff der Pistole, bis genug Druck aufgebaut war, und drückte ab, sobald Oliver in Reichweite war. Oliver tat es mir gleich, und als ein Schwall kalten Wassers mein Gesicht traf, schrie ich auf und wich dem Strahl aus.

Die nächsten zwei Minuten duellierten wir uns quer durch die Empfangshalle und verpassten einander eiskalte Duschen. Oliver schien sich keinen Kopf darum zu machen, dass Teppich, Wände und Möbel im Haus seines Onkels nass wurden. Ich fühlte mich geradezu euphorisch in dieser absolut verrückten Situation und mein Lachen vermischte sich mit dem allgemeinen Chaos. JJ rief Alec scherzhafte Beleidigungen zu, während Alec – ruhig wie immer – dem Großteil des Angriffs auswich. Ich war jedoch zu sehr damit beschäftigt, Oliver in die Flucht zu schlagen, um mich auf Alec konzentrieren zu können.

Meine Pistole war viel kleiner als Olivers, sodass mir als Erste das Wasser ausging. Ich pumpte und betätigte den Abzug, und als nichts mehr herauskam, breitete sich langsam ein Grinsen auf Olivers Gesicht aus. Er senkte seine Waffe, um seinen Sieg zu feiern.

»Sieht aus, als hättest du keine Munition mehr«, sagte er. »So ein Pech aber auch.«

Doch bevor er wieder auf mich zielen konnte, ertönte hinter mir Kriegsgebrüll. Boomer und Asha kamen aus dem Flur gestürmt. Der Wäschekorb mit den Wasserbomben schwang zwischen ihnen hin und her. Grinsend warf ich das leere Spielzeug beiseite und griff mir drei Wasserbomben. Als ich damit auf Oliver zuging, verblasste sein Grinsen. Die Schlacht dauerte danach nicht mehr lange. Dank Ashas und Boomers Verstärkung waren wir nun zu viert und in der Lage, JJ und Oliver in eine Ecke zu drängen und sie mit Wasserbomben zu traktieren, bis sie komplett durchnässt waren.

»Okay, *okay*!«, prustete Oliver und fuchtelte zum Zeichen der Kapitulation mit den Händen. »Das reicht. Ihr habt gewonnen.« Sein Haar triefte und klebte ihm am Gesicht. Zu seinen Füßen hatte sich auf dem Perserteppich eine große Pfütze gebildet.

Es war nur noch eine Wasserbombe übrig. Grinsend nahm Alec sie aus dem Korb und zielte damit auf seine Bandkollegen. Er traf JJ mitten auf der Brust. JJ blinzelte verärgert, aber die Kriegsbemalung, die inzwischen sein Gesicht hinunterlief, verlieh dem ganzen etwas Komisches.

»Das ist anders gelaufen als geplant«, sagte er und pflückte einen Fetzen Luftballon von seinem Shirt. Er schnipste ihn in Alecs Richtung. »Wir wussten nicht, dass du einen« – er legte den Kopf in den Nacken, um Boomer anzusehen – »Riesen mitbringen würdest.«

»Oder überhaupt irgendjemanden, um ehrlich zu sein«, grummelte Oliver.

»Also sind unfaire Bedingungen in Ordnung, solange ihr nicht diejenigen in der Unterzahl seid?«, fragte Alec und verschränkte verärgert die Arme vor der Brust. Aber seine

Mundwinkel zuckten, und ich wusste, dass er sich ein Lächeln verkniff. »Das ist doch nicht fair, oder?«

»Schon gut, Herr Ich-tue-immer-das-Richtige. Wir haben's verstanden. Wir haben bekommen, was wir verdient haben.« Oliver riss sich das Bandana-Tuch herunter und schüttelte seine Haare aus. Wassertropfen spritzten in alle Richtungen. »Also«, sagte er, nachdem er sich die Strähnen aus dem Gesicht gewischt hatte, »willst du uns deine Freunde vorstellen, oder sollen wir weiter so tun, als wäre die ganze Situation nicht ein kleines bisschen peinlich?«

»Oh!« Alec drehte sich zu uns um und errötete leicht. Zuerst deutete er auf mich. »Oliver, JJ. Das ist ...«

»Keine Vorstellung nötig«, unterbrach ihn JJ. Er grinste mich breit an. »Felicity von Skype.« Alec warf ihm einen warnenden Blick zu, woraufhin JJ schnell hinzufügte: »Ich wurde streng dafür getadelt, dass ich ein ...« Er runzelte die Stirn und hielt inne. »Wie hat Stella mich doch gleich genannt?«

»Einen notgeilen, versauten Frauenhelden.«

»Ja, das ist es! Tut mir jedenfalls leid. Ich schwöre, ich wollte dich nicht beleidigen.«

»Sein Aus-Schalter funktioniert nicht«, fügte Oliver hinzu und legte JJ einen Arm um die Schultern. »Wir haben uns angewöhnt, ihn die meiste Zeit zu ignorieren.«

»Alles gut«, brachte ich hervor, obwohl ich mich noch nicht entschieden hatte, wie ich JJs direkte Art finden sollte.

»Also, ich fand dich witzig«, sagte Asha und blinzelte.

Ich fuhr herum und starrte sie an. Im Ernst, was ist aus

»Mädels gegen den Rest der Welt« geworden? Oder in diesem Fall: gegen super heiße Boyband-Mitglieder. War das alles, was nötig war? Wurde ich für einen heißen Superstar einfach in die Pfanne gehauen?

»Hey, dich erkenne ich auch. Du bist Asha, richtig?«, fragte JJ. Ashas Augen funkelten, als er sich an ihren Namen erinnerte. Das war jedoch nichts im Vergleich zu ihrem Gesichtsausdruck, als er ihr den Handrücken küsste und sagte: »Schön, dich kennenzulernen.«

Ein finsteres, brummiges Geräusch entstand tief in Boomers Rachen, und JJ warf ihm einen neugierigen Blick zu.

»Wer ist der Baum?«, fragte er.

»Der *Baum* ist zufällig Ashas Freund«, knurrte Boomer und verschränkte die Arme vor der Brust. »Mein Name ist Boomer, und eins vorab, Witze über große Menschen werden schnell langweilig.«

JJ ließ Ashas Hand los, nahm die Neuigkeit jedoch locker. »Aber du hast meinen Witz mit der Bohnenstange doch noch gar nicht gehört.«

Alec tat einen langen Seufzer und rieb sich das Gesicht.

Oliver schaffte es genau zwei Sekunden lang, die Fassung zu bewahren, bevor er anfing zu lachen. Das ließ JJ nur noch breiter grinsen. »Nun denn«, sagte Oliver, als er sein Gelächter wieder im Griff hatte. »Wer hat Hunger?«

Obwohl wir alle nass waren, führte Oliver uns durch viele verwinkelte Flure in den hinteren Bereich des Hauses. Die Rockmusik wurde immer lauter, bis wir schließlich ihren

Ursprung erreichten – eine Küche, in der es nach frisch gebackenem Knoblauchbaguette duftete. Olivers Freundin, Stella, deckte den Tisch, während sie zu der kreischenden Musik tanzte. Ein Typ mit Brille und zerzaustem, rotblondem Haar schnitt auf dem Schneidebrett der Kücheninsel einen Kopfsalat. Auch ohne Vorstellung wusste ich sofort, dass es sich um Xander Jones handelte, das vierte und letzte Mitglied der Heartbreakers.

»Was zum Geier ist das für ein Krach?«, fragte JJ und setzte sich auf einen der Barhocker. Alec folgte ihm, doch Asha, Boomer und ich blieben noch in der Tür stehen und warteten darauf, vorgestellt zu werden.

»Frag mich nicht«, antwortete Xander, ohne von seiner Arbeit aufzusehen. »Stella hat die Macht über die Musik an sich gerissen, kaum dass ihr weg wart.«

»Das sind die Bionic Bones«, sagte sie und fuchtelte mit einer Gabel in JJs Richtung. »Nur meine absolute Lieblingsband.«

»*Zweit*liebste Band«, korrigierte Oliver sie. Er drückte sie an sich und gab ihr einen Kuss auf die Stirn. »Denn uns liebst du mehr als Freddie K, nicht wahr?«

Sie hob den Kopf und lächelte ihn an. »Weil du dich daran erinnerst, wer Freddie K ist, liebe ich dich sogar noch mehr.«

Wenn man sich die beiden ansah, war es leicht zu verstehen, wie Stella das Herz des wohl berüchtigtsten Playboys der Musikszene erobert hatte. Sie passten perfekt zueinander, von Kopf bis Fuß dunkel gekleidet und mit wilden Mähnen. Der Prinz und die Prinzessin des Punk.

»Ihr zwei seid ja kaum auszuhalten, genau wie diese Musik«, sagte JJ.

Stella sah mit loderndem Blick auf, doch dann quietschte sie plötzlich: »Alec! Du hast es geschafft!« Sie legte das Besteck ab und fiel ihm um den Hals. »Ich habe dich so vermisst.«

»Es war doch nur ein Monat«, sagte er, aber sein Lächeln machte klar, dass auch er sie vermisst hatte.

Ich warf Oliver, der sich zum Herd begeben hatte, einen Blick zu. Er hielt einen hölzernen Löffel in der Hand und rührte in dem riesigen Kochtopf, der auf der Herdplatte stand. Die offenkundige Zuneigung zwischen Alec und seiner Freundin schien ihn nicht zu bekümmern, also gab ich mein Bestes, den Stein in meinem Magen zu ignorieren, als Alec die Arme um Stella schlang.

»Ja, aber das Semester geht bald los, und dann werde ich euch erst in den Weihnachtsferien wiedersehen.« Ich wusste nicht viel über Stella, aber irgendwann während der Fahrt hatte Alec erwähnt, dass sie an der Schule für Visuelle Kunst in New York Fotografie studierte.

»Du kannst dir doch ein Poster von uns in dein Zimmer hängen«, schlug JJ vor, woraufhin ihm all seine Freunde vernichtende Blicke zuwarfen.

»Ich bin mir sicher, dass wir schon irgendeinen Grund finden werden, um nach New York zu kommen«, versicherte Alec ihr.

»Was machst du denn in Oregon? Oliver hat erzählt, du wärst auf einem Roadtrip oder so.«

»Ja, wir fahren nach Seattle.«

»Wir?« Sie blickte über seine Schulter und merkte endlich, dass er nicht allein war. Ein breites Grinsen zog sich über ihr Gesicht, als sie mich sah. »Felicity? Oh mein Gott, hi! Es ist so schön, dich tatsächlich kennenzulernen.«

»Hey.« Ich war davon überwältigt, wie glücklich sie klang, als würde mein Anblick sie genauso freuen wie Alecs. Sie kam rasch auf mich zu und schloss mich in die Arme. Und heilige Scheiße, das Mädchen wusste, wie man jemanden umarmte. Sie drückte mich an sich, als würden wir uns schon eine Ewigkeit kennen.

Nachdem sie mich losgelassen hatte, schimpfte sie mit Alec. »Warum hast du nicht gesagt, dass du jemanden mitbringst?«

Er zuckte mit den Schultern. Es wirkte beiläufig, aber das Funkeln in seinen Augen verriet mir, dass er absichtlich eine Überraschung daraus gemacht hatte. Es gefiel ihm, dass keiner seiner Freunde darauf gefasst gewesen war.

Ich spielte an meiner Uhr herum, denn ich wusste nicht, was ich sagen oder welche Rolle ich in dem Gespräch einnehmen sollte. Zwischen Stella, Alec und dem Rest der Band herrschte die Art entspannte Freundschaft, die Wasserpistolenkriege zu hundert Prozent akzeptabel machte. Eine so enge Freundschaft erreichte man nur durch unzählige gemeinsam verbrachte Stunden. Deshalb fühlte ich mich trotz des herzlichen Empfangs wie eine Außenseiterin. Ich erwischte mich dabei, wie ich meinen eigenen Freunden langsam näher rückte: Asha und Boomer. Asha schien jedoch ganz und gar nicht von der eng befreundeten Gruppe eingeschüchtert zu sein. Oder von der Tatsache, dass sie mit ihrer Lieblingsband im selben Raum war. Sie warf sich eine Strähne über die Schulter, trat an mir vorbei und streckte Stella die Hand hin.

»Hi. Ich bin Asha.«

»Stella«, erwiderte Stella und legte ihre Hand in Ashas. »Du warst gestern auch bei dem Skype-Gespräch dabei, oder? Coole Kette, übrigens. Ich finde die Herzen wunderschön.«

Asha strich mit den Fingern über die dünne Kette an ihrem Hals. Die silbernen Herzen, die daran hingen, klirrten. »Ja, und danke. Felicity hat sie für mich gemacht.«

»Wow«, antwortete Stella und zog die Augenbrauen hoch. »Du hast diese Kette gemacht? Du bist wirklich talentiert.«

»Danke.« Ein Anflug von Stolz wärmte meine Wangen. Ich warf Alec einen Blick zu, der lächelte und an seinem eigenen Schmuck von mir an seinem Handgelenk spielte.

Als für einen Augenblick niemand etwas sagte, packte Boomer die Gelegenheit beim Schopf und trat neben Asha. »Hey, ich bin Boomer.«

Stellas Augen weiteten sich, als sie den Kopf in den Nacken legte. »Hey! Schön, dich kennenzulernen.«

»Pass bloß mit Witzen über Größe auf«, warnte sie JJ, der sich auf dem Barhocker umgedreht hatte. Er zeigte auf Boomer. »Der da hat eine *kurze* Reißleine, wenn es um diese Art Humor geht.«

Ich biss mir auf die Unterlippe und versuchte, nicht zu lachen. Boomer war nicht der geduldigste Mensch der Welt, und JJ hatte offensichtlich seinen Spaß daran, einfach jedem auf die Nerven zu gehen. Ich erwartete eine brummige oder schlagfertige Antwort – die von jemandem mit Boomers Statur immer bedrohlicher klang, als sie gemeint war –, aber stattdessen lächelte er leicht und atmete nur laut aus.

An niemand Bestimmten gerichtet sagte er: »Der macht wohl immer so weiter, was?«

Die übrigen drei Heartbreakers im Raum stimmten alle gleichzeitig zu: »Ja!«

JJ grinste, als hätte er einen Preis gewonnen.

Asha öffnete wieder den Mund, vermutlich, um die Jungs mit Fragen und Lobeshymnen zu überhäufen, aber sie wurde von einem schnellen, klackernden Geräusch unterbrochen. Es klang, als käme ein großes Monster mit Klauen durch den Flur in unsere Richtung gestürmt. Ich drehte mich gerade rechtzeitig um, um eine graue Masse in die Küche galoppieren zu sehen. Es war ein Hund. Der größte, den ich je gesehen hatte. Verunsichert trat ich einen Schritt zurück und stieß versehentlich gegen Alecs Brust. Er legte mir zu Beruhigung eine Hand auf die Schulter, als der Monsterhund vor uns zum Stehen kam und sofort anfing zu bellen. Das donnernde Geräusch hallte im ganzen Raum wider.

Oliver wandte sich vom Herd ab. »Poseidon, hör auf zu bellen!« Der Holzlöffel in seiner Hand war voller Tomatensoße. Sie kleckste auf den Boden, woraufhin Poseidon wie der Blitz durch die Küche schoss, um die Tropfen aufzuschlabbern.

»Boah, der ist ja riesig«, sagte Boomer. Sobald die Worte

seinen Mund verlassen hatten, presste JJ sich die Faust auf den Mund, um nicht loszulachen.

»Ja, er ist eine deutsche Dogge«, erklärte Oliver und kraulte Poseidon hinter den Ohren. »Tut mir leid. Fremde schüchtern ihn ein.«

Wir schüchtern ihn ein?

Wir plauderten ein paar Minuten weiter, bis das Abendessen fertig war. Oliver hatte Spaghetti Bolognese gemacht – wer hätte gedacht, dass er kochen konnte? –, und Stella stellte für Asha, Boomer und mich drei weitere Teller auf den Tisch. Wir setzten uns, und Xander überraschte mich, indem er auf dem Stuhl links neben mir Platz nahm.

»Hey«, sagte er mit derselben Begeisterung wie Stella zuvor. »Tut mir leid, ich hab vorhin nicht die Gelegenheit bekommen, mich vorzustellen. Ich hatte ja Salatdienst. Ich bin Xander.«

Ich lächelte ihn warm an. »Felicity.«

Xander Jones hatte sofort eine beruhigende Wirkung auf mich. Er war anders als Oliver und JJ. Ich konnte nicht genau festmachen, woran es lag. Vielleicht daran, dass er normaler wirkte – als könnte er im September in der Schule auftauchen und mit mir im Biologieunterricht sitzen. Sein Lächeln zeugte von Hilfsbereitschaft und Freundschaft statt von Charme und dem Versprechen auf eine unvergessliche Nacht.

»Also, habe ich richtig gehört, dass ihr nach Seattle fahrt?«, erkundigte er sich.

Zu meiner Rechten saß Alec, der mir eine Schüssel dampfender Nudeln anreichte.

»Wir sind auf der Suche nach meiner Schwester«, antwortete ich und schaufelte mir eine Portion Nudeln auf den Teller. Als ich ihm die Schüssel hinhielt, lehnte er sie mit einem kurzen Kopfschütteln ab.

Obwohl er gegenüber von Alec saß, musste JJ unserem Gespräch gefolgt sein. »Wie schafft man es denn, seine Schwester *zu verlieren*?«, platzte es aus ihm heraus.

Sowohl mein Mund als auch meine Gedanken froren angesichts der Direktheit seiner Frage kurz ein, aber bevor ein unangenehmes Schweigen entstehen konnte, sagte Oliver: »Hast du Jenny nicht mal in einem Supermarkt verloren?«

JJ lachte spöttisch. »Das zählt nicht. Sie ist weggerannt, damit ich Ärger bekam.«

Die zwei kabbelten sich weiter über den Vorfall. Das Gespräch mutierte zu einer Diskussion darüber, wer von JJs Brüdern und Schwestern am nervigsten war. Er musste wirklich viele Geschwister haben, denn es wurden immer wieder neue Namen ins Spiel gebracht.

Ich warf Asha einen Blick zu. Sie war von dem Gespräch offensichtlich fasziniert. Ein exklusiver Einblick in das Privatleben der Heartbreakers. Boomer musste sie mehrmals anstupsen, bis sie merkte, dass er ihr den Brotkorb hinhielt. Ich war dankbar, dass die Aufmerksamkeit der Jungs nicht länger auf mich gerichtet war, denn ich hätte JJ unmöglich antworten können, ohne für eine unangenehme Stimmung zu sorgen. Ich machte ihm aber keinen Vorwurf. Er konnte ja nicht wissen, dass Rose tatsächlich weggelaufen war.

»Warst du schon mal in Seattle?«, fragte Xander und griff

das Gespräch dort wieder auf, wo wir aufgehört hatten. Auf diese Weise sorgte er gekonnt dafür, dass keine weitere Anspannung entstand. »Es wird dir dort gefallen. Seattle ist eine meiner Lieblingsstädte …«

Aber ich hörte ihm nicht wirklich zu. Gedanklich war ich wieder bei meiner Schwester und spürte den Schmerz, der jedes Mal kam, wenn ich an sie dachte. Was, wenn wir sie morgen nicht fanden? Oder wenn wir sie fanden, sie aber nicht mit mir sprechen wollte? Diese Möglichkeit machte mir so viel Angst, dass es sich anfühlte, als würde mein Herz brennen. Doch der Schmerz war nicht der von sengenden Flammen, es fühlte sich eher so an, als würde mein Herz langsam und qualvoll erfrieren.

Ich spürte eine warme Hand auf meinem nackten Knie, die mich aus meinen *Was-wäre-wenn*-Grübeleien riss.

»Fel?«, sagte Alec sanft.

»Ja?«, fragte ich, und er deutete mit dem Kinn auf meine andere Seite. Ich drehte mich um. Xander hielt mir den Salat hin. Sein ganzer Teller war mit Salat gefüllt, deshalb war für mich nicht viel übrig, aber ich nahm die Schüssel entgegen und leerte die Reste auf meinen Teller.

»Danke«, sagte ich. Dann fügte ich, ohne darüber nachzudenken, hinzu: »Machst du eine Entschlackungskur oder so?« Hoffentlich war er nicht auf Diät. Der Typ war ohnehin schon mager.

»Nein.« Er lachte. »Ich habe eine Allergie.«

»Gegen was?«

Er besah sich meinen Teller und überlegte. »Gegen so

ziemlich alles. Nun ja, nicht gegen die Tomatensoße, aber es wäre komisch, wenn ich die ohne die Nudeln und Fleischklößchen essen würde, meinst du nicht?«

»Allergisch?«, wiederholte ich. Nicht, weil ich es nicht verstand, sondern, weil der Gedanke, keine Nudeln essen zu können, wie ein Albtraum klang. Käse-Makkaroni- oder eigentlich alle Nudelgerichte – waren billig. Deshalb hatten wir davon einen ganzen Stapel zu Hause. Und natürlich waren sie megalecker.

»Ja. Ich darf nichts essen, das Gluten, Nüsse oder Soja enthält. Auch keine Milchprodukte, kein rotes Fleisch und keine Meeresfrüchte«, zählte er all diese Dinge an den Fingern ab. Die Freude in seiner Stimme dabei war beängstigend.

»Aber was isst du denn dann?«

»Vieles. Hähnchen, Eier, Obst, Gemüse. Und ich bin ein ziemlich guter Smoothie-Macher.«

Den Rest des Abendessens verbrachte Asha damit, Oliver und JJ so ernst wie eine Talkshow-Moderatorin mit Fragen zu bombardieren. Anders als Alec liebten die beiden es, im Mittelpunkt zu stehen, und blühten regelrecht auf. Sie versuchten, sich gegenseitig mit ihren Antworten zu übertrumpfen. Am anderen Ende des Tisches hatte Boomer Xander in eine einseitige Diskussion über Autos verwickelt, während ich Stella und Alec still dabei zuhörte, wie sie sich über jemanden namens Cara unterhielten.

»Wie geht's ihr?«, erkundigte Alec sich. Er schob seinen leeren Teller weg und lehnte sich mit vor der Brust verschränkten Armen zurück.

»Wirklich gut«, antwortete Stella. »Sie hatte gerade erst ihre jährliche Untersuchung, und ihre Werte normalisieren sich immer mehr.«

»Das ist ja wunderbar. Hat sie irgendwelche Pläne, jetzt, da es ihr besser geht? College, Reisen oder etwas in der Richtung?«

Stella nickte. »Sie hat eine Liste, die mindestens zwanzig Meilen lang ist.«

Ihr Gespräch berührte mich. Ich erinnerte mich an den Abend, an dem ich Alec kennengelernt hatte. Er hatte gestanden, dass er nur auf dem Ball gewesen war, weil er jemanden kannte, der *vom Anlass betroffen* war. Wer auch immer Cara sein mochte, sie war offenbar krank gewesen, und ich fragte mich, ob Alec sie damit gemeint hatte.

Als hätte sie meine Fragen gespürt, sagte Stella: »Cara, mein Bruder Drew und ich sind Drillinge. Cara hatte ein Non-Hodgkin-Lymphom.«

»Oh Gott«, erwiderte ich. »Das tut mir so leid. Das muss eine schwere Zeit für dich gewesen sein.«

»Ja, aber dank der Jungs habe ich sie gut überstanden«, sagte sie und deutete auf Oliver und die Band. »Zum Glück geht es Cara jetzt viel besser.«

»Das ist gut«, erwiderte ich. Ich wusste nicht, was ich sonst sagen sollte.

Zum Glück unterbrach JJ uns. Er schob seinen Stuhl zurück und stand auf. »Ich gehe mir trockene Klamotten anziehen«, verkündete er. »Wollen wir später zusammen einen Film schauen?«

»Gute Idee«, stimmte Oliver zu und legte seine Serviette auf den Teller. »Die nassen Jeans fangen langsam echt an zu scheuern.«

»Hey, Oliver«, sagte Alec. Er warf Asha, Boomer und mir einen Blick zu, bevor er sich wieder zu seinem Freund umdrehte. Er sagte nichts weiter, aber Oliver begriff sofort, worauf Alec hinauswollte.

Er lächelte uns an. »Ich wette, ihr wollt euch auch umziehen. Dann kommt mal mit, ich zeige euch die Gästezimmer.«

Nachdem wir unsere Taschen aus dem Flur geholt hatten, führte Oliver uns die Treppe in die erste Etage hinauf. Anscheinend kannte Alec sich hier aus, denn als wir oben ankamen, bog er allein nach rechts ab, ohne auf weitere Anweisungen zu warten. Ich fragte mich, wie oft er schon hier gewesen war.

»Wir sehen uns gleich«, rief er mir zu, während Oliver uns drei in die andere Richtung führte.

Er zeigte zuerst Asha und Boomer ihr Zimmer.

Asha warf mir einen vorsichtigen Blick zu, als wolle sie wissen, ob das für mich okay war. Obwohl es sich komisch anfühlte, dass die beiden sich ein Zimmer teilten, gab ich meiner besten Freundin mit ausgestrecktem Daumen grünes Licht. Bevor sie die Tür hinter sich zuzogen, einigten wir uns darauf, uns in zwanzig Minuten wieder unten zu treffen.

Dann waren Oliver und ich allein.

»Wegen vorhin«, begann er, während er mich weiter den

Flur entlangführte. »Tut mir wirklich leid, dass wir euch so überfallen haben. Hätte ich gewusst, dass Alec euch mitbringt, hätten wir uns zivilisierter benommen.«

Es war das erste Mal, dass er direkt mit mir sprach. Ich atmete tief ein, während ich versuchte, eine Antwort zu formulieren. Es machte mich nervös, mit Oliver allein zu sein, und als ich ihn aus dem Augenwinkel beobachtete, wusste ich auch warum. Wenn Alec Williams der Tag war, war Oliver Perry die Nacht. Sein Haar – ein Wirrwarr brauner Strähnen – fiel ihm fortwährend ins Gesicht, ein extremer Kontrast zu den ordentlichen blonden Strähnen seines Bandkollegen. Seine Augen waren strahlend blau, ganz anders als Alecs Unwetterwolken, die mich so in ihren Bann gezogen hatten. Und er war, anders als Alec, sehr offen und umgänglich, so wie die Jungs, die immer zu Königen des Abschlussballs oder Schülersprechern gewählt wurden.

»Na ja, du hättest mich ja nicht mit der Wasserpistole abschießen müssen«, zog ich ihn auf und erinnerte mich an den Moment seines Zögerns, als er mich in der Empfangshalle entdeckt hatte.

Oliver zuckte die Achseln und grinste. »Ich lebe nach dem Motto ›Alles oder Nichts‹«, erwiderte er, bevor er vor einer Tür stehen blieb. »Da wären wir. Ich hoffe, es gefällt dir.«

Er hielt mir die Tür auf, sodass ich hineingehen konnte. Das Zimmer war mindestens doppelt so groß wie meins zu Hause und verfügte über ein Himmelbett, eine Fernsehecke und ein eigenes Badezimmer. Als ich mich umsah, hatte ich das Gefühl, mich eher in einem Luxushotel als bei jemandem zu Hause zu befinden. Was machte Olivers Onkel nur mit dem ganzen Platz?

»Danke«, sagte ich und legte mein Gepäck auf der Bank am Fuß des Bettes ab. »Es ist perfekt.«

Ich rechnete damit, dass Oliver gehen würde, aber er lehnte sich an den Türrahmen. Mit vor der Brust verschränkten Armen musterte er mich eindringlich, als versuche er, ein Rätsel zu lösen.

»Also ... du und Alec, hm?« Er begann wieder zu lächeln. Es war genau die Art Lächeln, von der Mädchen weiche Knie bekamen. Es brachte mich aus der Fassung und ich lief rot an. Wusste er etwas, dass ich nicht wusste?

»Wir sind nicht zusammen«, sagte ich. Es war schon das zweite Mal, dass ich das sagte, aber aus irgendeinem Grund schienen Alecs Freunde vom Gegenteil überzeugt zu sein.

»Vielleicht nicht, aber zwischen euch beiden ist auf jeden Fall etwas. Es ist ... faszinierend.« Er rieb sich das Kinn, als wäre ich eine verblüffende Wendung in einem Buch, das er las.

»Faszinierend?« *War das ein Kompliment oder ...?*

»Weil du ihr so ähnlich siehst«, fügte er hinzu.

Ich ignorierte die Irritation, die bei diesen Worten in meiner Brust rumorte. »Du meinst Violet James.«

Er nickte. »Ihr habt sehr ähnliche Gesichtszüge, und ...« Er hielt inne und betrachtete mich von Kopf bis Fuß. »Nun ja, ihr seht euch so ziemlich überall ähnlich. Aber charakterlich seid ihr ganz verschieden. Und das ist eine *riesige* Verbesserung, wenn du mich fragst.«

Ähm, danke?

»Hatten sie ... etwas miteinander?« Ich kam mir zwar superneugierig vor, Oliver so persönliche Fragen über Alec zu stellen, aber schließlich hatte er das Thema angesprochen.

Oliver zuckte mit den Schultern. »Alec ist nicht unbedingt jemand, der viel über solche Dinge redet. Sie haben gemeinsam eine Szene für *Immortal Nights* gedreht und waren eine Weile befreundet, aber mehr weiß ich nicht.«

Eine Szene zusammen gedreht? Was bedeutete das? Eine Kuss-Szene? Oder mehr?

Oliver merkte offenbar, dass ich tief in Gedanken versunken war, denn er räusperte sich und sagte: »Nun denn, ich lasse dich dann mal deine Sachen auspacken.« Er richtete sich auf und stieß sich vom Türpfosten ab. »Glaubst du, du findest den Weg nach unten?«

Ich nickte.

»Super. Dann sehen wir uns gleich.« Er zog die Tür hinter sich zu und war verschwunden.

Während der nächsten Minuten stand ich wie angewurzelt mitten im Zimmer und versuchte, alles zu verarbeiten, was in den letzten zwei Stunden geschehen war.

Ich bemühte mich, die Situation entspannt zu betrachten, aber ich hatte gerade eine Wasserschlacht und ein Abendessen mit der berühmtesten Boyband der Welt hinter mir. Und gleich würden wir zusammen einen Film anschauen. Normalen Mädchen passierte so etwas nicht. Es kam mir vor, als wäre ich mitten in einen Träume-werden-wahr-Disneyfilm hineingezogen worden. Wobei es nicht unbedingt mein großer Lebenstraum war, zusammen mit den Heartbreakers italienische Pasta zu essen.

Aus dem Flur hörte ich, dass eine Tür zugeknallt wurde. Das Krachen riss mich aus meiner Trance. Ich hatte überall eine Gänsehaut, als ich rasch mein feuchtes Kleid auszog und es auf den Boden warf. Nachdem ich meine Reisetasche durchwühlt hatte, stellte ich fest, dass ich nichts anzuziehen hatte. Meine einzigen sauberen Sachen waren das Outfit für morgen und ein zusätzliches Top. Dann war da noch mein Schlafanzug – eine Yogahose und ein weites T-Shirt mit der Aufschrift »Leseratten sind sexy«. Es war mir zu peinlich, das T-Shirt anzuziehen, also entschied ich mich für das Top mit Spaghettiträgern, auch wenn mir an den Armen wahrscheinlich kalt werden würde. Als ich angezogen war, machte ich mich im Bad kurz frisch und bürstete mir die Haare, damit sich die nassen Strähnen nicht verhedderten. Da ich sonst nichts mehr zu tun hatte, beschloss ich, schon nach unten zu gehen, obwohl ich noch zehn Minuten Zeit hatte.

Ich bog nach rechts ab und ging in die Richtung, aus der ich gekommen war. Als ich kurz vor einer Ecke des Flurs war, hörte ich von Weitem zwei Stimmen.

»… dann solltest du ihr die Wahrheit sagen, Alec.« Es war Stella und sie sprach mit hoher Stimme und Nachdruck.

»Aber ich lüge sie ja nicht an«, antwortete Alecs tiefe Stimme. Er klang unglücklich und mir wurde flau im Magen. Mich beschlich plötzlich das Gefühl, dass sie über mich sprachen.

»Nun ja, vollkommen ehrlich bist du aber auch nicht.«

Es folgte eine lange Pause, und ich dachte schon, sie wären gegangen, aber dann seufzte Alec. »Was erwartest du von mir, Stella? Wir sprechen hier von meinem Vater. Du weißt, was für ein Kontrollfreak er ist, und ich will sie nicht verlieren.«

»Ich habe dir schon gesagt, was du tun sollst«, erwiderte sie. Dann fügte sie in sanfterem Tonfall hinzu: »Es tut mir leid, aber du weißt, was ich von deinem Vater halte. Er hat meine Beziehung mit Oliver fast zerstört.«

Die Unterhaltung war definitiv nicht für meine Ohren bestimmt, und obwohl ich Alecs Antwort hören wollte, gewann das schlechte Gewissen, weil ich schon wieder lauschte. Also zog ich mich wieder in mein Zimmer zurück, bevor mich noch jemand erwischte.

Ich ließ mich aufs Bett fallen und beschloss, noch ein paar Minuten zu warten, um den beiden Zeit zu geben, ihr Gespräch zu beenden.

Während ich die Decke anstarrte, ließ ich mir das gerade Gehörte noch mal durch den Kopf gehen. Sie hatten meinen Namen nicht explizit erwähnt, aber ich wurde das Gefühl nicht los, dass ich irgendwie in ein größeres Problem verstrickt war. Falls das so war, und Stella fand, dass Alec sich unehrlich verhielt ... Ich musste unwillkürlich an den Anruf denken.

Hat diese Sache etwas mit Violet James zu tun?

Ein Teil von mir wollte unverblümt fragen, was denn los war, aber dann hätte ich zugeben müssen, sie belauscht zu haben. Und was, wenn ich mich vollkommen irrte und ihr

Gespräch gar nichts mit mir zu tun hatte? Dann würde ich aufdringlich und anmaßend rüberkommen.

Außerdem war Alec Williams kein Lügner.

Oder?

Ein Klopfen setzte meiner internen Debatte ein Ende. Als ich die Tür öffnete, stand Alec vor mir.

»Hey«, sagte er und steckte die Hände in die Vordertaschen seiner Hose. Er trug immer noch seine kakifarbenen Shorts, die inzwischen getrocknet waren, aber er hatte sich ein frisches T-Shirt angezogen und seine Haare wieder geordnet. »Bist du fertig? Es gibt da etwas, das ich dir zeigen möchte.«

Er lächelte und mir schwoll das Herz in der Brust.

Alle Gedanken an Stella und ihre Unterhaltung waren wie weggeblasen, als ich in den Flur trat. »Na dann mal los.«

KAPITEL 14

Alec kannte sich im Safe House offensichtlich gut aus, denn er führte mich ohne jedes Zögern durch die verwinkelten Flure. Ich versuchte, mir den Weg zu merken – rechts, links, eine Treppe hinunter, wieder nach links, durch einen Türbogen –, aber mein Orientierungssinn ließ mich langsam im Stich. Schließlich kamen wir an eine prunkvolle hölzerne Doppeltür mit edlen goldenen Griffen. Ich hatte den Eindruck, gleich in einen wichtigen Raum zu gelangen, wie das Oval Office oder den Ort, an dem die Illuminati ihre geheimen Sitzungen abhielten.

Alec deutete mit dem Kinn auf die Tür. »Nach dir.«

Mein Herz schlug schneller. Ich atmete tief ein, legte die Finger um einen der schmuckvollen Griffe und öffnete die Tür.

Zunächst einmal sah ich nur Schwarz. Aber dann passten meine Augen sich an die Dunkelheit an. Wir standen in einer überwältigenden Bibliothek – und einer seltsam eingerichteten noch dazu. Reihen turmhoher Bücherregale voll mit allen möglichen Büchern erstreckten sich in alle Richtungen. Das machte es fast unmöglich, die genauen Ausmaße des Raumes einzuschätzen. In der Mitte standen einige Ledersessel. Sie waren so abgewetzt, dass man sich eher in einer Universität glaubte als in einer privaten Hausbibliothek. Man brauchte offensichtlich viele Bücher, wenn man Historiker war.

Ich schlenderte zum Sitzbereich, den Kopf in den Nacken gelegt, um den Anblick ganz in mich aufzunehmen.

»Schön, dass es dir gefällt.«

»Ich habe doch gar nichts gesagt«, bemerkte ich.

»Das brauchst du nicht«, erwiderte Alec vergnügt. Er deutete auf das andere Ende des Raumes. »Komm weiter. Die Führung ist noch nicht vorbei.«

Während wir weitergingen, wurden im Halbdunkel immer mehr Dinge sichtbar. Zuerst ein massiver Eichenschreibtisch. Er wirkte so schwer und solide, dass er mir vorkam, als müsse er direkt aus dem polierten Hartholzboden herausgewachsen sein. Die Tischplatte war dermaßen überfüllt mit einem einzigen Durcheinander, dass kein Zentimeter ihrer Fläche mehr frei war. Unzählige Bücher, ohne erkennbares System aufgetürmt zu hohen Stapeln wie bei einem Jenga-Holzturmspiel. Auch einige Topfpflanzen standen auf dem Schreibtisch – von kleinen Farnen bis zu Kakteen mit spitzen Dornen – und bildeten ein kleines Ökosystem. Vorn stand ein glänzendes Namensschild mit der Aufschrift *Professor Steven Perry*, das von einer Ansammlung bunter Briefbeschwerer aus Glas umgeben war.

Zwischen dem Schreibtisch und der von rautenförmigen Bleiglasfenstern durchbrochenen Wand stand ein Globus auf einem Ständer, und dahinter ein Messingteleskop, das gen Himmel gerichtet war. Aber durch das Fenster war im

Moment nichts zu sehen als undurchdringliche Finsternis – nicht einmal der Mond schaffte es, die dicke Wolkendecke zu durchbrechen. Alec schaltete eine Leselampe ein, legte mir beide Hände auf die Schultern und führte mich zur Fensterbank, die als Sitzgelegenheit diente.

»Warte hier«, bat er mich, bevor er in einem der vielen Regalgänge verschwand.

Als ich mich auf das Polster des Fensterplatzes setzte, fiel mir ein dickes Buch auf, das auf einem Stuhl neben dem Teleskop lag. Der Einband war am Rücken abgewetzt und verschlissen, deshalb nahm ich das Buch in die Hand und sah mir den Titel auf dem Vorderdeckel an. Es war kein Roman, sondern ein Astronomiebuch. Während ich auf Alec wartete, blätterte ich durch die Seiten, von denen viele mit Eselsohren versehen waren. Bei einer hielt ich jedoch inne. An der Stelle ging es um das Sternbild Herkules. Und neben die Abbildung hatte jemand Notizen gekritzelt:

DU BIST DER SONG, DEN ICH SINGE
DU BIST IN JEDEM SONG
DU BIST IN JEDEM WORT, DAS ICH SINGE
EIN STERNBILD VON
UND MEIN STERNBILD

Und mein Stern in der Dunkelheit

Ich überlegte. Das Gedicht kam mir irgendwie bekannt vor, es fühlte sich aber nicht richtig an. Ich ließ den Blick auf den Zeilen ruhen, bis ich erkannte, was die Worte wirklich waren und wo ich sie schon einmal gehört hatte. Es war ein Songtext. Und nicht irgendein Song. Es war ein Textauszug des jüngsten Hits der Heartbreakers, ›Astrophil‹.

»Gefunden!«, rief Alec und lenkte mich von meiner Entdeckung ab.

Er kam wieder in Sicht, mit einem zufriedenen Lächeln auf den Lippen und einem Taschenbuch in der Hand. Er setzte sich neben mich auf die Fensterbank; unsere Schultern berührten sich. Der Unterschied zu seiner Vorsicht am Anfang unserer Bekanntschaft, als er stets auf einen respektablen Abstand zwischen uns geachtet hatte, verblüffte mich so sehr, dass ich einige Sekunden brauchte, bis ich den Buchtitel erkannte.

»Olivers Onkel steht nicht so auf Romanliteratur, aber ich dachte mir, dass er die Klassiker sicher haben würde«, erklärte er und blätterte durch die ersten Kapitel von *Wer die Nachtigall stört*. »Ich wollte es lesen, seit du es mir gegeben hast, aber …« Er zögerte, seine Lippen waren zu einem schuldbewussten Lächeln verzogen. »Letzte Woche ging es etwas hektisch zu. Wollen wir anfangen?«

»Du meinst, jetzt sofort?« War nicht ein Filmeabend geplant? Die anderen waren vermutlich schon in der Küche und warteten auf uns.

»Ist das in Ordnung?«, fragte Alec. »So, wie ich Oliver kenne, hat er einen James-Bond-Film ausgesucht, und darauf habe ich gerade nicht wirklich Lust.«

»Na ja, du weißt ja schon, dass *Mission: Impossible* eher mein Ding ist«, erwiderte ich. »Allerdings lese ich nicht gerne vor. Könnten wir es vielleicht im Stillen zusammen lesen?«

»Gern«, sagte Alec und schlug die erste Seite auf.

Ich senkte den Blick, kniff die Augen zusammen und versuchte, den ersten Satz zu lesen. Es war eine dieser schönen ersten Zeilen, gleichermaßen rätselhaft und täuschend in ihrer Einfachheit. Hätte ich sie nicht auswendig gekannt, hätte ich die Wörter in der kleinen Schrift nicht entziffern können. Ich rückte noch etwas näher an Alec heran, bis sich auch unsere Beine berührten.

Ich spürte seinen Blick auf mir.

»Tut mir leid«, murmelte ich, und meine Wangen wurden warm. »Ich wollte nur besser lesen können.«

Alec räusperte sich. »Warte.« Er drückte mir das Buch in die Hände und zog seinen Arm zwischen uns weg. Dann legte er ihn um meinen Rücken und zog mich an sich. »Ist es so besser?«

Ich versteifte mich bei dem plötzlich so engen Körperkontakt und atmete scharf ein.

»Ich ... ja«, krächzte ich, beinahe zu nervös, um zu sprechen. Einige Sekunden verstrichen, bevor ich mich schließlich entspannt an ihn lehnen konnte.

Dann lasen wir.

Oder versuchten es, was mich betraf.

Ich konnte nur an Alec denken: daran, wie sein um mich geschlungener Arm sich anfühlte, an den Duft seines Parfums, die Wärme seines Atems an meinem Hals. Ich zwang mich dazu, mich auf das Buch zu konzentrieren, aber es nützte nichts. Alec spielte mit den Fingern am Saum meines Tops und jede sanfte Berührung sandte mir einen leisen

Schauder über den Rücken. Das ging ein paar Minuten so, bis seine Finger sich plötzlich nicht mehr bewegten. Ich legte den Kopf in den Nacken, um zu sehen, was los war. Er schaute mich an. Seine eindringlicher Blick suchte meinen, und ich verlor mich in der Farbe seiner Augen: Steingrau, Regenblau und mit kleinen Blitzen. Ich hatte in meinem ganzen Leben noch keine Augen gesehen, die so fesselnd waren.

»Was denkst du?« Ich sprach jedes Wort behutsam aus, damit ich nicht verunsichert oder atemlos klang. Und war erleichtert, dass sich meine Stimme einigermaßen normal anhörte.

Er bewegte die Finger erneut und streichelte mir diesmal über die Innenseite meines Handgelenks. Diese simple Berührung schickte ein Zittern durch meinen gesamten Körper. »Worüber?«

»Über das Buch.«

Alec hielt inne, und ich dachte, er würde nach den richtigen Worten suchen, um mir zu sagen, dass es ihm nicht gefiel. »Ich habe ehrlich gesagt nicht wirklich viel gelesen«, sagte er schließlich.

»Warum nicht?«

»Wegen dir.« Er sagte es unverblümt und ohne Vorbehalt. Mein Herz setzte einen Schlag aus.

Ich hielt den Atem an, als er mir immer näher kam. Seine Augenlider schlossen sich flatternd, aber bevor unsere Lippen sich berührten, zögerte er kurz.

»Darf ich?«

Lieber Gott, ja, bitte! »Mmm-hmm.«

Ich war mir nicht sicher, ob er meine Antwort gehört hatte, weil es nur ein Murmeln war, aber dann senkte er den Kopf und ...

Das Gefühl seiner Lippen auf meinen war atemberaubend. Es war, als wären die Adern in meinem Körper elektrische Leitungen, die plötzlich von Tausenden Blitzen durchzuckt wurden. Meine Hände bewegten sich wie von selbst. Die eine krallte sich in sein Hemd, während ich ihm die andere um den Hals legte und in seinen Nackenhaaren vergrub.

Dann, für meinen Geschmack viel zu schnell, ließ Alec wieder von mir ab. Sein Mundwinkel verzog sich abermals zu einem Lächeln, schief und hinreißend. »Ist das in Ordnung?«

Es war nicht in Ordnung.

Es war mehr als in Ordnung.

Schön. Wundervoll. Atemberaubend.

Es gab kein Wort, um zu beschreiben, wie sich sein Mund auf meinem anfühlte. Mein Herz pochte so heftig, dass ich mir sicher war, dass er es hören konnte. Und dann war da noch meine Atmung – flach und unregelmäßig. Ich bekam kaum genügend Luft. Ich war innerlich zu durcheinander, um ihm zu antworten, also nickte ich schweigend.

Sein Lächeln wurde breiter. »Gut.« Dann schloss er die Lücke zwischen uns wieder.

Der Kuss war alles, aber nicht zurückhaltend. Seine Lippen waren heiß und fordernd, als hätte er auf diesen Moment gewartet. Als seine Zunge in meinen Mund glitt, wurde mir klar, dass auch ich darauf gewartet hatte. Alec drückte mich auf die Sitzbank, bis wir beide darauf lagen. Sogar als sein ganzer Körper auf mir lag, war er immer noch nicht nah genug. Ich wollte ihm noch näher sein. Ihn spüren. Als er seinen Mund von meinem löste und mit sanften Küssen meinen Hals entlangwanderte, war es vollkommen um mich geschehen. Mein Verstand schaltete sich aus, und ich wusste nur noch eins: dass ich ihn *wollte*.

Und plötzlich war es vorbei.

Alec zog sich auf einmal zurück, als wäre ihm bewusst geworden, dass es für den ersten Kuss viel zu schnell ging und dass wir, wenn wir jetzt nicht aufhörten, zu weit gehen würden.

Er setzte sich aufrecht hin und atmete schwer. »Ich ...« Er schüttelte kaum wahrnehmbar den Kopf. »Tut mir leid.« Seine Stimme war rau, beinahe bedauernd. Er hob die Hand, als wolle er sich mit den Fingern durchs Haar fahren, aber dann hielt er inne und ließ sie wieder sinken.

»Mir tut es nicht leid.« Ich richtete mich auf und zupfte meine Locken zurecht. Er musste sich für überhaupt nichts entschuldigen, außer vielleicht dafür, dass er aufgehört hatte. Oder dafür, dass er mich nicht schon viel früher geküsst hatte.

Das musste seine Schuldgefühle gelindert haben, denn wir saßen einfach nur da und grinsten einander verlegen an. Unser Lächeln wich allmählich einer nachdenklichen Stille.

Dann sagte Alec: »Also, meine Schwester Vanessa.« In Anbetracht der Tatsache, dass wir gerade rumgeknutscht hatten, war das ein ziemlich seltsamer Anfang für ein neues

Gespräch. »Sie heiratet Ende des Monats, und ich dachte, vielleicht ...« Sein Handy vibrierte, und er zog es aus der Hosentasche, statt seinen Satz zu beenden. »Hallo?« Er schwieg, während er wem auch immer am anderen Ende zuhörte. »Ja, Entschuldigung. Wir sind in fünf Minuten unten.«

»Wer war das?«, fragte ich, als er auflegte.

»Stella. Anscheinend warten alle auf uns.«

Meine Wangen liefen dunkelrot an. In den vergangenen fünf Minuten hatte ich vergessen, dass es die anderen überhaupt gab. Als wäre ihm gerade dasselbe durch den Kopf gegangen, lächelte er und fuhr sich mit der Hand durchs Haar. Hätte ich gestanden, wären mir die Knie weich geworden. Er war unfassbar sexy mit den leicht geschwollenen Lippen und den zerzausten Strähnen.

Inzwischen war das Wetter umgeschlagen; es hatte angefangen zu regnen. Das rhythmische Trommeln der Tropfen auf den Fensterscheiben beruhigte meinen Puls.

»Nun«, sagte er, stand auf und streckte mir eine Hand entgegen, um mir aufzuhelfen. »Wir sollten uns vermutlich auf den Weg machen. Sonst schickt Stella noch einen Suchtrupp.«

Wir kehrten nicht in die Küche zurück.

Stattdessen brachte Alec mich zu einer anderen Treppe, die in den Keller führte. Dort kamen wir in ein großes Spielzimmer mit allen Schikanen: einem Airhockey- und einem Billardtisch, einem riesigen Flachbildschirm und einer Heimkino-Sitzgarnitur davor. Außerdem gab es eine Theke mit glänzendem Tresen aus Granit, Glasvitrinen voller farbenfroher Alkoholflaschen und einer Reihe Barhocker. In der Ecke stand eine alte Jukebox, aus der »Pour Some Sugar on Me« ertönte.

Aus einer Seitennische kam Applaus. Unsere Freunde hatten es sich dort auf zwei dick gepolsterten Sofas bequem gemacht; alle lachten und zeigten auf Xander. Der zuckte die Achseln und nahm einen ordentlichen Schluck aus dem Glas in seiner Hand.

»Was tun sie da?«, fragte ich.

»Sie spielen ›Am wahrscheinlichsten ...‹.«

»Was ist das denn?«

»Warte ab.«

»Du bist dran!«, rief Stella und stieß Asha mit dem Ellbogen an. Die beiden saßen dicht nebeneinander auf der größeren Couch, Oliver und Boomer links und rechts daneben an der Seite ihrer Mädels.

Asha grinste breit und strich sich eine Strähne aus den Augen, die aus ihrem Zopf entkommen war. »Okay, lass mich kurz nachdenken.« Sie hielt inne und sah sich um, bis ihr Blick an mir hängen blieb. Ihr Grinsen wurde breiter und sie fragte: »Wer wird am wahrscheinlichsten das Geheimnis eines anderen bewahren?«

Als sie bis drei gezählt hatte, sahen alle mich und Alec an. Alecs Bandkollegen und Stella zeigten auf ihn, Boomer und Asha auf mich. Es wurde wieder herzlich gelacht. JJ, der am nächsten saß, beugte sich über die Rückenlehne der Couch und reichte Alec sein Glas.

»Damit hast du vier Punkte und Felicity zwei«, bemerkte er und grinste uns beide an.

Stoisch wie immer nahm Alec vier Schlucke. Mit einer Grimasse wischte er sich den Mund ab und reichte das Glas an mich weiter. Ich machte den Fehler, an dem Getränk zu riechen, bevor ich trank. Meine Nase brannte von dem Geruch. Es war Wodka. Ich fand Wodka abscheulich, aber alle beobachteten mich, also atmete ich tief durch und nahm zwei kleine Schlucke.

»Bah.« Ich schürzte die Lippen und drückte JJ den Drink wieder in die Hand. »Das ist ja ekelhaft. Ist außer Alkohol noch irgendetwas anderes drin?«

»Natürlich«, antwortete er und verkniff sich ein Lachen. »Eis.«

Ich schüttelte den Kopf. »Ekelhaft.«

Am anderen Ende des Raums wechselte die Jukebox das Lied und ein anderer Song aus den Achtzigerjahren ertönte. Die Melodie kam mir bekannt vor. Mom hörte diesen Song, wenn sie das Haus putzte, aber mir fiel der Titel nicht ein.

»Wollen wir uns hinsetzen?«, fragte Alec gerade so laut, dass nur ich es hörte. Seine Hand lag in meinem Kreuz und er führte mich zu den einzigen noch freien Sitzplätzen in der Nische, einem kleinen Zweiersofa. Er setzte sich als Erster, und als ich mich an ihm vorbeischob, um mich auf den Platz neben ihn zu setzen, nahm er mich am Handgelenk und zog mich zu sich herunter. Ich landete so dicht neben ihm, dass ich fast auf seinem Schoß saß. Boomer bekam große Augen, während Stella Asha aufgeregt mit dem Ellbogen anstupste.

Aber keiner war so überrascht wie ich. Meine Wangen wurden plötzlich warm, und ich war mir nicht sicher, ob das am Wodka lag oder an Alecs nicht besonders subtilem Manöver.

Es war für einen Augenblick still und alle starrten uns an. Aber dann sagte Oliver: »Also, habt ihr zwei euch verirrt oder was?«

»Ich habe Felicity die Bibliothek gezeigt«, erklärte Alec.

Unter anderem ...

Ich spürte Ashas Blick, aber wenn ich sie jetzt ansah, würde ich mit meinem Blick alles verraten, was zwischen Alec und mir geschehen war.

Nicht jetzt, wollte ich ihr mitteilen. *Nicht vor versammelter Mannschaft.*

»Bist du dir sicher, Mann?«, fragte JJ. »Deine Haare sehen ein bisschen zerzaust aus.«

Das stimmte nicht – Alec hatte seine Strähnen zurückgekämmt, bevor wir die Bibliothek verlassen hatten. Aber er schluckte den Köder, seine Hand schoss nach oben und er strich sich das Haar abermals zurecht. Seine Freunde brachen allesamt in Gelächter aus.

»Sei vorsichtig mit der da«, sagte JJ zu Alec und deutete mit dem Kopf auf mich. »Du willst dir ja nicht von ihr die Seele aussaugen lassen.«

»Oh, großartig. Ein Rothaarigen-Witz«, sagte ich und seufzte übertrieben. Ich war weniger genervt von ihm als vielmehr überrascht, dass er sich mit einem solchen Witz so lange zurückgehalten hatte.

»Keine Sorge. Ich habe noch jede Menge auf Lager«, sagte er und tippte sich mit dem Finger an die Schläfe. »Ist es wahr, dass du dir für jede Seele, die du stiehlst, eine Sommersprosse dazuverdienst?«

Ich verdrehte die Augen und wandte mich zu Oliver um. »Hey, auf der Fenstersitzbank in der Bibliothek lag ein Buch über Sternbilder. Da standen ein paar Songtexte drin. Ist es dein Buch?«

»Oh«, erwiderte er mit großen Augen. »Ähm, ja. Das ist es. Das hatte ich vollkommen vergessen.«

»Ein Buch über Sternbilder?«, hakte Stella nach, die plötzlich neugierig wirkte. »Welcher Song?«

Oliver hob einen Arm, um sich im Nacken zu kratzen. »Es ist dein Song«, antwortete er. »Ich bin noch eine Weile geblieben, nachdem wir ... Nachdem alles den Bach hinuntergegangen war ...« Seine Stimme verlor sich.

Ich musste etwas sehr Persönliches oder sogar Schmerzhaftes angesprochen haben. Es war natürlich nicht meine Absicht gewesen, ihn in eine unangenehme Lage zu bringen. Ich hatte nicht mal daran gedacht, dass ich überhaupt imstande wäre, jemanden wie Oliver Perry dazu zu bringen, sich unwohl zu fühlen. Aber ich war erleichtert, dass die Aufmerksamkeit der Gruppe nicht mehr auf meine und Alecs kurze Abwesenheit gerichtet war.

Stella schenkte Oliver ein Lächeln und kuschelte sich an ihn. »Ich würde es liebend gern sehen.«

»Ja, kein Problem.« Er drückte die Lippen auf ihre Stirn. »Ich zeige es dir später, in Ordnung?«

»So *entzückend* ihr zwei auch seid«, meldete JJ sich zu Wort und griff nach der Wodkaflasche auf dem Tisch, »würde ich lieber nicht noch mehr von eurem Liebesfest mit ansehen. Lasst uns weiterspielen.« Er schaute mich direkt an. »Wenn ihr zwei mitspielt, müsst ihr euch für ein Gift entscheiden. Ich mache vorzügliche Wodka-Shots, aber die Bar hält auch allerlei anderes parat.«

Ich drehte meine Uhr um mein Armgelenk und ging nicht darauf ein. Es war nicht so, dass ich prinzipiell etwas dagegen hatte. Ich wusste, dass viele in meinem Alter schon Alkohol tranken, und das störte mich nicht. Manchmal wenn Asha mich mit zu einer Party von einem ihrer Cross-Country-Freunde schleppte, trank ich sogar selbst ein Bier. Aber oft kam das nicht vor.

In dem Jahr, bevor Rose verschwunden ist, hatte sie es sich zur Gewohnheit gemacht, in den frühen Morgenstunden und noch ziemlich betrunken von irgendwelchen Partys in mein Zimmer getorkelt zu kommen. Wenn Mom herausfand, dass sie getrunken hatte, führte das immer zu wahren Anschreiwettbewerben. Also durfte ich mit meinen dreizehn Jahren meiner Schwester die Haare halten, während sie sich übergab, ihr ihre Schlafsachen anziehen und sie ins Bett bringen. Nachdem ich mich all diese Male um sie gekümmert hatte, fand ich Alkohol nicht mehr besonders verlockend.

Unbewusst kam Oliver mir zu Hilfe. »Was ist denn nun mit dem Film?«, fragte er und blickte stirnrunzelnd zum Fernseher.

»Niemand möchte *Casino Royale* gucken, Oliver«, entgegnete Xander und warf ihn mit einem der Couchkissen ab. »Deinetwegen haben wir den schon eine Million Mal gesehen.«

»Eigentlich hätte ich nichts dagegen«, meldete sich Boomer zu Wort. »In dem Film ist ein Aston Martin DBS zu sehen.«

Oliver strahlte. »Du magst James Bond?«

»Er mag *Autos*«, korrigierte Asha schnaubend. Und als wäre das ein guter Grund zu trinken, hielt sie JJ, der die Wodkaflasche noch in der Hand hatte, ihr Glas hin. Er gehorchte, schenkte ihr ein wenig Wodka ein und schob ihr Glas zurück. Ohne zu zögern, trank sie es in einem Zug leer.

»Na, so gefällt mir das!«, rief JJ und rieb sich die Hände. »Nun denn, wer ist dran?«

»Ich melde mich freiwillig«, sagte Alec. »Wer wird am wahrscheinlichsten von Aliens entführt werden?«

»Ach, kommt schon«, murmelte Xander, als alle außer mir und Asha für ihn stimmten. Wir beide zeigten auf Boomer. »Ihr wollt mich wohl abfüllen. Ich denke, es ist Zeit für eine neue Beschäftigung.«

KAPITEL 15

»Warum darf dein Team die Polizei sein?«

»Weil«, antwortete JJ, »ich männlicher bin und überhaupt besser aussehe als du, Xander. Außerdem trägst du Asthmaspray in der Hosentasche mit dir herum.«

»Ich habe Asthma, keine Querschnittslähmung«, beschwerte sich Xander. »Und was hat das überhaupt damit zu tun?«

Wir befanden uns auf der hinteren Terrasse des Safe House und ein paar Meter von uns entfernt diskutierten Xander und JJ. Es hatte aufgehört zu regnen, aber die Luft war immer noch sehr feucht. Bei jedem Atemzug hatte ich das Gefühl, direkt vor einem Luftbefeuchter zu stehen.

»Vielleicht sollte einfach der Ältere von euch entscheiden«, schlug Boomer vor. Er stand zwischen den Jungs und hatte die Arme wie ein Schiedsrichter verschränkt. Ihm fehlte nur noch die Trillerpfeife.

»In dem Fall gewinne ich auch«, verkündete JJ.

Xander warf die Hände in die Luft. »Das ist auf keinen Fall fair! Du hast schon zuerst gewählt, damit du Oliver in dein Team kriegst. Ich sollte wenigstens entscheiden dürfen, ob wir die Guten oder die Bösen spielen.«

»Bilde ich mir das ein«, flüsterte ich und beugte mich zu

Asha, damit nur sie mich hören konnte. »Oder benehmen die sich wie ein Haufen kleiner Kinder?«

Ich bezog mich dabei nicht nur auf die Unfähigkeit der Heartbreakers, Entscheidungen zu treffen, sondern auch darauf, wie sie sich die Zeit vertrieben. Im Keller, nachdem wir beschlossen hatten, dass »Am wahrscheinlichsten« ausgelutscht war, hatte Oliver vorgeschlagen, Räuber und Gendarm zu spielen.

Draußen.

Nachts.

In dem gruseligen Wald, von dem ich noch nicht gänzlich überzeugt war, dass er keine Vampire oder andere schauerliche Geschöpfe beherbergte.

Ich hatte noch nie von dem Spiel gehört, aber als Oliver die Regeln erklärte, klang es wie eine Gruppenvariante von Verstecken mit Abschlagen. Ein Spiel für Kinder, nicht für einen Haufen fast Erwachsener. Sowohl Oliver als auch JJ fanden es schockierend, dass ich noch nie Räuber und Gendarm gespielt hatte. Sie behaupteten, ich hätte damit ein wichtiges Kindheitsritual verpasst. Vielleicht lag es daran, dass ich keinerlei Erinnerungen an Spiele mit Nachbarskindern hatte, in denen ich schwelgen konnte, aber für mich klang schon die Beschreibung des Spiels ziemlich furchtbar. Rumrennen machte doch keinen Spaß. Absolut keinen.

Nichtsdestotrotz zog ich ein Versteck- oder Fangenspiel einem weiteren Trinkspiel vor, also hatte ich zähneknirschend zugestimmt.

»Reife ist nicht unbedingt ihre Stärke«, sagte Stella und antwortete damit auf meine Frage.

Asha und ich drehten uns um, als wir ihre Stimme hörten. Mir war nicht klar gewesen, dass noch jemand zugehört hatte, aber jetzt sah ich, dass Stella nur ein paar Schritte von uns entfernt stand. Ihre Augen leuchteten vergnügt.

»Ich glaube, deshalb sind sie so beliebt«, bemerkte Asha, der es offenbar gleichgültig war, dass wir beim Tratschen über unsere Gastgeber erwischt worden waren. »Sie sind authentisch, weißt du? Einfach eine Gruppe Jungs, die gern dummes Zeug machen und sich amüsieren.«

»Ja«, stimmte Stella zu. »Das macht ihren besonderen Charme aus.«

»Sprecht ihr über uns?«, fragte Alec, der dazutrat.

Stella zuckte zusammen, als er wie aus dem Nichts auftauchte, und legte sich eine Hand auf die Brust. »Mensch! Du weißt doch, dass ich es hasse, wenn du das tust.« Alecs Grinsen ließ keinen Zweifel daran, dass er es sehr wohl wusste, aber es ihm zu viel Spaß machte, sie zu erschrecken.

»Okay, *okay!*«, rief JJ und hob kapitulierend die Hände. »Mein Team wird die Räuber spielen. Zu mir passt die Rolle eines gut aussehenden Schurken sowieso besser.«

»Gut, dann lasst uns anfangen«, beschloss Stella. Sie machte eine Show daraus, sich die Hand über die Augen zu legen, und verkündete: »Ich zähle. Bis sechzig müssen die Räuber verschwunden sein. Eins, zwei, drei, …«

Oliver und JJ schossen beide in die Nacht davon. Das war mein Zeichen, mich ebenfalls aus dem Staub zu machen.

»Komm schon, los«, sagte Asha und drängte mich die steinernen Treppenstufen hinunter.

Ich warf einen Blick über die Schulter und schaute sehnsüchtig auf das warme Licht des Innenhofs und die vier Menschen, die dort standen. Wir waren in zwei Gruppen aufgeteilt worden: JJ, Oliver, Asha und ich gegen Xander, Alec, Boomer und Stella. Ich hatte mich schlecht gefühlt, als JJ mich direkt nach Oliver ausgewählt hatte. Denn er hatte gesagt: »Du siehst aus wie eine Läuferin«, dabei war ich jämmerlich unsportlich.

»Nicht zurückbleiben, Mädels«, rief Oliver, der irgendwo vor uns war.

Von hinten hörte ich: »... acht, neun, zehn ...«

Ich eilte hinter Asha her. Sie lief über das nasse Gras und ich wollte sie nicht verlieren. Das Terrassenlicht beleuchtete nur einen kleinen Teil des großen Rasens, und je weiter wir uns vom Haus entfernten, desto dunkler wurde es um uns herum. Schließlich gelangten wir an den Waldrand. Oliver hatte uns erklärt, dass knapp zwanzig Meter weiter ein Zaun verlief, der als Grenze für das Spiel fungierte. Er und JJ hockten schon vor einer riesigen Esche und besprachen ihre Spieltaktik.

»Meiner Meinung nach ist es strategisch am besten, wenn wir uns an die Bäume halten«, verkündete JJ gerade, als wir uns zu den beiden gesellten.

»Wir sollten uns außerdem aufteilen«, schlug Oliver vor. »Dann fällt es ihnen schwerer, uns aufzuspüren.«

Mein Gott. Die nahmen das Ganze ja viel zu ernst.

»Seid ihr schnell?«, fragte JJ uns.

»Asha schon«, antwortete ich und deutete stolz mit dem Finger auf sie. »Ich? Nicht wirklich.«

»Mist«, entgegnete Oliver. »Vielleicht kannst du dir ja ein Versteck suchen.«

»Ja, na klar«, sagte ich, obwohl mir alles, wirklich *alles* lieber war, als allein in der Dunkelheit zu warten, bis mich irgendjemand – oder irgendetwas – fand. Ich rieb mir die Arme.

»Ist dir kalt?«, fragte JJ.

Wow. War das etwa aufrichtige Sorge, die in seiner Stimme lag?

»Es geht schon«, antwortete ich, obwohl ich spürte, wie Gänsehaut meine nackten Arme überzog. »Ich mag Laufen nur nicht so gern. Genauso wenig wie dunkle, gruselige Wälder.«

»Hier, nimm.«

Er öffnete den Reißverschluss seines Kapuzenpullovers und zog ihn aus. Als er ihn mir reichte, brauchte ich eine volle Sekunde, um zu verarbeiten, was vor sich ging. *JJ* verhielt sich tatsächlich richtig freundschaftlich, statt einen neunmalklugen Witz zu reißen.

»Ähm, danke«, sagte ich und zog den Pulli über. Er war mir viel zu groß, und die Ärmel hingen ein gutes Stück über meine Fingerspitzen, aber er war innen weich und roch nach JJs Zitrusparfüm. »Das wäre nicht nötig gewesen.«

»Kein Problem«, antwortete er mit einem abtuenden Schulterzucken.

Ich rechnete fast damit, dass er einen anzüglichen Witz reißen würde. Darüber, wie offensichtlich es war, dass mir kalt war. Oder dass er keinen Pullover brauchte, weil er Heißblüter war. Aber er drehte sich einfach zu Oliver um und widmete seine Aufmerksamkeit wieder ganz dem Spiel.

»Also, Felicity«, begann Oliver. »Kannst du zufällig gut Bäume hochklettern?«

»Das ist ein Scherz, oder?« Ich sah die knorrige Eiche an, die über uns aufragte. Oliver folgte meinem Blick, schien jedoch unbeeindruckt von den Ästen, die sich im Wind wiegten. Das lag vermutlich daran, dass nicht er sein Leben aufs Spiel setzen würde. Nein, stattdessen wollte er, dass ich meines riskierte. »Du kannst nicht allen Ernstes erwarten, dass ich auf dieses Monstrum klettere.«

»Ich hatte es eigentlich gehofft«, sagte er. »Ich verliere nicht gern.«

Allmählich wurde es lächerlich. Hätte ich gewusst, dass Alecs Freunde eine Runde Verstecken so ernst nehmen würden wie einen echten Wettkampf, wäre ich mit Wodka und James Bond im Keller geblieben.

»Nun ja, und ich breche mir nicht gern die Knochen.«

»Komm schon«, sagte er. »So hoch ist es nicht. Ich helfe dir auch.« Und da war es wieder, das Lächeln von Oliver Perry – eine Mischung aus Charme, Zauber und jeder Menge Selbstbewusstsein.

Aber es würde nicht funktionieren. Nicht bei mir.

Ich verschränkte die Arme. »Keine Chance.«

Oliver zog die Augenbrauen zusammen und strich sich mit einem Finger über die Lippen. »Was, wenn ich JJ dazu bringen kann, dass er keine Witze über Rothaarige mehr macht?«

Meine Lippen wollten schon ein klares Nein formen, als ich zögerte. »Kannst du das garantieren?«

Das Lächeln kehrte zurück. »Definitiv. Du würdest nicht mal die Hälfte von dem glauben, was ich gegen ihn in der Hand habe.«

»Schön«, willigte ich ein. »Aber auch keine Sprüche über Boomers Größe mehr. Und auch nicht über mich und Alec.« Meine Wangen wurden rot, als ich die letzte Bedingung nannte, aber ich wusste, dass Oliver die Farbe meines Gesichtes in der Dunkelheit nicht erkennen konnte.

»Versuchst du etwa mit mir zu verhandeln?«

Ich grinste, amüsiert darüber, dass meine Reaktion ihn überrumpelt hatte. Dann schaute ich zu dem Baum hinauf, und mir wurde wieder bewusst, zu was ich gerade mein Einverständnis gegeben hatte. Das Grinsen verblasste rasch.

»Okay.« Er klang heiter. »Abgemacht.«

Er trat einen Schritt näher an den Baum heran, der entweder mein baldiges Versteck sein würde, oder der Ort, an dem ich die letzten Minuten auf Erden verbringen würde. Er faltete die Hände und machte eine Räuberleiter für mich. Seit ich ihn auf das Buch über die Sternbilder angesprochen hatte, fühlte ich mich in seiner Nähe nicht mehr so unwohl wie in der Situation, als er mir das Gästezimmer gezeigt hatte. Sein Augenblick der Befangenheit hatte mir gezeigt, dass er nicht so einschüchternd war, wie ich angenommen hatte, aber ich stand kurz davor, mein Leben – *buchstäblich* – in seine Hände zu legen, und das machte mich erneut nervös.

»Felicity?« Seine Hände waren immer noch fest zusammengeschlossen und er sah mich erwartungsvoll an.

»Entschuldigung.« Ich sog schnell den Atem ein und versuchte, meine Gedanken zu sortieren. Ich konnte das. Ich konnte mir vorstellen, dass der Typ, der mir eine Räuberleiter machte, nicht *der* Star meiner Generation war, und ich konnte mich in dem angesprochenen angsteinflößenden Baum ganz allein verstecken. Und all das, um ein dummes Spiel zu gewinnen.

Ich trat auf Olivers Hände und legte eine Hand auf seine Schulter, um mich zu stützen. Mit einem Tritt stieß ich mich vom Boden ab und nach oben, um den niedrigsten Ast zu erreichen. Oliver half mir hoch, und ich schaffte es, die Finger um die raue Rinde zu legen und mich hinaufzuziehen. Ich brauchte einige Sekunden, bis ich ganz oben war, aber dann lehnte ich mich keuchend an den Baumstamm.

»Hey, Leute«, hörte ich Asha vom Rand der kleinen Lichtung rufen. Sie und JJ hatten sich verteilt, um Wache zu halten. »Sie kommen. Nichts wie weg hier.«

Oliver legt den Kopf in den Nacken und suchte mich in der Dunkelheit. »Alles in Ordnung, Felicity?«

Ich atmete erneut scharf ein. »Ich glaube schon.«

»Okay. Schrei, wenn du ein Problem hast«, wies er mich an. »Andernfalls holen wir dich ab, wenn die Zeit abgelaufen ist.« Dann war er auch schon verschwunden, verschmolzen mit den Schatten wie ein gut trainierter Geheimagent.

Allein in dem Baum zu sitzen, war nicht annähernd so gruselig, wie ich anfangs gedacht hatte. Ich lauschte dem Wind, der die Blätter rascheln ließ, und genoss die frischen Gerüche der Nacht. Anders als in LA roch die Luft hier rein. Nach Piniennadeln und etwas Süßlichem, und ich konnte meine Lungen gar nicht oft genug damit füllen.

Irgendwann rannten Boomer und Xander über die Lichtung und direkt unter meinem Baum hindurch. Ich blieb jedoch vollkommen regungslos sitzen und hielt den Atem an. Keiner von beiden entdeckte mich.

Mehr Zeit verstrich. So viel, dass ich mich fragte, ob man mich vergessen hatte. Zurückgelassen, um aus eigener Kraft von diesem Eichenturm hinabzuklettern. Irgendwo in der Nähe krächzte plötzlich ein Vogel im Laubwerk. Mein Puls schoss in die Höhe.

Es wurde wieder still im Wald, aber nun fühlte er sich nicht mehr so freundlich an wie zuvor. Ich zog in Betracht, um Hilfe zu rufen, wie Oliver es mir gesagt hatte, aber dann sah ich plötzlich etwas Weißes in der Dunkelheit aufblitzen. Ich kniff die Augen zusammen. Es war Alec Williams' platinblonder Haarschopf. Er joggte am Rande der Lichtung entlang und ließ den Blick über die freie Fläche schweifen. Wenn er den Kurs beibehielt, würde er unweigerlich unter meinem Versteck landen.

Sobald er nah genug war, rief ich leise: »Alec!«

Ich wusste, dass mein Team verlieren würde, wenn ich mein Versteck verriet, aber anders als Oliver und JJ war es mir egal, wer bei Räuber und Gendarm gewann. Das würde

Oliver bestimmt wütend machen, nicht zuletzt wegen unserer Abmachung. Aber abgemacht war ja eigentlich nur, dass ich *auf* den Baum gehe. Wir hatten nicht festgelegt, was ich hier oben tun und lassen sollte.

Alec hielt augenblicklich inne. »Hallo?« Er sah nach links und nach rechts.

»Stella, bist du das?«

»Hier oben.«

Er legte den Kopf in den Nacken. »*Felicity?*«

»Hi.«

»Was machst du in dem Baum?«

»Ähm, mich verstecken?«, bot ich als Antwort an. Obwohl ich mich streng genommen nicht besonders gut versteckte.

Er schüttelte den Kopf. Dann trat er ein paar Schritte zurück, rannte los, sprang in die Höhe und klammerte sich an den Ast, auf dem ich saß. Einen Moment lang hing er da und wartete darauf, dass er nicht mehr hin und her schwang, ehe er sich hochhievte, indem er ein Bein über den dicken Ast warf.

Als er endlich neben mir saß, verzog er die Lippen zu einem Grinsen. Es war draufgängerisch und verschmitzt. »Sieht aus, als hätte ich einen Vogel gefangen.«

Ich lachte leise. »Weit gefehlt. Ich bin hier definitiv nicht selbst hochgeflogen.«

»Das heißt …?«

»Oliver musste mir hochhelfen. Und glaub mir, das war keine leichte Tat. Ich habe keine Ahnung, wie ich hier jemals wieder runterkommen soll.« Dann, als ich mich daran erinnerte, wie er sich einem Kletteraffen gleich auf den Ast gezogen hatte, fügte ich hinzu: »Natürlich hat es bei dir ganz einfach ausgesehen.«

»Wie bist du überhaupt darauf gekommen, hier im Dunkeln hochzuklettern?«

»Na ja, ich war nicht besonders erfolgreich darin, Oliver von meinen Qualitäten als Läuferin zu überzeugen. Deswegen hielt er es für das Beste, wenn ich mich stattdessen verstecke. Dein Freund ist wahnsinnig versessen darauf zu gewinnen.«

»Und du warst einverstanden?«

»Nicht direkt. Sagen wir einfach, wir haben eine Abmachung getroffen.«

»Was für eine Abmachung denn?«

»Unglücklicherweise darf ich darüber keine Auskunft geben«, antwortete ich grinsend. Ehrlich gesagt wollte ich Alec den Deal nicht erklären, jedenfalls nicht den letzten Teil davon – dass die Jungs ihn und mich nicht länger aufziehen durften. Indem ich Oliver das abverlangt hatte, hatte ich praktisch zugegeben, dass zwischen uns etwas lief. Das konnte ich nach dem Kuss auch nicht länger abstreiten. Aber Alec und ich hatten noch nicht über das gesprochen, was zwischen uns geschehen war, und ich wollte nichts übereilen.

»Wie wäre es, wenn du mir hinunterhilfst und wir vergessen, dass ich überhaupt hier oben war?«

»Das werde ich«, sagte er. »Aber erst, wenn die anderen damit fertig sind, sich hinterherzujagen.« Er zog sein Handy hervor, um nach der Uhrzeit zu sehen. »Das Spiel dauert noch zehn Minuten. Bis dahin gefällst du mir hier oben eigentlich ganz gut.«

Ich zog eine Augenbraue hoch. »Ist das so?«

Alec nickte und rückte näher an mich heran. »Ich meine, solange du hier sowieso festsitzt...« Seine Stimme verlor sich. Ein Lächeln trat auf seine Lippen und er zog eine Schulter hoch.

Er sah mich an, als würde er jedes Detail meines Gesichts in sich aufnehmen wollen. Dann beugte er sich vor und drückte seinen Mund auf meinen. Es war ein zärtlicher Kuss und seine Lippen waren sanft wie ein Flüstern. Ob aus Sicherheitsgründen oder um sich in Selbstbeherrschung zu üben, das wusste ich nicht. Um den Halt nicht zu verlieren, hielt er sich mit einer Hand an dem Ast fest. Die andere aber hob er, legte sie mir an die Wange und ließ sie dann in mein Haar gleiten.

Ich wäre gern noch näher an ihn herangerückt und hätte ihm die Arme um den Hals gelegt, aber ich presste den Rücken weiter an den Baumstamm, um nicht hinunterzufallen. Es dauerte nicht lange, bis ich mich völlig in dem Kuss verloren hatte – seine Finger in meinen Locken, mein Herzrasen, das prickelnde Gefühl seiner Bartstoppeln an meinem Kinn – und ich die Hände unbewusst hob, um sein Kinn zu berühren.

Als ich ein wenig ins Schwanken geriet, machte mein Magen einen Salto, und ich wich zurück, damit ich mein Gleichgewicht wiederfand. »Ich glaube, das hier ist ziemlich gefährlich.«

»Okay, Okay.« Alec verdrehte theatralisch die Augen, aber unter seiner vorgetäuschten Entnervung war ein Lächeln versteckt. »Dann *muss* ich dir wohl runterhelfen.«

Als ich wieder festen Boden unter den Füßen hatte, beschlossen Alec und ich, uns auf der Lichtung ins Gras zu legen. Der Boden war noch feucht vom Regen, der nächtliche Himmel durch die Wolken nicht zu sehen, aber das störte mich nicht. Alec hatte einen Arm um mich gelegt und den anderen hinter seinem Kopf verschränkt. Ich benutzte seine Schulter als Kopfkissen. Käfer summten in meinem Ohr, und meine Yogahosen wurden feucht, aber es war schön, hier so gemeinsam mit ihm zu liegen.

»Das ist nicht dein Pullover, oder?«, fragte er und zupfte an dem Stoff.

Ich schüttelte den Kopf. »Mir war kalt, also hat JJ mir seinen Pulli gegeben.« Ich hielt inne, überrascht über das, was ich als Nächstes sagen wollte. »Ich gebe zu, deine Freunde sind gar nicht *so* übel.«

Er lachte und sein Oberkörper bebte. »Sie sind vielleicht nervtötend und unreif, aber sie sind eigentlich ganz lieb und wachsen einem schnell ans Herz.«

»Ja«, antwortete ich. »Stella ist auch unglaublich nett.« Wo wir gerade beim Thema waren, atmete ich tief durch und sagte: »Ihr scheint euch recht ... nahezustehen.«

Ich spürte, wie Alec sich bewegte. »Das tun wir«, erwiderte er. »In manchen Dingen sind wir uns sehr ähnlich, deshalb haben wir uns immer gut verstanden.«

Ich wusste nicht, über welche Ähnlichkeiten er sprach. Stella schien eher extrovertiert zu sein, so wie Oliver, und nahm kein Blatt vor den Mund, aber vermutlich kannte ich sie noch nicht gut genug, um es verstehen zu können.

»Du warst verknallt in sie«, riet ich drauflos.

»Als wir uns kennengelernt haben?« Er seufzte. »Vielleicht ein wenig. Aber zwischen ihr und Oliver lief von Anfang an etwas und es hat sich auch nie so angefühlt wie ... das hier.«

Unwillkürlich musste ich scharf die Luft einziehen. Ich war mir nicht sicher, weshalb es mich so überraschte, dass er die Gefühle zwischen uns anerkannte. Vielleicht, weil ich die Vorstellung, mit ihm zusammenzukommen oder *irgendwie* zu ihm zu gehören, so unglaublich fand, dass ich den Gedanken verdrängte.

»Was ist *das hier* denn?«, fragte ich mit angehaltenem Atem.

Zunächst gab er keine Antwort, und ich zwang mich, nicht zappelig zu werden. »Ich bin mir nicht sicher«, antwortete er schließlich offen. »Aber, ich, ähm, habe den Gedanken noch gar nicht zu Ende geführt, den ich in der Bibliothek angesprochen hatte. Wegen Vanessas Hochzeit.«

»Ja?«

»Hättest du vielleicht ... Lust, mich zu begleiten?«

»Ich?« Ich richtete mich etwas auf und drehte den Kopf, um ihn anzusehen. »Ich meine, möchtest du wirklich, dass ich mit dir dahin gehe?« Die Hochzeit seiner Schwester war ein ziemlich offizieller familiärer Anlass für ein erstes Date.

»Ja.« Er zog mich an sich und ich spürte seine Wärme durch JJs Kapuzenpullover. »Sehr sogar.«

Bevor ich die Überraschung verdauen und eine Antwort formulieren konnte, ertönte Alecs Handywecker, der das Ende des Spiels signalisierte. Ein paar Sekunden später waren Rufe im Wald zu hören, während unsere Freunde sich wieder in ihren Gruppen zusammenfanden. Danach dauerte es nicht lange, bis Oliver, gefolgt von den anderen, wieder bei meinem Baum ankam.

»Wenn niemand Felicity gefunden hat«, sagte er, »haben wir gewonnen.« Er hielt unter dem Baum inne und legte den Kopf in den Nacken.

»Felicity, ist alles okay da oben?«

»Ich bin hier«, rief ich, während Alec und ich über die Lichtung auf unsere Freunde zuliefen.

Oliver wirkte niedergeschlagen, als er uns zusammen erblickte. »Verdammt, er hat dich erwischt?«

Ich zögerte, denn ich war mir nicht sicher, wie ich erklären sollte, dass ich mich selbst verraten hatte, aber Alec antwortete für mich. »Na ja«, begann er und grinste unsere Freunde an. »*Genau* genommen nicht.«

Xander blickte finster drein. »Was soll das denn heißen?«

»Ich habe Felicity nie offiziell gefangen«, stellte er klar. »Die Räuber gewinnen also.«

Oliver tat einen Siegesschrei und schlug mit der Faust in die Luft.

»Aber ihr zwei wart doch zusammen …«, protestierte Xander, dessen Augenbrauen immer noch verwirrt zusammengezogen waren.

»Lass gut sein, X-Man«, erwiderte JJ, der seinem Freund

einen Arm um die Schultern legte. »Das überlegene Team hat ganz klar triumphiert.«

Der *X-Man* hielt einen Finger hoch wie ein Anwalt, der seinen Fall verteidigt, aber dann seufzte er und ließ die Hand sinken. »Was soll's.« Er schüttelte den Kopf. »Ich versuch's gar nicht erst.«

Oliver umarmte Stella von hinten. »Bekommt der Sieger einen Kuss?«, murmelte er dicht an ihrem Nacken.

Sie verdrehte die Augen, lächelte aber dabei. »Nur wenn wir dann keine weiteren Kindheitserinnerungen mehr durchleben müssen. Dieses Spiel ist absurd und es ist eiskalt hier draußen.«

Xander grinste breit, als er die Terrassentür öffnete und hinaustrat. In der Hand hielt er eine Akustikgitarre. »Hab sie gefunden!«

Wir hatten uns um die Feuerstelle gesetzt und wärmten uns nach dem nasskalten Abend im Wald langsam wieder auf.

»Wo war sie denn?«, erkundigte sich Oliver. Er teilte sich einen der Korbstühle auf der Terrasse mit Stella, die es sich auf seinem Schoß gemütlich gemacht hatte.

»Im Wohnzimmer, genau da, wo du sie vermutet hast.« Xander klimperte kurz auf dem Instrument herum und drehte dann an einem der Stimmwirbel. »Irgendwelche Wünsche?«

Stella strich ihrem Freund das Haar aus dem Gesicht und lächelte. »Ich möchte meinen Song hören.«

Oliver legte den Kopf schräg. »Das lässt sich einrichten.«

Ich rutschte auf meinem Stuhl nach vorn.

Wir hatten alle zusammen um das Feuer gesessen und uns unterhalten, als Alec festgestellt hatte, dass wir Musik brauchten. Das hatte dann wiederum dazu geführt, dass Asha fragte, ob die Band ein paar ihrer Songs spielen könne. Und hier waren wir nun, nur Sekunden davon entfernt, ein Privatkonzert der Heartbreakers zu erleben.

Für einen Augenblick war nur das Knistern und Knallen der brennenden Scheite zu hören. Ich sah Alec erwartungsvoll an. Er hatte seine eigene Gitarre aus dem Kofferraum des Cadillacs geholt, und ich konnte es kaum abwarten, ihn spielen zu sehen.

JJ begann. Er brachte aus dem Hosenbund seiner Jeans wie durch Zauberei ein Paar Trommelschlägel zum Vorschein, als würde er das Haus nie ohne sie verlassen. Er hatte kein Schlagzeug, aber er erzeugte einen einfachen Rhythmus auf den Backsteinen des Innenhofs. Xander und Alec stimmten mit ein und spielten eine vertraute Melodie. Nach einigen Takten fiel schließlich Oliver mit seiner Singstimme ein.

»Manchmal ist das Ungesagte tödlich wie ein Messerstich«, sang er. »So tief verletzte mein Schweigen dich, dass keiner einen Neustart wagte.« Seine Stimme war rauer, wenn er sang, aber sie passte gut zu dieser vereinfachten Version des Songs.

Ich hörte so konzentriert wie möglich zu, aber ich achtete hauptsächlich auf Alec.

Wenn er die Gitarre hielt, wirkte sie wie ein Teil von ihm. Ich war davon begeistert. Auch davon, wie seine Finger über die Saiten tanzten. Bei ihm sah es so einfach aus, als könnte sich jeder hinsetzen und das Gitarrespielen binnen eines Nachmittags meistern. Ich liebte es, wie er die Augen schloss und sich ganz dem Instrument hingab, als gäbe es nur ihn und die Musik. Und Gott, noch mehr liebte ich es, wie er die Lippen bewegte, wenn er den Text stumm mitsang.

»Astrophil« ging zu Ende, und die Jungs spielten ein paar ihrer fröhlicheren Songs, bevor sie einige Hits anderer Künstler zum Besten gab.

Asha klatschte in die Hände, nachdem sie den letzten Song hatten ausklingen lassen. »Das war super, Jungs.«

JJ gestikulierte mit den Trommelschlägeln und verbeugte sich. »Unser Ziel ist es, das Publikum zu begeistern. Freut mich, dass es dir gefallen hat.«

Es fühlte sich an wie das perfekte Ende eines langen Tages, am Feuer zu sitzen und gute Musik zu hören. Aber etwas schien nicht perfekt zu sein, denn Oliver hatte die Augen konzentriert zusammengekniffen, als versuche er, eine längst vergessene Erinnerung aus den Tiefen seines Gedächtnisses zu kramen.

»Schatz, was ist los?«, fragte Stella ihn.

»Nichts. Es ist nur ... Ich kann mich nicht erinnern, wann wir das letzte Mal einfach so gespielt haben.«

»Ich mich auch nicht«, bemerkte Alec. »Aber wir sollten es öfter tun.«

Alle nickten zustimmend.

»Also, so viel Spaß, wie das auch gemacht hat, ich bin todmüde.« Xander gähnte und rieb sich ein Auge, wodurch seine

Brille in Schieflage geriet. »Ich glaube, ich gehe schlafen. Es war schön, euch kennenzulernen«, sagte er an mich, Asha und Boomer gewandt. »Wir sehen uns alle morgen Früh.«

Nachdem Xander den Anfang gemacht hatte, gingen auch die Übrigen einer nach dem anderen ins Bett. Als Asha und Boomer von der Zweierbank aufstanden und gingen, belegten Alec und ich sie mit Beschlag, um nebeneinandersitzen zu können. Es dauerte nicht lange, bis wir nur noch zu dritt waren.

»Hey, Felicity. Ich habe da eine Frage«, begann Oliver. »Erinnerst du dich an Ashas Kette? Die Stella so gut gefallen hat?«

Ich hob den Kopf von Alecs Schulter. »Ja. Was ist damit?«

»Ich tue mich schwer, ein gutes Geschenk für unseren Jahrestag zu finden. Aber die Kette ist perfekt. Könntest du so eine vielleicht noch einmal machen, aber die Herzchen durch Sterne ersetzen? Ich bezahle dir natürlich das Material und deine Arbeitszeit.«

»Im Ernst?«, fragte ich und richtete mich auf. Oliver wollte mir tatsächlich Geld geben, damit ich Schmuck für ihn bastelte? Das konnte er doch nicht ernst meinen.

»Klar. Und dazu vielleicht noch passende Ohrringe?« Er spielte mit der Hundemarke, die er um den Hals trug, und schob sie auf der Kette hin und her. »Oder wäre das zu kitschig?«

»Nein, solche Ohrringe wären supersüß. Und wenn das zu viele Sternchen auf einmal für Stella sind, dann kann sie Kette und Ohrringe ja auch getrennt tragen. Weißt du, ob sie lieber Hänger, Kreolen oder Stecker mag?« Vor lauter

Euphorie über das neue Projekt sprach ich wahnsinnig schnell. Ich musste zwar immer noch das Vogelcollier fertigstellen, aber das konnte warten. Die Aussicht auf meinen ersten richtigen Auftrag – mit Bezahlung! – machte mich total hibbelig.

»Ähm … Stecker?«, sagte Oliver unsicher, und Alec nickte zustimmend.

»Bis wann brauchst du sie denn?«, fragte ich. »Und wie schicke ich sie dir am besten?« Ich bezweifelte, dass ich Oliver nach diesem Wochenende jemals wiedersehen würde, deshalb hielt ich es für klug, die Logistik jetzt schon zu klären.

Oliver zuckte die Achseln. »Erst in ein paar Monaten, eilt also nicht. Ich bin mir sicher, dass wir uns alle vorher noch mal sehen, und wenn nicht, kannst du sie ja einfach Alec für mich geben.« Seine Antwort klang so beiläufig, als wäre es gar keine Frage, dass unsere Wege sich wieder kreuzen würden. Wegen Alec. Weil er annahm, dass *ich mit Alec zusammen sein würde.* Bei dem Gedanken breitete sich ein leichtes Kribbeln in meiner Brust aus.

»Hier, nur für den Fall der Fälle.« Oliver streckte die Hand aus und nahm mein Handy. Als er es mir zurückgab, stand ein neuer Kontakt in meinem Adressbuch: 007. »Schreib mir, wenn du Fragen hast.«

»Perfekt«, sagte ich und konnte mein Glück nicht fassen.

»Vielen Dank, Felicity. Ich weiß das wirklich zu schätzen«, sagte er. »Du solltest echt mal darüber nachdenken, deine Sachen zu verkaufen. Ratlose Männer auf der ganzen Welt wären dir dankbar dafür.« Dann stand Oliver auf und streckte beide Arme über den Kopf. »Wie dem auch sei, ich bin fix und fertig. Wir sehen uns morgen.«

Und damit waren Alec und ich plötzlich allein.

»Freust du dich?«, fragte er und zog mich näher an sich heran.

»Ich werde für etwas bezahlt, dass ich liebe … *ja, klar* freue ich mich, und wie!«, sagte ich, ohne meine Euphorie länger im Zaum zu halten.

»Das könntest du immer haben, weißt du? Oliver hat recht. Viele Menschen würden deinen Schmuck kaufen.« Alec zog eine Schulter hoch, im Versuch locker zu wirken, aber ich wusste, dass er auf unser Gespräch über das College und meine Zukunft anspielte. *Siehst du?*, sagte er damit, ohne es auszusprechen. *Ein Beweis mehr, dass ich recht habe. Vergiss das Jurastudium und die Hosenanzüge. Lebe deine Träume!*

Aber er war zu höflich, um dieses »Ich hab's dir ja gesagt« tatsächlich auszusprechen, also murmelte ich ein kurzes »Danke« und wechselte dann schnell das Thema. »Du warst heute Abend richtig gut«, sagte ich. »Wie lange spielst du schon Gitarre?«

»King hat angefangen, mir Unterricht zu geben, als ich acht war.«

»Dein Vater spielt auch Gitarre?«

»Früher mal. Er war richtig gut, aber inzwischen steht er nicht mehr so auf Musik.«

Ich runzelte die Stirn. King Williams war der Geschäftsführer von Mongo Records. Wie konnte er *nicht* auf Musik stehen? »Wie kam es denn dazu?«

Alecs Haltung versteifte sich plötzlich, und seine Lippen blieben so lange aufeinandergepresst, dass ich mir Sorgen machte, ihn mit der Frage irgendwie beleidigt zu haben. Aber schließlich antwortete er: »Mein Dad hat vergessen, warum er das Label damals überhaupt gegründet hat. Jetzt geht es ihm nur noch ums Geld. Das hat nichts mehr mit Musik zu tun.«

»Ist das der Grund für euer kompliziertes Verhältnis?«, fragte ich. »Die Musik?« Es war schwer vorstellbar, dass das, was Alec am meisten Freude in seinem Leben bereitete, gleichzeitig der Grund für die Anspannung zwischen ihm und seinem Vater war.

»Teilweise«, sagte er mit einem seltsamen Unterton.

Das Feuer war schon fast heruntergebrannt, und ich sah zu, wie ein Holzscheit zerbrach und den ganzen Stapel zum Einsturz brachte. »Und was noch?«

Alec seufzte und fuhr sich mit der Hand durchs Haar, wobei er seine sonst immer perfekt gestylte Frisur durcheinanderbrachte. »Das ist keine große Sache.«

Warum glaube ich dir nicht? Die Frage musste mir ins Gesicht geschrieben stehen, denn Alecs Miene wurde weich und er lächelte mich an.

»Ernsthaft, Felicity. Mach dir keine Gedanken darüber. Du solltest dich im Moment nur auf deine Schwester konzentrieren. Weißt du schon, was du ihr sagen willst?«

Das war zwar ein ziemlich offensichtlicher Themawechsel, aber auch tatsächlich eine gute Frage. Morgen würde ich hoffentlich – nein, *endlich* – Rose sehen. Als ich mir diese Tatsache bewusst machte, spürte ich ein Stechen in der Brust. Ich wusste nicht, ob es Aufregung, Euphorie oder bloße Angst war. Wahrscheinlich eine Kombination aus allen drei.

»Ich bin mir nicht sicher.« Was sagte man denn, wenn man eine lange verloren geglaubte Schwester wiedersah? Ich habe dich vermisst? Was geht ab? Wo zum Teufel hast du gesteckt?

Keine dieser Möglichkeiten schien besonders eloquent zu sein.

»Schlaf doch noch mal drüber.« Alec stand auf und zog mich dann ebenfalls auf die Beine. »Komm schon. Wir sollten ins Bett gehen. Du hast morgen im Auto noch genug Zeit, darüber nachzudenken.«

KAPITEL 16

Am nächsten Morgen klingelte mein Handy auf dem Nachttischschränkchen und riss mich aus dem Schlaf. Ich hatte vergessen, die Vorhänge zuzuziehen, und obwohl die Sonne hier nicht so strahlte wie in Kalifornien, blendete das Tageslicht, das durchs Fenster ins Zimmer fiel, mich so sehr, dass ich blinzeln und mir die Augen reiben musste. Ich warf einen Blick auf meine Armbanduhr. Es war noch nicht mal sieben Uhr.

Mann! Wer ruft denn so früh an?

Alec und ich hatten uns noch bis drei Uhr morgens unterhalten. Nach einer so langen Nacht war ich jetzt völlig erschöpft. Noch immer nicht ganz wach, streckte ich mich über das Bett zum Nachttischschränkchen, doch bevor ich mein Handy zu fassen bekam, verstummte das Klingeln.

Schon viel besser.

Ich kuschelte mich wieder unter die Decke. Mein Wecker würde erst in zwei Stunden klingeln und ich wollte keine Minute Schlaf vergeuden. Doch noch bevor ich wieder einschlafen konnte, begann das Klingeln erneut.

»Im Ernst?«, stöhnte ich, warf die Bettdecke zur Seite und griff nach meinem Handy. Was konnte so wichtig sein, dass jemand mich unbedingt *jetzt* sprechen musste? Aber als ich sah, wer da anrief, sackte mir das Herz in die Hose.

Es war meine Mom.

Ich hatte damit gerechnet, dass sie mich heute anrufen würde, aber nicht so früh. Sie sollte doch erst spätabends von Dave zurückkommen. Als Asha, Boomer und Alec mich überredet hatten, weiter nach Seattle zu fahren, war mir klar gewesen, dass ich meiner Mom sagen musste, dass ich LA verlassen hatte. Ich hatte jedoch gehofft, das erst am Montag tun zu müssen. Mein Plan war es gewesen, ihr zu sagen, dass ich heute bei Asha übernachten würde. Morgen wollte ich sie dann anrufen, nachdem ich Rose gefunden hatte. Aber es sah so aus, als müsste ich jetzt schon beichten.

Ich atmete tief durch und nahm den Anruf entgegen. »Mom, hi.«

»Hey, Kleines!« Sie klang ungewöhnlich fröhlich, was ich für ein gutes Zeichen hielt. Vielleicht würde sie wegen meines Roadtrips nicht ganz so sauer werden, wenn sie gute Laune hatte. »Dein Zimmer ist leer. Bist du bei Asha? Ich weiß, dass ich erst später von Dave zurückkommen sollte, aber wir haben aufregende Neuigkeiten, die ich dir unbedingt erzählen wollte.«

Meine Schultern sackten nach unten. »Also bist du zu Hause?«

»Ja. Dave macht uns gerade Frühstück. Warum bittest du Mr Van de Berg nicht, dich nach Hause zu bringen, dann kann ich dir alles bei Frühstücksspeck und Pfannkuchen in Ruhe erzählen.«

»Ich bin nicht bei Asha«, erwiderte ich.

»Bist du im Diner, bei der Arbeit?«, fragte sie, und dann:

»Willst du lieber die italienischen oder die französischen Bohnen?«

Ich runzelte die Stirn, denn ich verstand nicht, weshalb es nun plötzlich um Kaffee ging. Dann wurde mir klar, dass sie nicht mit mir gesprochen hatte, sondern mit Dave. Ich seufzte und hielt mir das Handy ans andere Ohr. Es war Zeit, es hinter mich zu bringen. Mich der Wahrheit zu stellen, egal, ob ich bereit war, sie zu hören, oder nicht. »Ich habe die Briefe gefunden, Mom.«

Sie schwieg lange. Mein Puls ging immer schneller, und ich presste mir die Hand aufs Herz, als könnte ich das Hämmern so verlangsamen.

»Schatz, wovon sprichst du?«, fragte Mom schließlich.

Der Knoten in meiner Brust löste sich ein bisschen. Ihre Antwort gab mir Hoffnung, dass sie ebenso ahnungslos war wie ich, dass sie mich nie anlügen würde, nicht wenn es um so etwas Wichtiges ging.

»Die Briefe, die Rose mir geschickt hat?« Ich versuchte, gelassen zu klingen, aber meine Stimme ging eine ganze Oktave in die Höhe. Ich konnte die schreckliche Befürchtung, die in mir rumorte, seit ich die Briefe entdeckt hatte, nicht länger ignorieren. »Sie waren unter deinem Bett versteckt.«

Wieder war es still. Schließlich sagte sie: »Weshalb warst du in meinem Schlafzimmer?«

Sie leugnete es mit ihrer Antwort nicht. »Also hast du es gewusst?«, flüsterte ich. »Du wusstest, dass sie mir Briefe geschrieben hat?«

Mom seufzte schwer. »Du verstehst das nicht, Felicity. Es ist komplizierter, als du denkst.«

Ich versuchte, ihre Worte zu begreifen, und fragte mich, ob ich mich verhört hatte, obwohl ich wusste, dass das nicht der Fall war. »Wie konntest du mir das antun?«, rief ich. Mein ungutes Gefühl kochte schnell zu brodelndem Zorn hoch.

»Felicity, Schatz«, begann sie, und ich konnte mir bildlich vorstellen, wie sie sich an die Küchentheke lehnte und mit den Fingern durch ihren Pony fuhr.

»Nein!« Mir platzte der Kragen. »Du hast *vier* Jahre lang so getan, als wüsstest du nicht, wo Rose ist. Du hast mir weisgemacht, dass sie keinen Kontakt mehr mit uns haben wollte. Mit *mir*.«

»Aber ich wusste nicht immer, wo sie war und …«

»Das ist mir egal«, erwiderte ich und gab ihr keine Gelegenheit, sich zu erklären. »Du wusstest, dass es ihr gut ging, dass sie am Leben war, und du hast mir nichts davon gesagt!«

»Du hast recht«, gestand sie.

Ich kochte vor Wut. Wenn sie dachte, sie könne mit einem Geständnis bei mir Pluspunkte sammeln, war sie auf dem Holzweg.

»Ich habe es dir nicht erzählt, weil ich dich beschützen wollte. Ich weiß, du bist gerade sehr wütend, aber lass uns das nicht am Telefon besprechen. Komm nach Hause, dann werde ich dir alles erklären.«

Ich war zu aufgebracht, um noch länger still zu sitzen. Ich sprang aus dem Bett und zuckte nicht mal mit der Wimper, als meine Füße auf den kalten Holzboden trafen. Die Kälte war mir sogar recht – sie half, die brodelnde Hitze einzudämmen, die sich in meinem ganzen Körper ausbreitete. »Ich komme nicht nach Hause, Mom. Nicht, bevor ich nicht mit Rose gesprochen habe.«

»Felicity.« Der Anspannung in ihrer Stimme nach zu urteilen war sie den Tränen nahe. »Wo bist du?«

Ich schaute aus dem Fenster und auf den hinteren Teil des Gartens. Bei Tageslicht wirkte das lange Waldstück nicht so unheimlich wie in der vergangenen Nacht.

»Erinnerst du dich noch an den Jungen, der, mit dem ich mich nicht mehr treffen sollte? Der Musiker, der mich vom Maskenball nach Hause gebracht hat?« Ich wusste, dass meine nächsten Worte sie verärgern würden, aber das war mir egal. Ich wollte meiner Mom wehtun, damit sie genauso wütend war wie ich, also feuerte ich drauflos. »Ich bin mit *ihm* zusammen. Er hilft mir bei der Suche nach Rose.« Ich wartete ihre Antwort nicht mehr ab, drückte mit voller Wucht auf die Taste zum Auflegen und warf mein Handy aufs Bett.

Ich zitterte am ganzen Körper.

Seit Rose von zu Hause weggerannt war, hatte ich mich für meine Mom verantwortlich gefühlt, denn ich war alles, was sie noch hatte. Alle anderen hatten sie verlassen. Ich dachte, unser Mutter-Tochter-Band sei dadurch stärker geworden. Wir zwei gegen den Rest der Welt. Dass sie mich so täuschen konnte, war einfach unfassbar.

Vielleicht habe ich tief im Innern gewusst, dass meine Mom mich angelogen hat, als ich die Briefe gefunden habe. Und vielleicht habe ich es bis jetzt ignoriert, weil es mir einzugestehen, bedeuten würde, dass alle Entscheidungen, die ich seit Rose' Verschwinden getroffen habe – über die Schule und meine Zukunft, Entscheidungen, die mich zu dem Menschen gemacht haben, der ich jetzt war –, auf einer riesigen Lüge basierten. Plötzlich überkam mich das überwältigende Gefühl, dass ich gerade einen Teil von mir selbst verloren hatte, als bröckelten lauter kleine Stücke meiner Persönlichkeit einfach weg.

Als ich gestern Morgen Asha und Boomer zusammen ertappt hatte, war mir ihr Verhalten wie Verrat erschienen. Weil ich zu dem Zeitpunkt keine Vorstellung gehabt hatte, wie sich Verrat wirklich anfühlte.

Jetzt schon.

Ich konnte mich nicht bewegen.

Ich konnte nicht denken.

Ich konnte nichts gegen die stummen Schluchzer tun, die meinen Körper schüttelten.

So fühlte sich Verrat an.

Ashas siebter Sinn als bester Freundin musste Alarm geschlagen haben, denn es klopfte an der Tür, und sie streckte den Kopf ins Zimmer. »Hey, Fel. Bist du schon wach?« Sie sah zuerst zum Bett. Dann schnappte sie nach Luft, als sie mich weinend am Fenster entdeckte. »Zum Teufel, was ist denn passiert? Irgendwas ist doch passiert, oder?«, fragte sie, als sie ins Zimmer trat und die Tür hinter sich zuzog.

Ich war nicht in der Lage zu antworten, deshalb nickte ich lediglich.

»Was ist denn los?«, hakte sie nach. »Hat dieser Typ dir

etwa wehgetan? Du weißt doch, dass Boomer und ich ihm den Hintern versohlen, wenn er das jemals wagt.« Sie musterte mich rasch von Kopf bis Fuß, als suche sie nach Spuren körperlicher Gewalt.

»Was redest du denn da ...«, begann ich, aber hielt sofort inne. Mit diesem Typ meinte sie *Alec*. »Nein, natürlich nicht! Was denkst du denn von ihm?«

Asha ruderte zurück. »Es tut mir leid. Du hast recht. Er ist ein totaler Schatz, nicht wahr? Es ist nur ... Das letzte Mal, als ich dich gesehen habe, warst du bei ihm, und jetzt weinst du, also drehe ich durch und ziehe vorschnelle Schlüsse«, plapperte sie drauflos, während sie wie verrückt mit den Händen fuchtelte. »Außerdem bezweifele ich, dass ich ein solches Versprechen wirklich halten könnte. Es ist nicht so, dass ich dich nicht verteidigen wollen würde. Ich glaube nur nicht, dass ich jemandem tatsächlich den Hintern versohlen könnte und ...«

Ich gab mein Bestes, Asha zu beruhigen, obwohl es eigentlich andersrum hätte sein sollen. Aber ihr Geplapper hatte mich wachgerüttelt. Ich legte ihr beide Hände auf die Schultern und schüttelte sie kurz. »Hey, es ist in Ordnung«, versicherte ich ihr. »Du brauchst dich nicht zu entschuldigen.« Mir rannen immer noch Tränen über die Wangen, und mein Herz fühlte sich an, als klaffe ein großes Loch darin, aber irgendwie fand ich bei dem Versuch, Asha zu beruhigen, auch wieder zu mir selbst zurück.

»Okay. Ich höre jetzt auf, mich wie eine Verrückte aufzuführen, und du erzählst mir, was passiert ist.« Ihre Finger schlossen sich um mein Handgelenk, und sie zog mich zum Bett hinüber, wo wir uns im Schneidersitz auf die Decke setzten. »Also, was ist dieses nicht Alec-involvierende Problem?«

Ich schloss die Augen und presste die Innenflächen meiner Hände dagegen, während ich nach einer Antwort suchte. Es war nicht so, als wüsste ich nicht, was ich sagen sollte. Es lag daran, dass es noch mehr wehtun würde, die Wahrheit laut auszusprechen. »Meine Mom hat angerufen«, sagte ich nach einer ganzen Weile.

»Oh Fel«, antwortete Asha und ließ den Kopf hängen. »Sie wusste über die Briefe Bescheid, nicht wahr?«

Meine Augen füllten sich wieder mit Tränen. Ich biss mir in die Wange, um nicht zu weinen, doch es half nichts. »Ja«, brachte ich heraus. Erst als Asha ihre Arme um mich schloss und mich fest an sich drückte, merkte ich, dass mein Gesicht wieder feucht geworden war. Wortlos hielt Asha mich in den Armen, bis mir schließlich die Tränen ausgingen.

Als meine Augen endlich trockneten, fühlte ich mich vollkommen erschöpft. Als hätte ich den Weg von LA nach Portland zu Fuß hinter mich gebracht und seit Tagen nicht geschlafen.

»Warum tut sie mir das an?«, fragte ich mit brüchiger Stimme. Mom wusste doch genau, wie es war, im Stich gelassen zu werden. Wie konnte sie mich denselben Schmerz durchleben lassen?

»Du weißt doch, wie Mütter ticken«, versuchte Asha eine logische Erklärung zu finden, auch wenn wir beide wussten, dass es keine gab. »Sie dachte wahrscheinlich, es wäre das Beste für dich.«

Ich wischte mir mit dem Handrücken über die Wangen. »Wie kann es das Beste für mich sein, mich von Rose fernzuhalten? Das ergibt doch überhaupt keinen Sinn.«

»Ich behaupte ja auch nicht, dass es das Richtige war. Natürlich war es falsch, was sie getan hat«, pflichtete Asha mir bei. »Aber Rose *hat* euch verlassen. Vielleicht dachte deine Mutter, ihre Briefe würden dich nur daran erinnern, dass sie nicht mehr da ist und dass es weniger schmerzhaft wäre, wenn sie komplett aus deinem Leben verschwindet, statt irgendwo unerreichbar zu sein.«

Ich kämpfte gegen den Seufzer an, den ihre Worte auslösten, wandte mich wieder zum Fenster um und schaute in den bewölkten Himmel. Asha meinte es gut, aber sie verstand es nicht. Ihre Familie war perfekt – eng verbunden, leidenschaftlich und vor allem heil. Wenn es um ihre Schwester ging, war das Schlimmste, worüber Asha sich Gedanken machen musste, die Frage, ob Riya ihren Lieblingspulli geklaut und beim Waschen ruiniert hatte.

»Das Schlimmste an den vergangenen vier Jahren war nicht Rose' Verschwinden«, sagte ich und versuchte, es so auszudrücken, dass Asha es verstand. »Es war die Ungewissheit. Wie geht es ihr? Werde ich sie jemals wiedersehen? Ist sie überhaupt noch am Leben? Das hat mich nächtelang wach gehalten. Ich hätte lieber die Wahrheit erfahren, auch wenn sie wehgetan hätte, statt mich immer zu fragen, was mit ihr passiert war.«

Asha dachte darüber nach. »Ja, ich glaube, ich würde es auch lieber wissen wollen«, stimmte sie mir zu. »Hat deine Mom dir irgendeine Erklärung gegeben?«

»Nein«, antwortete ich. »Sie wollte, dass ich nach Hause komme, damit wir uns unterhalten können.«

»Und was hast du dazu gesagt?«

»Ich … ähm … Ich habe aufgelegt.« Ich fühlte mich deswegen nicht direkt schlecht – ich war immer noch zu aufgewühlt für Schuldgefühle –, aber es fühlte sich seltsam an zuzugeben, was ich getan hatte. Wir wussten beide, dass es für mich alles andere als normal war, meiner Mutter gegenüber respektlos zu sein.

Asha beugte sich zu mir vor und das Haar fiel ihr über die Schulter. »Im Ernst?«, keuchte sie. Ihre saphirblauen Augen waren weit aufgerissen.

»Ich weiß, ich weiß.« Mein Mund verzog sich zu einem minimalen Lächeln. »Zuerst haue ich einfach ab, auf einen Roadtrip durch mehrere Staaten, ohne ihr Bescheid zu geben, und jetzt das? Ich glaube, ich bin Rose ähnlicher, als ich dachte.«

»Oh, ja«, erwiderte Asha und richtete den Blick gen Himmel. »Du wirst noch zu einer wahren Rebellin. Bald klaust du Autos und planst im großen Stil Diamanten-Raubzüge.«

»Tja, dann kann ich es mir wenigstens leisten, in Harvard zu studieren.«

Ich ließ mich wieder in die Kissen sinken und seufzte erneut. Ich wusste, dass ich verbittert klang. Ich konnte die Schärfe meiner Worte auf der Zunge schmecken, und ich wollte nicht, dass Asha dachte, dass sie ihr galt. »Hey«, sagte ich und drehte den Kopf, damit ich ihr in die Augen sehen konnte. »Danke. Dafür, dass du für mich da bist und mir nicht unter die Nase reibst, dass du es mir ja gesagt hast.«

»Das würde ich doch *niemals* tun«, sagte sie und unterdrückte ein Kichern, aber wir wussten beide, dass sie das unter normalen Umständen, wenn mir nicht gerade das Herz aus der Brust gerissen worden wäre, sehr wohl tun würde. Asha liebte es, recht zu haben. »Also ... du und Alec«, fuhr sie fort und wechselte das Thema. Sie versuchte nicht länger, ihr Grinsen zu verbergen, und bewegte die Augenbrauen auf und ab. »Ist wirklich *nichts* zwischen euch passiert? Als ich euch zuletzt gesehen habe, saht ihr ziemlich vertraut miteinander aus.«

Ich spürte, wie ich rot anlief. »Wie gesagt. Nachdem gestern alle schlafen gegangen sind, ist nichts mehr passiert.«

»Aha?«, Asha zog eine Augenbraue hoch. »Und davor?«

Noch mehr Hitze schoss in mein Gesicht, und da meine blasse Haut mich nun ohnehin schon verraten hatte, wusste ich, dass es keinen Zweck mehr hatte zu lügen. »Wir, ähm, haben vielleicht ein oder zwei Mal geknutscht.«

Ich erwartete eine ihrer üblichen übertriebenen Reaktionen – ein schockiertes *Halt die Klappe* für den Anfang oder vielleicht ein paar Mal *Oh mein Gott* und ganz bestimmt euphorisches Quieken. Stattdessen öffnete sie den Mund, um etwas zu sagen, aber für ein paar Sekunden brachte sie nichts hervor. »Ich kann nicht fassen, dass du *ihn* wirklich geküsst hast«, murmelte sie schließlich, als wäre er eine Art mystische

Kreatur, mit der wir nicht gerade die letzten zwei Tage verbracht hatten.

»Nicht das schon wieder«, sagte ich und seufzte. »Ich dachte, dass du das Fangirl-Ding inzwischen überwunden hättest!« Ich wollte meiner besten Freundin von dem Jungen erzählen, den ich geküsst hatte, und nicht einem Fangirl der Heartbreakers, das sich für nichts anderes interessierte, als dass er Teil der Band war.

Gestern, nachdem Alec mir die Bibliothek gezeigt hatte, hatte ich Asha von dem, was dort passiert war, nichts erzählt. Ich hatte mir eingeredet, dass es daran lag, dass zu viele Leute um uns herum waren und wir kein privates Gespräch führen konnten. Außerdem war ich noch nicht bereit gewesen, mich mit Boomers Beschützerinstinkt herumzuschlagen oder, Gott bewahre, JJs Sprüchen. Aber jetzt wurde mir klar, dass ich vielleicht aus einem ganz anderen Grund geschwiegen hatte.

Asha ignorierte meine Frage und sagte: »Weißt du, wie viele Mädchen eine Niere dafür geben würden, jetzt an deiner Stelle zu sein? Heiliges Kanonenrohr, das ist eine ganz neue Dimension der Unfassbarkeit.« Sie drückte sich die Hände auf die Brust, als versuche sie, ihre Aufregung im Zaum zu halten.

»Stimmt, weil es ja auch wirklich neiderregend ist, einen entfremdeten Vater, eine verschwundene Schwester und eine verräterische Mutter zu haben«, sagte ich und verschränkte die Arme vor der Brust.

»Du weißt, dass ich das nicht gemeint habe«, antwortete sie mit scharfem Blick. »Normale Mädchen wie wir gehen nicht mit Stars aus, Felicity. Du lebst den Traum eines jeden Fangirls.«

Das war nicht das erste Mal, dass ich hörte, was für ein Glück ich hatte. Dass Mädchen auf der ganzen Welt alles dafür geben würden, in meiner Lage zu sein. Aber ich konnte unmöglich selbst so denken. Ich wollte nicht, dass Alecs Karriere einen Einfluss darauf hatte, wie ich für den Menschen empfand, der er abseits seines Ruhms und seines Vermögens war. »Zunächst einmal sind wir nicht zusammen«, begann ich und wiederholte mich zum einhundertsten Mal. »Zweitens will ich keine große Sache daraus machen, was auch immer wir sind. Ich verstehe, dass er für den Rest der Welt dieser berühmte Musiker ist, aber für mich ... Ich weiß nicht. Für mich ist er einfach nur ... Alec.«

Asha stieß einen ihrer theatralischen Seufzer aus. »Das ist das Romantischste, was ich jemals gehört habe.«

Ich schnaubte. »Du hältst alles für das Romantischste, was du jemals gehört hast.«

Das Lächeln auf ihren Lippen fror ein, bevor es langsam verblasste und sie sich wieder neben mich auf das Kissen fallen ließ. »Nicht alles.«

Dieser abrupte Stimmungswandel verunsicherte mich, und ich richtete mich auf, um sie richtig ansehen zu können. »Was meinst du damit?«

Sie zog die Decke hoch, um ihr Gesicht zu verbergen. »Nichts. Schon gut«, murmelte sie.

»Asha, du bist die schlechteste Lügnerin der Welt.« Ich entriss ihr die Decke. »Sag mir einfach, was los ist.«

Zunächst gab sie keine Antwort, doch dann biss sie sich auf die Unterlippe und sagte das, womit ich am wenigsten gerechnet hatte. »Boomer und ich, wir haben es ... Wir haben es letzte Nacht irgendwie getan.«

»Also ... habt ihr es vorher noch nie getan?«, hakte ich nach. Als ich sie bei Kelsey zusammen im Bett erwischt hatte, hatte ich den Eindruck gewonnen, als hätten sie diesen Punkt in ihrer Beziehung längst erreicht.

Sie schüttelte den Kopf. »Ich meine, wir haben schon vorher mehr gemacht, als nur rumzuknutschen, aber wir haben *es* noch nie getan, und jetzt bin ich irgendwie am Rande eines Nervenzusammenbruchs. Was ist zum Beispiel, wenn sich dadurch etwas zwischen uns verändert?«

Ihre Antwort ließ mich kurz zurückweichen. »Okay, können wir um meiner geistigen Gesundheit willen bitte so tun, als wäre es nicht Boomer, über den wir uns unterhalten?« Ich zwang mich, an etwas Lustiges zu denken, an Einhörner, die auf Regenbögen ritten, oder violette Elefanten mit Zylindern. Alles, außer an meine besten Freunde *beim Sex*. »Nennen wir ihn Chad oder Ryan.«

Asha rümpfte beleidigt die Nase. »Ich würde niemals mit einem *Chad* schlafen.«

»Darum geht es nicht«, antwortete ich. »Ich nehme an, dass es nicht so gelaufen ist, wie du es dir vorgestellt hast?«

»Absolut nicht.« Ihre Wangen wurden so rot wie meine zuvor, als sie mich nach Alec gefragt hatte. »Es war peinlich und unangenehm und kein bisschen erotisch.«

»Das tut mir leid, Asha.« Ich wusste nicht, was ich sonst

sagen sollte. Aufgrund mangelnder Erfahrung auf diesem Gebiet konnte ich ihr unmöglich hilfreiche Ratschläge geben.

»Hat es wehgetan?«

Sie nickte. »Ja, ein wenig. Aber *Ryan* war wirklich süß. Er hat immer wieder gefragt, ob es mir gut geht. Es hat mich fast schon genervt.«

Violetter Elefant. Violetter Elefant. Violetter Elefant.

»Weshalb machst du dir dann Sorgen? Der Junge ist total in dich verknallt.«

Jetzt, da ich von ihrer Beziehung wusste, war es unmöglich zu übersehen, wie verliebt Boomer in Asha war. Ich merkte es an der Art und Weise, wie er sie mit leicht geöffneten Lippen beobachtete oder ihr mit der Hand sanft über den Arm strich. Jeden Freitag fuhr er zum Bombay Grill, um Ashas indisches Lieblingsgericht zu holen, obwohl es eine Fahrt von vierzig Minuten war. Einmal hatte er sich sogar einen *IN*-Marathon über drei Staffeln mit ihr angesehen, weil er wusste, wie versessen sie auf die Serie war.

Asha zupfte an einer Strähne ihres Haars. »Aber was, wenn er aufwacht und denkt, dass es ein Fehler war?«

Ich erbleichte. »Willst du damit sagen, du bereust es?«

»Nein«, flüsterte sie. Ihr Tonfall verriet mir, wie viel er ihr bedeutete. »Aber was, wenn *er* es bereut?«

»Das wird er nicht. Du bist *kein* Fehler, Asha. Du bist die Traumfrau.« Ich ergriff ihre Hand, um ihr mit einem Händedruck Zuversicht zu schenken. »Hast du das verstanden?«

Sie reagierte einen Moment lang nicht, aber dann erwiderte sie den Händedruck und nickte.

»Gut«, sagte ich und schwang die Füße über die Bettkante. »Schauen wir mal, ob man hier irgendwo Kaffee kochen kann. Ich glaube, den brauchen wir beide.«

Der Rest des Morgens verging wie im Flug.

Trotz unserer langen Nacht war Alec der Erste, der nach mir und Asha in der Küche auftauchte. Er hatte seine Kopfhörer in den Ohren, aber als er uns am Tisch sitzen sah, lächelte er, legte sich das Kabel wie ein Schmuckstück um den Hals und schaltete die Musik aus. Die anderen kamen nach und nach in die Küche und es wurde immer neuer Kaffee aufgesetzt. Irgendwann war Boomer der Einzige, der noch schlief. Um ihn aus den Federn zu bekommen, brauchte es mehrere Aufweckversuche, eine Portion von Olivers Rühreiern und das Angebot, JJs Auto fahren zu dürfen. Als er endlich wieder unter den Lebenden weilte und einigermaßen bewegungsfähig war, verabschiedeten wir uns von Alecs Freunden und machten uns auf den Weg.

Vom Safe House aus dauerte die Fahrt nach Seattle keine drei Stunden mehr. Je näher wir der Stadt kamen, umso aufrechter saß ich in meinem Sitz. Die Ausfahrtschilder und Bäume am Straßenrand flogen nur so an uns vorbei. Ich versuchte, mich zu entspannen und Alecs Musik zu lauschen, aber ich war viel zu nervös. Jede Meile, die wir zurücklegten, brachte mich dem Moment näher, in dem ich Rose endlich wiedersehen würde.

Als wir vom Highway abfuhren, tanzten die Nerven in meinem Magen. Seit dem frühen Nachmittag schien die Sonne und hatte die Luft merklich aufgewärmt. Als ich auf der Suche nach etwas Aufmunterung einen Blick zu Alec hinüber warf, erhaschte ich durch sein Fenster einen Blick auf die schimmernde Bucht von Seattle. Der Space Needle – der berühmte Aussichtsturm der Stadt – mit seinen schlanken Verstrebungen, die die UFO-ähnliche Aussichtsplattform trugen, ragte vor uns auf. Das Design bildete einen starken Kontrast zur sonstigen Skyline, fast als wäre der Turm aus einer futuristischen Stadt oder einem Science-Fiction-Film geklaut worden.

Unter normalen Umständen wäre es mir peinlich gewesen, dass ich kaum etwas über die Stadt wusste, außer dass Starbucks hier gegründet worden war und dass Ashas Lieblingsfilm hier spielte, *Schlaflos in Seattle*. Aber ich war ja nicht hier, um die Sehenswürdigkeiten der Stadt zu besichtigen. Ich war wegen Rose hier.

Sie musste einfach hier sein. Wenn nicht …

Nein! Ich rief mich zur Ordnung. *So darfst du gar nicht erst denken.*

Nachdem wir uns unseren Weg durch den Verkehr gebahnt hatten, kamen wir in Belltown an, einem Viertel, das nicht weit entfernt vom berühmten Pike-Place-Markt lag. Die kostenpflichtigen Parkplätze am Straßenrand waren alle belegt, und ich befürchtete schon, dass wir ein paarmal um den Block fahren müssten, um einen freien Platz zu finden. Aber wie ein Wink des Himmels, der mir sagen wollte, dass wir auf dem richtigen Weg waren, parkte unmittelbar vor uns ein Prius aus. Alec setzte den Blinker und beanspruchte den Parkplatz so für sich. Während er einparkte, sah ich zu dem Gebäude hoch, für das wir den ganzen Weg zurückgelegt hatten. Wie die restlichen Häuser in dieser Straße, die sich aus Bars, Cafés und teuren Boutiquen zusammensetzten, war es ein Geschäftsgebäude, kein Wohnhaus, wie ich gehofft hatte. Aber ich schluckte meine Enttäuschung herunter und löste den Anschnallgurt.

»Bist du sicher, dass wir hier richtig sind?«, fragte Asha von der Rückbank.

Wir sahen Alec alle fragend an.

Er griff nach dem Zettel, den Kelsey uns gegeben hatte, und kontrollierte die Adresse ein weiteres Mal. »Ja, wir sind hier richtig.«

Ich schaute wieder aus dem Fenster.

Das Schild über dem Laden war in leuchtendem Königsblau gehalten und trug die Aufschrift: Lost Marbles Art. Nach dem zu schließen, was im Fenster ausgestellt war, hatte sich die kleine Galerie auf Glaskunstwerke spezialisiert. Es waren bunte Vasen verschiedener Größen zu sehen, abstrakte Skulpturen, die mich an Meerestiere mit spiralförmigen Tentakeln erinnerten, und eine lange Reihe handgeblasener Murmeln. Jede einzelne funkelte wie ein Edelstein.

»Der Name ist etwas lächerlich, meint ihr nicht?«, bemerkte Boomer, der die Galerie kritisch beäugte.

»Er ist skurril.« *Rose würde diesen Laden lieben, durchzuckte es mich.* »Kommt schon, gehen wir rein.«

In der Galerie roch es stark nach Räucherstäbchen – würzig, vielleicht Zimt oder Ingwer –, und der Geruch überrumpelte mich, sobald ich die Tür öffnete. Aus dem Radio hinter der Kassentheke ertönte leise ein Song von den Guns N' Roses. Ohne die Ausstellungsobjekte zu beachten, marschierte ich geradewegs zu dem Jungen hinüber, der hinter dem Tresen stand. Ich schätzte ihn auf ungefähr vierzehn Jahre, und er war vollkommen versunken in den Manga-Comic, der ausgebreitet vor ihm lag.

»Herzlich willkommen bei Lost Marbles Art. Sie werden über unsere Murmeln Bauklötze staunen«, begrüßte er mich, ohne aufzusehen. »Ich bin Steven. Wie kann ich Ihnen behilflich sein?«

»Ähm, hi. Ich bin auf der Suche nach Rose, meiner Schwester. Ich glaube, sie arbeitet hier oder ist vielleicht eine Freundin des Besitzers, und ich ...«

Noch immer hob Steven den Blick nicht von den glänzenden Seiten seines Comics. »Tut mir leid«, sagte er und hielt es scheinbar nicht für nötig, mich ausreden zu lassen. »Kenne ich nicht.«

Seine schnelle Antwort schnürte mir die Kehle zu, aber ich wollte noch nicht aufgeben. »Ihr Name ist *Rose Lyon*«, begann ich erneut, als würde es irgendwas nützen, ihren Namen besonders zu betonen. »Vielleicht ist sie eine Stammkundin oder vielleicht ...«

»Nee, sorry. Hier gibt es keine Rose.«

Angst krallte sich mit scharfen Klauen in mein Herz, aber ich zwang mich, tief durchzuatmen, und versuchte, Ruhe zu bewahren. »Bist du dir sicher? Sie hat diese Galerie als ihre Nachsendeadresse angegeben.«

Steven seufzte schwer, als wäre es eine Zumutung, meine

Fragen beantworten zu müssen. »Zu einhundert Prozent«, sagte er und blätterte um.

Die Muskeln in meinem Gesicht zuckten. Ich wollte die Hand über die Theke ausstrecken, den Burschen am Kragen packen und ihn schütteln, bis er ein paar Antworten ausspuckte, aber Asha hielt mich am Ellbogen fest. Ihre Finger waren kühl auf meiner aufgeheizten Haut, als sie mich zur Seite zog. Dann wandte sie sich an Steven und ihr gerade noch einfühlsamer Gesichtsausdruck wurde schlagartig beeindruckend finster.

»Pass mal auf, du kleiner Hosenscheißer«, sagte sie und pikste ihn mit dem Finger. »Wir sind den ganzen Weg von LA hierhergekommen, um nach ihrer *vermissten* Schwester zu suchen, also könntest du wenigstens kurz dein bescheuertes Anime weglegen und uns helfen.«

Er schürzte die Lippen und schloss den Comic mit einem Schwung seines Handgelenks. *Schattentage.* Das Mädchen auf dem Cover hatte übertrieben große Brüste und hielt ein brennendes Schwert über dem Kopf.

»Tut mir leid, das mit deiner Schwester«, sagte er und kämmte sich lässig eine Haarsträhne aus den Augen. »Aber wie ich schon gesagt habe, kenne ich keine Rose. Die Galerie gehört meinen Eltern und der einzige andere Mitarbeiter ist mein Cousin Ted, okay?«

Ich spürte, wie Tränen in meine Augen stiegen. Nach allem, was geschehen war, seit ich die Briefe gefunden hatte, nach dem weiten Weg, den wir gekommen waren, würde ich nicht an dieser Stelle aufgeben.

»Vielleicht erkennst du sie ja«, meinte ich und begann, in meiner Tasche zu kramen. Ich hatte kein aktuelles Foto von Rose, aber ich war mir fast sicher, dass noch ein Miniaturabzug ihres Jahrbuchfotos im Innenfach meiner Tasche steckte. Nachdem sie weggerannt war, hatte ich es monatelang mit mir herumgetragen und wildfremde Menschen gefragt, ob sie meine Schwester gesehen hätten.

»Ich weiß, dass es hier irgendwo sein muss ...« Ich wühlte blind weiter, bis meine Finger schließlich ein dickes, ausgefranstes, viereckiges Stück Papier ertasteten. »Na bitte!«, rief ich und zog das Foto triumphierend heraus. Ein paar Krümel klebten auf dem Glanzpapier und ich wischte sie rasch weg.

Ich wandte mich wieder zu Steven um, und als ich das tat, erregte etwas am Rand meines Blickfelds meine Aufmerksamkeit: mehrere Papierherzen, die an einer Schnur hingen. Sie zierten die hintere Wand des Raums und waren wie eine Girlande wellenförmig aufgehängt. Ich hatte sie nicht sofort erkannt, weil sie aus Origamipapier gemacht worden waren, bunt und mit blumigen Mustern verziert. Rose hatte nie Geld für das richtige Papier ausgegeben. Quittungen und einfache Blockblätter waren ihr immer gut genug gewesen.

Meine Hand zitterte, als ich auf die gefalteten Herzen deutete. »Wer hat die da gemacht?«

Steven drehte sich um. Seine Wangen liefen rot an. »Ähm, das war Lizzie.«

Lizzie, so wie in Rose *Elizabeth* Lyon? Ich hatte nie erlebt, dass meine Schwester ihren zweiten Vornamen benutzte, allerdings hatte ich ja auch seit vier Jahren nicht mit ihr gesprochen. Wer wusste schon, wie viel sich geändert hatte.

»Ist sie das? Diese Lizzie?«, fragte ich und hielt ihm das Foto hin.

Er beugte sich über die Theke. »Sie hat jetzt eine andere Frisur«, entgegnete er. »Aber ja, das ist Lizzie. Sie hat unsere Einliegerwohnung oben gemietet.«

Mein Herz explodierte fast.

»Warum hast du das nicht gleich gesagt?«, platzte es aus Asha heraus, noch bevor ich den Schock überwunden hatte.

»Hm? Ich weiß nicht. Vielleicht, weil Rose Lyon und Lizzie O'Brien zwei unterschiedliche Namen sind?«

Alec sah mich besorgt an. »O'Brien?«

»Der Mädchenname meiner Mutter«, erklärte ich. »Ich habe so oft versucht, Rose online zu finden, und jetzt verstehe ich auch, warum das nie funktioniert hat.«

»Sosehr ich dieses überraschende Verhör auch genossen habe, würde ich mich nun trotzdem gern wieder meinem *Comic* widmen.« Steven warf Asha einen durchdringenden Blick zu. »Lasst ihr mich endlich in Ruhe, wenn ich euch nach oben lasse?«

Heilige Scheiße.

Rose war hier.

Rose war *in diesem Moment* hier.

Ich musste mich an der Theke festhalten und atmete zur Beruhigung tief durch.

»Ja«, rief ich. »Bitte.«

KAPITEL 17

Steven führte uns durch die Galerie und zur Hintertür hinaus in die Sonne. Er hielt vor einer weiteren Tür inne und suchte an seinem Schlüsselbund nach dem richtigen Schlüssel. Ich knetete nervös meine Hände, bis er schließlich den richtigen Schlüssel gefunden hatte und uns aufschloss.

Ohne ein weiteres Wort verschwand er wieder in die Galerie.

»Die müssen hier echt an ihrem Kundenservice arbeiten«, murmelte Boomer, aber ich nahm ihn kaum wahr.

Vor mir lag eine Treppe.

Die letzten 48 Stunden, seit ich die Briefe meiner Schwester gefunden hatte, waren wie im Flug vergangen. Ich war so fixiert darauf gewesen, Rose zu finden, dass ich losgefahren war, ohne mir über die Gefühle klar geworden zu sein, die ihre Briefe in mir auslösten. Und jetzt, da ich kurz davorstand, sie wiederzusehen, war ich voller Wut. Ich war wütend auf sie, weil sie abgehauen war und wegen der jahrelangen Ungewissheit darüber, ob es ihr gut ging oder nicht. Wütend darüber, dass sie nie zurückgekehrt war. Es war die Art Wut, die lange unter der Haut brodelte, ohne dass man es merkte, bis irgendetwas – ein Song, ein Gesprächsfetzen oder ein Papierherz – sie wieder an die Oberfläche brachte.

Die einzige Emotion, die es jetzt noch mit meiner Wut aufnehmen konnte, war meine Angst. Rose hatte mir geschrieben, ja, aber sie hatte mich auch im Stich gelassen. Sie hatte sogar ihren Namen geändert. Was, wenn ich nun an ihrer Tür klopfte und sie nichts mit mir zu tun haben wollte?

Schwielige Finger umschlossen meine Hand und drückten sie ermutigend. Alec sagte nichts, aber seine Augen fragten: *Geht es dir gut?* Ich konnte mir kein Szenario vorstellen, in dem es mir angesichts der Situation gut gehen könnte – aber ihn an meiner Seite zu wissen, die Wärme seiner Hand in meiner zu spüren – das war genau das, was ich jetzt brauchte, um zumindest meinen Mut wiederzufinden.

Ich zwang ein Lächeln auf meine Lippen und sagte: »Okay, los geht's.« Ich drückte die Schultern durch und ging entschlossenen Schritts die Treppe hinauf. Oben angekommen klopfte ich schnell an die Tür, bevor ich wieder in Panik verfallen konnte. Fast augenblicklich hörte ich Schritte und eine vertraute Stimme.

»... bestimmt nur Steven. Er findet immer wieder Ausreden, um vorbeizukommen. Oh, nein, überhaupt nicht! Er ist vollkommen harmlos. Irgendwie sogar niedlich.«

Ich hörte das Klicken, als das Türschloss geöffnet wurde. Die Tür schwang auf und ...

Da, nach all der Zeit, stand meine Schwester.

Ihr fiel fast das Telefon aus der Hand, als sie mich sah.

Wer auch immer am anderen Ende der Leitung war, sagte wohl etwas, denn Rose antwortete rasch: »Ich muss auflegen, ich melde mich später.« Sie schob das Telefon in die Hosentasche. Wir schwiegen beide und musterten einander eine ganze Weile, beinahe so, als könnten wir die Jahre, die wir uns nicht gesehen hatten, mit Blicken wieder aufholen. Schließlich drückte sie sich eine Hand auf die Brust, als hätte sie körperliche Schmerzen. »Felicity?«

»Hey«, erwiderte ich. *Nach vier Jahren ist alles, was du zustande bringst, ein Hey? Super, Felicity.*

Rose schien es nicht zu stören, denn sie streckte die Arme aus und zog mich fest an sich. Ich versteifte mich zunächst, aber als ich ihr Parfum roch – Süße Vanille, genau wie in ihrer Zeit an der Highschool –, war es, als wären wir zu dem Abend vor ihrem Geburtstag vor all den Jahren zurückgekehrt, vor all dem Schmerz. Wir waren nur zwei Schwestern, die sich liebten, und es fühlte sich an, als wäre überhaupt keine Zeit vergangen.

»Ich kann nicht fassen, dass du es wirklich bist«, sagte sie, nachdem sie mich ein weiteres Mal gedrückt hatte. Sie legte mir beide Hände auf die Schultern und musterte mich von Kopf bis Fuß. »Gott, du siehst so erwachsen aus.«

»Und du siehst so ... gesund aus.«

Ich wollte nicht überrascht klingen. Ich hatte mir dieses Wiedersehen so oft vorgestellt. Und natürlich hatte ich gewusst, dass es zwischen uns anders sein würde, dass *sie* anders sein würde. Nach vier langen Jahren musste das ja so sein. Auch ich war nicht mehr dieselbe Person, die Rose damals zurückgelassen hat. Zum Teufel, ich war ja nicht einmal mehr dieselbe Person wie noch vor zwei Wochen. Alec kennenzulernen, die Briefe zu finden, mich in dieses Abenteuer zu stürzen – all das hatte mich verändert.

Aber mit so einer großen Veränderung in Rose hatte ich trotzdem nicht gerechnet.

Als ich sie das letzte Mal gesehen habe, hatte sie krank ausgesehen. Sie war zu dünn gewesen und ihre Wangen eingefallen, aber nun hatte sie wieder ein normales Gewicht und strahlte regelrecht. Und statt des ausgebleichten, brüchigen Aussehens, an das ich mich gewöhnt hatte, war ihr Haar wieder zu seinem natürlichen, goldenen Glanz zurückgekehrt. Selbst die dunklen Ringe unter ihren Augen, ein Zeugnis ihrer pausenlosen Partys, waren verschwunden.

»Danke.«

Eine unangenehme Stille folgte darauf, und Asha versuchte, sie zu überbrücken. Sie beugte sich an Alec vorbei und winkte. »Hey Rose. Lange nicht gesehen.«

»Asha Van de Berg«, erwiderte Rose. Ihre Augen funkelten vor Freude. »Warum überrascht es mich nicht, dich hier zu sehen?«

»Felicity erträgt als Einzige meine ständigen Launen, also habe ich beschlossen, sie zu behalten«, scherzte Asha. Dann stellte sie die Jungs vor. Erstaunlicherweise erwähnte sie nur Alecs Vornamen. Außer einem höflichen Hallo sagte Rose nichts und ließ sich nicht anmerken, ob sie ihn erkannte.

»Nun…«, begann meine Schwester, nachdem sie alle kennengelernt hatte. »Was treibt ihr hier?«

»Willst du … mich nicht hierhaben?«

»Natürlich will ich das!« Ihre Stimme war vor Schreck in

die Höhe geschossen, und es klang auch so, als sei sie ein wenig verletzt, als wäre die Frage eine Beleidigung gewesen. »Wie kannst du so etwas überhaupt denken?«

»Wie könnte ich es nicht denken? Du bist verschwunden, ohne dich zu verabschieden, und ich habe die letzten Jahre damit verbracht, mich zu fragen, ob du noch am Leben bist.«

Sie wurde so blass, dass es fast so wirkte, als würde ich sie durch einen Schwarz-Weiß-Filter ansehen. »Hast du meine Briefe nicht bekommen?«

Ich schüttelte den Kopf. »Ich habe sie vorgestern unter Moms Bett gefunden. Sie hat sie vor mir geheim gehalten.«

Rose brauchte eine Weile, um zu antworten, aber ihr Gesichtsausdruck sagte alles: Der Blick erfüllt von Zorn, die Lippen verzogen, als hätte sie etwas Saures im Mund. »Willst du mich verarschen?«, rief sie. »Das ist so typisch für Mom.« Die bloße Erwähnung unserer Mutter genügte, dass sich Rose die Stirn massierte, als würde sie eine Migräne bekommen. Aber dann zog sie die Tür ganz auf. »Ihr solltet reinkommen. Es gibt offensichtlich einiges, worüber wir reden müssen.«

Fünf Minuten später saß ich am Küchentisch meiner Schwester. Ihre Wohnung war winzig, aber sie war so sehr *Rose*, dass es mir egal war, dass ich mir jedes Mal den Kopf an dem tief hängenden Wandschrank hinter mir stieß, wenn ich mich auf dem Stuhl bewegte. Bilderrahmen mit Schnappschüssen ihrer Reisen bedeckten die Wände, eine Sammlung von Muscheln säumte jede Fensterbank, und dann waren da noch die Origamis: aufwendige Blumen mit vielschichtigen

Blütenblättern und süße Waldtiere wie Füchse oder Eichhörnchen. Es gab auch einen wild aussehenden Drachen, für den bestimmt viele Arbeitsstunden nötig gewesen waren. Überall war gefaltetes Papier. Auf dem Kaffeetisch. Auf den Bücherregalen im Wohnzimmer. Sogar auf den Arbeitsflächen in der Küche. Es war, als sprössen sie aus allen verfügbaren Oberflächen wie Wildblumen in einem Wald.

Asha, Boomer und Alec hatten sich auf die Suche nach einem Restaurant gemacht, also waren Rose und ich allein. Die drei hatten vorgegeben, hungrig zu sein, aber ich wusste, dass sie uns nur etwas Zeit zu zweit geben wollten. Eine Tüte Nachos und Salsa lagen zwischen uns, und Rose hatte sogar genügend Blaubeeren im Kühlschrank gehabt, um mir einen Shake zu machen, aber wir rührten das Essen beide nicht an.

»Also ...«, sagte Rose.

»Also ...«, erwiderte ich.

Es gab so vieles, das ich sagen wollte, so viele Fragen, die ich stellen musste, aber ich schaffte es nicht, meinen Kopf und meinen Mund dazu zu bringen, zusammenzuarbeiten. Es war uns immer leichtgefallen, miteinander zu reden, aber das hier fühlte sich an wie erzwungener Small Talk mit einer alten Bekannten. Anscheinend konnte sich sogar die natürliche Bindung zwischen Schwestern mit der Zeit auflösen.

Auch Rose hatte Schwierigkeiten. Sie öffnete den Mund und schloss ihn schnell wieder. Sie zog sich das Bein an die Brust und stützte das Kinn aufs Knie. »Ich weiß nicht, wo ich anfangen soll.«

»Wie wäre es mit dem Grund, weswegen du davongelaufen bist?«, schlug ich vor und rührte lustlos mit dem Löffel in meinem Shake herum.

»*Davongelaufen?* Hat Mom es dir so erzählt?«

Überrascht von ihrem grimmigen Gesichtsausdruck brachte ich nur ein Nicken zustande.

»So ist es nicht gewesen«, erwiderte Rose und setzte sich aufrecht hin. »Nicht mal ansatzweise.«

»Dann erzähl mir, was wirklich passiert ist.« Ich streckte die Hand aus und berührte kurz ihre Knöchel mit den Fingerspitzen. Eigentlich hatte ich ihre Hand zur Beruhigung in meine nehmen wollen, aber in letzter Sekunde verließ mich der Mut.

Rose sank auf ihrem Stuhl zusammen, als hätte meine kurze Berührung ihrer überkochenden Wut ein Ventil verschafft. »Es ist kompliziert.«

Ich erwartete, dass sie noch mehr sagen würde, dass sie anfangen würde, sich zu rechtfertigen, aber stattdessen wich sie nur meinem Blick aus.

Ich seufzte. »Das verstehe ich. Wenn es nicht kompliziert wäre, hätte Mom mich nicht angelogen, und ich hätte nicht den weiten Weg bis nach Seattle fahren müssen, um dich zu finden.«

»Ich bin immer noch entsetzt darüber, dass du meine Briefe nie bekommen hast. Ich habe sogar extra bei der Poststelle angerufen, um sicherzugehen, dass die Briefe auch abgeholt wurden, und bin natürlich davon ausgegangen, dass *du* sie geholt hast. Ich hätte nie gedacht, dass Mom …« Ihre Stimme verlor sich und sie schüttelte den Kopf. »In der Nacht, in der ich gegangen bin, habe ich dir einen Brief auf deine Kommode gelegt. Es war der erste, den ich dir geschrieben habe und in dem ich dir alles erklärt habe. Darin befand sich auch ein Schlüssel mit Anweisungen.«

»Für das Postfach?«, fragte ich.

Sie nickte. »Mom muss ihn gefunden haben, bevor du aufgewacht bist. Ich hätte ihn besser verstecken sollen, aber ich hatte Angst, dass du ihn dann nicht finden würdest.«

»Aber ... warum? Ist zwischen dir und Mom irgendetwas vorgefallen?«

»Wir kamen einfach nicht miteinander klar«, antwortete sie. »Also, *überhaupt nicht*. Mom hatte wahnsinnig hohe Erwartungen an mich und ich konnte ihnen nicht gerecht werden. Sie wollte, dass ich auf eine gute Schule gehe und etwas Langweiliges wie BWL oder Jura studiere, aber das bin einfach nicht ich, verstehst du?«

»Ja. Ich kann mir auch nicht vorstellen, dass du den Rest deines Lebens damit verbringst, für andere Leute die Steuererklärungen zu machen.« Ich konnte mir vorstellen, wie Rose Safaris durch Afrika führte oder in der Karibik einen Jet-Ski-Verleih betrieb, aber den ganzen Tag hinter einem Schreibtisch mit Zahlen jonglieren? Niemals.

»Genau«, stimmte sie zu. »Außerdem waren meine Noten ja sowieso nicht gut genug für eine gute Uni.«

»Und was ist dann passiert?«

»Mom hat mich immer weiter bedrängt und ich habe mich gewehrt. Zuerst mit Kleinigkeiten wie Schule schwänzen oder nachts aus dem Haus schleichen. Dann ging die Zeit mit den Partys los. Nur ein bisschen Spaß am Freitag- und Samstagabend, um Dampf abzulassen, aber dann wurde es ziemlich schnell immer schlimmer. Ich fing an, auch unter der Woche auszugehen, jeden Abend. Tagsüber habe ich dann die Schule geschwänzt, um meinen Rausch auszuschlafen.«

Das wusste ich ja schon. Ich hatte es miterlebt. Aber ich hatte das Gefühl, dass da noch mehr kam. Etwas, das sie mir vorenthielt. »Und?«

»Aus dem Alkohol wurden Drogen«, sagte sie und zögerte. »Und dann wurde ich verhaftet.«

»Du wurdest *verhaftet*?« Die Frage platzte aus mir heraus. »Weswegen?«

»Drogenbesitz mit Verkaufsabsicht«, gestand sie. Mein Gesichtsausdruck musste Bände gesprochen haben, denn Rose fügte schnell hinzu: »Es war nur ein bisschen Gras, und es gehörte meinem Freund Jimmy, nicht mir. Wir sind auf dem Heimweg von einer Party in eine Verkehrskontrolle geraten. Wir hatten etwas geraucht, und der Polizist hat es gerochen, also hat er das Auto durchsucht. Er fand Tüten, eine Wage und Jimmys Stoff im Kofferraum. Ich wusste nicht einmal, dass er dort war. Wir wurden beide mit auf die Wache genommen, aber Jimmy hat sofort gestanden, dass es allein ihm gehöre. Deshalb wurde ich nicht angeklagt.«

»Wann war das?«, fragte ich. Inzwischen lief geschmolzenes Eis am Rand meines Milchshakeglases hinunter. Ich schob den Drink beiseite, ohne ihn probiert zu haben.

»In der Woche bevor ich gegangen bin.« Rose lachte trocken. »Mom musste mich vom Revier abholen. Als wir zu Hause waren, ist sie vollkommen ausgeflippt. Sie hat immer wieder gesagt, dass meine Festnahme der Tropfen sei, der das Fass zum Überlaufen bringe, und dass ich nun allein klarkommen müsste, weil sie mich nicht noch einmal da rausholen würde. ›*Rosalyn, sobald du achtzehn bist*«, sagte sie und ahmte die Stimme unserer Mutter im Modus *Böse Mom* nach, »*erwarte ich von dir, dass du dich wie eine verantwortungsbewusste Erwachsene verhältst. Und wenn du darauf bestehst, die Schule zu schwänzen, suchst du dir einen Job und beteiligst dich an den Haushaltskosten. Unter meinem Dach wird es keine Schmarotzer geben.*‹«

Auch wenn ich immer noch wütend auf Mom war, schien ihre Forderung nicht so unangemessen, wie Rose sie darstellte. »Und?«, hakte ich nach und wartete immer noch auf eine Erklärung.

Rose hob beide Hände und schüttelte den Kopf. »Sie wollte, dass ich Miete bezahlte *und* mich an ihre Regeln hielt. Warum hätte ich das tun sollen? Wenn ich sowieso finanziell für mich selbst sorgen musste, dann wollte ich mich wenigstens nicht länger von ihr tyrannisieren lassen.«

»Also ... bist du abgehauen«, sagte ich und wiederholte damit das, was in meinen Augen die logische Schlussfolgerung aus den Ereignissen war.

»Nein, das habe ich dir doch schon gesagt«, antwortete sie kurz angebunden. »Als ich mich weigerte, ihr Ultimatum zu unterschreiben – und das meine ich wörtlich, Mom hatte einen verdammten *Vertrag* aufgesetzt –, hat sie mich rausgeschmissen. Und mir befohlen, mich von dir fernzuhalten, bis du die Highschool abgeschlossen und dich an einer Universität eingeschrieben hattest.«

Was hatte Mom getan? Ich drückte die Hände flach auf den Tisch und versuchte, ruhig zu bleiben. »Was hat das alles denn mit mir zu tun?«

»Sie hat sich Sorgen um dich gemacht.«

Ich blinzelte. »*Warum?*«

»Keine Ahnung«, antwortete Rose und zuckte mit den Schultern. »Vielleicht hatte sie Angst, dass meine Fehler und meine rebellische Art auf dich abfärben würden? Wie sie jemals auf die Idee kommen konnte, dass du so werden könntest wie ich, ist mir *völlig* unbegreiflich ...«

»Weil ich blind all ihre Lügen glaube?«, fragte ich, unfähig, das Gift aus meiner Stimme herauszuhalten. Ich war nicht wirklich sauer auf Rose, sondern auf mich selbst. Ich hatte meiner Mom in allen Belangen meines Lebens vollkommen vertraut. Es war mir nie in den Sinn gekommen, dass sie mir mit Absicht etwas vorenthalten könnte.

»Nein, weil du Ehrgeiz hast, engagiert und fleißig bist ... Das Gegenteil von mir.«

Okay, da musste ich ihr zustimmen. Wir waren vollkommen verschieden: Sie beugte sich keiner Regel und ich war fügsam und brav. Und dieser große Unterschied zwischen uns ließ mich innehalten.

Wenn Mom etwas von mir verlangte, gehorchte ich und stellte keine Fragen. Rose hatte dagegen keinen Funken Gehorsamkeit in sich. Wenn Mom ihr etwas aufgetragen hatte, selbst etwas so Einfaches, wie pünktlich heimzukommen oder den Müll rauszubringen, hatte sie absichtlich genau das Gegenteil getan. Warum hatte Rose dann aber ausgerechnet auf sie gehört, als Mom uns auseinanderbringen wollte?

Natürlich, sie hatte die Briefe geschickt, aber das schien fast bedeutungslos angesichts der Tatsache, dass sie sonst vollkommen aus meinem Leben verschwunden war. Keine Anrufe. Keine E-Mails. Warum hatte sie nicht einfach beschlossen, sich einen Dreck um Mom zu scheren und mir in den Ferien einen Überraschungsbesuch abzustatten?

»Rose, ich bin immer noch verwirrt«, sagte ich. »Wenn dir Moms Regeln so egal waren, warum hast du dich dann überhaupt von mir ferngehalten?«

Sie schluckte und blickte zu Boden. Ich konnte das nicht richtig einordnen. War ihr etwas peinlich?

»Felicity, du musst das verstehen. Als ich weggegangen bin, hatte ich weder einen Job noch Geld, um mich über Wasser zu halten.« Sie biss sich auf die Unterlippe, und es gelang mir endlich, ihren Gesichtsausdruck zu deuten. Schuld. »Ich brauchte das Geld, um wieder auf die Beine zu kommen.«

»Wovon redest du?«, fragte ich und kniff die Augen zusammen. »Welches Geld?«

Sie zögerte ein paar Sekunden, aber dann antwortete sie: »Das Sparkonto für meine Ausbildung, das Mom und Dad für mich angelegt hatten. Ich hätte das Geld sowieso nie gebraucht, um zu studieren, also hat Mom mir Zugang dazu gegeben, unter der Voraussetzung, dass ich mich von dir fernhalte.«

Ich sah sie an und versuchte zu verarbeiten, was sie mir gerade mitgeteilt hatte. »Mom hat dich bezahlt, damit du dich von mir fernhältst?«

»Hey, hör zu«, begann Rose und griff über den Tisch nach meinen Händen. »Dich zurückzulassen, war das Schwerste, was ich jemals getan habe, okay? Aber ich musste herausfinden, wer *ich* wirklich war. Und das konnte ich zu Hause nicht. Nicht mit Mom. Unsere Beziehung war dafür viel zu kaputt.«

Ich zog meine Hände weg.

Niemand musste mich daran erinnern, wie schlecht das Verhältnis zwischen meiner Schwester und meiner Mutter gewesen war. Deshalb verstand ich, warum Rose sich von ihr hatte lösen müssen – und konsequenterweise auch von mir. Aber die Wahrheit tat trotzdem unglaublich weh.

»Fel?«, flüsterte Rose. Sie hatte noch nie so klein gewirkt. »Bitte, hass mich nicht.«

Ich ließ den Kopf sinken, um meinen Gesichtsausdruck vor ihr zu verbergen. »Ich hasse sie, nicht dich.«

»Sag so etwas nicht, Fel.«

Mein Kopf schoss so schnell hoch, dass er gegen den Schrank hinter mir knallte, aber ich war von ihrer Antwort zu überrascht, um den Schmerz überhaupt wahrzunehmen. »Warum nicht?«

»Weil sie dich liebt und ...«

»Wow, warte.« Ich hob eine Hand, um ihr Einhalt zu gebieten. »Verteidigst du sie gerade allen Ernstes?«

»Ich sage nicht, dass das, was sie getan hat, richtig war, denn das war es ganz bestimmt nicht«, stellte Rose klar.

»Aber lass es dir von jemandem gesagt sein, der sie jahrelang verachtet hat: Das ist es nicht wert.«

»Also hast du ihr verziehen?«, fragte ich ungläubig. »Nach allem, was sie getan hat?«

»Nicht ganz, aber ich versuche es, denn ich will glücklich sein«, antwortete sie. »Hass nimmt mehr Platz im Herzen ein, als du dir vorstellen kannst, und dann ist dort kein Platz mehr für Liebe oder Freude. Glaub mir.«

»Du verstehst das nicht, Rose. Alles, was ich seit deinem Verschwinden getan habe, habe ich für Mom getan. Alle, die sie geliebt hat, haben sie im Stich gelassen, und ich hatte das Gefühl, das wiedergutmachen zu müssen«, erklärte ich. »Die dumme dreizehnjährige Felicity dachte, wenn sie in Harvard studiert und eine erfolgreiche Anwältin wird, wäre Mom vielleicht wieder glücklich.«

»Dafür brauchst du keinen tollen Abschluss oder einen Job in einer Anwaltskanzlei, Fel. *Du* machst sie einfach glücklich.«

»Darum geht es nicht. Alle Entscheidungen, die ich in den letzten vier Jahren getroffen habe, basieren auf einer Lüge!«, rief ich.

»Willst du damit etwa sagen, dass du nicht so fleißig gelernt hättest, wenn du den wahren Grund für mein Verschwinden gekannt hättest oder wenn ich nie weggegangen wäre?« Rose sah mich ungläubig an. »Denn wenn das der Fall ist, hat Mom vielleicht die richtige Entscheidung getroffen.«

»Wie kannst du das sagen? Ich habe mich die ganzen Jahre darauf konzentriert, etwas zu erreichen, das sie glücklich machen würde, statt *meine* Träume zu verfolgen, und jetzt habe ich das Gefühl, gar nicht mehr zu wissen, wer ich eigentlich bin.«

»Du bist erst siebzehn«, sagte Rose mit einem Lachen. »In dem Alter weiß niemand genau, wer er eigentlich ist. Verdammt, ich bin jetzt 21 und versuche immer noch herauszufinden, wer ich bin.«

Darauf fiel mir keine Antwort ein – jedenfalls keine, die Rose meine Sichtweise begreiflich machen würde. Die Wahrheit darüber zu erfahren, was vor vier Jahren geschehen war, war anstrengend und nahm mich emotional mehr mit, als ich gedacht hatte.

»Sieh mal«, begann Rose, als unser Schweigen kaum mehr auszuhalten war. »Ich weiß, was gerade in dir vorgeht. Als Mom mich damals rausgeschmissen hat, hat sich das angefühlt, als hätte sie mich verraten. Ich weiß, du bist verletzt, aber ich habe dich seit vier Jahren nicht gesehen. Ich will keine weitere Minute mehr damit verschwenden, mich ihretwegen zu streiten.«

Sie hatte recht. Mom hatte uns schon viel zu viel Zeit gestohlen. Warum ließ ich zu, dass sie noch mehr bekam?

»Okay«, antwortete ich und atmete tief durch. Ich versuchte – zumindest für den Moment – Mom aus meinen Gedanken zu verbannen. »Erzähl mir alles über Nicoli.«

»...und hier ist eins von uns und seiner *Nonna*«, erklärte Rose, während sie auf ein Foto von sich, Nicoli und einer älteren Frau deutete.

Wir hatten es uns im Wohnzimmer auf der Couch gemütlich gemacht. Rose zeigte mir ein Fotoalbum des Sommers, den sie mit Nicolis Familie in Neapel verbracht hatte. Bisher hatte ich erfahren, dass ihr Freund 24 Jahre alt und stellvertretender Küchenchef in einem der bestbewerteten Restaurants in Seattle war. Und dass es sein Traum war, später einmal sein eigenes Bistro zu eröffnen.

Ich strich mit den Fingern über die Plastikseite des Albums und zeichnete das Lächeln meiner Schwester nach. Ihre Wangen waren voll und rund und ihr Mund zu einem Lachen weit geöffnet. Ich hatte sie noch nie so glücklich gesehen.

»Es muss dir dort sehr gut gefallen haben«, sagte ich wehmütig. Ich war nicht wirklich traurig… Aber die Tatsache, dass Rose uns erst verlassen musste, um derart glücklich zu werden, war wie ein Stich ins Herz.

Sie nickte. »Es war der schönste Sommer meines Lebens.«

»Eine Sache hast du mir noch nicht erzählt… Wie habt ihr euch denn kennengelernt?«

»Während meiner ersten Kreuzfahrt«, antwortete sie mit leuchtenden Augen. »Auf einer Teeparty, auf der die Gäste die Disneyprinzessinnen kennenlernen konnten. Er war ebenfalls dabei, aber natürlich nicht als Prinzessin. Er hat dort als Kellner gearbeitet, um sich Geld für die Kochschule zu verdienen. Wie auch immer, als die Veranstaltung schon halb vorbei war, ist er jedenfalls gestolpert und hat mir eine ganze Kanne Saft auf mein Kleid geschüttet.«

»Na, das ist bestimmt super angekommen bei dir.« Meine

Schwester gehörte nicht unbedingt zu den gelassensten Menschen.

»Ich war stinksauer.« Sie ließ sich in die Kissen fallen, als wäre die bloße Erinnerung anstrengend. »Aber bei Disney gibt es eine eiserne Regel, die besagt, dass man nie aus der Rolle fallen darf, solange man sein Kostüm trägt. Also musste ich lächeln und lachen und so tun, als wäre der Orangensaft, der mir den Ausschnitt hinunterlief, keine große Sache. In Wahrheit hätte ich diesem Kellner am liebsten den Hals umgedreht.«

Ich verkniff mir ein Lachen bei der Vorstellung, wie Rose versuchte, ihr Temperament zu zügeln. Es war leichter, sich vorzustellen, wie sie in ihrem Aschenputtel-Kostüm dastand, Rauch aus ihren Ohren aufstieg und sie wie ein Matrose fluchte. Kleine weinende Mädchen, zerschellende Teetassen und eine Rose, die über den Tisch stürzt, um dem armen Nicoli das Genick zu brechen.

»Ich nehme an, du hast ihn dir dann später vorgeknöpft?«

»Das war der Plan«, gab Rose zu, »aber bevor ich die Gelegenheit dazu hatte, kam er zu mir und hat um Gnade gewinselt. Ernsthaft, er ist auf die Knie gefallen und hat *gefleht*. Es war so süß, dass ich dahingeschmolzen bin. Auf dem Schiff gab es keine Blumen zu kaufen, aber im Souvenirgeschäft hat er diese Rose aus *Die Schöne und das Biest* gefunden. Sie war total kitschig und aus Plastik und hat ihn vermutlich den Lohn einer ganzen Woche gekostet, aber es war so lieb.«

Rose und *dahinschmelzen?* Kein Wunder, dass Nicoli sich so

lange gehalten hatte. Normalerweise schaffte kein Typ mehr als einen Monat mit Rose.

»Und dann dieser Akzent«, fuhr sie fort und lief rot an. »Gott, ich stand so darauf, wie er das *R* in meinem Namen gerollt hat.«

»Also war von da an alles klar?«, fragte ich.

Rose lächelte. »Ja, ich glaube schon. Es gab auch ein paar schwierige Zeiten und kleine Hindernisse, aber es läuft wirklich gut. Wir sind gerade erst zusammengezogen – das ist ein ziemlich großer Schritt – aber es fühlt sich richtig an. *Wir* fühlen uns richtig an.« Sie klappte das Fotoalbum zu und legte es auf den Couchtisch, bevor sie sich grinsend zu mir umdrehte. »Also. Ich weiß zwar *nichts* über Boybands, aber dein Freund Alec … Ist er der, für den ich ihn halte?«

»Ähm, ja«, murmelte ich. Ich wusste nicht wirklich, warum ich das nur ungern zugab. »Wir haben uns auf einem Wohltätigkeitsball kennengelernt.«

Die nächsten zehn Minuten verbrachte ich damit, von dem Maskenball und allem, was danach geschehen war, zu erzählen. Von den gemeinsam genossenen Blaubeermilchshakes im Diner bis zum Kuss auf dem Baum beim Safe House.

Als ich fertig war, war Rose' Grinsen zehnmal so breit wie vorher. »Das klingt alles so, als sei er wirklich hinreißend.«

Ich nickte und strich mir eine Locke hinters Ohr. »Das ist er«, stimmte ich ihr zu.

»Aber? Du klingst so … reserviert.« Sie musterte mich einen Herzschlag lang, ehe sie den Kopf schräg legte. »Stört es dich, dass er berühmt ist?«

Ich dachte darüber nach und schüttelte schließlich den Kopf. »Ehrlich gesagt kennen wir uns noch nicht lange genug, dass ich das wirklich sagen kann. Aber ich habe erlebt, welchen Einfluss es auf sein Leben hat – überall, wo er hinkommt, möchten Leute Fotos mit ihm machen –, aber er geht wunderbar damit um, und bisher hat es mich nie gestört.«

»Was genau stört dich denn dann? Da muss es nämlich etwas geben. Das spüre ich.«

Störte mich wirklich etwas? Ich musterte meine Fingernägel, als würde die Antwort, nach der ich suchte, plötzlich dort auf meinem korallenroten Lieblingsnagellack erscheinen.

In den letzten Tagen hatte ich nur über meine Schwester nachgedacht: Warum war sie weggelaufen? Ging es ihr gut? Wollte sie mich sehen? Ich war so darauf konzentriert gewesen, sie zu finden, dass ich kaum dazu gekommen war, mir über Alec und mich Gedanken zu machen. Ich mochte ihn, das tat ich wirklich... Aber vielleicht hatte Rose recht. Selbst nach dem Gespräch, das ich letzte Nacht mit Alec geführt hatte, war ich mir immer noch nicht sicher, was das zwischen uns war. Waren wir nur Freunde? Freunde mit gewissen Vorzügen? Waren wir zusammen? Wenn es jemals den passenden Augenblick gab, um als Facebook-Beziehungsstatus *Es ist kompliziert* auszuwählen, dann jetzt.

Hinzu kam, dass ich der ganzen Sache mit Violet James noch auf den Grund gehen musste. Bei dem Gedanken musste ich wieder an das Gespräch zwischen Alec und Stella zurückzudenken, das ich mitbekommen hatte. *Vollkommen ehrlich bist du aber auch nicht,* hatte sie ihm vorgehalten.

Das warf in mir unwillkürlich eine Frage auf ... Verheimlichte Alec mir etwas?

Der Gedanke löste Unbehagen in mir aus.

Das Letzte, wirklich *Allerletzte,* was ich in meinem Leben gerade gebrauchen konnte, waren noch mehr Lügen. Zuerst war es Mom mit den Briefen von Rose gewesen. Dann hatte ich herausgefunden, dass Asha und Boomer heimlich ein Paar waren. Jetzt stellte ich sogar meine eigenen Gefühle infrage.

»Lach nicht, okay?«, sagte ich nach einer Weile. »Auf dem Maskenball habe ich sofort eine Verbindung zu Alec gespürt. Er ist ein unglaublich zurückhaltender Mensch, aber mir hat er sich geöffnet. Ich weiß nicht, wie ich es erklären soll, aber wir haben uns sofort wohl miteinander gefühlt. Es ist, wie einen neuen Song im Radio zu hören, der – obwohl er vollkommen unbekannt ist – sofort deine Seele berührt. Als wäre er nur für dich geschrieben worden, und du willst aus voller Kehle mitsingen, obwohl du den Text gar nicht kennst. So fühlt es sich mit ihm an.«

»Wo liegt denn dann das Problem?«

»Ich glaube, dass er mir gegenüber nicht vollkommen ehrlich ist.«

Rose zog eine Augenbraue hoch. »In Bezug auf was?«

»Na ja ... Da bin ich mir auch nicht ganz sicher.«

»*Felicity.*« Ihr Tonfall war sanft, aber sie klang so sehr wie Mom, dass ich kurz zurückwich. »Hast du nicht gerade noch gesagt, dass ihr euch noch nicht lange kennt? Du kannst doch nicht von ihm erwarten, dass er sofort all seine Geheimnisse offenbart.«

»Natürlich nicht.« Ich tat einen langen Seufzer. »Es ist nur so ... Es gibt da dieses andere Mädchen. Sie heißt Violet James.«

»Die Schauspielerin?«

Ich nickte. »In der Boulevardpresse kursierten letzten Monat Gerüchte, dass sie ein Paar wären«, erklärte ich. »Das ganze Wochenende lang hat Alec immer wieder angespannte Telefonate geführt. Ich glaube, sie hatten etwas mit ihr zu tun.«

»*Ah*«, Rose' vielsagender Tonfall machte mich sofort etwas befangen.

»Ich weiß, dass ich lächerlich klinge«, fügte ich hinzu und wollte es rasch erklären. »Aber ich mag ihn wirklich. Wenn er mich wirklich anlügt ... Ich glaube nicht, dass ich das ertragen könnte. Nicht von ihm. Nicht jetzt.«

Mann! Warum fühlte ich mich nur so erbärmlich? Noch nie zuvor war mir ein Typ so nahe gegangen. Okay, vielleicht war mein Herz etwas angekratzt gewesen, als Eddie Marks meinen Namen vergessen hatte, aber er war nur eine unbedeutende Schwärmerei gewesen. Ich hatte immer gewusst, dass Eddie sich nicht für mich interessierte. Für ihn war ich ein Niemand gewesen.

Vielleicht war das der Grund, warum sich das hier so anders anfühlte.

Alec interessierte sich für mich. Ich *bedeutete* ihm etwas ...

Aber, wenn das nun keine Rolle spielte? Wenn die Bindung, die ich zu ihm spürte, nicht genug war? Wenn ich ihm zwar etwas bedeutete, er sich aber trotzdem für sie entschied?

Rose legte mir einen Arm um die Schulter. »Du weißt, dass es für dieses Problem eine einfache Lösung gibt, nicht wahr?«

»Ähm, tue ich das?«

Sie nickte. »Du musst mit ihm *reden*.«

»Aber wenn ich mir das alles nur einbilde? Vielleicht gibt es gar kein Riesengeheimnis und ich habe nur vorschnelle Schlüsse gezogen. Ich will nicht, dass er denkt, dass ich mich für seine Freundin halte. Und ich will auch nicht total unsicher wirken.«

»Alec wirkt auf mich wie ein durchaus vernünftiger junger Mann«, sagte Rose und zog mich in eine Umarmung, die mich beruhigen sollte. »Wenn du ihm sagst, wie du dich fühlst, bin ich mir sicher, dass er es verstehen wird. Und wenn nicht, wenn er *tatsächlich* lügt, ist es dann nicht besser, es jetzt herauszufinden?«

Mein Handy summte und ich war dankbar für die Unterbrechung.

Asha: Hey, kannst du uns reinlassen?

Asha: Alec wurde beim Mittagessen von Fans überrannt, deswegen sind wir schon wieder zurück.

»Ist alles in Ordnung?«, fragte Rose, als ich von der Couch aufstand und mein Handy wieder wegsteckte.

»Das war Asha«, antwortete ich. »Sie sind unten.«

»Hey, Felicity?«

»Hm?«

»Sprich. Mit. Ihm.«

Als ich die Tür zum Hof öffnete, standen lediglich Asha und Boomer davor.

»Wo ist Alec?«

Boomer deutete mit dem Daumen nach links. »Gleich um die Ecke. Er telefoniert.«

»Okay, ich warte auf ihn.« Ich trat beiseite, damit sie an mir vorbeikonnten.

Während sie die Treppe hinaufliefen, lehnte ich mich in den Türrahmen, ein Fuß im Haus, der andere draußen. Ich wollte mich nicht aussperren, aber ich wollte auch nicht, dass Alec dachte, wir hätten ihn draußen stehen lassen. Rose hatte recht, obwohl ich es hasste, mir das einzugestehen. Ich musste mit Alec sprechen, und dies war die perfekte Gelegenheit, um mich ungestört mit ihm zu unterhalten ... Aber wo sollte ich überhaupt anfangen?

Theoretisch sollte es ein Leichtes sein, ihn einfach direkt nach Violet zu fragen. Alec war ein direkter, vernünftiger Mensch. Obwohl wir noch nicht darüber gesprochen hatten, was *wir* waren, würde er mein Bedürfnis nach Klarheit bestimmt nachvollziehen können.

Aber manchmal lief es in der Praxis anders ab als in der Theorie. Ich fand einfach keinen guten Weg, ihn auf Violet anzusprechen, ohne wie eine eifersüchtige Psychotante zu klingen. Wenn ich nun alles zwischen uns ruinierte, weil ich aus einer Mücke einen Elefanten machte?

Trotz meiner Ängste wusste ich, dass ich etwas sagen musste. Das blöde Gefühl in meinem Bauch würde sonst nie verschwinden.

Als Alec fünf Minuten später immer noch nicht zurückgekehrt war, machte ich mich auf die Suche nach ihm. Ich fand ihn weder gleich um die Ecke, wie Boomer es formuliert hatte, noch vorn in der Galerie. Aber sein Auto stand noch auf demselben Parkplatz, also konnte er nicht weit weg sein. Wenn er sich in eins der vielen kleinen Cafés in dieser Straße zurückgezogen hatte, konnte es allerdings ewig dauern, ihn zu finden. Aber wie ich Alec kannte, war er eher an einem ruhigen Ort, wo er alleine sein und einen klaren Kopf bekommen konnte.

Ich entdeckte ihn schließlich auf einer Bank, einen Block von Rose' Wohnung entfernt. Die Gegend war menschenleer mit Ausnahme einer Mutter, die ihrer Tochter auf einer Spielplatzschaukel Schwung gab. Alec hatte seine Kopfhörer in den Ohren, und obwohl ich sein Gesicht nicht sah, erkannte ich an seiner gebeugten Haltung – Ellbogen auf den Knien, tief hängender Kopf und gefaltete Hände –, dass irgendetwas ihm zu schaffen machte.

Ich strich ihm über die Schulter, als ich mich neben ihn setzte. »Hey.«

Alec zuckte bei meiner Berührung zusammen, aber als er sah, dass ich es war, entspannte er sich und machte seine Musik aus.

»Wie war das Gespräch mit deiner Schwester?«, wollte er wissen, bevor ich ihn fragen konnte, was mit ihm los war.

»Sehr erhellend.« Ich lehnte mich an die Rückenlehne der Bank und stieß einen Seufzer aus. »Es hat sich herausgestellt, dass Rose gar nicht weggelaufen ist. Meine Mom hat sie rausgeschmissen, weil sie wegen Drogenbesitzes festgenommen worden war. Aber die Drogen haben ihr gar nicht gehört. Anscheinend dachte Mom, Rose würde mich auf die schiefe Bahn bringen oder irgend so was Lächerliches. Deswegen – halt dich fest – hat sie meine Schwester dafür bezahlt, sich von mir fernzuhalten.«

»Wow.« Er richtete sich auf. »Das ist ziemlich heftig.«

»Ja, oder?«

Ein Moment der Stille verstrich, bevor Alecs Lippen zuckten.

»Du musst aber zugeben, dass die ganze Geschichte wie aus dem Drehbuch einer Nachmittags-Soap klingt.«

Ich warf ihm einen vielsagenden Blick zu. »Genau wie der bergsteigende Boyband-Gitarrist, der einer Fremden, die er auf einem Maskenball kennengelernt hat, hilft, ihre verloren geglaubte Schwester wiederzufinden.«

»Niemand«, sagte er prustend, »würde das glauben. Aber dein Leben hat offensichtlich einen hohen Unterhaltungswert. Es ist ein Wunder, dass man dir noch keine eigene Fernsehshow angeboten hat.«

»Oh ja«, sagte ich und verdrehte die Augen. »Die Kardashians sollten sich warm anziehen.«

Alec lachte und das ließ auch mich lächeln.

»Felicity?«, sagte er plötzlich.

»Ja?«

»Ich bin wirklich froh, dass du deine Schwester gefunden hast.«

Unvermittelt überflutete mich ein Gefühl der Dankbarkeit für den Jungen, der neben mir saß – zusammen mit einer heißen Welle von Schamgefühlen. Alec hatte mir die ganze Zeit nur helfen wollen. Er hat ein ganzes Wochenende dafür geopfert und einen Streit mit seinem Dad deswegen gehabt. Und wie zeigte ich meine Dankbarkeit? Indem ich an ihm zweifelte.

Nur weil neuerdings alle Leute in meinem Umfeld Geheimnisse vor mir hatten, hatte ich angenommen, dass es auch bei ihm so war. Aber nur, weil es Dinge in seinem Leben gab, über die ich nichts wusste, bedeutete das ja nicht, dass er mich anlog. Wie Rose gesagt hatte, konnte ich nicht von ihm erwarten, dass er mir sein Herz ausschüttete, nachdem wir uns erst gut zwei Wochen kannten. Wo bliebe da auch das Geheimnisvolle und die Romantik?

»*Wir* haben Rose gefunden«, korrigierte ich ihn. »Du hast mir gesagt, dass ich dir erst danken soll, wenn wir sie gefunden haben. Da das jetzt der Fall ist, will ich, dass du weißt, wie viel mir das bedeutet. Und ich meine nicht nur, dass du mich hierhergefahren hast. Danke dafür, dass du in San Francisco nicht zugelassen hast, dass ich aufgebe, und dafür, dass du mir bei dem ganzen Asha-Boomer-Debakel zur Seite gestanden hast. Ohne dich wäre ich nie so weit gekommen.«

Er nahm meine Hand und strich mir mit dem Daumen

über die Fingerknöchel. »Es war mir eine Freude«, sagt er. Ich wusste, dass er es ernst meinte – Alec war immer aufrichtig –, aber das Lächeln auf seinen Lippen verblasste schnell.

»Hey, geht es dir gut?«, fragte ich und drückte meine Schulter an seine. »Asha hat mir geschrieben, was beim Essen passiert ist. Sie sagt, du wärst überrannt worden.«

Er ließ sich frustriert gegen die Rückenlehne sinken und steckte die freie Hand in seine Hosentasche. Mit der anderen hielt er meine weiter umschlossen und ich drückte tröstend seine Finger.

»Das ist es nicht«, antwortete er. »Ich weiß, dass es nicht immer so aussieht, aber ich treffe wirklich gerne Fans. Außerdem bin ich mir ziemlich sicher, dass Asha übertrieben hat. *So* viele Menschen waren es gar nicht.«

»Was ist es dann?«

Alec setzte ein gezwungenes Lächeln auf, aber das ließ ihn nur noch unglücklicher aussehen. »Mein Dad.«

»Hat er wieder angerufen?« Obwohl Alec mir gesagt hatte, dass ich mir keine Sorgen machen sollte, war es unmöglich, es *nicht* zu tun. King rief offenbar immer häufiger an. Was auch immer zwischen ihm und Alec vorging, musste also ziemlich ernst sein. »Wenn du zurück nach LA musst, verstehe ich das vollkommen. Wir drei finden schon allein nach Hause. Ich will nicht, dass dieser Ausflug dich und deinen Vater noch weiter auseinandertreibt.«

»Felicity, ich lasse dich nicht in Seattle zurück«, erklärte er. »Es ist nichts Neues, dass King ein Arschloch ist. Aber ich komme schon damit klar, okay?«

Ich runzelte die Stirn, denn ich war nicht überzeugt. Aber bevor ich noch mehr sagen konnte, beugte Alec sich vor und gab mir einen sanften Kuss auf die Stirn, so sacht, dass er kaum spürbar war. Dann stand er auf und hielt mir – wie immer ganz der Gentleman – die Hand hin.

»Wir sollten zu den anderen zurückgehen, bevor sie sich fragen, wo wir abgeblieben sind«, sagte er. Ich wusste, dass er versuchte, das Gespräch auf möglichst nette Art und Weise zu beenden, aber ich konnte nicht anders, als weiter über King nachzudenken.

Was hatte er getan, das seinen Sohn derart verletzt hatte?

KAPITEL 18

Wir verbrachten den Rest des Nachmittags mit meiner Schwester. Im Handumdrehen waren fünf Stunden vergangen, die sich für mich nur wie ein paar Minuten angefühlt hatten. Zum Abendessen machten Rose und ich zusammen überbackene Makkaroni mit so viel Käse, dass man schon beim bloßen Anblick hohe Cholesterinwerte bekam. Nachdem wir aufgegessen hatten, zwang Rose uns alle zu einer Runde Monopoly.

Wider Erwarten amüsierten wir uns alle prächtig.

»... fünf, sechs, sieben ... Oh, scheiße«, sagte Asha, als sie feststellte, wohin sie sich gewürfelt hatte.

Boomer streckte triumphierend die Faust in die Luft. »Vielen Dank für Ihren Besuch in Boomers Strandpromenaden-Luxushotel, das macht dann lässige zwei Riesen, bitte.«

Asha sah sich ihren mickrigen Haufen Spielgeld an, seufzte und schob dann alles, was sie hatte – die paar Scheine, die Turmstraße und die Münchner Straße –, über den Tisch zu ihrem Freund.

»Tja, ich bin raus. Ich bezweifle, dass das genug ist.«

»Mir würde da schon etwas einfallen, wie du den Rest bezahlen kannst«, bemerkte Boomer mit einem Grinsen. »Zum Beispiel könntest du ...«

»*Boomer*!«, rief Asha. Ihre Wangen glühten rot und sie versetzte ihm unter dem Tisch einen Tritt. »Das ist ein jugendfreies Spiel! Benimm dich.«

»Schatz«, grummelte er und rieb sich das Knie. »Ich bin mir ziemlich sicher, dass Brettspiele keine Altersbeschränkung haben.«

Sie deutete auf die Verpackung. »Hier steht es doch, direkt auf der Vorderseite: *ab acht Jahren*.«

»Na ja, aber wir spielen ja nicht mit Achtjährigen«, entgegnete Boomer, »also brauchst du dir keine Sorgen zu machen.«

Alec wandte sich zu ihm um und deutete auf den Gameboy, den Boomer aus der Tasche gezogen und neben sein Portemonnaie, sein Handy und eine zerknüllte Quittung von der Tankstelle auf den Tisch gelegt hatte. »Bist du dir sicher?«, fragte er trocken.

Rose verschluckte sich beinahe an ihrem Wein und Asha warf lachend den Kopf in den Nacken. Den peinlichen Moment hatte sie schon vergessen. Ich sah mich um und konnte mir ein Lächeln nicht verkneifen. Ich dachte darüber nach, wie perfekt dieser Augenblick war, den ich hier mit den Menschen erlebte, die mir am wichtigsten waren.

Dann klingelte Alecs Handy.

Seine Miene verhärtete sich, als er auf dem Display sah, wer ihn anrief. »Entschuldigt mich«, sagte er, schob seinen Stuhl zurück und stand auf. Ich suchte seinen Blick, um ihn wortlos zu fragen, ob alles in Ordnung sei, aber er verschwand aus dem Raum, ohne sich noch mal umzudrehen.

Mein Lächeln verblasste. Es musste King sein. Niemand sonst konnte Alec so leicht aus der Ruhe bringen.

Bevor ich merkte, was ich tat, schob ich meinen Stuhl nach hinten. Mein Blick war auf die Tür gerichtet, durch die Alec verschwunden war. »Leute, ich bin gleich zurück«, sagte ich. Ohne eine weitere Erklärung stand ich auf.

Ich wusste, dass Alec nicht wollte, dass ich mir Sorgen machte, aber ich hatte ihn lange genug allein mit King fertigwerden lassen. Ich konnte zwar unmöglich geradebiegen, was zwischen Vater und Sohn schiefgelaufen war, aber ich konnte zumindest einfach für Alec *da sein*. Und wenn er noch nicht bereit war, mir zu erklären, was los war, konnte ich damit leben. Es würde mich nicht davon abhalten, ihn zu unterstützen. Nach all dem, was er für mich getan hatte, war es das Mindeste, was ich tun konnte.

Während ich die Treppe hinunterstieg, hörte ich Alecs Stimme immer deutlicher.

»*Bitte*, Vi«, sagte er. Seine sonst tiefe Stimme klang verzweifelt und gepresst. Er ... bettelte doch nicht etwa? »Ich weiß, ich habe dir etwas anderes versprochen, aber gib mir noch eine Chance. Wir können das regeln.«

Moment, was?

Ich klammerte mich ans Treppengeländer und weigerte mich zu glauben, was ich gerade gehört hatte. Vielleicht trieb mein Unterbewusstsein einen Scherz mit mir und meinen Nerven und ich bildete mir die Unterhaltung nur ein?

Ja, das musste es sein.

Aber dann hörte ich Alec wieder sprechen: »Natürlich

stehe ich dabei zu dir! Wie kannst du überhaupt etwas anderes denken, nach all der Zeit, die wir zusammen verbracht haben?«

Übelkeit stieg in mir auf, als all die Zweifel und Befürchtungen, die ich verdrängt hatte, wieder an die Oberfläche brachen. Alec kämpfte um seine Beziehung – zu *Violet*. Gott, war ich dumm gewesen. Hatte ich wirklich geglaubt, er würde sich für mich entscheiden, wenn er eine wie sie haben konnte? Er war Musiker, sie Schauspielerin. Sie waren wie füreinander geschaffen.

»Nein, ich bin in Seattle«, sagte er. Kein Wort über den Grund, weshalb er hier war. Kein Wort über mich. »Sobald ich zurück bin, komme ich vorbei, okay?«

Er sprach weiter, aber ich nahm nichts mehr davon wahr. Ich hörte immer nur dieselben Worte in meinen Ohren widerhallen.

Gib mir noch eine Chance.

Wir können das regeln.

Nach all der Zeit, die wir zusammen verbracht haben ...

Ich ballte die Hände zu Fäusten, jeden Finger einzeln. Mochte ja sein, dass ihre Beziehung gerade auf Eis lag, aber nichts, *rein gar nichts,* gab Alec das Recht, Violet zu betrügen. Ich hatte aus erster Hand miterlebt, wie die Untreue meines Vaters meine Mutter zerstört hatte. Bei dem Gedanken daran, dass ich Violet möglicherweise dieselben Schmerzen zugefügt hatte, wurde mir speiübel.

Ich schloss die Augen und versuchte, tief durchzuatmen, aber meine Lungen gehorchten mir nicht. Es fühlte sich an, als würde meine Brust sich bei jedem knappen Atemzug, den ich mühsam einsog, weiter zuschnüren.

»Felicity?« Ich öffnete die Augen. Alec stand keinen Schritt entfernt und sah mich besorgt an. »Geht es dir gut?«

»Nein«, sagte ich knapp. »Ganz und gar nicht.«

Wie konntest du nur?, wollte ich schreien. *Wie konntest du mich küssen, mit mir lachen und mich in dein Leben lassen, wenn es offensichtlich jemand anderen für dich gibt, der dir wichtiger ist?*

Meine barsche Antwort verunsicherte ihn. »Okay ... Gibt es etwas, über das du reden willst?«

»Klar, Alec. Reden wir.« Meine Stimme klang selbst in meinen eigenen Ohren anders – verletzt, bitter. »Wie wäre es für den Anfang mit der Tatsache, dass ich gerade dein Gespräch mit Violet mitgehört habe.«

Eins musste ich ihm lassen. Alec zuckte angesichts der Tatsache, dass er erwischt worden war, nicht mal mit der Wimper.

»Hat dich das gestört?« Er wirkte ehrlich verwirrt. »Warum?«

»Wow. Nach all dem, was ich dir über meine Eltern erzählt habe, dass mein Dad meine Mom betrogen hat, dachtest du da wirklich, dass mich das nicht verletzen würde?«

Ich schüttelte den Kopf und trat ein paar Schritte von ihm weg.

»Moment, Moment. Ich weiß nicht, was du glaubst, gehört zu haben, aber das muss irgendein Missverständnis sein ...«

»Nein, stopp.« Ich hob die Hand. Hielt er mich für bescheuert? Oder taub? »Ich will deine Ausreden gar nicht hören.«

Mit einem einzigen Schritt überwand Alec die Distanz, die ich zwischen uns geschaffen hatte, und umfasste mein Gesicht mit beiden Händen. Obwohl ich sauer auf ihn war, schloss ich langsam die Augen und gab mich seiner Berührung hin. Ich nahm mir einen winzigen Augenblick, um mir das Gefühl seiner Finger auf meiner Haut einzuprägen.

Ich wusste, dass es das letzte Mal sein würde.

»Habe ich irgendetwas getan, das dir Grund gibt, mir nicht zu vertrauen? Denn ich verstehe nicht, wieso du dich so verhältst«, sagte er mit einem Anflug von Panik in seiner Stimme. »Nach allem, was wir dieses Wochenende zusammen durchgemacht haben, kannst du mir nicht einmal die Chance geben, es dir zu erklären?«

Bei diesen Worten riss ich mich von ihm los. »Was erklären? Dass du mir die ganze Zeit nur etwas vorgemacht hast?« Ein undefinierbares Gefühl stieg in mir auf. Ob es Wut oder Schmerz war, konnte ich nicht sagen, aber so oder so hatte ich nicht genug Selbstbeherrschung, um mir einen Moment zum Abkühlen zu nehmen, bevor ich etwas sagte, das ich bereuen würde. »Was hast du erwartet? Dass ich dir etwas schuldig bin, weil du mir bei der Suche nach Rose geholfen hast? Oder meinst du etwa, dass ich mich glücklich schätzen sollte, Zeit mit dir verbringen zu dürfen, ganz egal wie viele Mädels du gleichzeitig datest – einfach weil du *Alec Williams* bist?«

Es war nicht fair, ihm seinen Ruhm auf diese Weise an den

Kopf zu werfen, aber die Worte, die ich normalerweise nie sagen würde, kamen einfach aus meinem Mund gesprudelt, als wäre in meinem Gehirn eine Sicherung durchgebrannt.

Alecs sonst so beständige Gelassenheit begann zu bröckeln, sein Gesichtsausdruck schwankte zwischen verletzt und wütend. »Denkst du wirklich so über mich?«

Ja!, wollte ich schreien, doch meine sentimentale Seite – der Teil von mir, der immer noch Hals über Kopf in Alec verliebt war – ließ mich innehalten.

»Ich weiß nicht«, sagte ich. Ich hasste es, dass meine Stimme bei diesen Worten zitterte. »Aber ich musste mich in letzter Zeit mit zu vielen Lügen herumschlagen und ich habe es einfach satt. Ich habe nicht mehr die Kraft, herauszufinden, was stimmt und was nicht, ganz besonders, wenn ich die Wahrheit gar nicht hören will.«

»Also war's das jetzt?« Die Frage klang eiskalt.

»Ja«, flüsterte ich. »Ich glaube schon.«

»Na dann.« Sein Gesicht verhärtete sich zu einer Maske. Statt des Scharfsinns und der Freundlichkeit, die sonst in seinen Augen lagen, fand ich in seinem Blick nur Leere. Er hatte mich noch nie zuvor so angesehen, gleichgültig, als würde ich ihm nichts bedeuten. »Sag Asha und Boomer Tschüss von mir.«

Dann wandte er sich zum Gehen, und ich spürte, wie ich innerlich entzweibrach.

»Das ist absolut *tragisch*«, sagte Asha. »Genau wie in der Szene, in der Rose auf der Tür keinen Platz für Jack macht.«

Verglich sie wirklich gerade meinen und Alecs Streit mit der *Titanic*?

Ich knirschte mit den Zähnen. »Niemand ist gestorben«, sagte ich, während ich aus dem von Regentropfen übersäten Fenster auf den vorbeifliegenden Wald starrte. Das Schmuddelwetter des heutigen Tages passte perfekt zu meiner Stimmung. »Hör bitte endlich auf, so zu tun, als wäre jemand gestorben.«

»Deine *Beziehung* ist gestorben.« Asha betonte die ganze Zeit wahllose Wörter, als hoffte sie, eines davon würde plötzlich zu mir durchdringen und mich erkennen lassen, dass ich einen riesigen Fehler gemacht hatte.

»Wir waren nie in einer Beziehung«, rief ich ihr in Erinnerung. Warum musste ich das immer wieder betonen? Wieso schienen die Leute einfach nicht begreifen zu wollen, dass Alec und ich *kein Paar* waren?

»Na schön. Dann eben deine Romanze, Liebesgeschichte oder wie du es auch nennen magst. Du und Alec, ihr seid Geschichte, und das, meine Liebe, ist die Definition von tragisch.«

Ich wünschte, sie würde endlich aufhören. Immer wenn sie seinen Namen aussprach, fühlte ich mich, als würde jemand in meine Brust greifen und mein Herz zerquetschen. Aber ich hatte die Befürchtung, dass sie so schnell keine Ruhe geben würde.

Obwohl ich nicht wirklich nach Hause wollte, saßen wir in einem Zug Richtung LA. Die Reise sollte zwölf Stunden dauern, was bedeutete, dass ich Asha noch sieben weitere

Stunden lang ertragen musste. Sie hatte unentwegt so vor sich hin geschimpft, seit Alec gestern Abend allein davongefahren war. Als ich allen erzählt hatte, was zwischen ihm und mir vorgefallen war, dachte ich, sie würde sich sofort für mich stark machen, mich verteidigen, wie sie es am Morgen zuvor getan hatte.

Doch das war nicht der Fall gewesen.

Stattdessen war Asha ausgeflippt und hatte den Rest des Abends damit verbracht, mir einen Vortrag nach dem anderen darüber zu halten, warum Alec umwerfend war. Sie war sich absolut sicher, dass Alec und Violet James kein Paar waren. *Schließlich,* argumentierte sie, *hat er dir geholfen, Rose zu finden, und dich seinen Freunden vorgestellt,* aber Asha hatte das Gespräch zwischen Alec und Violet nicht gehört und auch nicht die Verzweiflung in seiner Stimme, als er sie angefleht hat.

Ich schon.

Es war mehr als genug, um mich davon zu überzeugen, dass er Gefühle für sie hatte, und ich wollte ganz bestimmt nicht Teil eines Liebesdreiecks im Rampenlicht werden.

Glücklicherweise saß nicht nur Asha mit mir in dem Zug, sondern auch Boomer und Rose waren dabei. Am Morgen hatte Rose sich bei der Arbeit krankgemeldet und ihre Sachen gepackt, damit ich Mom nicht allein gegenübertreten musste. Jetzt, da ich die Wahrheit kannte, wäre es ohnehin sinnlos gewesen, wenn sie sich weiter von uns fernhielt.

Ohne Alec als Chauffeur hatten wir einen neuen Weg finden müssen, um nach Hause zu kommen, deshalb hatte

Rose vorgeschlagen, mit dem Zug zu fahren. Mir waren fast die Augen aus dem Kopf gefallen, als ich die Preise gesehen hatte, aber Rose hatte vier Fahrkarten gebucht, bevor ich protestieren konnte. Sie behauptete, dass das Geld keine Rolle spiele. Das bezweifelte ich zwar, da sie als Barkeeperin arbeitete und Nicoli als Koch, aber was hätten wir sonst tun sollen? Rose besaß kein Auto und der Rest von uns hatte kein Geld. Uns blieb keine andere Wahl.

»Wenn du Alec anrufen würdest«, schlug Asha zum hundertsten Mal vor, »bin ich mir sicher, dass ihr euch wieder ...«

»Hey, können wir das Thema bitte abhaken?«

»Aber Fel, ich glaube wirklich ...«

»Ich will nicht über ihn sprechen«, zischte ich. »Verstanden?«

Ashas Lippen verzogen sich zu einem schmalen Schlitz. »Ja, sicher.«

Die restliche Fahrt über sagte sie kein Wort mehr zu mir, aber ich hatte gegen die Stille nichts einzuwenden. Boomer war in seinen Gameboy vertieft, und Rose schlief tief und fest, deshalb blieb mir viel Zeit, meine Karteikarten ein zweites Mal durchzugehen. Das Lernen hielt mich zumindest davon ab, an Alec zu denken.

Um Punkt zehn Uhr kam der Zug am Bahnhof Union Station an. Von dort aus gingen Rose und ich zur Bushaltestelle, während Asha und Boomer von Mr Van de Berg abgeholt wurden. Während wir warteten, schrieb ich Mom eine SMS, um sie wissen zu lassen, dass ich auf dem Weg nach Hause war. Es war der erste Kontakt, den wir seit unserem Streit hatten. Auch wenn Mom natürlich öfter versucht hatte, mich zu erreichen. Ich wusste, dass ich fünf verpasste Anrufe, zwei Sprachnachrichten und ein paar SMS von ihr auf meinem Handy hatte. Ich hatte nur nachgesehen, weil ich gehofft hatte, Alec hätte versucht, mich zu erreichen.

Das hatte er nicht.

Mom saß am Küchentisch, als wir ankamen.

»Felicity!«, rief sie und sprang auf, kaum dass sie mich erblickte. »Zum Glück geht es dir gut. Ich habe mir solche Sorgen gemacht ...« Sie erstarrte beim Anblick von Rose.

»Hey, Mom«, sagte Rose zögerlich.

»*Rosalyn*«, keuchte Mom. Der Name meiner Schwester ging ihr über die Lippen, als wäre er zerbrechlich. »Du bist hier.«

»Tut mir leid.«

»Du weißt, dass ich es nicht so gemeint habe«, antwortete Mom.

Rose machte sich nicht die Mühe, darauf zu antworten. Sie sah sich in der Küche und im Wohnzimmer um, auf der Suche nach allem, was sich in ihrer Abwesenheit verändert hatte. Viel war es nicht, nur der Mangel an Origami-Figuren fiel wirklich auf.

»Du siehst gut aus«, fuhr Mom fort, offenbar bemüht, die Stille zu füllen. »Wie geht es dir?«

Die Unbeholfenheit dieser ganzen Situation war fast schon körperlich unangenehm.

»Da du meine Briefe gelesen hast, weißt du wohl genau, wie es mir geht«, sagte Rose. »Aber warum bringen wir uns nicht später auf den neuesten Stand? Erst mal solltest du mit Felicity reden.«

Der Gesichtsausdruck meiner Mom spiegelte Schmerz, Schuldgefühle und schließlich Ärger wider, aber sie fing sich schnell. »Ja«, stimmte sie mit ernstem Blick zu. »Du hast recht. Felicity, warum setzt du dich nicht zu mir an den Tisch? Rose, du kannst im Zimmer deiner Schwester warten.«

»Ähm, nein. Ganz bestimmt nicht«, antwortete Rose trotzig. Ich zuckte zusammen. Kaum fünf Minuten unter einem Dach und schon hatten sich die beiden wieder in der Wolle. »Das ist eine Angelegenheit, die wir als Familie regeln müssen. Außerdem kann ich es kaum abwarten zu hören, welche Erklärung du dir ausgedacht hast.«

Drei lange Sekunden verstrichen, in denen Mom Rose ansah.

Die Spannung zwischen den beiden war mit Händen zu greifen und schien die Luft im Raum regelrecht aufzuladen.

»Schön«, sagte Mom schließlich in einem Tonfall, der keine Zweifel daran ließ, dass sie es alles andere als schön fand. Sie bot Rose einen Sitzplatz am Tisch an, aber meine Schwester entschied sich dafür, sich an die Küchenzeile zu lehnen. Sie hatte die Arme vor der Brust verschränkt. »Felicity«, sagte Mom dann. »*Setz dich.*«

Ich nahm mir einen Stuhl und setzte mich. Mom schürzte die Lippen und ich rutschte unruhig auf meinem Stuhl hin und her.

»Ich weiß, dass du wütend auf mich bist«, sagte sie schließlich. »Aber das gibt dir noch lange nicht das Recht, von zu Hause zu verschwinden, geschweige denn den *Bundesstaat* zu verlassen, ohne mich um Erlaubnis zu bitten.«

»Als hättest du mich jemals gehen lassen«, murmelte ich. Ich war immer noch sauer auf meine Mom, aber es war schwer, diese Wut zu mobilisieren, während sie mich ansah, als hätte ich ein Altenheim niedergebrannt oder ein ähnlich undenkbares Verbrechen begangen.

»Darum geht es nicht. Kannst du dir vorstellen, wie besorgt ich war? Ich hatte keine Ahnung, wo du warst oder dass du überhaupt verschwunden warst, bis ich am Sonntag heimgekommen bin. Wie hätte ich dir helfen sollen, wenn dir irgendetwas zugestoßen wäre?«

»Das verstehe ich ja, Mom. Was ich getan habe, war unüberlegt, aber ich bin aus gutem Grund verschwunden, und das weißt du. Bestrafe mich, wie auch immer du willst, aber mein unerlaubter Ausflug ist nicht das Problem hier.« Aus dem Augenwinkel sah ich, dass Rose zustimmend nickte, also fuhr ich fort: »Und um ehrlich zu sein, ist es nur fair, dass du dir einen Tag lang Sorgen um mich gemacht hast. Das ist nichts im Vergleich zu den vier Jahren, in denen ich mir deinetwegen Sorgen um Rose gemacht habe.«

»Felicity, das habe ich getan, um dich zu beschützen.«

»Ja, das hast du schon gesagt. Aber vor wem wolltest du mich beschützen, Mom?«, fragte ich. »War Rose wirklich so eine große Gefahr, dass du sie rausschmeißen *und* aus meinem Leben verbannen musstest?«

Mom erschrak. »Sie rausschmeißen?« Sie wandte sich zu

Rose und funkelte sie an. »Das halte ich für etwas übertrieben. Ich habe dich nicht gezwungen zu gehen.«

Rose, die bis zu diesem Moment geschwiegen hatte, lachte aufgesetzt. »Nein, du hast mir ein Ultimatum gestellt.«

»Du hattest also eine Wahl. Und die Entscheidung hast allein *du* getroffen.«

»Wirklich? Wie kann es eine Wahl gewesen sein, wenn du genau wusstest, dass ich nie zustimmen würde, nach deinen Regeln zu leben?« Mom öffnete den Mund, um ihren Standpunkt zu verteidigen, aber Rose kam ihr zuvor. »Ich verstehe, dass du nur das Beste für mich wolltest, und ich gebe voll und ganz zu, dass mir der Auszug geholfen hat, erwachsen zu werden. Aber was du mir und Felicity angetan hast, dass du uns voneinander ferngehalten hast? Das war falsch.«

»Rose, als du festgenommen worden bist …« Moms Stimme verlor sich und sie schüttelte den Kopf. »Es ist schwer, Kinder großzuziehen«, begann sie von Neuem. »Diese Aufgabe allein zu bewältigen, ist noch schwerer. Man hat niemanden, auf den man sich stützen kann oder der dabei hilft, Probleme zu lösen. Man hat niemanden, der einem versichert, dass man nicht alles falsch macht. Als du festgenommen worden bist, hatte ich mehr Angst als jemals zuvor in meinem Leben. Ich wusste nicht weiter oder wie ich dir helfen sollte, und ich war ganz allein. Meine Regeln?« Sie hob eine Hand, ließ sie aber gleich wieder sinken. »Sie sollten doch beschützen, nicht vertreiben.«

»Aber was ist mit mir?«, fragte ich. »Was hat das auch nur im Entferntesten mit mir zu tun?«

»Oh, Schatz«, antwortete Mom sanftmütig. »Du hast deiner Schwester immer so nahegestanden. Du hast ihre Origami-Figuren gesammelt, als seien sie Schätze, und du hast jeden Abend auf sie gewartet, wenn sie auf einer Party war, um dich um sie zu kümmern...«

»Du wusstest davon?«

»Natürlich wusste ich davon. Ich fand es schrecklich, dass Rose meine Hilfe nicht wollte und dass du diejenige warst, die sich um sie kümmern musste. Aber selbst, als du noch so jung warst, konntest du schon besser mit ihr umgehen als ich. Was mir Sorgen gemacht hat, war, dass du dadurch in Kontakt mit ihrem Lebensstil gekommen bist... dem Trinken, den Drogen. Deine Schwester wollte nicht auf mich hören, und ich habe irgendwann eingesehen, dass ich sie nicht davon abhalten konnte, wenn sie ihre Zukunft unbedingt wegwerfen wollte. Aber bei dir war das anders. Du bist so klug, und ich wollte nicht, dass dir das von irgendetwas ruiniert wird.«

»Und mit irgendetwas meinst du mich.« Feindseligkeit lag in Rose' Stimme, aber ihr Kinn zitterte. »Ich verstehe, dass du auf Felicity aufpassen wolltest, aber Mom... Ich war nur ein Teenager mit ein paar Problemen, keine böse Drogendealerin, die ihre kleine Schwester in ein kriminelles Leben ziehen wollte.«

Bei den Streitigkeiten in der Vergangenheit wäre dies der Punkt gewesen, an dem Mom den Spieß umdrehte. Ich rechnete damit, dass sie jetzt alles auf Rose schieben würde, aber es kam vollkommen anders. Sie sackte auf ihrem Stuhl zusammen. »Ich weiß. Es tut mir leid.«

Rose wirkte so geschockt, wie ich mich fühlte. »*Was?*«

»Sei nicht so überrascht.« Mom rieb sich mit der Hand über das Gesicht und seufzte. »Ich habe einen Fehler gemacht, okay? Manchmal passiert auch Eltern so etwas.«

Bei diesen Worten bäumte ich mich innerlich auf. »Du *hast einen Fehler gemacht*? Mom, wir sprechen hier nicht über ein kleines Missgeschick, für das du dich entschuldigen und dann erwarten kannst, dass alles wieder so ist wie davor. Du hast Rose aus meinem Leben gerissen und warst dann auch noch so dreist, das mit einer Riesenlüge zu vertuschen.«

»Ich habe nie gesagt, dass ich erwarte, dass es wieder wie früher wird.«

»Ja, aber du tust so!« Ich hörte meinen Puls in den Ohren pochen, deshalb zwang ich mich, tief durchzuatmen, bevor ich weitersprach. »Mom, als ich dachte, Rose wäre weggelaufen, war ich ihr furchtbar böse. Ich habe nicht verstanden, wie sie all deine harte Arbeit so mit Füßen treten konnte, deshalb habe ich mir geschworen, es mit meinem Verhalten wieder gutzumachen. Verrückt, oder? Als wäre irgendein Teil dieses Chaos meine Schuld. Aber mit dreizehn wusste ich es nicht besser. Deshalb habe ich die letzten vier Jahre damit verbracht, zu lernen wie eine Verrückte, damit ich nach Harvard gehen und Anwältin werden kann.«

Mom runzelte die Stirn. »Ich dachte, das wäre dein Traum.«

»Ja, aber nur, um dich glücklich zu machen.«

»Felicity«, begann Mom, streckte ihre Hand über den Tisch aus und griff nach meiner. »Das Einzige, was mich noch glücklicher machen würde, als ich es schon bin, ist zu sehen, wie du deine Träume verwirklichst – was auch immer das sein mag.« Sie lächelte und sah dabei rundum glücklich aus. Und da brach die Erkenntnis mit voller Wucht über mich herein. Mom hatte vielleicht ein hartes Los im Leben gezogen, aber sie hatte diese Schwierigkeiten hinter sich gelassen. Nun hatte sie einen Job, den sie liebte, und einen Mann, der ihr zu Füßen lag. Sie brauchte mich nicht, um glücklich zu werden. Sie war schon glücklich.

»Also ... ist es dir egal, was und wo ich studiere, solange ich überhaupt etwas lerne?«

Sie nickte. »Genau.«

»Und was, wenn ich keine Anwältin werden will?«, hakte ich nach. »Was, wenn ich ... Schmuckdesignerin werden will?«

Nun zögerte Mom. »Na ja, mir wäre es zwar lieber, wenn du einen Hochschulabschluss machen würdest, der dir einen guten Job sichert, aber ich kann dir nicht meine Vorstellungen von Erfolg aufzwingen, und es tut mir leid, dass ich das früher versucht habe. Wenn du Schmuckdesignerin werden willst oder Dichterin oder Tiefseetaucherin – ich werde dich unterstützen, ganz gleich, was dein Traum ist. Ich habe einmal den Fehler gemacht, das nicht zu tun. Ich werde ihn kein zweites Mal machen.«

Ich zupfte an meinem Ohrläppchen, während ich über Moms Entschuldigung nachdachte. Ein Teil von mir wollte nichts mehr mit ihr zu tun haben. Schließlich hatte sie Rose und mir vier Jahre miteinander gestohlen und diese Zeit würde ich nie zurückbekommen. Aber das Feuer des Zorns, das ich zuvor in mir gespürt hatte, war zu glimmender Asche zusammengesunken. Denn ganz gleich, was sie getan hatte, sie war immer noch meine Mutter. Was hatte Alec gesagt? *Manchmal tun die Menschen, die uns am meisten bedeuten, Dinge, die es uns schwer machen, sie zu lieben, aber wir tun es trotzdem, denn so ist das nun einmal mit der Liebe.*

Rose bereitete der Stille mit einem Schnauben ein Ende. »Tiefseetaucherin …«

Meine Lippen verzogen sich zu einem kleinen Lächeln. »Ja, ist das nicht total gefährlich?«

Mom lachte und zeigte mit dem Finger auf mich. »Ich hoffe, du glaubst nicht, dass die Sache damit schon erledigt ist.«

Bevor ich antworten konnte, keuchte Rose auf. »Heilige Scheiße.« Sie starrte perplex auf Moms Hand, und als ich ihrem Blick folgte, funkelte der Ring an ihrem Finger im Licht. »Mom, bist du verlobt?«

KAPITEL 19

Die letzten Tage des Sommers fühlten sich länger an als die gesamten zwei Monate davor. Ich hatte bis auf Weiteres Hausarrest. Das bedeutete auch, dass mich keine Freunde besuchen durften. Die einzige Ausnahme, für die ich das Haus verlassen durfte, war meine Arbeit im Diner, und nach meinen Schichten musste ich sofort nach Hause kommen, *sonst ...*

Rose war noch bis Mittwoch in LA geblieben, um als Puffer zwischen mir und Mom zu dienen. Es hatte sich unwirklich angefühlt, sie im Haus zu haben, als wäre ich plötzlich in einer Erinnerung aus der Zeit vor ihrem Verschwinden aufgewacht. Ich wusste, sie würde nicht für immer bei uns bleiben – sie hatte einen Job und Nicoli, zu denen sie zurückmusste –, und als sie schließlich nach Seattle zurückgekehrt war, hatte es sich angefühlt, als hätte man mich ruckartig aus dem perfekten Traum herausgerissen.

Aber Rose hatte mir versprochen, dass sie mich bald besuchen würde, und bis dahin rief ich sie jeden Abend an. Gestern hatten wir über eine Stunde telefoniert und Rose hatte mir von einigen ihrer spannenden Abenteuer der vergangenen vier Jahre erzählt. Einmal hatte sie in Spanien einen Stierlauf mitgemacht, ein anderes Mal eine Woche lang auf einem Flussschiff auf dem Amazonas in einer Hängematte geschlafen. Ich wünschte, ich hätte auch eine so aufregende Erfahrung, von der ich ihr erzählen konnte, aber das Interessanteste, das mir jemals passiert war, war Alec gewesen.

Als es an meiner Zimmertür klopfte, schreckte ich aus meinen Gedanken.

»Schätzchen, wann hast du heute Feierabend?«, erkundigte sich Mom. Sie hatte sich schick angezogen, offenbar um auszugehen: rotes Kleid, schwindelerregend hohe High Heels, geglättetes Haar. Ihre Lieblingskette funkelte an ihrem Hals. Während sie in der Tür stand und ihren Blick durch mein Zimmer wandern ließ, legte sie die dazugehörigen Ohrringe an, zwei goldene Kreolen.

Ich hockte vor meinem Schrank und wühlte in einem Haufen dreckiger Wäsche. Meine Kellnerschürze musste doch irgendwo hier sein ...

Ich musste in dreißig Minuten beim Electric Waffle sein und durfte nicht zu spät kommen. Miss Daisy hatte mich zwar nicht gefeuert, obwohl ich meine Schicht verpasst hatte, als ich in Seattle gewesen war, aber ich befand mich im Moment in einer Art Probezeit.

»Ich bin gegen acht Uhr fertig«, sagte ich, als ich eines der langen, schwarzen Bänder meiner Schürze unter der Kommode entdeckte. Ich griff danach und richtete mich auf.

»Und wie lauten die Regeln?«

Ich zwang mich dazu, nicht die Augen zu verdrehen. »Arbeiten gehen. Nach Hause kommen. Nirgendwo sonst hingehen.« Das Diner lag fünfzehn Minuten entfernt, und mein Bauchgefühl sagte mir, dass Mom mich um Punkt Viertel nach acht anrufen würde.

»Gut.« Sie nickte zustimmend. »Wenn du etwas brauchst, kannst du mich auf dem Handy erreichen. Ich habe dich lieb, Felicity.«

»Ich dich auch. Viel Spaß.«

Heute Abend ließ meine Gefängniswärterin mich zum ersten Mal seit Beginn meines Hausarrests einen ganzen Abend lang unbeaufsichtigt. Um Geld zu sparen, hatte Mom beschlossen, auf eine Verlobungsfeier zu verzichten. Sie wollte das Ereignis trotzdem würdigen, deshalb verbrachten Dave und sie nun eine Nacht in einem piekfeinen Hotel, wo sie zu zweit feiern konnten. Das bedeutete, ich hatte bis morgen die Herrschaft über das Haus, obwohl Mom vermutlich stündlich anrufen *und* Nachbarn vorbeischicken würde, die nach dem Rechten sahen. Denn natürlich würde ich etwas Verbotenes tun, wie zum Beispiel einen Plan zur Ergreifung der Weltherrschaft austüfteln.

Kurz gesagt hatten wir immer noch ein angespanntes Verhältnis.

Ich war noch nicht bereit, ihr zu verzeihen, dass sie Rose aus meinem Leben gerissen hatte. Und selbst wenn dieser Tag jemals kommen sollte, würde unsere Beziehung noch lange brauchen, um zu heilen. Aber ich würde mein Bestes tun und mich benehmen. Ich wusste, dass Mom ihre bevorstehende Hochzeit als Neuanfang für uns alle nutzen wollte. Eine Chance, wieder eine Familie zu sein und nach vorn zu schauen. Das wollte ich ihr nicht verderben. Ich brauchte schlicht und ergreifend Zeit.

Als meine Mom verschwunden war, flog meine Tagesdecke beiseite und Asha richtete sich im Bett auf. »Mann! Das war viel zu knapp. Dein Hausarrest ist echt anstrengend.«

»Vielleicht wird sie ja nächste Woche etwas lockerer, wenn die Schule wieder anfängt«, sagte ich, obwohl ich das zutiefst bezweifelte. Mom behandelte meinen unerlaubten Ausflug wie ein schwerwiegendes Verbrechen. Eines, das man mir erst verzeihen würde, wenn ich meine Zeit abgesessen hatte. Vor September auf Freiheit zu hoffen, war nichts als Wunschdenken.

Obwohl es frustrierend und ein seltsames Gefühl war, Hausarrest zu haben, hatte es einen Vorteil: Ich hatte Zeit, über mich selbst nachzudenken. Statt nur im Haus herumzulungern, hatte ich mir einen Account auf Etsy angelegt – einem Online-Marktplatz für den Kauf und Verkauf handgemachter Artikel – und viele Stunden damit verbracht, neuen Schmuck zu gestalten. Ich erwartete nicht, ein großer Name in der Branche zu werden, aber wer konnte schon in die Zukunft schauen? Vielleicht würde ich ja wenigstens genug Gewinn machen, um etwas zu meinen Studiengebühren beisteuern zu können. Oder wenigstens zu den Büchern.

Ich war nicht sofort auf die Idee gekommen, Olivers Vorschlag, meinen Schmuck zu verkaufen, in die Tat umzusetzen. Aber nachdem ich die erste Nacht zu Hause wach gelegen und darüber nachgegrübelt hatte, was zwischen Alec und mir geschehen war, wusste ich, dass ich eine bessere

Ablenkung als das Lernen brauchen würde. Der Schmuck war da eine simple Lösung.

»Hoffentlich. Ich bin es leid, mich durchs Fenster reinzuschleichen«, erwiderte Asha. »Also, ähm ... Hast du in letzter Zeit mit irgendwem Interessantem gesprochen?«

Gott, sie war unerbittlich.

»Wenn du Alec meinst, lautet die Antwort Nein. Wir haben seit Seattle nicht mehr miteinander gesprochen, und ich habe nicht vor, etwas daran zu ändern.« Asha öffnete den Mund, um mir eine langatmige Predigt darüber zu halten, dass ich den *größten Fehler meines Lebens beging,* doch bevor sie einen Ton sagen konnte, hob ich abwehrend die Hände. »Sieh mich nicht so an. Ich habe schon gehört, was du zu sagen hast. Es zum tausendsten Mal zu wiederholen, wird mich nicht umstimmen.«

Asha stöhnte und ließ sich wieder in meine Kissen fallen. »Warum bist du nur so unfassbar stur?«

Ich bin diejenige, die stur ist? Ich musste beinahe lachen.

»Ich möchte nach vorn schauen. Warum ist das so schwer zu verstehen?«

»Weil ihr wie füreinander geschaffen seid.« Asha hielt inne und strich sich das Haar aus dem Gesicht, als würde sie sich überlegen, wie sie ihren nächsten Gedanken am besten formulieren sollte. »Felicity, du siehst die Wahrheit einfach nicht. Ich fühle mich, als würde ich eine romantische Komödie anschauen. Gerade sind wir an der Stelle, an der der Junge sein Mädchen verloren hat, und die weibliche Hauptrolle weigert sich zuzugeben, dass sie perfekt füreinander sind. Und dann bin da noch ich, wie ich den Fernseher anbrülle, weil sie sich so dumm verhält.«

»Hast du mich gerade dumm genannt?«, fragte ich.

Sie grinste. »Möglicherweise.« Nach einer kurzen Pause wurde Asha wieder ernst. »Du bist meine beste Freundin, Fel, und ich möchte, dass du glücklich bist. Aber ich glaube, du benutzt das, was zwischen dir und deiner Mom vorgefallen ist, als Vorwand, um Alec aus deinem Leben zu streichen.«

»Was? Ich benutze das überhaupt nicht als Vorwand für irgendetwas.«

»Doch, das tust du«, sagte sie und deutete mit dem Finger auf mich. »Du hast solche Angst davor, wieder belogen zu werden, dass du Alec vertrieben hast, damit er nie die Chance dazu bekommt.«

»Aber er *hat* mich angelogen.« Ich zog den Trageriemen meiner Tasche über den Kopf und strich meine Locken aus dem Weg. »Ich muss mich jetzt wirklich auf den Weg zur Arbeit machen.«

Asha starrte mich einen Augenblick lang wortlos an, ehe sie sich geschlagen gab und seufzte. »Ja, in Ordnung. Brauchst du eine Mitfahrgelegenheit? Riya hat endlich ihr neues Auto bekommen, also habe ich den Van wieder. Ich habe in der Seitenstraße geparkt.«

»Nein«, antwortete ich und ging zur Tür. Ich brauchte Zeit für mich, um nachzudenken. »Ich fahre mit dem Bus.«

An diesem Abend herrschte im Electric Waffle kaum Betrieb.

Miss Daisy ließ mich in der Pause ihren Laptop benutzen und ich informierte mich über verschiedene Colleges. Zwar hatte ich immer noch vor, mich in Harvard zu bewerben, doch meine Zukunftspläne hatten sich verändert, und ich musste mich diesen Veränderungen anpassen. Ich wusste bereits, dass ich mich an der UCLA bewerben würde. Die Studiengebühren dort waren Peanuts im Vergleich zu Harvard, und ich konnte weiterhin zu Hause wohnen, um noch mehr Kosten zu sparen. Das Fashion Institute of Design & Merchandising war ebenfalls in LA und es bot einen der besten Studiengänge für Metall- und Schmuckkunst des ganzen Landes. Ich sah mich auch nach Hochschulen in Seattle um, denn es wäre schön, Rose wieder als festen Bestandteil in meinem Leben zu haben.

Doch im Grunde genommen hatte ich keinen blassen Schimmer, wo ich nächsten Herbst landen würde – und erstaunlicherweise kein Problem damit. Die Ungewissheit war zwar nervenaufreibend, wider Erwarten aber auch sehr spannend. Es kam mir vor, als stünden mir alle Wege offen. Ich musste lediglich entscheiden, in welche Richtung ich gehen wollte.

Ich war derart vertieft in meine Arbeit, dass ich sie erst bemerkte, als sie mir gegenüber Platz nahm. Als ich aufschaute, setzte sie die Sonnenbrille ab und schüttelte ihr Haar aus.

»Tja«, sagte Violet James und lächelte, während sie mich von Kopf bis Fuß musterte. »Wir sehen uns wohl tatsächlich ziemlich ähnlich.«

Ich wusste nicht, was ich sagen sollte. Ihr Grinsen machte den Eindruck, als wäre genau das ihr Plan gewesen – mich völlig zu überrumpeln.

»Ähm, hi.« Ich klappte Miss Daisys Laptop zu und schob ihn beiseite, während ich Violet mit einer gesunden Portion Misstrauen ansah. »Kann ich dir irgendwie behilflich sein?«

»Ja, das kannst du. Ich bin wegen Alec hier.«

»Dann kannst du dir jedes weitere Wort sparen«, erwiderte ich und hob die Hand. Ich brauchte keine Ansprache, in der sie ihren Anspruch auf ihn erklärte. »Du musst dir meinetwegen keine Sorgen machen. Ich weiß, dass ihr zusammen seid, und werde euch nicht in die Quere kommen.«

Violet blinzelte, als wären mir soeben ein paar Hörner gewachsen, bevor sie anfing zu kichern.

»Was ist daran so lustig?«, fragte ich.

»Wir sind absolut *nicht* zusammen«, stellte sie klar. »Unsere Mütter haben sich im College ein Zimmer geteilt, deshalb sind wir zusammen aufgewachsen. Alec ist für mich wie ein jüngerer Bruder. Außerdem ist er der Produzent meines ersten Albums.«

Bei diesen Worten hielt ich inne und erinnerte mich an eine Unterhaltung mit Alec, die wir im Auto auf dem Weg nach San Francisco geführt hatten. *Aber letzten Monat habe ich es geschafft, ihn zu überzeugen, mich ein Album mit einem neuen Künstler produzieren zu lassen, den er gerade unter Vertrag genommen hat.*

»Moment«, sagte ich mit weit aufgerissenen Augen. »*Du bist Kings neuer Klient?*«

Sie rümpfte die Nase, als fände sie diesen Gedanken abstoßend. »Nicht mehr. Er ist ein richtiger Dreckskerl.«

»Okay ...«, antwortete ich und kratzte mich am Kopf. »Ich verstehe nur Bahnhof.«

»Es ist eine ziemlich lange Geschichte.«

Trotz der ausweichenden Antwort hatte ich den Verdacht, dass Violet hierhergekommen war, um mir genau diese Geschichte zu erzählen. Deshalb zog ich eine Augenbraue hoch und wartete ab.

»*Immortal Nights* wird nach dieser Staffel eingestellt, und ich brauchte eine Pause von der Schauspielerei«, erklärte sie. »Ich möchte mich als Musikerin versuchen, deshalb habe ich Alec am Anfang des Sommers gefragt, ob er mir helfen könnte. Wir haben ein Wochenende im Studio seines Dads verbracht, und als King den Song hörte, den wir aufgenommen hatten, bot er an, mich unter Vertrag zu nehmen. Zuerst habe ich gezögert, weil ich einige nicht besonders angenehme Gerüchte über die Arbeit mit King gehört hatte. Er hat Alec jedoch erlaubt, das Album selbst zu produzieren, deshalb war ich bereit, Mongo eine Chance zu geben. Dann, vor zwei Wochen, hat King es sich plötzlich anders überlegt. Er hat Alec gesagt, er sei nicht verantwortungsbewusst genug, um an dem Projekt mitzuwirken.«

Ich zuckte zurück. Vor zwei Wochen hatte Alec das Grillfest seines Vaters sausen lassen. Ich wusste, dass es dadurch zu Spannungen zwischen den beiden gekommen war, aber ich hatte nie darüber nachgedacht, was Alec deshalb verloren hatte.

Das war alles meine Schuld. Ich hätte sein Angebot, mich nach San Francisco zu fahren, niemals annehmen dürfen.

»Totaler Schwachsinn, oder?«, sagte Violet, als sie meinen Gesichtsausdruck sah. »Wenn du mich fragst, hat King nur nach einem Vorwand gesucht, um selbst das Ruder in die Hand zu nehmen. Aber für mich kam es nicht infrage, ohne Alec zu arbeiten. Er findet meine Musik wirklich gut. Für King bin ich einfach nur ein fetter Scheck.«

»Und was ist dann passiert?«

»Nun, ich hatte den Vertrag noch nicht unterschrieben, und mein Agent stand mit einem anderen Produzenten in Kontakt, also habe ich einen Rückzieher gemacht. Was total scheiße war, denn Alec und ich hatten schon so viele Ideen für das Album.«

Ein schrecklicher Gedanke beschlich mich. »Alec hat dich angefleht, noch einmal darüber nachzudenken, nicht wahr?«, fragte ich.

»Ja. Er war in Seattle, deshalb konnten wir nicht persönlich darüber sprechen. Aber er hat mich überredet, zumindest noch zu warten, bis wir uns zusammensetzen konnten, bevor ich irgendwelche folgenschweren Entscheidungen traf.«

Mein Magen verkrampfte sich. In dem Telefonat, das ich bei Rose belauscht hatte, hatte Alec nicht für seine Beziehung gekämpft, sondern für seine größte Liebe: die Musik. Ich schluckte und versuchte, mich nicht zu übergeben.

»Ich habe mich geweigert, mit King zu arbeiten, und Alec hat es satt, wie sein Vater ihn behandelt. Deswegen haben wir uns etwas Geniales einfallen lassen. Alec hat sein eigenes

Plattenlabel gegründet.« Sie lächelte wie eine stolze Mutter. »Sobald alle rechtlichen Fragen geklärt sind, werde ich die erste Künstlerin sein, die er unter Vertrag nimmt.«

»Er hat sich echt so gegen seinen Dad durchgesetzt?«

Sie nickte. »Ja, er riskiert echt viel für mich – die Beziehung zu seinem Vater, seine Karriere. Aber so ist er nun mal.«

Violet hielt für einen winzigen Moment inne und beugte sich über den Tisch. »Hör mal, Felicity. Ich weiß nicht, was zwischen euch beiden vorgefallen ist. Alec hat nicht viel darüber erzählt. Was ich allerdings weiß, ist, dass er dich vermisst. Sehr sogar.«

Ich schwieg eine ganze Weile.

Asha hatte recht gehabt. Damit, dass Alec und Violet kein Paar waren. Dass ich ihn aus meinem Leben gedrängt hatte, nur um nicht verletzt zu werden. Sie hatte mit allem recht gehabt. Als mir bewusst wurde, was ich weggeworfen hatte, fühlte es sich an, als würde eine scharfe Klinge in meinen Bauch gestoßen.

»Ich vermisse ihn auch«, gestand ich.

Violets Augen leuchteten aufgeregt, als wäre meine Antwort das Schönste, was sie je gehört hätte. »Dann ruf ihn an. Glaub mir, er würde sich wirklich freuen, von dir zu hören.«

Ja, klar. Mir wurde ganz anders, als ich daran dachte, was ich ihm alles an den Kopf geworfen hatte. Wie sollte sich unsere Beziehung davon jemals wieder erholen können? Alec hasste mich vermutlich.

»Ich weiß, dass du nur helfen willst«, sagte ich. »Aber ich weiß nicht, ob das eine gute Idee ist. Ich habe ein paar wirklich schreckliche Dinge gesagt, und ich ... ich glaube einfach nicht, dass es sich zwischen uns jemals wieder so anfühlen würde wie früher.«

»In Ordnung«, erwiderte Violet und hob beide Hände. »Es geht mich nichts an.« Sie legte ihre Handtasche auf den Tisch und kramte darin herum. »Bevor ich gehe, möchte ich dir noch etwas geben. Alec hat mal erwähnt, dass er es zurückgeben wollte, aber ich glaube nicht, dass er es jemals getan hätte.«

Ihre Handtasche war riesig, beinahe so groß wie meine Messenger Bag, und wonach auch immer sie suchte, es musste tief darin vergraben sein. Frustriert hob Violet die Tasche hoch und kippte den gesamten Inhalt aus. Ein Portemonnaie, mehr Lippenstifte, als ich zählen konnte, und ihr Handy fielen auf den Tisch. Zusammen mit meiner Ausgabe für unterwegs von *Wer die Nachtigall stört*.

»Ah, da ist es ja«, verkündete sie und schob mir das Buch hin.

Aber ich hörte ihre Worte nicht. Denn zwischen ihren Sachen lagen auch Origami-Herzen auf dem Tisch verstreut.

»Woher hast du die?«, fragte ich, während ich vorsichtig eins in die Hand nahm. Bei näherem Hinsehen stellte ich fest, dass sie aus Notenblättern gefaltet worden waren.

»Oh, Alec macht sie«, sagte sie mit einer wegwerfenden Handbewegung. Als bedeutete das nichts. »Er hat sich auf YouTube eine Videoanleitung dazu angesehen und ist seitdem ganz besessen davon. Du kannst eins behalten, wenn du möchtest. Ich habe gefühlt eine Million davon.«

Violet räumte ihre Handtasche wieder ein, bevor sie ihre Sonnenbrille aufsetzte und über die Sitzbank rutschte, um aufzustehen. »Also, ich sollte mich auf den Weg machen. Morgen habe ich ein Radiointerview, auf das ich mich noch vorbereiten muss, und ich habe mir die Fragen noch nicht mal angeschaut. Es war schön, dich kennenzulernen, Felicity.«

Ich war zu benommen, um zu antworten. Ich konnte lediglich auf das Herz starren, das ich in der Hand hielt. Das letzte Mal, als ich an diesem Tisch gesessen hatte, hatte Alec eins von Rose' Herzen gefunden. Es war ein schmerzhaftes Erlebnis gewesen. Doch das hier? Das sanfte Kribbeln, das sich durch meinen ganzen Körper ausbreitete? Das war ein vollkommen anderes Gefühl. Genau wie damals, als ich Rose' Briefe gefunden hatte, ließ das Papierherz einen Hoffnungsschimmer in mir aufkeimen. Was, wenn doch noch die Chance bestand, dass Alec mir verzieh?

Plötzlich konnte ich nicht mehr still sitzen. Ich musste dringend etwas unternehmen. Ich musste die Dinge wieder geradebiegen.

Nur wie?

Das war nichts, was sich durch einen einfachen Anruf klären ließ. Alec verdiente etwas Besseres. Er verdiente eine persönliche Entschuldigung. Eine Sekunde lang zog ich in Betracht, Violet nachzujagen und sie zu bitten, ein Treffen zu arrangieren. Doch dann kam mir eine bessere Idee. Ich scrollte durch die Kontaktliste meines Handys und schrieb dann der einzigen Person eine Nachricht, die mir möglicherweise helfen konnte.

Felicity: Hey, hier ist Felicity Lyon. Wir haben uns an dem Wochenende letztens kennengelernt. Es ist komisch, das ich dir schreibe, das weiß ich. Aber ich brauche dringend deine Hilfe.

Es war mehr als wahrscheinlich, dass er gar nicht reagieren würde. Besonders, wenn man bedachte, wie ich seinen Freund behandelt hatte. Doch ich hielt den Atem an, während ich auf eine Antwort wartete.

Kaum eine Minute später, vibrierte mein Handy.

007: Lol. Natürlich erinnere ich mich an dich, Felicity. Was gibt's?

Felicity: Ich habe Mist gebaut und muss mich bei Alec entschuldigen. Aber das will ich persönlich machen.

007: Hm ... ich habe eine Idee, aber dafür brauchst du ein Ballkleid.

Ich lächelte. Da hatte ich doch genau das Richtige.

Olivers Plan erforderte Mut.

Ich musste mich aus dem Haus schleichen und angesichts der angespannten Lage zwischen mir und meiner Mutter war das durchaus waghalsig. Doch um Alec zurückzugewinnen, war ich zu allem bereit. Ich hatte die Nacht durchgearbeitet, um meine Vogelkette und den Schmuck, den Oliver für Stella bestellt hatte, fertigzustellen. Am Nachmittag des folgenden Tages schnappte ich mir um Punkt vier meine Tasche und kletterte aus dem Fenster. Mom würde spätestens zur Abendessenszeit merken, dass ich verschwunden war. Deshalb hatte ich einen Zettel mit einer Erklärung auf dem Schreibtisch hinterlassen. Welche Strafe mich auch immer erwarten würde – wenn ich die Wogen zwischen Alec und mir glätten konnte, war es das absolut wert.

Ich schlängelte mich so vorsichtig wie möglich durch die Büsche. Als ich mich aus den letzten Ästen befreit hatte, rannte ich über den Rasen und geradewegs auf eine Limousine zu, die mit laufendem Motor am Straßenrand wartete.

Super, überhaupt nicht auffällig ...

Ich warf einen flüchtigen Blick zurück zum Haus. Die Vorhänge des vorderen Fensters waren weit geöffnet, und plötzlich war ich nervös, dass Mom hinausschauen könnte. Ich hätte Oliver bitten sollen, mich an der nächsten Straßenecke aufzusammeln, oder, besser noch, in einem weniger extravaganten Auto. Denn mal ehrlich, war eine Limo wirklich nötig gewesen?

Als ich den Wagen erreichte, riss ich eilig am Türgriff, um hineinzuschlüpfen. Die Tür schwang weit auf und ich landete fast rücklings auf dem Rasen. Ich hörte ein vertrautes Lachen.

»Du freust dich also, mich zu sehen.«

JJ saß direkt hinter der Tür. Er hatte die langen Beine ausgestreckt, sodass ich nicht einsteigen konnte. Das Grinsen auf seinem Gesicht weckte in mir das Verlangen, bis zehn zu zählen, um mich mental auf den Abend vorzubereiten, den ich größtenteils mit ihm verbringen würde. Aber dafür blieb keine Zeit. Ich wedelte auffordernd mit den Händen, damit er mir Platz machte.

»Ich freue mich auch, dich zu sehen« grummelte er. Aber er schnallte sich ab und rutschte zu Xander hinüber, der mich zur Begrüßung anlächelte.

»'tschuldigung«, antwortete ich, während ich mich nahezu ins Auto warf. »Aber ich habe Hausarrest. Meine Mom war nicht gerade begeistert, als sie herausgefunden hat, dass ich spontan nach Seattle gefahren bin.«

»Bist du deshalb aus dem Fenster geklettert, statt das Haus wie jeder normale Mensch durch die Haustür zu verlassen?« Oliver hatte es sich bequem gemacht und schenkte mir sein typisches Oliver-Perry-Lächeln.

»Das habt ihr gesehen?« Die drei Jungs nickten und ich sackte in mich zusammen. »Klasse.«

»Wir haben noch nie einem Flüchtling Unterschlupf gewährt«, stellte JJ fest. Er grinste, als wäre Beihilfe zur Flucht etwas, das er schon immer einmal hatte machen wollen.

»Doch«, sagte Xander. »Damals in Mexiko, als ...«

JJ fiel ihm ins Wort. »Das zählt nicht.«

»Wie hieß er noch gleich? Es war irgendwas Lächerliches, wie Hot Dog oder ...«

»Alter, wir sprechen nicht über Cheeseburger. Niemals.«

Oliver lachte, bevor er zu mir sagte: »Wir müssen vorher noch einen Umweg zum Flughafen machen, um Stella abzuholen. Du hast ein anderes Outfit dabei, oder?«

»Ja«, sagte ich und klopfte auf meine Tasche. Darin befanden sich mein Kleid, meine hochhackigen Schuhe und ein Schminktäschchen. »Aber ich muss mich irgendwo umziehen.«

Anders als ich waren die Jungs schon passend für den Abend gekleidet. Oliver hatte einen dunkelroten Anzug an. Er trug keine Krawatte und die obersten Knöpfe seines schwarzen Hemdes waren offen. Es war ein Outfit, das nicht vielen Männern stand, das an den wenigen, zu denen es passte, jedoch stylisch und cool aussah. Oliver gehörte eindeutig zur zweiten Kategorie. JJ hingegen hatte sich für etwas Konservativeres entschieden. Er trug einen schwarzen Anzug mit Krawatte, der sehr körperbetont geschnitten war, wodurch seine ohnehin schon breiten Schultern gewaltig wirkten. Xander war der Einzige von den dreien, der keinen kompletten Anzug trug. Sein Outfit bestand aus einer Anzughose, einem weißen Hemd mit versteckter Knopfleiste, marineblauen Hosenträgern und einer gleichfarbigen Fliege.

»Mach dir keine Sorgen. Stella muss sich auch noch umziehen«, beruhigte Oliver mich. »Wenn wir im Hotel eingecheckt haben, hast du noch jede Menge Zeit, um dich in Schale zu werfen.«

»Okay, gut. Da wir gerade von Stella sprechen...« Ich brachte die kleine weiße Schachtel zum Vorschein, in die ich ihr Geschenk gepackt hatte, und reichte sie Oliver. »Das ist für dich.«

Er hob den Deckel und seine Augen weiteten sich. »Wow, Felicity. Die sind perfekt.«

Xander beugte sich vor, um einen Blick in die Schachtel zu werfen. »Wofür sind die?«

»Für Stella, zu unserem Jahrestag.« Oliver hob die Kette aus dem Seidenpapier, um sie genauer zu betrachten. »Sie wird es lieben«, sagte er. »Felicity, du bist der Hammer. Wie viel schulde ich dir?«

»Gar nichts«, sagte ich und hob die Hand, als er versuchte, sein Portemonnaie aus der Hosentasche zu ziehen. Vor einigen Wochen hätte ich mich nur zu gern bezahlen lassen, aber nun spielte Geld keine Rolle mehr. »Du hilfst mir mit Alec. Außerdem wäre ich ohne deinen Vorschlag nie auf die Idee gekommen, meinen Schmuck zu verkaufen, also bin ich diejenige, die dir etwas schuldet.«

Oliver lächelte als Antwort darauf so breit, als hätte ich ihm gerade mitgeteilt, er habe den Friedensnobelpreis gewonnen. »Das ist super! Wie läuft es denn?«

»Na ja, noch ist mein Onlineshop nicht fertig, aber ich möchte zunächst klein anfangen und nur ein paar Designs verkaufen. Sobald ich den Bogen raushabe, will ich mehr Variationen anbieten und vielleicht sogar Sonderanfertigungen. Hoffen wir mal, dass den Leuten mein Schmuck gefällt.«

»Du wirst dir eine goldene Nase verdienen«, versicherte er mir. »Ich erwarte übrigens trotzdem eine Rechnung. Es kommt gar nicht infrage, dass ich dich nicht bezahle.«

Bevor ich ein zweites Mal protestieren konnte, klopfte Oliver an die gläserne Trennscheibe, die zwischen uns und dem Fahrer war. Dann rollten wir los und fuhren die Straße hinunter, ehe meine Mom bemerken konnte, dass ich verschwunden war.

»Die Badewanne ist größer als mein Bett«, sagte ich, als Stella das Licht einschaltete. Oliver hatte für den Abend eine Suite gebucht, und alles darin war völlig übertrieben, sogar das Badezimmer. »Hier sollte ein Schild stehen mit der Aufschrift: Kein Bademeister. Baden auf eigene Gefahr.«

Stella lachte. »Ob du es glaubst oder nicht, ich habe schon größere gesehen.«

»Echt?« Es war mir ein Rätsel, wofür man eine derart große Badewanne brauchte. Es sei denn, man wollte eine Poolparty im Badezimmer veranstalten.

Sie nickte, öffnete ihren Kulturbeutel und leerte den Inhalt auf der Marmoroberfläche neben dem Waschbecken aus. Eine Packung Abschminktücher, eine Zahnbürste und eine Tube Zahnpasta fielen heraus, gefolgt von Shampoo und Haarspülung in Reisegröße.

»Willst du duschen?«, fragte ich. Ich konnte gut nachvollziehen, dass sie sich nach dem sechsstündigen Flug aus New York schmuddelig fühlte.

»Es macht dir doch nichts aus, oder? Ich dusche mich nur kurz ab, danach können wir uns zusammen schminken.«

Zwanzig Minuten später waren wir beide in unsere Kleider geschlüpft und standen vor dem Spiegel. Ich hatte einen Eyeliner in der Hand, Stella Wimperntusche. Ich versuchte, meinen Lidstrich gleichmäßig zu ziehen, aber meine Finger zitterten, und links sah das Ergebnis mehr nach einem Herzmonitor aus als nach der klaren, geschwungenen Linie, die ich erreichen wollte. Die Musik und das Geschrei irgendeiner Rockband namens Sensible Grenade plärrten aus Stellas Handylautsprecher. Doch als ich seufzte und den Eyeliner auf die Ablage warf, drückte sie auf Pause. »Ist alles in Ordnung bei dir?«

»Ich bin nervös«, gab ich zu.

Was, wenn Alec meine Entschuldigung nicht annimmt? Oder, wenn er sie annimmt, aber kein Interesse mehr an mir hat? Meine Gedanken spielten verrückt. Jedes neue Szenario, das ich mir vorstellte, war schlimmer als das davor. *Oh Gott, was, wenn er sich weigert, überhaupt mit mir zu sprechen?*

»Du brauchst nicht nervös zu sein.« Stella legte ihre Wimperntusche beiseite und lächelte mich im Spiegel an. »Ihr beide werdet euch bestimmt wieder vertragen.«

Ich sog die Unterlippe zwischen die Zähne. »Bist du dir sicher? Ich war ziemlich gemein zu ihm.«

Sie streckte die Hand aus und legte sie mir auf die Schulter. »Ich verspreche es.«

»Aber ...« Ich zögerte, denn ich wusste nicht, ob ich die Antwort auf meine nächste Frage wirklich hören wollte. Wenn Alec jemandem anvertraut hatte, wieso wir keinen Kontakt mehr hatten, dann vermutlich Stella. »Er hat dir erzählt, was passiert ist, oder?«

Ihr Lächeln verblasste. »Ja.«

»Und ... du hasst mich nicht?«

»Na ja, ich finde es nicht besonders toll, wie du ihn behandelt hast«, sagte sie und stemmte eine Hand in die Hüfte.

Meine Kehle wurde eng, aber dann seufzte sie. »Andererseits weiß ich, wie verschlossen Alec sein kann. Manchmal kommt es deswegen zu Missverständnissen, und man sagt Dinge, die man gar nicht so meint. Wichtig ist nur, dass es dir leidtut, denn er braucht dich, Felicity. Du tust ihm wirklich gut.«

Ihr Kompliment wärmte meine Wangen, aber ich runzelte die Stirn. »Wie kannst du dir da so sicher sein? Du kennst mich doch kaum.«

»Weil ich Alec kenne, und ich habe ihn noch nie so lächeln sehen wie in der Nacht am Lagerfeuer beim Safe House«, erklärte sie. »Außerdem geht es ihm miserabel, seit ihr in Seattle wart.«

Ich wollte widersprechen, aber da klopfte es, und wir wurden unterbrochen. Oliver stand in der Badezimmertür und lehnte sich entspannt an den Türrahmen. Als er Stella ansah, verzogen sich seine Mundwinkel zu einem Lächeln mit Grübchen. Dieses Lächeln hatte so wenig Ähnlichkeit mit dem selbstgefälligen Grinsen, das er den Medien präsentierte, dass ich ihn kaum wiedererkannte.

»Du siehst umwerfend aus«, sagte er zu seiner Freundin. Dann, als ihm wieder einfiel, dass sie nicht allein waren, richtete er den Blick auf mich. »Du auch, Felicity. Schickes Kleid.«

Ich schaute hinunter auf das Kleid, das ich auf dem Maskenball getragen hatte, und strich den nun wieder fleckenlosen Stoff glatt. »Danke«, antwortete ich. Es war das einzige Kleid in meinem Besitz, das elegant genug für diesen Anlass war. Es fühlte sich beinahe poetisch an, es zu tragen, denn vielleicht würde ich Alec heute Abend das letzte Mal sehen.

»Also, seid ihr fertig?«

»Wir brauchen noch zwei Minuten«, erwiderte Stella. »Ich helfe Felicity nur noch kurz bei ihrem Make-up, dann kommen wir.«

»Zwei Minuten, in Ordnung«, sagte er und verschwand.

Nachdem er gegangen war, nahm Stella meinen Eyeliner und zog mich zu sich heran. »Mach die Augen zu«, forderte sie mich auf. Zwei Sekunden später spürte ich die sanfte Berührung ihrer Hand auf meiner Wange und den Eyeliner auf meinem Augenlid. »Ich weiß, dass du Angst davor hast, mit Alec zu reden, aber alles wird gut«, beschwichtigte sie mich, während sie arbeitete. »Er ist verletzt, und ob du es glaubst oder nicht, das ist gut. Wenn das nicht so wäre, hieße es, dass du ihm egal wärst. Man trauert niemandem nach, der einem nichts bedeutet.«

Sie hatte nicht unrecht und das flaue Gefühl in meinem Magen ebbte ein wenig ab.

»Danke, Stella.«

»Kein Problem. So, du kannst die Augen wieder aufmachen.« Sie trat einen Schritt zurück und lächelte. »Na bitte! Alec wird gar nicht wissen, wie ihm geschieht.«

Ich warf einen Blick in den Spiegel. Irgendwie war es Stella gelungen, die geschlängelte Linie über meinem Auge zu retten.

In Ordnung, dachte ich und atmete tief ein. *Du schaffst das, Felicity.*

Es war an der Zeit, in Vanessa Williams' Hochzeit zu platzen.

KAPITEL 20

»Ich bin spätestens in zwei Stunden zurück«, versicherte Oliver mir, während JJ, Xander und Stella die Suite verließen.

»Viel Spaß«, wünschte ich ihnen.

So gern ich die Dinge mit Alec auch geradebiegen wollte, ich wollte Vanessa nicht ihren großen Tag ruinieren, indem ich ihren kleinen Bruder verärgerte. Ich hatte beschlossen, dass es das Beste war, Alec erst nach der Trauung und dem Essen gegenüberzutreten. Die Hochzeit fand in dem großen Ballsaal des Hotels statt, und sobald die Party in vollem Gange war, würde Oliver sich Alec schnappen und ihn nach oben bringen.

Genau genommen hieß das, dass ich nur im weitesten Sinne in die Hochzeit platzte.

»Wenn du Hunger bekommst, bestell dir einfach was über den Zimmerservice«, sagte Oliver. »Ich werde versuchen, dir ein Stück Torte aufzuheben, aber mit JJ am Tisch kann ich dir nichts versprechen.«

»Mach dir meinetwegen keine Gedanken«, antwortete ich. »Ich bin kein großer Tortenfan.«

JJ keuchte. »Ich habe es dir doch *gesagt,* sie hat keine Seele.«

Oliver verdrehte die Augen und trat in den Flur hinaus. »Wir sehen uns später«, rief er, und dann war ich allein.

Ich wusste nicht recht, was ich mit mir anfangen sollte. Deshalb drehte ich mich einmal im Kreis und ließ meine Umgebung auf mich wirken. In der hinteren Ecke des Raumes standen ein Klavier und ein gut gefülltes Bücherregal. Außerdem gab es einen offenen Kamin und jede Menge weiterer luxuriöser Annehmlichkeiten, von denen ich nie erwartet hätte, sie in einem Hotelzimmer vorzufinden. An jedem anderen Tag hätte mich diese Extravaganz beeindruckt, aber es fiel mir schwer, das alles richtig wahrzunehmen, während mein Herz in meiner Brust flatterte wie ein eingesperrter Vogel. Ohne jemanden zu haben, der mich ablenkte, wanderten meine Gedanken sofort wieder zu Alec. Ich hatte dieses schreckliche Bild im Kopf, wie er davonstürmt, sobald er mich sieht. Die Szene lief immer wieder vor meinem inneren Auge ab, wie ein schlechter Film.

Als meine Hände anfingen zu schwitzen, wusste ich, dass ich mich ablenken musste. Ich brauchte einen Zeitvertreib, um nicht an einem Herzinfarkt zu sterben, bevor Alec überhaupt auftauchte. Ich griff zu meiner Ausgabe von *Wer die Nachtigall stört,* die Violet mir gestern zurückgegeben hatte, und setzte mich damit auf die Couch. Ich war zu aufgewühlt, um wirklich zu lesen, aber es beruhigte mich, meinen Lieblingsroman in Händen zu halten.

Während ich durch das erste Kapitel blätterte, fiel mir etwas Ungewohntes an den sonst so vertrauten Seiten auf. Jemand hatte unter meinen Kritzeleien Kommentare in ordentlicher Schrift hinterlassen.

Ich atmete scharf ein.

Es war Alecs Handschrift. Da war ich mir absolut sicher.

Er hatte das Buch nicht nur gelesen, sondern war auf all meine Gedanken eingegangen. Er hatte die Fragen beantwortet, die ich aufgeschrieben hatte, und seine eigenen Ideen und Analysen festgehalten. Er hatte sogar einen Auszug aus einem Songtext hineingeschrieben, hinter der Passage, in der Atticus Scout erzählt, dass Tom erschossen wurde. Ich kannte den Text nicht, er passte jedoch so hervorragend zur Handlung, als hätte Harper Lee ihn höchstpersönlich geschrieben:

Mit Flügeln schweben wir empor,
Zu Wolken, Sonne, Himmelstor,
Bevor die dunkle Nacht anbricht
Und für immer uns zerbricht

Alec hatte mein Buch von der ersten bis zur letzten Seite mit seinen eigenen Gedanken bereichert. Ich war derart darin vertieft, dass ich Olivers Rückkehr erst bemerkte, als ich seine Stimme hörte.

»Es dauert nicht lange, versprochen.«

»Hat es nicht bis morgen Zeit? Ich sollte bei meiner Familie sein.«

Beim Klang von Alecs Stimme schoss mein Kopf in die Höhe.

»Ich weiß, ich weiß. Aber es ist wichtig«, sagte Oliver. »Nur einen Moment.«

Ich warf das Taschenbuch auf das Kissen neben mir und

sprang auf. Eine Sekunde später betraten die Jungs das Zimmer. Alecs Anblick raubte mir kurz den Atem. Er trug einen Smoking, der mich zurück in die Nacht versetzte, in der wir uns kennengelernt hatten, bevor ich unsere Beziehung zerstört hatte. Seine Stirn war gerunzelt, und er versuchte offenbar herauszufinden, wieso Oliver ihn von der Party weggeholt hatte. Mein Blick folgte seiner Bewegung, als er sich übers Haar strich und sicherstellte, dass jede blonde Strähne dort lag, wo sie hingehörte.

Das Herz schlug mir bis zum Hals, während ich darauf wartete, dass er mich entdeckte.

Endlich sah er auf, und als unsere Blicke sich trafen, blieb er abrupt stehen.

»So, ich habe meine Aufgabe erfüllt«, verkündete Oliver und rieb sich den Nacken. »Ich lasse euch zwei dann mal allein.« Er sah mich an, reckte beide Daumen hoch und ging langsam zur Tür zurück.

Sobald wir allein waren, wollte ich Alec um den Hals fallen.

Stattdessen blieb ich, wo ich war, und hob nur die Hand zum Gruß. »Hi.«

Lange, *quälend* lange, sagte er nichts. Ich sah ihn an und wartete mit angehaltenem Atem auf eine Antwort. Wenn er nicht bald etwas sagte, würde mir der Sauerstoff ausgehen.

»Felicity.« Seine Stimme klang reserviert, vorsichtig. »Was machst du hier?«

Die Frage tat weh, aber ich ignorierte den Schmerz und antwortete: »Ich wollte dich sehen.«

»Warum?«

Unter seinem scharfen Blick wurde ich total unruhig. Ich verschränkte die Arme hinter dem Rücken und drehte meine Armbanduhr wieder und wieder um mein Handgelenk. Seine stahlgrauen Augen schienen mich zu durchbohren, und ich fühlte mich, als hätte er mich in einen eiskalten Fluss geworfen. Von ihm so angesehen zu werden – als wäre ich der Bösewicht –, war unerträglich.

Es könnte schlimmer sein, versuchte ich mir einzureden. *Wenigstens spricht er mit dir.*

»Weil«, antwortete ich auf seine Frage, »ein wirklich kluger Typ mir mal gesagt hat, dass er von seiner Mutter gelernt hat, wie wichtig es ist, sich persönlich zu entschuldigen.«

Alec verschränkte die Arme vor der Brust und schwieg. Okay, er würde es mir anscheinend nicht leicht machen. Das hatte ich wohl verdient.

Ich atmete kurz ein und begann von Neuem. »Violet hat mich gestern im Diner besucht.«

Das entlockte ihm immerhin eine Reaktion. »Wie bitte? Wieso das denn?«

»Um mir alles zu erklären«, erwiderte ich. Während ich weitererzählte, bewegte ich mich langsam auf ihn zu. »Sie hat mir gesagt, dass King sein Versprechen gebrochen und dir nicht mehr erlaubt hat, ihr Album zu produzieren. Und dass du sie angefleht hast, es sich noch mal zu überlegen, als sie deswegen zu einem anderen Label gehen wollte.«

Ich blieb stehen, als ich nur noch einen Meter von ihm entfernt war, und nahm mir einen Moment Zeit, um genug

Mut für den nächsten Schritt zusammenzukratzen. *Du schaffst das, Felicity. Du brauchst nur den Mund aufzumachen und zu sagen, dass es dir leidtut, dass du dich wie das größte Miststück der Welt benommen hast.*

»Ich weiß, dass das jetzt gerade nicht der beste Moment ist, aber ich muss mich für das entschuldigen, was ich in Seattle gesagt habe.« Ich schaute zu Boden, strich mir eine lose Strähne hinters Ohr und richtete den Blick schließlich wieder auf ihn. »Alec, es tut mir so leid. Du warst immer nur nett zu mir und ich bin automatisch vom Schlimmsten ausgegangen. Ich ... Ich habe dir nicht vertraut, obwohl du mir niemals einen Grund dazu gegeben hast.«

»Warum?«, fragte er erneut. Das schien heute wohl seine Standardfrage zu sein.

»Warum ich mich entschuldige?«

»Nein.« Er schluckte schwer. »Warum hast du mir nicht vertraut?« Seine Stimme brach am Ende der Frage. Offensichtlich hatte ihn diese Frage regelrecht gequält.

Ich wusste nicht, was ich sagen sollte. *Warum* hatte ich mich so schnell von ihm abgewandt? Lag es an den Gesprächen, die ich belauscht hatte? Oder hatte ich vielleicht all die anderen Lügen aus meinem Leben auf unsere Beziehung projiziert? Die Wahrheit war, dass ich ihm keine gute Antwort auf seine Frage geben konnte.

»Ähm, nun ja ... Möglicherweise habe ich dein Gespräch mit Stella bei Olivers Onkel mitbekommen und dachte, ihr würdet über mich reden. Als du dann noch mehrmals Violet angerufen hast, habe ich einfach angenommen ...« Meine Erklärung war so miserabel, dass ich sie nicht zu Ende führen konnte.

Doch dann geschah etwas Unglaubliches. Alec trat einen Schritt auf mich zu. Nur noch ein weiterer Schritt trennte uns jetzt voneinander. Ich konnte ihn berühren, wenn ich die Hand ausstreckte – doch ich tat es nicht, denn gefühlt war da immer noch eine weite Kluft zwischen uns. »Felicity, ich hätte dir alles gesagt, was du wissen wolltest. Warum hast du mich nicht gefragt?«

Er ließ es so leicht klingen, was ehrlich gesagt ein bisschen unfair war, vor allem wenn man bedachte, wie verschlossen er selbst war. Die Chemie zwischen Alec und mir hatte zwar von Anfang an gestimmt, aber wir waren noch weit entfernt von der entspannten Vertrautheit einer langjährigen Beziehung. Niemand konnte sich so schnell so vollkommen öffnen, nicht einmal jemand, der so extrovertiert und unverblümt war wie Asha.

»Ich glaube, ich hatte einfach Angst«, sagte ich.

»Wovor?«

Achselzuckend richtete ich den Blick wieder auf das Wabenmuster des Teppichs. »Ich weiß es nicht. Vor vielen Dingen. Ich wollte nicht, dass du mich für durchgeknallt hältst oder dass ich unsere Beziehung durch vorschnelle Schlüsse ruiniere.«

»Aber du *hast* vorschnelle Schlüsse gezogen.« Seine Stimme klang sanft, was es für mich noch schlimmer machte. Warum war er so ruhig und gefasst? Konnte er mich nicht einfach anschreien? Wenn er wütend wäre, könnte ich den

Schmerz, der in seinen Augen lag, bedeutend besser ertragen.

»Alle haben mich belogen, Alec«, fuhr ich fort und zwang mich, ihn wieder anzusehen. »Meine Mutter hatte dieses gigantische Geheimnis vor mir, das meine Welt auf den Kopf gestellt hat. Meine beiden besten Freunde haben ihre Beziehung vor mir verheimlicht. Ich weiß, das ist keine Entschuldigung, aber ich hatte das Gefühl, als wäre niemand mehr ehrlich zu mir.«

Es geschah so schnell, dass ich mir nicht sicher sein konnte, aber ich glaubte zu sehen, wie Alec kurz irritiert die Lippen schürzte. »Ich bin immer ehrlich.«

Ich ließ den Kopf hängen. »Ja, ich weiß.«

Es folgte eine lange Pause, in der ich auf meiner Unterlippe kaute und nach Worten suchte, nach einer Möglichkeit, alles wieder gutzumachen, aber mir fiel rein gar nichts ein. Und vielleicht lag es daran, dass es nichts mehr zu sagen gab. Vielleicht hatte ich es nicht verdient, dass er mir verzieh.

»Tja, das war alles, was ich sagen wollte«, murmelte ich schließlich und schluckte. »Ich... Ich verstehe es, wenn du mir nicht verzeihen kannst. Ich weiß, dass ich es nicht verdient habe, aber ich wollte, dass du zumindest weißt, wie leid es mir tut. Lass mich nur kurz meine Sachen zusammensuchen, dann verschwinde ich.«

Ich wandte mich von Alec ab und presste mir eine Hand auf den Mund. *Nicht weinen, nicht weinen, nicht weinen.* Ich würde ihn meine Tränen nicht sehen lassen. Also wartete ich, bis die Hitze hinter meinen Augenlidern verebbt war, und ging dann zum Sofa, um meine Tasche und das Buch zu nehmen.

Dann hörte ich Alecs Stimme.

»Die Nachtigall ist wunderschön.«

Ich war von diesem abrupten Themenwechsel derart überrumpelt, dass ich mir im ersten Moment nicht sicher war, ob er tatsächlich etwas gesagt oder ob ich mir seine Stimme nur eingebildet hatte. Hinzu kam, dass ich nicht genau wusste, wovon er sprach – meinte er das Buch oder meine Halskette? –, doch ich drehte mich dennoch zu ihm um.

Alec kam auf mich zu. Mein Puls schoss in die Höhe, als er die Hand hob und die Perlen an meinem Hals berührte. Seine Finger strichen sanft über mein Schlüsselbein. »Ich weiß, ich habe es dir schon einmal gesagt, aber du hast wirklich Talent.«

»Ich ... Vielen Dank«, flüsterte ich und versuchte, so still wie möglich zu stehen. *Passiert das gerade wirklich?* Ich war mir nicht sicher und plapperte drauflos. Ein verzweifelter Versuch, Alec noch ein bisschen länger bei mir zu behalten. »Ich habe deinen Rat befolgt, was die ganze Tu-was-dich-inspiriert-Sache angeht. Ich habe meiner Mom gesagt, dass ich nicht Jura, sondern Schmuckdesign studieren werde. Und du hattest recht: Ich hatte diesen wahnsinnig detaillierten Plan für mein Leben, und obwohl er mich unglücklich gemacht hätte, hat mir die Vorstellung, ihn einfach in die Tonne zu treten, viel zu viel Angst gemacht.«

Alecs Gesichtsausdruck blieb so neutral wie bisher, doch das kurze Aufleuchten seiner Augen entging mir nicht. »Und?«

»Na ja, ich habe noch keine konkreten Pläne, falls du das meinst, aber ich informiere mich gerade über die Unis, die für mich infrage kommen.« Ich erlaubte mir ein kurzes Lächeln. »Wer hätte gedacht, dass es so befreiend ist, sein Leben nicht schon von A bis Z durchgeplant zu haben?«

»Wie hat deine Mom das alles aufgenommen?«

»Erstaunlicherweise steht sie total hinter mir.«

Er lächelte zum ersten Mal seit meinem Überfall auf ihn, aber irgendetwas stimmte mit dem Lächeln nicht. Er sah mich nicht an, sondern durch mich hindurch. »Du kannst dich glücklich schätzen«, sagte er, und ich wusste sofort, dass er an seinen Vater dachte.

Ich ließ die Schultern sinken und mein kurzer Höhenflug der Glücksgefühle verebbte. »Es tut mir leid, was zwischen dir und deinem Dad passiert ist.«

Er schüttelte den Kopf. »Das braucht es nicht. Es ist wahrscheinlich besser so. Hätte er keinen Rückzieher gemacht, hätte ich nie mein eigenes Ding gemacht. Ich war ein Heuchler, als ich dir geraten habe, ein Risiko einzugehen, obwohl ich selbst zu viel Angst hatte, etwas zu wagen.«

»Ich glaube, die Situation ist etwas komplexer. Es geht nicht nur darum, dass du Angst davor hast, ein Risiko einzugehen«, sagte ich. »Trotzdem bin ich froh, dass du diese Entscheidung getroffen hast. Ich will, dass du glücklich bist, Alec.«

»Dasselbe wünsche ich mir für dich«, antwortete er. Nach einem kurzen Moment des Zögerns zog er mich in seine Arme, und irgendwie war es, als wären wir nie getrennt gewesen. Wir standen eine ganze Weile einfach so da und hielten uns in den Armen, während die Mauern zwischen uns langsam fielen.

»Felicity?«, fragte er schließlich.

»Ja?«

Alec legte seine Stirn an meine, antwortete jedoch nicht. Das war auch gar nicht nötig. Ich wusste genau, was er dachte. Ich spürte es in dem Blick, mit dem er mich ansah.

Ich habe dich vermisst.

Ich habe dich auch vermisst.

»Wow – Lila!«

Alec lächelte, als er mich in den Ballsaal führte. »Es ist die Lieblingsfarbe meiner Schwester.«

»Echt?«, zog ich ihn auf, während ich mich umsah. »Ich hätte jetzt auf Gelb getippt.«

Vanessas Hochzeitsplaner hatte den weitläufigen Saal in einen magischen Garten verschiedener violetter Farbtöne verwandelt. Überquellende Bouquets aus Flieder zierten die Tische, malvenfarbene Stoffbahnen hingen von den Kronleuchtern wie Blütenblätter. Überall standen lavendelfarbene Sofas in kleinen Gruppen und Strahler tauchten die Wände in einen blasslilafarbenen Schein.

Das ganze Dekor des Saals war absolut extravagant. Auch wenn King Williams ein fürchterlicher Mensch war, hatte er für die Hochzeit seiner Tochter keine Kosten gescheut.

Ich hielt in der Menge nach einem mir vertrauten Lockenschopf Ausschau. Ohne Olivers Hilfe hätte ich nie die Chance bekommen, meine Beziehung zu Alec zu retten. Deshalb schuldete ich ihm ein Dankeschön. Doch gerade als ich die Heartbreakers entdeckt hatte, führte Alec mich auf die Tanzfläche.

»Wir können uns später mit ihnen unterhalten«, sagte er. »Jetzt möchte ich mit dir tanzen.«

Eine Band spielte Livemusik. Sie hatten gerade ihre Coverversion von »Love Shack« der B-52s beendet und spielten nun einen langsamen Song.

»Das klingt jetzt bestimmt total blöd«, begann ich, als Alec mir eine Hand in die Taille legte, »aber ich habe noch nie mit jemandem getanzt. Ich entschuldige mich im Voraus, falls ich dir auf die Füße trete.«

»Du hast noch nie *getanzt*?« Alec schüttelte den Kopf. »Wie ist so was überhaupt möglich?«

Tja, es war noch peinlicher, als ich angenommen hatte.

»Nein, ich meinte mit einem *Jungen*. Ich war noch nie auf einem der Schulbälle. Dank der Hausaufgaben und meinem Job sind meine Wochenenden immer voll ausgebucht.«

Dass ich noch nie zu einem Ball eingeladen worden war, behielt ich lieber für mich. Ich musste mich ja nicht noch mehr blamieren. Asha hatte immer die Auswahl aus mehreren potenziellen Dates, aber dieses Glück hatte ich nie gehabt. Normalerweise hingen Boomer und ich dann immer im Diner ab – ich arbeitete und er spielte mit seinem Game Boy –, während sie auf den Homecoming- oder Frühlingsball ging. Dieses Jahr hatte Asha jedoch darauf bestanden, dass wir mit zum Junior-Abschlussball gingen, denn das war ihrer Meinung nach eine Erinnerung, die einem ein Leben lang im Gedächtnis bleiben würde. Also waren Boomer und ich zusammen hingegangen, nur als Freunde. Die Vorstellung, mit ihm zu tanzen, war seltsam, deshalb hatten wir den Großteil des Abends beim Getränkebuffet verbracht. Von dort aus hatten wir uns über die schlechten Tänzer und die Paare, die sich dringend ein Zimmer nehmen sollten, lustig gemacht.

Meine Antwort machte Alec glücklich, das spürte ich. Er lächelte mich selbstgefällig an und zog mich näher zu sich, bevor er uns im Kreis herumwirbelte. »Also hast du mit mir dein erstes Mal, hm?«

Mit dem besten Ist-das-dein-Ernst-Blick, den ich zustande bringen konnte, sah ich ihn an und sagte: »Pass bloß auf. Du klingst schon fast wie JJ.«

Alec musste so sehr lachen, dass wir mitten auf der Tanzfläche stehen bleiben mussten. Die anderen Gäste sahen uns neugierig an, während sie vorbeiglitten, doch das bemerkte ich kaum. Es war unglaublich schön, Alec so glücklich zu sehen.

»Weißt du«, begann er, nahm meine Hand und zog mich an sich, nachdem er sich wieder gefasst hatte. »Schon an dem Abend, an dem wir uns kennengelernt haben, wollte ich mit dir tanzen. Als ich gesehen habe, wie du da um den Brunnen im Garten gelaufen bist ... Du hast ›Astrophil‹ gesummt, deine Haare sind von der Luftfeuchtigkeit lockig geworden, und obwohl nur ein paar Meter von dir entfernt ein eleganter Maskenball stattgefunden hat, warst du vollkommen in deiner eigenen Welt versunken. Es war das Schönste, was ich jemals gesehen habe.«

Mir stockte der Atem. »Weshalb hast du es dann nicht getan?«

Er zuckte die Schultern, zumindest im Ansatz, denn er hatte die Arme fest um mich geschlungen. »Wir kannten uns doch gar nicht.«

»Und trotzdem«, sagte ich, als der Song allmählich leiser wurde, »hätte ich die ganze Nacht mit dir getanzt.«

Das Lächeln kehrte auf seine Lippen zurück. »Gut, denn genau das habe ich heute vor.«

ALECS PLAYLIST FÜR FELICITY

»Love Won't Sleep« von Lostboycrew
»Tear in My Heart« von twenty one pilots
»Meteorites« von Lights
»Paris (Ooh La La)« von Grace Potter and The Nocturnals
»Crazy for You« von Hedley
»What I like about you« von The Romantics
»Tell Her You Love Her« von Echosmith
»Raise Hell« von DOROTHY
»Lightning in a Bottle« von The Summer Jet
»Gold« von Vinyl Theatre
»Secret Valentine« von We the Kings
»Living Louder« von The Cab
»Amen« von Halestorm
»Mindset« von Every Avenue
»Geronimo« von Sheppard
»I Must Be Dreaming« von The Maine
»Hit Me with Your Best Shot« von Pat Benatar
»On Top of the World« von Imagine Dragons
»Little Bird« von Ed Sheeran
»Hallelujah« von Paramore

ALECS FAVORITENLISTE

»Gorgeous« von X Ambassadors
»Bottoms Up« von Brantley Gilbert
»The Otherside« von Red Sun Rising
»Runaway (U & I)« von Galantis
»Hotel California« von Eagles
»Find Your Love« von Drake
»Paralyzer« von Finger Eleven
»Must Be Doin' Somethin' Right« von Billy Currington
»Feel So close« (radio edit) von Calvin Harris
»Numb/Encore« von Linkin Park und Jay Z
»Say My Name« (featuring Zara) von ODESZA
»Simple Man« (rock version) von Shinedown
»Beautiful Lasers (2 Ways)« [featuring MDMA] von Lupe Fiasco
»Superheroes« von The Script
»Mr. Brightside« von The Killers
»Powerful« (featuring Elli Goulding und Tarrus Riley) von Major Lazer
»Wicked Games« von The Weeknd
»Dear Agony« von Breaking Benjamin
»My Kinda Party« von Jason Aldean
»Soundtrack 2 My Life« von Kid Cudi

INSPIRATION FÜR DIESEN ROMAN

»Hold It against Me« von Sam Tsui
»Enchanted« von Taylor Swift
»Renegades« von X Ambassadors
»Life Is a Highway« von Rascal Flatts
»Send Me on My Way« von Rusted Root
»Bones« von Alex G
»Young Volcanoes« von Fall Out Boy
»Better than Words« von One Direction
»You and Me« von Lifehouse
»Kiss me« von Ed Sheeran
»I Was Made for Loving You« (featuring Ed Sheeran) von Tori Kelly
»It's Time« von Imagine Dragons
»You« von The Pretty Reckless
»Don't Say Good-bye« von Jamestown Story
»A Drop in the Ocean« von Ron Pope
»Tear Down the Stars« von The Years Gone By
»Beside You« von Marianas Trench
»Army of Angles« von The Script
»Shut Up and Dance« von WALK THE MOON
»Her Love Is My Religion« von The Cab

DANKSAGUNG

Zweifellos ist *Ich und die Heartbreakers – Make my heart sing* bisher mein schwierigstes Projekt gewesen. Ich habe für dieses Buch öfter bis spät in die Nacht gearbeitet, mehr Kaffee verbraucht und zahlreichere Zusammenbrüche erlebt als je zuvor in meiner Laufbahn als Schriftstellerin. Aber passend zu den zahllosen Herausforderungen, vor die mich das Buch gestellt hat, gab es auch ein wunderbares Team von Menschen, die mir durch jedes einzelne Stadium der Arbeit geholfen haben.

Als Erstes möchte ich Annette Pollert-Morgan für ihre unendliche Geduld während der schweren, langen Geburt dieses Romans danken. Die heroischen Taten ihres Lektorats hätten ein eigenes Epos verdient. Glücklicherweise bin ich keine Dichterin. Weiterhin danke ich all den Talenten bei Sourcebooks Fire: Elizabeth Boyer, Alex Yeadon, Diane Dannenfeldt, Stefani Sloma und vielen, vielen anderen.

Dann meinen Wattpad-Lesern, die Alec und Felicity schon ins Herz geschlossen hatten, bevor ich deren Geschichte überhaupt zu Papier gebracht habe. Ich danke euch für die Tausende und Abertausende überschwänglichen und »LOL«-Kommentare, die netten Nachrichten, die mich ermutigt haben weiterzuschreiben, die Namen, die ihr meinen Sternchen gegeben habt, und, ob ihr es nun glaubt oder nicht, sogar für eure zahlreichen Aufforderungen: »UPDATE!« Ja, für jede einzelne davon! Ich bin auch ewig dankbar für all die außergewöhnlichen Leute im Wattpad-Team, die mich mit vorbehaltloser Unterstützung geradezu überschwemmen. Ich werde es nicht oft genug sagen können: Danke, dass ihr meine Träume wahr gemacht habt.

Ich danke Alex Slater, meinem Wahnsinns-Agenten, für seinen unermüdlichen Einsatz für mich, und meiner Oma Fletcher sowie meiner Tante Jennifer Fletcher, die meine vielen Fehler ausgemerzt haben.

Alles Liebe meiner Familie: Mom, Flynn, Jackie und dem Rest des verrückten Haufens!

Und schließlich: Danke, Jared Kalnins. Du hast mich bei Verstand gehalten, während ich etwas so Verrücktes versucht habe, wie einen Roman zu schreiben, und in meinem Buch ist deshalb ein Rockstar aus dir geworden. Ich herze dich mehr als Sour-Cream-Nachos und Blaubeermilchshakes, mehr als Karamellbonbons und Salsa.

Ali Novak
Ich und die Heartbreakers

416 Seiten, ISBN 978-3-570-31117-2

Stella tut alles für ihre kranke Schwester. Sogar bis nach Chicago fahren und sich stundenlang die Füße platt stehen, um ein Autogramm von Caras Lieblings-Boygroup zu ergattern, den *Heartbreakers*. Würg! Aber da muss Stella durch – ihr Geburtstagsgeschenk für Cara soll so richtig krachen. Kurioserweise läuft es dann komplett anders als gedacht: Stella kommt nicht nur mit einem Autogramm zurück, sondern verliebt bis über beide Ohren. In wen? OMG! In DEN Oliver Perry von den *Heartbreakers*! Aber darf Stella das? Flirten, Glücklichsein und mit der Band abhängen – während ihre Schwester daheim ums Leben kämpft?

www.cbt-buecher.de